Sonja Bethke-Jehle

Umwege mit Alex

Roman

Sonja Bethke-Jehle

Umwege mit Alex

Roman

Bibliografische Information der Deutschen Nationalbibliothek:
Die Deutsche Nationalbibliothek verzeichnet diese Publikation in der Deutschen Nationalbibliografie; detaillierte bibliografische Daten sind im Internet
über http://dnb.dnb.de abrufbar.

Sonja Bethke-Jehle
Illustration: Michaela Feitsch
Lektorat / Korrektorat: Juno Dean
Herstellung und Verlag: BoD – Books on Demand, Norderstedt
ISBN: 9783759723185

Tack. Takk. Tak. Kiitos.
Danke in allen Sprachen dieser Welt, Melanie!

Sonja Bethke-Jehle wurde 1984 im Odenwald geboren und studierte in Mannheim Wirtschaftsinformatik. Heute lebt sie an der Bergstraße. Das Lesen und Schreiben ist seit der Kindheit ihre große Leidenschaft. Dabei rückt sie vor allem Menschen in den Vordergrund, die Grenzen überwinden, gegen Ungerechtigkeit kämpfen oder Herausforderungen bestehen müssen und dabei über sich selbst hinauswachsen.

Wenn sie nicht gerade schreibt, arbeitet sie ehrenamtlich in einer Bücherei, hilft bei der Ausleihe oder jagt während ihrer Joggingrunden nach neuen „Plot-Bunnys".

Weitere Informationen findet ihr auf: www.sonja-bethke-jehle.de

Vorwort

Das Vorgängerbuch *Umwege mit Joris* habe ich während des ersten Corona-Lockdowns im März 2020 geschrieben. Zwar endete das Buch mit einem aus meiner Sicht zufriedenstellenden Ende, doch ich fand, dass nicht alle Figuren komplett auserzählt waren.

Die Motivation *Umwege mit Alex* zu schreiben, entstand vorrangig mit dem Wunsch, Euch mehr über Charlie, Pete, Fabio sowie Fiefie und Hannah zu erzählen und zu berichten, wie Joris' Vorhaben in die Tat umgesetzt wurde, sein Leben zu ändern.

Ich entschied, mich dieses Mal mehr auf Fiefie und Hannah zu konzentrieren, da diese im Vorgänger noch etwas unterkomplex gezeichnet waren, und eine neue Figur ins Rennen zu senden, die genauso wie Joris, ein Geheimnis verbirgt und dieses erst nach und nach den Mitreisenden und Euch, den Lesenden, offenbart.

Weil ich fand, dass noch eine weitere Figur fehlte, ich aber gleichzeitig keine gänzlich neue Figur ausarbeiten wollte, entschied ich mich, Steffi ebenfalls auf die Reise zu schicken. Steffi ist eine Nebenfigur aus *Schrankgeflüster*, die nie ihr eigenes Happy End bekam, sondern nur als Entwicklungsstütze von Hanis Entfaltung - ebenfalls selbst eine Nebenfigur - diente. Meiner Meinung nach stand ihr eine eigene Geschichte zu! Da all meine Romane sowieso untereinander verknüpft sind, war das kein Problem.

Nun hatte ich meine Charaktere komplett und ich begann zu schreiben. Alle Nebenfiguren entwickelten sich von alleine während des Schreibprozesses, dank der Vorarbeit, die ich bereits in *Umwege mit Joris* und *Schrankgeflüster* erledigt hatte. Lediglich in Alex' Entwicklung musste ich mehr Arbeit stecken. Wer mehr über Steffi erfahren möchte, kann vorher *Schrankgeflüster* lesen. Wer sich für die anderen Figuren interessiert, sollte zunächst *Umwege mit Joris* lesen. Dennoch ist *Umwege mit Alex* ein Roman, der auch alleinstehend in sich schlüssig ist.

Es wünscht Euch viel Spaß, Eure *Sonja.*

Umwege mit Alex

Als das alte Wohnmobil hielt, konnte Alex sein Glück nicht fassen. Seit sechs Stunden stand er am letzten Rastplatz vor der dänischen Grenze. Bis dorthin hatte ihn das junge Pärchen aus Berlin mitgenommen und ihm mehr oder weniger höflich zu verstehen gegeben, dass sie nun alleine weiterfahren wollten. Also war ihm nichts anderes übriggeblieben, als auszusteigen und darauf zu hoffen, dass ihn jemand anderes mitnahm. Bald hätte er sich nach einer Übernachtungsmöglichkeit umschauen müssen, was er vermeiden wollte, denn er hatte vor, die deutsch-dänische Grenze noch heute zu überqueren.

Das Wohnmobil schien seine besten Zeiten hinter sich zu haben. Es war nicht nur dreckig, sondern an einigen Stellen auch eingedellt und sogar verrostet. Alex runzelte die Stirn, als sich die Türen öffneten und mehrere Personen ausstiegen. Eine davon winkte, doch Alex zögerte, zurückzuwinken. Er senkte das Schild, auf das er lediglich ‚Norden' geschrieben hatte, und betrachtete die drei Gestalten, die auf ihn zumarschierten. Es handelte sich um eine dunkelhaarige Frau mit auffälligen Muttermalen, die sich auf kürzere Distanz als Tätowierungen am Hals herausstellten, einem großen, mageren Mann mit dunkler Haut, schwarzen Augen und kurzen blondierten Haaren und einer kleinen Frau mit heller Haut und chaotisch wirkenden, halblangen und bunt gefärbten Haaren, die wohl Opfer von zu vielen und zu mutigen Experimenten geworden waren. Ein seltsames Gefühl machte sich in seinem Magen breit, und sein Herz klopfte heftig in der Brust. Ihm war bewusst, dass Menschen, die mutig genug waren, ein Abenteuer zu wagen, eher anhalten würden, und auch das klapprige Gefährt hatte ihn ahnen lassen, auf welche Geschöpfe er treffen würde, doch so schlimm hatte er es sich nicht vorgestellt.

Er war sich nicht sicher, ob er mit diesen Leuten mitfahren wollte oder doch lieber hier übernachtete und sich am nächsten Tag nach einer neuen Möglichkeit umsah. Vielleicht eine nette Familie mit Kind und Familienhund?

»Du willst nach Norden?«, fragte die Frau mit den dunklen Haaren. Sie war älter als die anderen beiden, vermutlich sogar älter als er selbst. Sie musterte ihn aufmerksam und verschränkte die Arme vor der Brust, als sie das Gewicht auf ein Bein verlagerte. Die Tätowierungen auf der empfindlichen Stelle am Hals schockierten ihn. Er wusste nicht, ob er so direkt hinstarren durfte. Er zwang sich wegzusehen und bemerkte stattdessen, wie sich der Mann und die Frau mit den bunt gefärbten Haaren Blicke zuwarfen, bevor sie ihn unverhohlen musterte. Ihre Blicke waren Alex unangenehm. Als würde sie ihn analysieren und eine Bewertung über ihn schreiben wollen. Die beiden waren so unterschiedlich, er riesig, sie so klein, dass ihr Kopf ihm kaum bis zu den Schultern reichte. Ihre Haut war blass, seine viel dunkler. Und doch ... Sie passten zueinander. Und zu der Frau, die auf eine Antwort von Alex wartete.

Er räusperte sich. »Ja, nach Norden«, antwortete er überflüssigerweise.

»Wie weit nach Norden?«, hakte die Frau nach und senkte den Blick, um sein Gepäck zu mustern.

Alex sah ebenfalls nach unten zu dem großen Wanderrucksack und der Reisetasche. »Ich will die Nordlichter sehen.«

Die Frau lachte und drehte sich zu den anderen um. »Da muss er aber lange fahren.«

»Es ist die ideale Reisezeit, um Nordlichter zu betrachten«, erwiderte der hagere Typ.

»Ich würde die Nordlichter auch gerne sehen«, betonte die kleine Frau.

Die dunkelhaarige Frau schien die Anführerin zu sein. Sie schüttelte den Kopf und sagte: »Wir werden nicht zu den Nordlichtern fahren. Zu weit oben.« Sie drehte sich wieder zu Alex um. »Sorry, Mann, ist uns zu weit im Norden.«

Alex seufzte. Jetzt wäre eine gute Gelegenheit, dem seltsamen Trio eine gute Reise zu wünschen und auf den nächsten zu warten, der anhielt. Andererseits stand er nun schon echt lange hier, und es war fraglich, ob er in den nächsten Tagen überhaupt noch jemanden fand, der bereit war, einen Anhalter mitzunehmen. Er könnte ja mit dem Zug fahren … Alex biss sich auf die Lippen, dann gab er sich einen Ruck. »Ihr könnt mich doch mitnehmen, zumindest so weit, wie es geht, und ich trampe anschließend einfach mit dem Nächsten weiter.«

Die Frau hob eine Augenbraue, langsam drehte sie sich um. Die andere Frau äußerte sich gar nicht, der Typ hob kurz die Schultern, ging einen Schritt nach vorne und betrachtete Alex ähnlich streng, wie es zuvor die Frau getan hatte. Schließlich hob er erneut die Schultern. »Wie heißt du?«, fragte die Frau.

Alex nannte ihnen seinen Vornamen und dachte sich, dass sie vermutlich nicht die Typen waren, die seinen vollen Namen kennen wollten. »Der Camper ist zu klein für uns. Wir schlafen nur da drin, wenn es regnet. Hast du ein Zelt?«, fragte die Frau weiter.

Alex zeigte auf das verpackte Zelt, das gegen die Sporttasche gelehnt stand. »Gut. Hol mir ein Wasser in der Tanke, und wir beratschlagen uns währenddessen.«

»Okay«, sagte Alex verunsichert und streckte die Hand aus. Die Frau drehte sie sich zu ihren zwei Begleitern um. Irritiert ließ Alex die Hand fallen, und ihm brach der Schweiß aus, als ihm bewusstwurde, dass sie wohl davon ausging, dass er das Wasser zahlte. Wie peinlich, dass er bei ihr mitfahren wollte und nicht einmal diesen Wink verstanden hatte.

Eilig betrat er die Tankstelle. Statt einer Flasche nahm er drei; die anderen hatten sicherlich auch Durst. Während er an der Kasse wartete, sah er durch die Scheibe nach draußen. Der Typ lehnte gegen ein Auto und nickte mehrmals, während die Frau, die mit Alex gesprochen hatte, wild mit den Händen gestikulierte. Die kleine Frau schien sich heraushalten zu wollen. Sie stand etwas abseits und zwirbelte ein paar ihrer Haarsträhnen. Ihre Haare irritierten Alex. Sie waren am Haaransatz lila und blau, weiter unten mischten sich noch grün und rosa hinein. Er fragte sich, was sie dazu veranlasst hatte, ihr Haupt auf diese Weise zu färben. Warum war sie dabei so ... unschlüssig vorgegangen?

Alex bezahlte und lief langsam über den Parkplatz zurück. »Ich habe euer Wasser«, sagte er, als er in Hörweite war. Sofort stob das Trio auseinander. Eingeschüchtert hielt Alex ihnen das Wasser hin. Er hatte nicht damit gerechnet, dass er eine Art Bewerbungsgespräch führen müsste.

Der Typ und die Anführerin tauschten einen weiteren Blick aus, anschließend nickte die Frau. »Wir nehmen dich mit. Wir wissen nicht, wie lange wir dich mitnehmen, aber zumindest mal bis nach Schweden. Wir teilen uns die Kosten für Benzin und Brückenmaut.«

Schnell nickte Alex. »Natürlich. Das hätte ich von mir aus anbieten sollen. Ich zahle meinen Anteil. Selbstverständlich.« Er griff in seine hintere Hosentasche, doch der blondierte Mann hob die Hand.

»Lass stecken«, sagte er. »Wir machen das später. Lasst uns erst mal über die Grenze fahren.«

»Ich bin Hannah«, sagte die Frau und zeigte auf den Mann. »Das ist Fiefie. Und das da«, ihr Finger deutete auf die Frau, »ist Stefanie.«

»Fiefie?« fragte Alex verkrampft.

»Ja, Mann. Was dagegen?« Der Mann, der Fiefie hieß, machte eine genervte Handbewegung. »Nein.« Alex atmete tief durch. Das konnte heiter werden. »Gar nicht.«

»Du kannst mich Steffi nennen«, raunte ihm die Frau mit den bunten Haaren zu und drehte sich um. Sie lief zum Wohnmobil.

»Schaffst du das allein?«, fragte Hannah.

»Äh.« Alex sah zu seiner großen Sporttasche, dem Rucksack, dem eingerollten Schlafsack und dem Zelt. »Klar. Das geht schon ...«

»Gut.« Hannah drehte sich ebenfalls um. Fiefie folgte ihr, ohne ihm etwas abzunehmen.

Alex blieb einen Moment lang stehen und starrte dem seltsamen Trio hinterher. Er hatte schwitzige Hände, als er seinen Rucksack aufsetzte, und das ungute Gefühl in seinem Bauch verstärkte sich. Alle drei waren seltsam, besonders dieser Fiefie. Und Hannah war herrisch. Nur Steffi schien nett zu sein, doch sie hatte von allen wohl am wenigsten zu sagen.

Es war ein Balanceakt, sein ganzes Gepäck zum Wohnmobil zu schleppen, und kurz bevor er dort ankam, drohte ihm der Schlafsack unter dem Arm herauszurutschen. Doch er schaffte es gerade noch so und legte das Zeug ins Innere des Gefährts.

»Hier drin wird nicht geraucht, und diese Regel gilt auch für Joints«, sagte Fiefie und warf ihm einen strengen Blick zu. »Der Fahrer bestimmt, was gehört wird. Und wir wechseln uns mit dem Fahren ab.«

Erschrocken hob Alex die Augenbraue. »Ich soll auch fahren?«

Abschätzig sah Fiefie ihn an, dann stöhnte er leise und verschwand ohne ein weiteres Wort.

»Setzt euch hin«, befahl Hannah. Sie zeigte auf die Bank neben der kleinen Küchenzeile.

»Aber muss ein Wohnmobil nicht so gebaut sein, dass man während der Fahrt in Fahrtrichtung sitzt und … angeschnallt ist?«, fragte Alex und starrte zu dem runden Tisch, vor dem Hannah stand. Sie hatte die Arme vor der Brust verschränkt und musterte ihn skeptisch. Rasch hob Alex die Hände und setzte sich. Was ging es ihn an, wenn die anderen bei einer Polizeikontrolle ein Bußgeld zahlen mussten? Es konnte ihm egal sein. Im gleichen Moment wurde im bewusst, dass er an den Kosten vermutlich beteiligt werden würde.

Steffi sah ihn entschuldigend an. Nachdem Hannah außer Hörweite war, raunte sie ihm zu: »Die sind eigentlich ganz nett.«

»Ja?« Alex war sich da nicht so sicher und zeigte seine Skepsis ganz offen. Noch konnte er aussteigen. Als er bemerkte, dass Steffi ihm nicht antwortete, fragte er: »Wohin fahrt ihr?« Er versuchte zu ignorieren, dass sich Hannah und Fiefie draußen leise stritten.

»Wohin es uns treibt«, antwortete Steffi. »Okay.« Mit der Antwort hatte Alex nicht gerechnet. Es klang zwar ehrlich, aber auch orientierungslos. Doch es passte zu dieser seltsamen Gruppe. Zumindest zu Fiefie und Steffi. Dieser Hannah hätte er mehr Planung und Voraussicht zugetraut.

»Warum willst du dir die Nordlichter ansehen?«, fragte Steffi und lächelte ihn an. Ihre Haare gingen ihr bis zur Schulter, und jetzt entdeckte er auch einen Nasenring. Nicht diese Art Stecker, wie ihn viele Frauen hatten, sondern einen richtigen Ring. Sie war eine sehr hübsche Frau, deren Schönheit man erst auf den zweiten Blick entdecken konnte, mit blauen Augen und einer makellosen Haut. Was ihr zur Perfektion fehlte, war ein Lächeln. Doch bis eben war sie merkwürdig ernst geblieben und hatte keine Miene verzogen.

Alex dachte an die Liste in seinem Geldbeutel und hob die Schultern. »Sollte man sich das nicht mal angesehen haben? Ich meine, Nordlichter sind doch mit das Faszinierendste, was es am Himmel zu sehen gibt, oder?«

Steffi überlegte kurz. »Keine Ahnung. Ich habe nie drüber nachgedacht. Ich habe sie auch noch nie gesehen. Ich …«

»Wir fahren los«, rief Hannah, klopfte an die Tür, dann schloss sie diese. Sie stieg auf der Fahrerseite ein und drehte sich um. Sie musterte Steffi. »Alles okay?«, fragte sie, fürsorglicher als alles, was sie zuvor gesagt hatte.

»Klar.« Steffi nickte.

»Auf geht's«, kommentierte Fiefie, und es schien, als hätte er Mühe, seine langen Beine so zu lagern, dass er bequem saß. Bevor er eine gemütliche Position gefunden hatte, startete Hannah das Wohnmobil. Es machte ein besorgniserregendes Geräusch und einen Satz nach vorne. Alex umklammerte mit einer Hand die Tischkante.

»Aber warum die Nordlichter? Gibt es keine anderen Dinge, die man sich mal ansehen sollte?«, fragte Steffi.

Alex zuckte zusammen. Er hatte nicht damit gerechnet, dass er gleich so befragt werden würde. Es war ihm unangenehm, und er überlegte, wie er Steffi auf Distanz halten konnte. Er brauchte einen Moment, bis er antworten konnte. »Hm, irgendwo muss man doch anfangen, oder?«

Steffi blinzelte, als hätte sie nicht mit dieser Antwort gerechnet. »Sicher. Klar. Aber warum ausgerechnet die Nordlichter? Warum bist du nicht zuerst nach Amerika gereist und hast dir den Grand Canyon angesehen oder einen erloschenen Vulkan? Oder die Wüste in Afrika?«

Alex dachte wieder an die Liste in seinem Geldbeutel. Tatsächlich stand das alles nicht darauf. Als er sie erstellt hatte, hatte er gar nicht daran gedacht, diese weit entfernten Naturwunder aufzunehmen. Nun fragte er sich selbst: Warum ausgerechnet die Nordlichter? Er hatte keine Ahnung. Er fand, dass sie etwas waren, das es auf die Liste schaffen musste. Und es war ihm logisch erschienen, bis zum nördlichsten Punkt zu reisen, um sich das Farbenspiel am Himmel anzusehen. »Es zieht mich dorthin«, sagte er leise und hob die Schultern.

»Na gut«, sagte Steffi, als ginge es darum, ob jemand von ihnen recht hatte. »Das Gute ist, du wirst unterwegs viele faszinierende Dinge sehen.«

Alex lächelte. »Das hört sich gut an. Darauf habe ich gehofft. Warst du schon oft in Norwegen?«

Steffi schüttelte den Kopf. »Ne, noch nie. Aber es soll super sein. Ich habe mich Hannah und Fiefie nicht angeschlossen, um etwas zu sehen, sondern um etwas zu fühlen.«

Ein schmerzlicher Stich ging durch sein Herz, und für einen kurzen Moment glaubte Alex nicht, dass er ruhig weiteratmen konnte, doch der Moment verging, und er schnappte eilig nach Luft. Steffis Worte klangen banal, doch in ihnen schwang viel Schmerz mit. Alex wusste sofort, dass ihr Schmerz ein anderer war als der, der ihn quälte. Es machte ihn neugierig. »Warum?«

Steffi hob die Schultern. »Ich habe das Fühlen nach einer Enttäuschung verlernt, glaube ich. Klassischer Liebeskummer. Und eine allgemeine Enttäuschung vom Leben.«

Hannah steuerte das Wohnmobil auf die Autobahn, beschleunigte aber nicht viel. Gemütlich ordnete sie sich hinter einen LKW ein und machte den Eindruck, als würde sie nicht schneller als 80 km/h fahren wollen.

Beruhigend, wie Alex fand. Er sah durch die Windschutzscheibe zwischen den Schultern von Hannah und Fiefie hindurch, anschließend wandte er sich erneut Steffi zu.

»Das klingt traurig«, sagte er.

Steffi lächelte. Das erste Mal, seit er sie kennengelernt hatte. Es war das traurigste Lächeln, das er je an einem Menschen gesehen hatte. Doch er hatte recht. Es stand ihr. Nun sah sie wunderschön aus. »Mag sein. Aber ich bin mir sicher, dass mir diese Reise sehr guttun wird.«

Alex erwiderte das Lächeln, dann schaute er auf die Tischplatte und verlagerte sein Gewicht. Er dachte wieder an die Liste und fragte sich, ob er während dieser Reise weitere Punkte abhaken konnte, nicht nur die Nordlichter, die ganz oben standen. Sie waren ihm als erstes eingefallen, auch wenn er Steffi nicht beantworten konnte, warum das so war. »Alles wird gut«, sagte Steffi, und ihr Blick wurde ernster. Sie zog die Beine auf die Sitzfläche und sah hinaus auf die an ihnen vorbeifahrenden Autos.

»Ich weiß nicht«, sagte Alex leise, und dieser altbekannte Knoten in seinem Magen zog sich enger zusammen und schien seine inneren Organe zu quetschen. Er hoffte, dass Steffi recht behielt, aber er bezweifelte es.

Doch er war unterwegs in die richtige Richtung. Er war unterwegs zu den Nordlichtern. Wenigstens das konnte ihn etwas beruhigen.

*

Während der Fahrt unterhielt er sich weiter mit Steffi. Sie war eine sehr offene Frau und teilte ihm viel von sich mit. Er hatte die Befürchtung, dass sie im Gegenzug mehr von ihm wissen wollte, aber sie akzeptierte seine gebrummten, ausweichenden Antworten, wenn sie ihm eine Frage stellte und bohrte nicht weiter. Von Steffi erfuhr Alex, wohin sie fuhren und dass ihre erste Anlaufstelle ein Parkplatz in Dänemark sein würde. Er erfuhr außerdem, dass Fiefie und Hannah schon häufiger mit anderen Leuten hier gewesen waren und

Steffi sich den beiden angeschlossen hatte. Sie erzählte ihm, dass sie eine komplizierte Beziehung hinter sich und den Halt verloren hatte, als ihr gekündigt worden war. Sie war ausgebildete Yoga-Lehrerin, und Alex erfuhr außerdem, dass es nicht so leicht war, damit seinen Lebensunterhalt zu verdienen.

Nach fast zwei Stunden erreichten sie das Ziel: einen geschotterten Parkplatz.

Sie bauten ihre Zelte auf, und Alex spürte währenddessen Blicke auf sich gerichtet. Er hatte sich einen Platz etwas abseits von ihnen gesucht und war erstaunt, wie eng Hannah und Fiefie ihre Zelte nebeneinander aufbauten und wie sehr Steffi sich daran orientierte.

Hannah war skeptisch, das wusste er, aber auch Fiefie blieb ihm gegenüber zurückhaltend. Nur Steffi unterhielt sich mit ihm und rief ihm ein paar aufmunternde Worte zu, als es ihm nicht sofort gelang, das Zelt aufzurichten. Er war nicht besonders gut darin, obwohl er in den letzten Wochen mehrmals geübt hatte und – zur Freude von Silas – das Zelt im Wohnzimmer aufgebaut hatte. Vor Antritt der Reise war er davon ausgegangen, dass er gut zurechtkommen würde. Nun, wo er mit Hannah, Fiefie und Steffi unterwegs war, wurde ihm bewusst, dass er ungeschickt und langsam war, während sie Survival-Profis zu sein schienen.

Alex beeilte sich und warf anschließend seinen Rucksack in das Innere des Zeltes. Er würde sich so schnell wie möglich von der Gruppe trennen, sobald # es eine realistische Chance gab, dass ihn jemand anderes mitnahm. Er glaubte nicht, dass er – abgesehen von Steffi – noch eine Verbindung zu dem Rest aufbauen konnte.

Er rief zu Hause an und erzählte, dass alles gut gegangen war. Dass er ein komisches Gefühl hatte, was seine Reisebegleiter anging, verschwieg er, weil das Zelt nur eine scheinbare Privatsphäre bot und die anderen ihn hören konnten. Es störte ihn, und er bereute, dass er sein Zelt nicht noch weiter weg aufgebaut hatte.

Als er mit Silas telefonierte, traten ihm die Tränen in die Augen. Wegen ihm hatte er so lange gezögert, ob er überhaupt fahren sollte. Fast hätte er sich dagegen entschieden. Schließlich war er das Schönste, das Alex jemals auf der Welt erblickt hatte, und er wusste, dass Nordlichter da niemals mithalten konnten. Allerdings wusste Alex, dass das sentimentaler Blödsinn war, er würde ja lediglich einige Wochen weg sein. Bald wäre er wieder zu Hause. Um eine Erfahrung und hoffentlich einige abgehakte Posten auf der Liste reicher.

Nachdem er aufgelegt hatte, versuchte er es sich etwas bequemer zu machen. Das Zelt war deutlich kleiner als die beiden der zwei Frauen. Nur Fiefie hatte ein ähnlich kleines Zelt wie er. Vor seinem inneren Auge versuchte Alex sich vorzustellen, wie es Fiefie gelang, dort drin zu schlafen. Unfreiwillig erschien ein Bild einer eingerollten Schlange in Menschengestalt.

Seufzend legte Alex sich hin und störte sich daran, dass er mit den Fußspitzen an die Zeltwand stieß, obwohl sein Kopf schon nah am Stoff der gegenüberliegenden Seite war. Es war echt unbequem, und da kamen wieder die Zweifel, warum er sich das antat. Er hätte fliegen sollen. Verdammt, er hätte einfach fliegen sollen, so wie es ihm Carola empfohlen hatte. Er hätte wie jeder normale Mensch, ein Hotel buchen und an einer Touristenwanderung teilnehmen sollen, um die Nordlichter zu bestaunen. Das wäre deutlich bequemer gewesen und zeitsparender. Aber auch deutlich teurer. Und immer, wenn Alex über seine finanzielle Lage nachdachte, brach ihm der Schweiß aus. Erneut wurde ihm bewusst, dass er absolut keinen finanziellen Spielraum hatte und darauf angewiesen war, möglichst günstig in den Norden zu kommen.

»Du musst dich diagonal legen.«

Alex richtete sich hastig auf und zuckte zusammen, als er sah, dass der große Kopf von Fiefie durch den Schlitz in der Zeltöffnung reinlugte. Das erste Mal sah er Fiefies Gesicht aus der Nähe. Er hatte Piercings in den Augenbrauen, in den Ohren und an der Lippe, sowie einen Nasenring in der Nase, wie auch Steffi ihn trug. Doch am meisten fiel Alex auf, dass Fiefies rechtes Auge rot war und tränte. Er fragte sich, ob er krank war oder er sonst irgendwelche Probleme hatte.

»Was?«, fragte Alex und sah auf den Schlafsack. Langsam drehte er sich zu Fiefie, der amüsiert aussah.

»Du musst dich von einer Ecke zur anderen legen, dann hast du mehr Platz«, erläuterte Fiefie geduldig, und als Alex ihn nur verwirrt ansah, beugte sich herein, griff nach Alex' Schlafsack und arrangierte ihn um. Tatsächlich hatte Alex jetzt deutlich mehr Platz, um sich auszustrecken, und in den Ecken neben seinem Körper noch genug Raum, um sein Zeug zu verstauen. »Ah, danke«, sagte Alex.

»Komm essen«, sagte Fiefie und krabbelte rückwärts aus dem Zelt heraus. Weil Alex nicht wusste, wann er das nächste Mal zu einer Tankstelle kam, hatte er sich am Vormittag bereits belegte Brötchen gekauft und ein paar Kekse, die er am Abend essen wollte. Trotzdem wollte er nicht unhöflich sein und verließ sein Zelt. Den ganzen Abend im Zelt zu verbringen, wäre sowieso eine Zumutung. Es würde mit der Zeit stickig werden.

Neben dem Wohnmobil saß Steffi auf einem Campingstuhl, vor ihr war ein Tisch mit drei weiteren, leeren Stühlen. »Komm, Hannah hat gekocht«, sagte Fiefie und drehte sich zu ihm um.

Erstaunt folgte Alex ihm. Er konnte sich doch unmöglich von den dreien zum Essen einladen lassen, nachdem sie ihm deutlich gemacht hatten, dass sie ihn nicht wirklich mochten. Alex fiel ein, dass er ihnen immer noch kein Geld gegeben hatte. War das der Grund, warum alle so skeptisch waren?

Zögerlich trat Alex näher. Er musterte die Teller und das Besteck auf dem Tisch. Das Letzte, womit er gerechnet hatte, war, dass das Trio einen Tisch mit Stühlen aufbaute und Hannah die vollgestellte Küche im Wohnmobil tatsächlich dazu nutzte, um zu kochen.

»Setz dich. Nimm dir ein Bier«, sagte Fiefie und zeigte auf den leeren Stuhl neben Steffi. Er selbst setzte sich Alex gegenüber und zündete sich eine selbstgedrehte Kippe an, die verdächtig roch. Steffi reichte ihm ein Bier.

»Erzähl«, sagte Fiefie und legte ein Bein über das andere. »Warum reist du alleine, und warum fliegst du nicht einfach, so wie es alle Dauergestressten tun, wenn sie sich die Nordlichter ansehen wollen?«

Alex sah zu seinem kleinen Zelt und grinste. »Genau das habe ich mich eben auch gefragt.« Er zögerte. Wie viel sollte er preisgeben? Er wollte den Fremden eigentlich nicht vertrauen, allerdings schienen sie ja doch Interesse für ihn entwickelt zu haben. Sie waren wohl doch ... netter, als er zunächst gedacht hatte. Er sollte vielleicht etwas von sich preisgeben. Nur ein klein wenig. Alex sah abwechselnd zu Fiefie und zu Steffi. Beide sahen ihn geduldig an, nicht irritiert, dass er sich für seine Antwort viel Zeit nahm. »Es wäre teuer geworden, und ich habe momentan die Zeit für eine längere Reise, und die Gelegenheit war günstig, und deswegen dachte ich, ich spare Geld, wenn ich per Anhalter fahre und im Zelt schlafe.« Damit hatte er deutlich mehr erzählt, als er vorhatte. Er nahm sich vor, nicht mehr so viel zu plaudern, bis er über die anderen auch mehr erfuhr.

»Und warum ...«

»Was ist mit deinem Auge?«, fragte Alex und unterbrach damit Fiefies weitere Fragen, hoffte er zumindest.

Ihm fiel auf, dass er Fiefie tatsächlich aus dem Konzept gebracht hatte. »Es ist dir aufgefallen?«, fragte er erstaunt. »Ist es so schlimm?«

»Was ist los?«, fragte Steffi und beugte sich vor.

»Es ist rot und tränt«, sagte Alex.

»Oh, jetzt, wo du es sagst.« Steffi lehnte sich zurück. »Seit wann hast du das, Fiefie?«, fragte sie.

Alex runzelte die Stirn. Steffi hatte erzählt, dass sie Fiefie im Winter über einen gemeinsamen Bekannten kennengelernt hatte und sie seit einigen Tagen mit ihm unterwegs war. Wie konnte sie diese Entzündung übersehen haben? Es war ihm, Alex, sofort aufgefallen, als er die Gelegenheit hatte, Fiefies Gesicht näher zu betrachten.

20

»Entzündung. Chronische Sache. Ich muss Augentropfen nehmen, dann wird es wieder besser«, sagte Fiefie und hob die Schultern.

»Bist du sicher?«, fragte Alex und trank einen Schluck seines Bieres. Er fand, dass Fiefie das viel zu locker nahm, und es verwirrte ihn, wie entspannt und lässig Fiefie an seinem Joint zog, ohne darüber nachzudenken, ob Drogen bei dieser Art von Entzündung nicht eher kontraproduktiv waren.

»Klar. Hatte ich schon öfter«, sagte Fiefie und hob erneut die Schultern. Er verlagerte das Gewicht. »Kann mir jemand helfen?«, rief Hannah aus dem Wohnmobil.

»Bleibt sitzen. Ich mach das«, sagte Fiefie und stand auf.

»Bist du so eine Art Augenarzt?«, fragte Steffi.

Alex lachte laut auf und betrachtete Steffi. »Ne.« Er fand den Gedanken amüsant, aber Steffi blieb ernst und sah ihn mit großen Augen an, ohne ihre Lippen zu einem Lächeln zu verziehen. Als trug sie die ganze Last der Welt auf ihren Schultern. Als hafte an ihr die Schwere, die Fiefie in seiner Leichtigkeit fehlte. Alex dachte darüber nach, dass er allein weiterreisen sollte, andererseits machten ihn die drei nun doch neugierig. Und er fand es nett, dass sie ihn einluden, an ihrem Tisch Platz zu nehmen, und dass Hannah für ihn mitkochte. Es war deutlich mehr, als er erwartet hatte, als er an diesem Rasthof den Daumen in die Höhe getreckt hatte, um eine Mitfahrgelegenheit zu finden.

»Nein, ich bin kein Augenarzt«, sagte er in Steffis Richtung und gluckste auf. Er wünschte sich, sie würde lächeln. Oder grinsen. Oder irgendwas in der Art. Doch sie starrte ihn nur mit traurigen Augen an. »Ich bin gar kein Arzt«, konkretisierte Alex und trank einen Schluck von dem Bier, das Fiefie ihm hingestellt hatte.

*

Zu seiner Verwunderung baute niemand am nächsten Morgen das Zelt ab, und Alex beschlich das Gefühl, dass das Trio vorhatte, hier einige Tage zu verweilen. Er ging zu Steffi, die mit einer Tasse Kaffee am Tisch saß, an dem sie am Abend zuvor zu Abend gegessen hatten. »Wann fahren wir weiter?«, fragte Alex.

Er war auf die Gruppe angewiesen. Sie hatten ihn zu einem verlassenen Parkplatz entführt, von wo aus er keine Chance hatte, per Anhalter weiterzufahren. Dass ihm das erst jetzt klar wurde, ärgerte ihn. Carola hatte ihn vorgewarnt, nicht zu naiv zu sein und nicht jedem zu trauen. Er hatte ihr versichert, dass er vorsichtig sein würde, aber so wie es aussah, begann er mit den Fehlern bereits zu diesem frühen Zeitpunkt seiner Reise. Warum hatte er sich ihre Worte nicht zu Herzen genommen?

»Hast du es eilig?«, fragte Steffi. Sie schob ihm die Kanne mit Kaffee hin. »Ich denke, wir werden einige Tage hierbleiben.«

Alex nahm sich eine leere Tasse. Wenigstens gab es Kaffee.

»Das ist …«

»Gibt es Milch?«, fragte Alex leicht genervt und schenkte sich ein. Er ärgerte sich über seine eigene Dummheit. Bis nach Nordnorwegen war es weit, und er würde es nicht rechtzeitig schaffen, wenn er hier herumtrödelte. Es nervte ihn, dass er nun praktisch gezwungen war, bei der Gruppe zu bleiben.

»Ist aus. Du musst den Kaffee schwarz trinken. Aber …«

Steffi hielt inne, als Alex einen Schluck nahm. Das heiße Getränk tat ihm gut und wärmte ihn von innen heraus. Durch das Koffein fühlte er sich gestärkt und wach, und die Wärme, die ihn durchströmte, tröstete ihn etwas. »Was ist?«, fragte er, als Steffi nicht weiterredete. »Ach, nichts.« Steffi winkte ab. »Ist eh zu spät.«

»Hey. Das ist meine Tasse!«

In dem Moment wurde Alex klar, was Steffi ihm hatte sagen können. Er sah auf und versuchte, möglichst entschuldigend zu Fiefie zu sehen. »Ich … äh …« Sofort stellte er die Tasse ab.

Als wäre die Tasse noch unbenutzt, trank Fiefie daraus, während er Alex streng ansah.

»Tut … Tut mir echt leid«, stotterte Alex. »Ich … Ich dachte, dass …«

»Schon gut«, herrschte Fiefie ihn an. Er nahm einen weiteren Schluck und schob die Tasse zu ihm zurück. »Wir können sie uns teilen.«

»Äh.« Alex sah zu der Tasse und spürte, dass er rot wurde. Noch nie hatte er mit Fremden das Geschirr geteilt. Ja, mit Carola. Und natürlich mit Silas, aber Fiefie war für ihn vollkommen fremd.

»Es ist okay«, sagte Fiefie und lächelte freundlich. »Trau dich.«

Zögerlich nahm Alex die Tasse und trank einen weiteren Schluck, dann setzte er die Tasse ab. Er fühlte sich unwohl.

»Er wollte wissen, wann wir weiterfahren«, sagte Steffi. Sie sah zu Fiefie hoch und band ihre Haare zu einem losen Knoten zusammen, während sie ihn aufmerksam musterte. »Ich glaube, er hat es eilig.«

Das hatte Alex wegen der Sache mit der Tasse glatt vergessen. »Warum hast du es eilig?«, fragte Fiefie und verschränkte die Arme vor der Brust. »Wir haben alle Zeit der Welt. Du hast gestern gesagt, auch du hättest genug Zeit.«

»Ja, aber … ich muss irgendwann wieder heim. Ihr nicht?«, fragte Alex und sah Steffi und Fiefie abwechselnd an. »Also, ich bin arbeitslos. Beziehungslos. Meine Wohnung ist untervermietet. Mich erwartet niemand zu Hause«, erinnerte Steffi ihn und hob eine Augenbraue. Ein trauriger Zug umspielte ihre Augen.

»Und ich habe für dieses Jahr genug gearbeitet«, betonte Fiefie.

Alex runzelte die Stirn. »Könnt ihr mich wenigstens zu einer Hauptstraße fahren, damit ich weiterkomme?«

Fiefie grinste und betrachtete ihn auf eine Weise, wie ein Vater seinen Sohn ansehen würde, der wie erwartet Mist gebaut hatte.

»Ich meine, dann kann ich allein weiter. Es war nett bei euch, aber ich muss die Nordlichter sehen«, versuchte Alex zu erklären. »Schau dich um, hier ist so viel Schönheit«, sagte Steffi und zeigte auf die Felder, die großen Bäume, die hinter dem Wohnmobil standen, und den Wald, der am Horizont zu sehen war. »Du verpasst das alles, wenn du nur an deine Nordlichter denkst.«

»Ja, das mag schon sein.« Alex drehte sich um. Okay, die Lage war nicht schlecht, aber es war langweilig und nichts Besonderes. »Ich bin wegen der Nordlichter hergekommen.«

»Blöd, dass die Wahrscheinlichkeit, Nordlichter zu sehen, derzeit ziemlich gering ist. Wir haben Anfang September. Warte noch einen Monat, da stehen deine Chancen besser«, sagte Fiefie und kicherte leise. Sein Auge sah besser aus als am Vorabend. Vielleicht hatte er recht, und es reichte, wenn er es mit Augentropfen versorgte. »Du siehst, du hast alle Zeit der Welt. Mach die Augen auf und schau dir das an, was sich dir zeigt«, empfahl Steffi. »Welchen Sinn hat es, die Nordlichter gesehen zu haben und dabei für alles andere den Blick zu verlieren?«

Alex stöhnte leise. »Ihr versteht es nicht.«

»Er ist halt einer der Dauergestressten, die sich in den Norden fliegen lassen, eine geführte Tour zu den optimalen Plätzen für die Nordlichter buchen und anschließend eilig zurück nach Hause fliegen und glauben, sie würden Norwegen kennen«, überlegte Fiefie laut und lehnte sich vor. Er zog die Tasse wieder zu sich heran und trank, als wäre es das Normalste der Welt, sich eine Tasse zu teilen.

Alex seufzte.

»Oder?« Fiefie sah ihn an.

Alex spürte Wut in sich hochsteigen. »Ja, vielleicht«, sagte er und ballte eine Hand zu einer Faust. »Vielleicht habe ich nicht viel Zeit, und ja, vielleicht übersehe ich unterwegs einiges, aber ich habe mir vorgenommen, diese Nordlichter zu sehen, und das ist alles, was mich interessiert. Also sagt mir bitte einfach, ob ihr mich zu einer größeren Straße in einer dichter besiedelten Gegend fahren könnt. Bitte. Ich will nicht laufen. Ich habe Angst, mich zu verlaufen und in dieser Einsamkeit zu verhungern «, fügte er mit lauter Stimme hinzu. Er spürte, dass sich seine Hand etwas entspannte, er die Faust automatisch gelockert hatte.

Steffi und Fiefie sahen ihn an. Fiefie blinzelnd mit zusammengepressten Lippen, Steffi mit unbewegter Miene.

»Klar, das machen wir.« Hannah sah müde aus, als hätte sie nicht genug geschlafen. Ihre Haare trug sie in einem Pferdeschwanz, obwohl sie dafür zu kurz waren. Sie hatte am Tag zuvor besser ausgesehen. »Wir fahren dich dort hin, und du kannst versuchen, dich in den Norden durchzuschlagen.«

»Es gibt zurzeit noch keine Nordlichter«, sagte Fiefie laut. »Es ist vollkommen idiotisch, jetzt in Hektik zu verfallen.«

»Er ist Tramper. Er wird nicht viele Gelegenheiten haben, weiterzureisen. Ich glaube, es ist besser, wenn er sich auf den Weg macht«, erwiderte Hannah. Sie setzte sich ebenfalls und schenkte sich Kaffee ein. Sie hatte sich eine Tasse mitgebracht.

»Danke«, sagte Alex.

»Kein Problem«, erwiderte Hannah und lächelte ihn an.

»Warum nehmen wir ihn nicht mit nach Schweden und werfen ihn dort raus?«, fragte Fiefie und starrte Hannah ungeduldig an. »Dann können wir uns zumindest die Kosten für die Brücke teilen. Wenn wir zu viert drüberfahren, ist das günstiger für uns alle.«

»Du kannst ihn nicht zwingen, bei uns zu bleiben«, erwiderte Hannah. »Er ist hier, um sich die Nordlichter anzusehen. Das ist sein gutes Recht. Wir sind hergekommen, ohne Ziel und ohne feste Route. Es wäre unfair, in ihm die Hoffnung zu wecken, wir könnten ihn viel weiter mitnehmen.« Sie legte eine Hand auf Fiefies Schulter. »Hör auf zu träumen. So was wie mit Joris passiert nicht alle Tage. Und wir haben immerhin Steffi.«

Alex blinzelte. Er verstand nur Bahnhof.

Fiefie schien nicht Hannahs Meinung zu sein. Er schlug mit der flachen Hand auf den Tisch und stand auf.

Hannah sah ihm nach und seufzte laut.

Steffi trank von ihrem Kaffee. »Schade«, sagte sie.

»Ja, aber man kann es nicht erzwingen.« Hannah stand ebenfalls auf. »Mach dich fertig. Ich fahr dich in einer halben Stunde zur Hauptstraße.«

»Danke«, sagte Alex und versuchte, das alarmierende Grummeln in seinem Bauch zu ignorieren. Er spürte, dass er etwas verpasst hatte. Dass er einen Fehler gemacht hatte. Doch er wusste nicht, was er falsch gemacht hatte. Aber irgendwas stimmte nicht, und es fühlte sich nicht gut an, die drei einfach hinter sich zu lassen.

Vielleicht, weil Fiefie recht hatte und es viel zu früh war, die Nordlichter zu sehen. Oder war es, weil er insgeheim wusste, wie recht Steffi damit hatte, dass er aufgrund seiner Fokussierung auf die Nordlichter ganz andere Dinge verpasste?

*

Hannah sagte nichts, während sie das Wohnmobil auf dem kleinen Weg zurück ins Dorf lenkte. Alex musterte sie, während er versuchte, seine Finger davon abzuhalten, nervös auf seinem Oberschenkel zu trommeln. Er sah nach draußen und betrachtete die spätsommerlichen Felder. Vereinzelt standen Sonnenblumen am Rand, immer wieder waren diese blauen Blumen zu sehen, von denen er meinte, dass es Kornblumen waren. Er war sich jedoch nicht sicher. Er würde Steffis Hinweis beherzigen. Die Nordlichter waren bestimmt ein Highlight auf dieser Reise, doch nur diesen hinterherzujagen und dabei vor lauter Eile kein Auge für die restliche Schönheit zu haben, war falsch.

»Also kennt ihr euch schon lange, du und Fiefie?«, fragte er und wendete seinen Blick Hannah zu. Das Schweigen zwischen ihnen machte ihn nervös. Sie kaute auf einem Kaugummi und trug eine Sonnenbrille, die viel uncooler war, als er es von ihr erwartet hatte. Die Haare trug sie offen. Mit dem Muskelshirt wirkte sie maskulin, auch wenn ihre Jeans eng geschnitten war und die weibliche Silhouette nicht verhüllte. Sie hob die Schultern.

Alex seufzte und sah nach draußen. Erste Häuser waren zu sehen. Er hatte keine Ahnung, wie weit sie ihn fahren würde, aber er hoffte, dass die Straße dort wirklich belebt genug war, dass aufgeschlossene Autofahrer ihn mitnahmen. Doch was, wenn er wieder auf komische Menschen treffen würde? Was, wenn er gar nicht bis in den Norden kam, weil die Straßen verlassen waren?

»Wann fahrt ihr weiter?«, versuchte er es erneut.

Hannah steuerte den Wagen mit einer Hand, den linken Arm hielt sie lässig aus dem geöffneten Fenster. »Wir treffen uns mit Freunden bei Oslo und werden dann weiter nach Norden fahren, so ist der grobe Plan. Aber wir entscheiden meist spontan.«

Alex verdrehte die Augen. Zu Hause hatte ihn jeder bewundert für seine flexible Urlaubsplanung, jeder hatte ihm gesagt, er sei mutig, dass er ohne genauen Plan einfach losfuhr und lediglich ein ungefähres Ziel vor Augen hatte. Jetzt bei Hannah fühlte er sich stockkonservativ, weil er als Ziel seiner Reise einzig und allein den hohen Norden hatte. »Du hast meine Frage nicht beantwortet. Wann fahrt ihr weiter?«

»Wir treffen uns in zwei Wochen mit einer zweiten Gruppe«, gab Hannah Auskunft und grinste ihn an, als hätte sie ihm bewusst nicht geantwortet, um ihn zappeln zu lassen.

»Aha.« Alex würde ihr nicht den Gefallen tun, weiter nachzufragen. Er konnte ihr ansehen, dass sie sich innerlich über ihn lustig machte. Er sah zum Fenster hinaus und presste seine Lippen aufeinander.

»Wir hätten die gleiche Richtung. Ich glaube, die Nordlichter würden mich auch interessieren, und ich schätze, Fiefie und Steffi wären ebenfalls nicht abgeneigt«, sagte Hannah.

Überrascht wendete Alex seinen Kopf. »Aber?«

Hannah grinste. Sie sah ihn an und hob schon wieder die Schultern. »Es gibt kein Aber. Wir waren einfach nur überrascht von der Hektik, die du an den Tag gelegt hast.«

Ein aufgeregtes Kitzeln im Bauch überkam ihn, und Alex musste lächeln. Für einen kurzen Moment stellte er sich vor, er würde mit den anderen reisen. Der Gedanke gefiel ihm mehr als erwartet. »Was macht ihr denn beruflich, dass ihr es euch erlauben könnt, so lange unterwegs zu sein.«

»Wir sind den Sommer über Erntehelfer. Also Fiefie und ich. Steffi sollte dir selbst über sich erzählen«, beantwortete Hannah seine Frage.

»Ich weiß. Sie hat mir erzählt, dass sie arbeitssuchend ist.« Alex versuchte, sich Hannah und Fiefie als Erntehelfer vorzustellen, und fand nicht, dass das zu den beiden passte.

»Sie nimmt sich die Auszeit, die sie braucht, und hat keinerlei Vorgaben, wann sie zurück sein muss«, fügte Hannah hinzu. Sie kaute mit offenem Mund auf ihrem Kaugummi. »Wann musst du zurück sein? Hast du einen Job?«

Alex zuckte zusammen. »Der Job ist egal«, sagte er schnell, und in der Hoffnung, dass sie nicht mehr nachfragen würde, ergänzte er. »Aber ich habe ein Kind. Ich will nicht zu lange wegbleiben.«

»Du hast ein Kind?« Hannah nickte. »Wow, das hätte ich nicht gedacht.«

»Ich bin jung Vater geworden. Silas, mein Sohn, ist acht Jahre alt.« Alex berührte die Hosentasche mit seinem Geldbeutel. Darin waren zwei Bilder von Silas, eines, auf dem Silas noch ganz klein war, und eines, auf dem er zusammen mit seiner Mutter in die Kamera strahlte. Das zweite Bild war erst vor einigen Wochen im Frühsommer während einer Wanderung entstanden.

»Und seine Mutter? Seid ihr verheiratet?«, fragte Hannah.

»Ja«, sagte Alex knapp. Über Carola wollte er nicht reden. Er wollte nicht mal über Silas reden, doch es war eine willkommene Ablenkung, um von seinem Job abzulenken. Vielleicht spürte Hannah, dass er nicht über Carola reden wollte, denn sie stellte ihm keine weiteren Fragen. Alex sah wieder aus dem Fenster. Die Straße, auf der sie fuhren, war bereits zweispurig. Sicherlich würde sie bald anhalten.

Er beneidete Leute wie Hannah. Leute, denen die Karriere nicht so wichtig war, die nur arbeiteten, um Geld zum Leben zu verdienen. Er wünschte, er hätte ebenfalls solch eine lockere Einstellung. Ihm war eine Karriere früher wichtig gewesen, doch seit er sein Architekturstudium abgeschlossen hatte, hatte er mehrere Enttäuschungen erlebt. Und jetzt war sowieso alles egal.

»Also bist du nicht gebunden«, stellte Hannah nach einigen Minuten fest.

»Nein.« Alex schüttelte den Kopf, und eine Kälte stieg von seinen Fingerspitzen auf bis zu seinen Unterarmen. Die Gründe, warum er sich auf diese Reise begeben hatte, durchfluteten sein Gehirn wie eine Flutwelle. Auf einmal fühlte er sich einsam und von allem gelöst, das ihm vorher Halt gegeben hatte.

Er konnte Hannahs Blick spüren, doch er wollte sie nicht ansehen. Auch nicht, als sie sagte: »Dann schließ dich uns an. Wir kennen uns gut aus. Es gibt kaum eine bessere Chance für dich, als mit uns möglichst weit in den Norden zu kommen. Fiefie war echt traurig, als du gepackt hast.«

»Warum?«, fragte Alex.

»Fiefie ist gerne mit vielen Menschen zusammen. Es soll eine möglichst große Gruppe sein. Er sehnt sich nach Reisebegleitern, die dauerhaft bleiben«, erklärte Hannah.

Was meinte sie wohl mit dauerhaft? Alex schluckte schwer.

»Du hast doch Zeit. Es gibt nichts, was dich daran hindert, es langsamer anzugehen, oder?« Hannah klopfte leicht mit den Fingern auf das Lenkrad.

Alex konnte ihr nicht antworten. Sein Herz schlug ihm hastig in der Brust. Das Rauschen im Ohr wurde immer lauter. Er schüttelte wie betäubt den Kopf. Er dachte an Silas und dessen Bilder in seinem Geldbeutel. Hannah fuhr raus und hielt an einem Parkplatz. Sie waren nun an der Hauptstraße, auf der sie hergekommen waren. Alex erkannte die Stelle sofort.

»Alles okay?«, fragte Hannah. Ihre Stimme klang besorgt.

»Ja«, sagte Alex und sah stur geradeaus. Das Rauschen wurde schwächer, und als er seine Finger aneinander rieb, wurden sie wärmer. Er straffte seine Schultern. »Ja«, wiederholte er. »Danke, es geht schon.«

Hannah trommelte schneller mit den Fingern auf dem Lenkrad herum. »Hör mal, du siehst blass aus, Alex«, sagte sie. »Ich werde dich nicht hier stehen lassen. Ich glaube nicht, dass du gerade in der Lage bist, allein weiterzureisen.« Mühsam drehte Alex seinen Kopf. Er bemühte sich darum, sie anzulächeln, doch er konnte sie nicht überzeugen. Das spürte er bereits, als sich sein Lächeln verkrampft und steif anfühlte. Sie schüttelte den Kopf und musterte ihn aufmerksam. »Alex«, sagte sie leise.

Er räusperte sich. »Ich … weiß nicht, was ich machen soll. Ich will wirklich nicht alleine weiterreisen, aber ich will mich euch nicht aufdrängen. Ich glaube, ich will zurück nach Hause.« Den letzten Satz flüsterte er.

Hannah seufzte. »Also, ich fahr dich jetzt nicht wieder nach Deutschland zurück. Das kannst du vergessen.« Sie lachte, und es klang ein wenig spöttisch.

Es animierte ihn trotzdem dazu, zu lächeln.

»Du bist ein bisschen komisch, und ich habe keine Ahnung, welche Gründe du hast, dass du dir ausgerechnet die Nordlichter anschauen willst, aber du hast hier drei Menschen, die ebenfalls komisch sind und denen es egal ist, wohin sie fahren, solange sie nur unterwegs sind. Also, ich finde, das passt ganz gut.«

»Und die Leute, mit denen ihr euch trefft?«, fragte Alex. »Die sind auch komisch, mach dir keine Sorgen«, antwortete Hannah.

Alex schmunzelte. »Sehr beruhigend.«

»Ich weiß nicht, ob sie mitkommen wollen. Ich weiß nicht einmal, ob Fiefie und Steffi dabei sein wollen, aber wir können dich gerne so weit begleiten, wie es sich für uns alle gut anfühlt. Und wir könnten uns wirklich die Kosten für die Brücke und das Benzin teilen.« Hannah zeigte nach vorne, wo sie wohl Schweden vermutete.

»Lass uns zurückfahren und mit den anderen darüber reden. Ich kann dich nicht aussteigen lassen. Nicht in dieser Verfassung, in der du dich gerade befindest.«

Alex starrte auf seine Finger und rieb sie vorsichtig aneinander. Sie waren nicht mehr länger taub. Warum glaubte Hannah, Verantwortung für ihn übernehmen zu müssen? Sie kannten sich doch gar nicht. Trotzdem schien Hannah der Meinung zu sein, es ihm schuldig zu sein.

»Und?« Hannah lächelte ihn an, und sie sah zum ersten Mal richtig freundlich aus.

»Also gut, dann komme ich mit«, entschied Alex schnell, bevor er noch länger darüber nachdenken konnte. Er musste weiterreisen. Und es war besser, das mit drei Menschen zu tun, die er zumindest etwas kannte. Er wollte nicht allein reisen.

*

»Ich wusste es!«, schrie Fiefie, als Alex ausstieg, und lief auf ihn zu. Er packte ihn an der Hand und drückte seine Schulter fest gegen die von Alex, eine Begrüßung, die zu ihm passte.

Grinsend sah Alex zu ihm hoch und hob beide Hände. »Ich wollte doch nicht allein weiterreisen.«

»Sehr gut«, sagte Fiefie und nickte.

»Hey.« Steffi lief auf ihn zu, verschränkte die Hände hinter dem Rücken und lächelte ihn an. Da Alex wusste, wie selten sie lächelte, fühlte er sich erst recht sehr geehrt.

Einen Moment lang standen sie sich im Kreis gegenüber, Fiefie, Steffi und er. Alex war überrascht, dass sich die anderen so über seine Rückkehr freuten, insbesondere Fiefie, mit dem Alex noch nicht viel gesprochen hatte. Damit hatte er gar nicht gerechnet. Aus seiner Sicht hatten sie einen miserablen Start gehabt, aber vielleicht sahen das Steffi und Fiefie anders.

»Hilf ihm, das Zelt aufzubauen. Ich bereite das Essen vor«, sagte Hannah. Von der Freundlichkeit, die sie zuvor gezeigt hatte, war nichts mehr zu merken. Sie hatte wieder den dominanten Ton angenommen und wedelte eifrig mit den Händen, als sie sich nicht sofort in Bewegung setzten. Sie hörte erst damit auf, als sie auseinanderstoben.

*

Nach dem Essen beugten sie sich gemeinsam über eine riesige Karte von Südschweden. Sie war abgenutzt, hatte Risse an den Seiten und Flecken, die wie aufgemalte Seen aussahen. Zusammen mit den Falten, die kreuz und quer verliefen und davon zeugten, dass jemand sich nicht die Mühe gemacht hatte, die Karte an der Faltkante zu falten, erinnerte sie Alex an das Wohnmobil, das ebenfalls seine besten Zeiten hinter sich hatte.

Hannah und Fiefie, die Südschweden besser kannten als Steffi und er, schlugen einen Umweg über die östliche Küste vor und rieten zu längeren Aufenthalten an einem großen See.

»Und dort treffen wir uns mit den anderen«, sagte Hannah und deutete knapp unterhalb von Oslo.

Steffi nickte, und auch Alex fand, dass das nach einem guten Plan klang. Er freute sich sehr darüber, dass das Trio ihn weiter aufnahm. Er fühlte sich erstaunlich wohl, und die Panik, die ihn am Vormittag überkommen hatte, war nur noch eine ferne Erinnerung. Er wischte alles von sich weg und tauchte ganz in das Abenteuer ein, das vor ihm lag.

Dass sie bereit waren, Pläne zu schmieden und ihre Route auf einer Karte ankündigten, machte es ihm leichter, ihnen zu vertrauen und sich als Teil der Gruppe zu definieren.

Als er an diesem Abend Carola und Silas anrief, war er optimistischer als am Tag zuvor, und selbst die Nacht verbrachte er besser, auch wenn es in dem kleinen Zelt nach wie vor sehr unbequem war.

Am nächsten Tag reisten sie über die Öresundbrücke nach Schweden ein. Zuerst übernahm Fiefie das Fahren, dann fuhr Steffi und anschließend Hannah. Die letzte Etappe sollte Alex hinter das Steuer. Er war unsicher, da er wenig Fahrpraxis hatte und schon gar nicht mit einem Wohnmobil. Zunächst wusste er nicht, ob er es mit seinem Führerschein überhaupt fahren durfte, aber die anderen hatten ihn beruhigt und behauptet, dass das in Ordnung gehen würde. Alex war sich da nicht ganz so sicher, aber andererseits konnte es ihm ja egal sein, wenn er erwischt wurde und man ihm den Führerschein entzog. Wenigstens war es hell und die Straßen leer, was es deutlich vereinfachte. Ihm war klar, dass er irgendwann an seine Grenzen kommen würde. Wenn es regnete oder die Straßen kurviger und enger wurden. Als er daran dachte, dass er den anderen irgendwann sagen musste, dass er nicht mehr fahren könne, schwappte eine neue Welle von Panik über ihn.

Es gelang ihm, sie vom Rest der Gruppe unbemerkt über sich ergehen zu lassen, und er konzentrierte sich wieder auf das Fahren und seinen Atem. Nach einiger Zeit konnte er sich ganz und gar der Fahrt widmen, ohne an die düstere Zukunft zu denken.

Fiefie saß neben ihm und wies ihm den Weg zu einem Rastplatz auf einer Halbinsel unterhalb von Kalmar. Dort gab es eine Dusche und Toiletten und einen großen Tisch mit zwei Holzbänken. Hier würden sie nun den nächsten Halt machen. Alex parkte das Wohnmobil und sah sich um. Ihm fielen sofort die hohen Gräser und die Wildblumen darin auf. Es sah schön aus. Nicht das, weswegen er gekommen war, aber auf jeden Fall sehenswert.

*

Bevor es dämmerte, lief Alex den schmalen Weg entlang zum Ufer und starrte aufs Wasser, das eine tiefblaue Farbe hatte und im Kontrast zum hellblauen Himmel stand. Der Horizont bildete die gegenüberliegende Insel Öland, die sich in einem satten Grün abhob. Alex versuchte, alles auf sich wirken zu lassen, immer daran denkend, was Steffi zu ihm gesagt hatte. Er musste auch alles andere außer den Nordlichtern in sich aufsaugen.

Für einen kurzen Moment schloss Alex die Augen und versuchte, die Umgebung mit allen restlichen Sinnen wahrzunehmen, um die Schönheit darin zu erkennen. Er war neugierig, ob es ihm gelingen würde.

Er spürte die warmen Sonnenstrahlen auf der Haut. Das Geräusch von Wellen vermischte sich mit dem entfernten Kinderlachen. Nur die Gerüche waren komplex und nicht eindeutig definierbar. Schnell wurde ihm klar. Es gelang ihm nicht. Es spiegelte einfach nicht das wider, was er vor sich sehen konnte. Eilig riss Alex die Augen auf, blinzelte und betrachtete die Farbenvielfalt vor sich, als wäre er längst am Ziel und würde am Himmel die grünen Schatten eines Nordlichts erkennen.

Als er ein Geräusch hinter sich hörte, drehte er sich ruckartig um.

Steffi trat näher und blieb dicht neben ihm stehen, ohne ihn anzusprechen. Ihre Ellenbogen berührten einander. »Sieht es nicht wunderbar aus?«, fragte Alex leise.

»Ja«, sagte sie leise und sah zu ihm.

»Diese Farben. Diese Weite. Diese Freiheit.« Alex spürte, wie er fröstelte, und schob seine Hände in die Hosentaschen. Er drehte sich so, dass er sie sehen konnte und dahinter die umwerfende Kulisse.

Steffi antwortete nichts, sondern sah nur mit weit geöffneten Augen auf das Wasser. Sie trug ihre Haare als wirren Knoten, eine einzelne lila-grün gefärbte Strähne hatte sich gelöst und hing an ihrer Schläfe hinab. Alles in ihrem Gesicht wirkte entspannt, aber sie lächelte weiterhin nicht, und das bedauerte Alex zutiefst. Sie könnte eine so hübsche Frau sein, wenn sie nur lächeln würde.

Sie atmete tief ein und stieß die Luft mit Druck aus ihrer Lunge. Genau wie er schloss sie die Augen und hob ihr Kinn, als wollte sie den Moment mit allen Sinnen erfassen. Dann streckte sie ihren Rücken und lehnte sich nach hinten. Die Hände an der Taille dehnte sie ihren Brustkorb. Als sie die Streckung löste, öffnete sie die Augen und sah ihn direkt an.

»Ich bin so verspannt, habe seit einigen Wochen kein Yoga mehr gemacht«, sagte sie.

»Aber du bist Yoga-Lehrerin«, sagte Alex. Die Aussage war so nichtssagend, aber das fiel ihm erst auf, als er die Worte nicht mehr zurücknehmen konnte.

»Ja, aber seit ich nicht mehr arbeite, habe ich nichts mehr gemacht. Ich habe früher gedacht, ich könnte ohne Yoga nicht leben, aber komischerweise klappt es ganz gut, obwohl wenn ich merke, dass mir etwas fehlt.«

Alex schwieg. Was sollte er dazu auch sagen? Er könnte sie fragen, was ihr am Yoga am meisten fehlte oder warum sie es nach der Kündigung aufgegeben hatte, statt sich woanders zu bewerben, aber er wollte ja auch nicht, dass man ihn löcherte, also hätte er es unpassend gefunden.

»Hast du schon mal Yoga gemacht?«, fragte Steffi.

»Nein.« Alex schüttelte den Kopf. »Meine Freundin hat früher mal Pilates gemacht. Oder macht es immer noch. Ich habe keine Ahnung.«

Steffi hob eine Augenbraue.

Alex' Fingerspitzen kribbelten, als ihm bewusstwurde, wie reserviert das klang, also fügte er hinzu: »Sie geht ins Studio. Die haben viele Kurse. Ich kenne mich damit nicht aus.«

»Ah.« Steffi nickte, und es schien, als würde sie über etwas nachdenken. Alex war sich sicher, dass Steffi vermutete, dass es zwischen ihm und seiner Partnerin kompliziert war, doch sie hakte nicht weiter nach. Stattdessen sagte sie: «Und was machst du für Sport?«

Alex grinste, dann seufzte er und schlug mit einer Faust in die Handfläche der anderen Hand. Ihm wäre es deutlich lieber gewesen, wenn sie über Steffi gesprochen hätten.

»Ist dir die Frage unangenehm?«, fragte Steffi.

»Nein«, log Alex. »Ich gehe gerne joggen. Nichts Besonderes.«

Steffi nickte. »Ist doch gut.«

Alex nickte ebenfalls. »Ja«, antwortete er leise. Er schluckte und klatschte zweimal laut mit seinen Händen. »Sollen wir zurückgehen?«

Steffi musterte ihn. »Okay.« Sie drehte sich weg.

Alex ließ die Aussicht nochmal auf sich wirken, schließlich wandte er sich ebenfalls ab und folgte Steffi zu den Zelten.

*

Auch wenn die anderen auf den ersten Blick einen sehr entspannten und lockeren Eindruck machten und man leicht der Täuschung erliegen konnte, dass sie alles zu locker nahmen, gab es einen straffen Arbeitsplan. Alex wurden die Regeln des Zusammenlebens vorgelegt, sobald er versichert hatte, die nächsten Wochen bei ihnen zu bleiben. Er hatte sich nicht nur finanziell zu beteiligen, sondern auch an den Arbeiten. Steffi und Fiefie besorgten die Lebensmittel und was sie sonst benötigten und teilten sich den Toilettendienst, eine Arbeit, um die sich Alex nicht gestritten hätte, wenn er sich seine Aufgaben selbst hätte aussuchen dürfen. Das Säubern des WC-Sitzes war dabei das kleinste Problem, denn der Entnahmeschacht und der Fäkalbehälter mussten entnommen, geleert und geputzt werden. Dafür mussten Hannah und er jeden Tag das Geschirr spülen. Hannah war zudem fürs Kochen zuständig, und er brachte den angefallenen Müll zur nächsten öffentlichen Mülltonne.

Sie wechselten sich damit ab, Holz sammeln zu gehen, den Grill zu putzen und sich um das Fahrzeug zu kümmern, das aufgrund seines Alters besonders viel Pflege benötigte.

Und es gab noch weitere Regeln. Im Wohnmobil wurde nicht geraucht und nicht gekifft, One-Night-Stands durften erst nach einstimmigem Beschluss länger als eine Nacht bleiben, und die eingebaute Dusche im Wohnmobil musste sauber hinterlassen werden – alles Regeln, mit denen Alex gut klarkam.

Einige Tage, nachdem sie in Schweden angekommen waren, rief Hannah den Waschtag aus. Sie sammelten ihre Dreckwäsche ein, und Steffi, Fiefie und Alex fuhren in die Stadt zu einem Waschsalon, während Hannah zurückblieb und auf ihr Zeug aufpasste. Alex war dankbar, dass er endlich waschen konnte.

Er hatte einiges mit der Hand gewaschen, doch es fühlte sich einfach besser an, wenn die Klamotten in einer Maschine gewaschen wurden.

Steffi erklärte sich bereit, auf die Wäsche aufzupassen, während sich Fiefie und Alex verdrücken durften. Steffi nickte ihnen aufmunternd zu und schlug eine der Zeitschriften auf, die neben den Plastikstühlen auf einem kleinen Tisch lag. Zunächst fragte er sich, ob Fiefie und er nun gemeinsam bummeln würden, doch Fiefie ging eiligen Schritts in die entgegengesetzte Richtung los.

Alex genoss allein das Schlendern durch die vollen Straßen mit den aufgeregten Gesprächen der Passanten und dem Hupen der Autos, die sich auf einer breiten Straße stauten. Die Ruhe am Meer war super, aber er vermisste das wilde Treiben, die Lebendigkeit und die Vielfalt, die das Land seiner Meinung nach nicht bieten konnte.

Alex liebte außerdem die nordische Architektur. Durch sein Studium kannte er sich gut genug aus, um die bunten Fassaden zeitlich zu datieren. Es war, als würden ihm die Häuser die Geschichte des Landes erzählen. Dazu kamen die freundlichen Schweden, die die letzten Sonnenstrahlen in diesem Jahr genossen. Er ließ sich mit großen Augen durch die Gassen leiten und saugte alles in sich auf. Die Souvenirläden ignorierte er, weil er wusste, dass er noch viele Gelegenheiten haben würde, Andenken zu kaufen, und er wollte nicht jetzt schon noch mehr Gepäck mit sich herumschleppen als nötig.

Eine urige Eisdiele in einer kleinen Gasse konnte er jedoch nicht ignorieren. Obwohl er sich in Schweden befand, machte die Eisdiele damit Werbung, dänisches Eis zu verkaufen. Es stellte sich als Softeis heraus, das auf Wunsch mit Toppings überzogen werden konnte. Wild entschlossen, ausnahmsweise mal ganz mutig zu sein, entschied Alex sich zu Vanilleeis mit Lakritztopping.

Mit dem Eis in der Hand setzte er sich auf eine Bank am Hafen und betrachtete die vielen Segelbote, die dort auf ihren Einsatz warteten. Das Lakritz war salzig. Sehr salzig. Es war eine spannende Mischung mit der Süße des Eises. Etwas überraschend, etwas verrückt, aber es schmeckte, auch wenn er sich das nächste Mal wohl eher für klassische Schokostreusel entscheiden würde.

Früher hatte er bei Schweden immer an Schnee und Elche gedacht, nie daran, dass er an einem sommerlich warmen Tag auf der Bank sitzen und ein fast mediterranes Flair genießen könnte.

Zwei blonde Schwedinnen liefen an ihm vorbei, ungefähr so alt wie er. Hübsch. Lächelnd. Die eine hatte einen langen, weiten, bunt gemusterten Stoffrock an, der im Wind wehte, und zwei lange Ohrringe, die sich mit den Haaren verfingen, als sie sich nach ihm umdrehte. Sie zwinkerte ihm zu und hakte sich bei ihrer Freundin unter, während sie ihn ansah. Er lächelte und spürte ein warmes Gefühl in seiner Magengegend, das er seit so vielen Jahren vermisste. Als sie einige Meter entfernt waren, wandte sie sich nochmal zu ihm und lachte, als sie bemerkte, dass er sie beobachtet hatte.

Mit rotem Kopf aß Alex das Eis leer und machte sich auf den Rückweg. Es war Ewigkeiten her, dass er das letzte Mal so offensiv angeflirtet wurde. Doch es war irgendwie schön gewesen. Erfrischend. Ein bisschen wie der Versuch, Vanilleeis mit Lakritz zu essen.

Als er eine Post sah, ging Alex hinein und kaufte eine Postkarte für Silas. Er wollte seinem Sohn Urlaubsgrüße schicken. Zwar telefonierte er fast täglich mit ihm, aber er wusste, wie sehr sich Silas darüber freuen würde. Gerade als Alex aus der Post trat, sah er Fiefie auf der anderen Straßenseite in eine Apotheke gehen. Da Alex wusste, dass die Waschmaschinen bald fertig waren und Fiefie sich bestimmt auch bald auf den Weg zurück machen würde, überquerte Alex die Straße an der Ampel und wartete vor der Apotheke.

Dieser war sichtlich überrascht, als er fast über Alex stolperte. »Wartest du schon lange?«

Alex schüttelte den Kopf. »Ich war bei der Post und habe meinem Sohn eine Karte gekauft.«

Fiefie packte das Papiertütchen in seinen Rucksack und warf den Rucksack über die linke Schulter. Er sah zu Alex und grinste. »Ich habe mir kein Gras gekauft, falls du das denken solltest.«

Alex verdrehte die Augen. Er musste sich beeilen, um mit Fiefie Schritt zu halten. Bedingt durch dessen langen Beine, war es für ihn eine Notwendigkeit, schnell zu laufen. »Ich denke nicht, dass du das Zeug auf Rezept bekommst. Außerdem wirst du sicher deine Quellen haben.«

Fiefie hob die Schultern und drehte an seinem Nasenring. Dann sah erneut vergnügt zu Alex und nickte langsam.

Steffi wartete bereits auf sie. Die Wäsche war längst durchgelaufen, sie hatte sie in die Stoffsäcke gepackt und stand damit vor dem Wäschesalon. Sofort hatte Alex ein schlechtes Gewissen, weil er so getrödelt hatte. Die Wäsche war in nassem Zustand schwerer, doch die Gruppe wollte das Geld für die Trockner sparen. Gemeinsam schleppten sie die Säcke zum Wohnmobil, das sie im Parkverbot stehen hatten. Alex hatte beim Einparken zwar darauf hingewiesen, dass sie ein großes Problem bekämen, sollte das Fahrzeug abgeschleppt werden, doch die anderen hatten nur lässig abgewunken. Sie schienen nicht allzu oft an die Konsequenzen ihrer Taten zu denken. Erschöpft ließ Alex sich in den Sitz fallen und atmete tief ein. Seit Langem hatte er sich nicht mehr so lebendig und müde zugleich gefühlt. Der Ausflug hatte ihm gutgetan. Während Alex auf der Fahrt die Beine ausstreckte und nach draußen sah, dachte er darüber nach, dass er gerne mehr gefragt hätte. Ihn interessierte zum Beispiel, ob Fiefie der echte Name von Fiefie war, seit wann er und Hannah gemeinsam ihre Touren nach Skandinavien machten und woher sie Steffi kannten. Doch er wusste, je neugieriger er war, desto mehr Neugierde musste er in Bezug auf sich selbst befürchten. Deswegen musste er sich zurückhalten und Distanz bewahren.

Bei den Zelten angekommen, lag Hannah in einem Liegestuhl, oben ohne, nur mit einer kurzen Hose bekleidet, und döste vor sich hin. Sie begrüßte sie und stand auf, während sie fragte, ob alles gut gegangen war. Die anderen waren nicht irritiert von ihrer Nacktheit, während Alex sich verfluchte, weil er so unverschämt auf ihre Brüste und das längliche Tattoo an ihrer rechten Taille starrte.

Hannah zog sich ein Shirt über, rollte eine Wäscheleine aus, und Alex half ihr, die Wäsche aufzuhängen. In der Zwischenzeit bereitete Fiefie eine Shisha vor, Steffi kochte Tee und stellte Gebäck auf den Tisch. Eine weitere Regel, die Hannah und Fiefie aufgestellt hatten und an die sich Steffi und er hielten. Auch wenn sie tagsüber oft getrennt Wege gingen, fanden sie am Nachmittag zusammen und verbrachten Zeit miteinander. Das war Hannah und Fiefie wichtig gewesen. Wegen der Gruppendynamik, hatte Fiefie bedeutungsschwer gesagt, und Hannah hatte hinzugefügt, dass sie schon oft Leute dabeigehabt hatten, die sich nur füreinander, nicht aber für den Rest interessiert hatten.

*

Ihr nächster Halt führte sie einige Tage später ins Landesinnere von Südschweden an die Spitze eines großen Sees. Auch dort kannten Fiefie und Hannah eine wunderbare Stelle direkt am Wasser und inmitten eines kleinen Waldes, wo sie ihre Zelte aufstellten. In der Nähe hatten sie Gelegenheit, sich zu duschen und die Toilette zu benutzen, und es war auch möglich, in dem See zu baden. Vorausgesetzt, man fühlte sich nicht von der Kälte gestört.

Steffi zumindest sprang ins Wasser, während die anderen eher zögerlich zum Ufer liefen. Steffi schrie wie am Spieß, als sie bis zu den Schultern ins Wasser lief.

»Okay«, sagte Alex und hob die Hände in die Höhe. »Ich passe.«

Fiefie grinste. »Echt? Ach, komm, man gewöhnt sich daran.« Er schob seine Hose mitsamt der Unterhose hinunter und marschierte auf seinen langen Beinen selbstbewusst zum Wasser. Doch als er seinen Fuß ins Nass setzte, sprang er zurück und schlich zu seiner Hose zurück. »Sagt ja nichts«, knurrte er, während er sich rasch wieder anzog.

»Oh, jetzt seid keine Weicheier«, schrie Steffi. »Wenn man sich mal daran gewöhnt hat, ist es herrlich.« Dann lachte sie laut. Das erste Mal, seit Alex sie kennengelernt hatte.

Er schmunzelte und setzte sich ans Ufer. Sie winkte ihm, tauchte ab und kam jubelnd hoch. Er hatte recht gehabt, ihre Schönheit wurde von ihrem Lachen noch verstärkt.

Den Abend verbrachten sie gemeinsam auf ihren Campingstühlen am Ufer des Sees. Der See war schmal, die Lichter von der gegenüberliegenden Seite spiegelten sich im Wasser und ließen die Oberfläche funkeln. In der Dämmerung sah es zauberhaft aus, doch sobald die Konturen vor seinen Augen weiter verschwammen, konnte Alex den Anblick nicht mehr genießen. Es war, als hätte sich ein Schalter umgelegt. Seine entspannte Stimmung schlug so brutal um, dass es ihm fast die Luft zum Atmen nahm. Er verstand sich selbst nicht. Eben war er so glücklich gewesen, so zufrieden und erfüllt von der prachtvollen Landschaft, die sich ihm präsentierte, und nun spürte er rein gar nichts mehr außer Verzweiflung. Diese Stimmungsschwankungen hatte er seit einigen Wochen, sie kamen und gingen plötzlich. Und manchmal glaubte er, dass es immer schlimmer wurde. Er zog sich als erster in sein Zelt zurück und versuchte zu ignorieren, dass Hannahs Augen seinen Weggang irritiert und besorgt beobachteten. Im Zelt versuchte er, die Einsamkeit und Hoffnungslosigkeit, die ihn auf einmal überwältigte, abzuschütteln. Es gelang ihm erst viel später. Es gelang ihm erst, als er endlich einschlief.

*

Am nächsten Tag begleitete Alex Hannah in den Wald. Sie wollte Pilze sammeln und nach Wildkräutern suchen. »Vielleicht finden wir Himbeeren oder Brombeeren«, sagte sie, als er zunächst zögerte. Sie hielt ihm zwei Körbe hin. Er folgte ihr, vor allem deswegen, weil er neugierig darauf war, ob Hannah so tatsächlich eine komplette Mahlzeit zaubern konnte. Sie ordnete an, dass er einen Korb Blaubeeren pflückte, während sie sich auf die Suche nach Pilzen machte. »Ich dachte, du machst Scherze«, sagte er und eilte ihr durch den dichten Wald hinterher. »Man kann sich sehr gut aus dem ernähren, was die Natur so hergibt. Eigentlich ist alles andere überflüssig«, betonte Hannah.

»Aber das schmeckt doch nicht«, erwiderte Alex ungläubig.

»Deswegen werden wir auf dem Rückweg über die Wiesen laufen und dort Kräuter und essbare Blüten sammeln«, kündigte Hannah an. »Die braucht man, um das Gericht aufzupeppen, geschmacklich und optisch.«

»Na gut«, sagte Alex und hob die Schultern. »Wenn du meinst.«

Hannah lachte. Wie üblich klang sie dabei spöttisch, auch wenn Alex mittlerweile wusste, dass sie es in meisten Fällen nicht so meinte. »Alle Gewürze und Kräuter, die ich zum Verfeinern unserer Speisen verwendet habe, habe ich selbst gesammelt und getrocknet.«

Hannah liebte es zu kochen, und das, was sie kochte, schmeckte Alex, obwohl er den hohen Fokus auf Gemüse für übertrieben hielt und manchmal davon träumte, in eine Fertigpizza mit fettiger Salami und heißen Peperoni zu beißen, oder Nudeln mit einer Käse-Sahne-Soße aus der Tüte zu essen. Er musste zugeben, dass er zu Hause oft sehr ungesund gegessen hatte. Wenn er ehrlich war, fragte er sich sogar, ob er jemals so gesund und lecker gegessen hatte wie hier in Schweden. »Schau mal.« Hannah hielt ihn am Ellenbogen fest. »Da ist eine Lichtung. Das sieht mir nach der perfekten Umgebung für Haselnüsse aus. Wir könnten schon zu spät sein, aber vielleicht haben wir Glück.«

Alex folgte ihr erstaunt. Er bewunderte Hannah dafür, dass sie von ihrem Leben so wenig forderte und vollkommen damit zufrieden war, ihr selbstgepflücktes Essen in einem alten Wohnmobil zu kochen, statt von einer großen Küche zu träumen und es sich darin einfacher zu machen. Sie war mit diesem einfachen Leben zufrieden. Selbst die Tatsache, dass sie wenig Geld verdiente und ihr Job als Erntehelferin nicht besonders sicher war, schien sie nicht zu beunruhigen. Er wünschte sich, er hätte zumindest einen kleinen Anteil ihres Mutes. Er hatte bereits als Jugendlicher davon geträumt, Anerkennung in seinem Beruf zu bekommen, möglichst viel zu verdienen und eine nette Vorzeigefamilie in einem Eigenheim zu haben.

Es war alles anders gekommen, und jetzt stand er vor dem Scherbenmeer seines Lebens und musste erkennen, dass keiner seiner Träume von Bestand gewesen war. Seine Anstellung als Architekt, die Ehe mit Carola und selbst seine Hobbys zerfielen nach und nach in seiner Hand zu Staub und hinterließen nichts als einen bitteren Nachgeschmack. Nur Silas schien ihm erhalten zu bleiben. Seine Finger begannen, taub zu werden, erst da erkannte Alex, dass er seine Hand um den Griff des Korbes gekrallt hatte. Er lockerte sie und betrachtete Hannah, die eine Böschung hinabstolperte und sich mit den Knien auf den Boden fallen ließ. Es ärgerte ihn, dass er am Abend zuvor so schlecht gelaunt gewesen war und vor Verzweiflung fast nicht eingeschlafen war. Doch er hatte sich gefangen, hatte jeden Gedanken an zu Hause verdrängt und war der festen Überzeugung gewesen, dass ihm der Spaziergang mit Hannah guttun würde. Aber nun stand er hier, und die Panik schien ihn wieder überrollen zu wollen.

»Komm. Hilf mir«, rief Hannah und winkte ihn zu sich heran.

Alex hatte zunächst Hemmungen, sich neben sie zu setzen, doch der Boden war trocken. Sobald er neben ihr saß, hatte er das Gefühl, Kontrolle über seine düsteren Gedankengänge zu haben. So als würde ihre bloße Anwesenheit ihn ablenken. Oder die Konzentration auf das, was Hannah ihm zeigen wollte.

Hannah erklärte ihm, worauf er achten musste und welche Nüsse genießbar waren. Er sammelte die auf, von denen er sich sicher war, dass sie gut waren. Die übrigen ließ er liegen, und Hannah ging mit flinken Fingern über seine Reste und hob die eine oder andere Nuss noch auf.

»Darf ich dich was fragen?« Alex sah Hannah an.

Sie winkte ungeduldig. »Solange du währenddessen nicht vergisst, zu arbeiten, gerne«, antwortete sie. Alex schmunzelte. Er konzentrierte sich darauf, die Nüsse aufzusammeln. Die Knie taten ihm weh von der ungewohnten Haltung, und auch sein Rücken schmerzte, aber er wusste, dass Hannah ihm erst ein anerkennendes Nicken zuwerfen würde, wenn der Korb voll war. »Wolltest du schon immer Erntehelferin werden?«, fragte er.

»Seit ich Kind war, habe ich davon geträumt, Erntehelferin zu werden«, behauptete Hannah.

Alex runzelte die Stirn, doch dann lachte Hannah und stieß ihn mit der Hand gegen die Schulter. Er verlor das Gleichgewicht und kugelte seitwärts auf die Wiese. »Haha«, brummte er und rappelte sich wieder auf. Er lachte, während er sich erneut auf seine Nussernte konzentrierte.

»Ich habe eine Ausbildung als Goldschmiedin gemacht«, erzählte Hannah.

Alex hielt kurz inne. Kein Wunder, dass jemand wie Hannah keine langweilige Ausbildung machte, sondern etwas Besonderes für sich auserkor. »Und warum arbeitest du nicht als Goldschmiedin?«

»War nicht mein Ding. Ich habe es schon während der Ausbildung bemerkt.«

»Aber ist es nicht sehr mühsam, als Erntehelferin zu arbeiten?«, hakte Alex nach.

Hannah hob die Schultern. Sie strich ihre Haare hinter das Ohr, und Alex sah zum ersten Mal die Tätowierungen am Hals in Form von drei Sternen ganz aus der Nähe. »Doch, natürlich. Aber ich weiß, dass mein Leben, so wie ich es führen will, sich nur schwer mit einem gut bezahlten und angenehmen Job verbinden lässt. Da muss man sehr viel Glück haben, wie zum Beispiel Joris und Pete, mit denen wir manchmal reisen. Ich habe definitiv die falsche Ausbildung begonnen, und irgendwann war es einfach zu spät.«

Sie klang dabei gleichgültig, nicht traurig, und ihr Blick war weiterhin konzentriert auf den Boden gerichtet.

Schnell wandte Alex sich ebenfalls dem Boden zu. »Fehlt dir die Anerkennung nicht?«

»Ich finde, ich hätte Anerkennung verdient. Ich arbeite körperlich hart, um die Bevölkerung mit Essen zu versorgen, doch das Einzige, was die Leute sehen und kommentieren, sind meine langen Reisen und das gemütliche, aber einfache Leben während der Wintermonate«, betonte Hannah, ohne sich von den Nüssen abzuwenden.

Alex hielt inne und sah in den blauen Himmel. Die Sonne brannte ihm in den Nacken. Er stellte sich vor, wie es wäre, stundenlang in der prallen Hitze für wenig Geld das Essen anderer Leute zu ernten. Sie hatte definitiv recht. Das war ihm bisher nicht bewusst gewesen.

Hannah streckte sich und hob ihr Kinn weit nach oben. »Aber ich vermisse es nicht. Ich weiß ja, was ich leiste. Und das reicht mir.«

Alex schloss die Augen und konzentrierte sich für einen Moment auf die Sonnenstrahlen, doch die Kombination aus Hitze auf der Haut und Dunkelheit machte ihn unruhig, und er öffnete die Augen. »Ich bewundere dich. Ich wünschte, ich könnte das auch alles lockerer sehen.«

Hannah klopfte ihm auf die Schulter. »Das kann man lernen.« Als Alex sie ansah, lächelte sie. »Komm, du Pflückheld, lass uns weitergehen.«

Gerade als Alex aufstehen wollte, hielt sie ihn an der Ellenbeuge und zog ihn nach unten. Sie legte den Zeigefinger auf ihre Lippen. Alex folgte ihrem Blick und sah in nicht weiter Entfernung ein Reh, das friedlich vor sich hin graste.

Zwar hatte er schon zu Hause in Deutschland Rehe gesehen, doch die waren meist sofort weggesprungen. Oder hatten ihr Leben in Gefangenschaft verbracht. Dieses aber kaute seelenruhig vor sich hin. Erst als es zu ihnen sah, erstarrte es. Es riss noch schnell ein Büschel Gras heraus und sprang davon.

Alex lächelte. »Das war schön.«

»Sieht man hier oft. Ich hoffe, dass ich dir auch mal einen Elch zeigen kann.« Hannah klopfte ihm mit der flachen Hand auf die Schulter.

Alex sah ihr erstaunt hinterher. Er würde Elche sehen? Das war ja fast so toll wie ein Nordlicht. Er fragte sich, ob er noch nachträglich Dinge auf seine Liste schreiben könnte. Elche gehörten definitiv zu dem, was er ergänzen würde.

*

Am Abend gab es Pilzpfanne in einer Kräutersoße mit Kartoffeln und zum Nachtisch Blaubeeren und karamellisierte Nüsse. Zwar hatte Hannah ihr Versprechen nicht halten können, eine komplette Mahlzeit aus Zutaten zu machen, die sie im Wald gefunden hatte, aber Alex war dennoch beeindruckt von der Vielfalt und Menge der Lebensmittel, die verwendet wurden. Sie hatte ihm erklärt, dass sie nur die Kartoffeln und Mehl für die Kräutersoße hinzugefügt hatte. Den Rest hatten sie gemeinsam gesammelt.

Er sah zu, wie Hannah die Kräuter zum Trocknen an die Decke des Wohnmobils hängte und wie sie parallel die restlichen Blaubeeren einkochte. Es roch köstlich nach den gebratenen Pilzen und den frischen Beeren.

»Fehlt nur noch frischer Fisch«, sagte Fiefie, der neben Alex auf der Bank im Wohnmobil saß. Im Gegensatz zu Alex beobachtete er Hannah nicht beim Arbeiten, sondern wühlte in einem alten Schuhkarton mit Medikamenten. »Selbst geangelt aus dem See.«

»Für mich nicht«, rief Steffi, die auf dem Campingstuhl vor dem Wohnmobil saß und ihre in selbstgestrickten und viel zu großen Socken eingepackten Füße auf den Tritt vor der Tür abgelegt hatte. »Nicht mal, wenn wir sie selbst angeln?«, fragte Fiefie.

Steffi verzog das Gesicht. »Nein, ich bin mir sicher, ich verzichte.«

»Was ist mit dir?«, fragte Fiefie.

Alex sah zu ihm und hob die Schultern. »Eine Bong rauchen und gemütlich am Ufer sitzen ist doch genau das richtige für uns.« Fiefie lachte, und sein Lachen war ungewöhnlich hoch. Er hob die Augenbraue, dann widmete er sich wieder seinem Schuhkarton.

»Ich rauche kein Gras«, erinnerte Alex ihn. »Ich rauche gar nicht«, konkretisierte er nach einem Moment, bevor Fiefie auf die Idee kommen konnte, ihm anzubieten, dass sie auch etwas anderes rauchen konnten.

Hannah lehnte sich zur Seite. »Was suchst du da?«, fragte sie Fiefie und starrte in die Schachtel.

»Meine Augentropfen.« Fiefie legte den Deckel auf den Kasten und stand auf. Er drückte sich an Hannah vorbei und schob den Schuhkarton ins Regal.

»Ich habe sie wohl verloren.« Fiefie kratzte sich am Kopf. »Sie müssen mir rausgefallen sein. Keine Ahnung. Ich hatte doch erst neue gekauft.«

»Schade.« Hannah widmete sich dem Bündel Kräuter, das sie mit einem feinen Faden zu einem Strauß zusammenband. »Dein Auge hatte sich so gut erholt. Die Entzündung war fast ausgeheilt.«

Fiefie hob die Schultern. »Ja. Dumm gelaufen«, sagte er.

»Und jetzt?«, fragte Alex fassungslos. »Du findest deine Medikamente nicht, und deswegen entscheidest du dich einfach dazu, sie abzusetzen?«

»Ich kann sie ja wohl schlecht herbeizaubern.« Fiefie hob die Schultern. »Komm, Schatz, zieh deinen dicken Hintern ein«, bat er und klopfte Hannah auf den Po.

Sie schlug ihm mit der flachen Hand gegen den Hinterkopf, ging aber einen Schritt zur Seite, sodass Fiefie an ihr vorbeikonnte. Er griff nach der Bong, scheinbar entschlossen, die Sache auf sich beruhen zu lassen und sich lieber Gras reinzuziehen.

»Du musst weitersuchen«, sagte Alex.

»Vielleicht sind sie mir gestern aus der Hosentasche gefallen.«

*

Das Angeln mit Fiefie war deutlich langweiliger als Pilze sammeln mit Hannah, aber Alex traute sich nicht, das Fiefie gegenüber zuzugeben. Im Wesentlichen machten sie nichts anderes als sonst. Sie saßen in ihren Campingstühlen, Fiefie rauchte seine Bong, und sie schwiegen einander an, während Alex nachdenklich in den Himmel starrte, als wolle er sich jede vorbeiziehende Wolke genau einprägen, um sie später mal abrufen zu können. Insgeheim glaubte er, dass Fiefie vom Angeln keine Ahnung hatte, und es wunderte ihn auch nicht, dass Fiefie irgendwann aufgab, ohne einen einzigen Fisch gefangen zu haben. Er meckerte leise herum, dann behauptete er, die Fische würden den baldigen Wetterumschwung spüren und sich deswegen vom Angelhaken fernhalten.

»Wie viele Fische hast du in deinem Leben schon gefangen?«, fragte Alex schmunzelnd.

»Ein paar«, antwortete Fiefie wage.

Alex grinste. Er verschränkte die Arme hinterm Kopf und beobachtete Fiefie dabei, wie er die Angel verstaute und nach der Bong griff. »Bist du sicher, dass ein guter Angler bist?«

»Bist du sicher, dass du kein Quälgeist bist?«, fragte Fiefie und rieb sich über die Augen, bevor er einen tiefen Atemzug aus der Bong nahm.

»Wie geht es deinen Augen?«, fragte Alex. Er war unschlüssig, ob das ständige Kiffen so gut für die Augen war.

Fiefie winkte ab. »Mach dir keine Sorgen. Ich habe damit regelmäßig Probleme. Ich bin ein Problemmensch.«

Alex schüttelte abrupt den Kopf. »Du weißt selbst, dass das Unfug ist. Irgendwas stimmt da nicht. Das muss sich ein Arzt anschauen.«

»Ich habe immer wieder mit solchen Geschichten zu kämpfen. Ich bin einfach anfällig für Entzündungen. Aber mich hat noch nie jemand so penetrant damit bedrängt wie du.« Fiefie sah ihn genervt an.

Alex spürte die Hitze in seine Wangen steigen. »Tut mir leid. Ich finde, du gehst zu sorglos mit deiner Gesundheit um. Es gibt keine Problemmenschen. Es gibt lediglich kranke Menschen oder gesunde Menschen.«

»Ich weiß, was ich tue.« Fiefies Stimme war streng, und er betonte beim Sprechen jede Silbe.

Eingeschüchtert sah Alex ihn an.

»Tut mir leid, aber ich war in meiner Jugend deswegen so oft beim Arzt. Es sind nicht nur meine Augen, ich habe alle möglichen Baustellen. Aber ich weiß, was ich tue. Wenn ich mich darüber nicht zu sehr aufrege, verschwindet es irgendwann von alleine.« Fiefie klang ein wenig freundlicher.

Da Alex ihn nicht erneut erzürnen wollte, schwieg er, doch in Gedanken protestierte er heftig.

Sie blieben für eine Weile stumm sitzen. Da sie jetzt sowieso nichts mehr angelten, könnten sie auch zu den anderen zurückgehen, aber Alex hatte von der Wanderung mit Hannah noch Schmerzen im Oberschenkel, und er wollte sich nicht übermäßig viel bewegen. Verdammt, ihm fehlte das Joggen. Ohne das Joggen war er unausgeglichen und seine Ausdauer verschlechterte sich von Tag zu Tag.

Gleichzeitig wusste Alex, dass sich etwas in ihm sperrte, Sport zu machen. Vielleicht war er in einer ähnlichen Krise wie Steffi, die seit ihrer Arbeitslosigkeit alles mied, was nach Yoga aussah?

»Wie heißt du wirklich?«, fragte Alex.

Fiefie runzelte die Stirn. »Fiefie. Wie soll ich sonst heißen?«

Alex lachte, weil er zunächst glaubte, dass Fiefie ihn veralbern wollte, doch als er bemerkte, dass Fiefie im Gegensatz zu ihm nicht lachte, erkannte er die Ernsthaftigkeit in seiner Antwort. »Oh, tut mir leid, dass ich gelacht habe.«

»Soll das eine abgewandelte Form der Frage sein, woher ich komme? Also woher ich wirklich komme?«, fragte Fiefie gereizt.

Alex biss sich auf die Lippen. Er versuchte, sich weiter in den Stuhl sinken zu lassen, aber es gelang ihm nicht. »Nein, wirklich nicht«, beteuerte er. Aber es entsprach der Wahrheit. Er hatte hinter dem Namen eine coole Story vermutet. Eine lustige Geschichte, die Fiefie ihm erzählen und über die sie beide gemeinsam lachen konnten. Einfach als Ablenkung. Er hatte Fiefie auf gar keinen Fall verletzen, ihn mit einer alltagsrassistischen Frage nerven oder gar seinen echten Namen veralbern wollen.

»Der Name kommt aus Ghana und bedeutet so viel wie: Geboren an einem Freitag«, erläuterte Fiefie. »In Ghana gibt man seinen Kindern für gewöhnlich Namen nach dem Wochentag, an dem sie geboren wurden.«

Alex betrachtete die dunkle Haut an Fiefies nackten, dürren Armen. Er hatte sich nie Gedanken darüber gedacht, woher Fiefie stammte. Seine Annahme war gewesen, dass Fiefie wie so viele andere Afroeuropäer in Deutschland geboren worden war.

»Ich bin davon ausgegangen, dass Fiefie einfach ein Spitzname ist, den du von irgendwelchen Kiffern erhalten hast. Meine Annahme tut mir wirklich leid«, versuchte Alex sich zu entschuldigen.

»Schön, du wolltest mich nicht rassistisch beleidigen, dafür denkst du, mein Name wäre ein alberner Spitzname und ich wäre nur mit Kiffern zusammen. Perfekt.« Fiefie warf die Bong auf die Erde. »Keine Lust mehr auf das Zeug.«

Alex verdrehte die Augen. Er hatte versucht, sich zu entschuldigen. Warum war es zwischen ihm und Fiefie immer so schwierig? Er stellte fest, dass er mit den Frauen besser klarkam, obwohl es mit Hannah am Anfang auch schwierig gewesen war. »Hör mal, ich habe mich entschuldigt, okay? Ich wollte keine rassistische Bemerkung machen. Es gibt zig Menschen mit deiner Hautfarbe, die absolut keinen Migrationshintergrund haben. Glaub mir, ich weiß das. Ich kenne mich da zufällig ein klein wenig aus.«

Fiefie runzelte die Stirn. Er öffnete den Mund. Doch bevor er fragen konnte, redete Alex weiter.

»Und dass ich deinen Namen als albernen Spitznamen hingestellt habe, tut mir leid. Wirklich. Aber dafür, dass ich dich mit Kiffern in Verbindung gebracht habe, werde ich mich nicht entschuldigen. Denn du bist derjenige, der ständig vom Kiffen labert.«

Fiefie schloss den Mund wieder. Alex hatte eine persönliche Andeutung gemacht, doch er wollte nicht zu viel über sich preisgeben. Nicht über den Grund, warum er hier war, nicht über seine Familie, nicht über sein altes Leben oder das, welches ihn erwartete.

Zufrieden mit sich sah er Fiefie ernst an. »Ich bin davon ausgegangen, dass du Afrodeutscher bist. Dass du in Ghana geboren wurdest, wusste ich nicht. Woher auch? Aber ich hätte nicht so plump danach fragen sollen. Mir ist bewusst, wie verletzend solche Fragen sein können.«

»Ich komme nicht aus Ghana.« Fiefie schüttelte den Kopf.

Alex spürte, wie er blass wurde. Wie oft wollte er noch ins Fettnäpfchen treten? »Aber ...« Alex kniff die Augen zusammen, um sie vor der blendenden Sonne zu schützen, als er Fiefie direkt ansah. »Du hast doch gesagt, dass ...«

»Der Name Alexander kommt auch nicht aus Deutschland, aber ich denke nicht, dass du ein Grieche bist, oder doch?«

Alex richtete sich abrupt auf. »Scheiße. Du hast vollkommen recht. Tut mir leid. Das war echt dumm von mir.« Fiefie lachte leise. Alex interpretierte das als ein Zeichen, dass er es ihm nicht übelnahm.

»Ich komme aus Kenia«, sagte Fiefie.

Alex schüttelte den Kopf. »Du musst mir das nicht erzählen. Ich habe kein Recht, dich auf so plumpe Art auszufragen.« Zumal er sich selbst so bedeckt hielt und ein Geheimnis aus sich machte. Es war nicht fair. Er wünschte, er hätte Fiefie nie die Frage nach dem Namen gestellt.

»Ich will es dir erzählen. Okay? Ich tue das ganz freiwillig.« Fiefie sah ihn streng an.

Alex hob die Hände. »Okay«, sagte er langsam. »Meine Mutter muss den Namen einfach schön gefunden haben. Keine Ahnung.« Fiefie hob die Schultern. »Ich mag ihn. Auch wenn ich die irritierten Blicke hasse. Aber er erinnert mich an sie.« Fiefie sah nachdenklich zum See.

Alex schaute ebenfalls zum See. Es war offensichtlich, dass Fiefie seinen Namen sehr mochte und eine persönliche Verbindung dazu hatte. Er schämte sich, dass er sich in die Reihe der dummen Menschen eingereiht hatte, die den Namen von Fiefie eigenartig fanden. »Es tut mir leid.«

»Ich weiß.« Fiefie klang leise. »Ich glaube dir.«

Alex spürte, wie er sich wieder entspannte. »Danke.«

Sie starrten gemeinsam zum See, ohne dass einer von ihnen etwas sagte. Die Stille konnte Alex immer noch nicht genießen, aber er hielt sich zurück mit weiteren blöden Fragen, die er nur deswegen stellte, weil er das Schweigen nicht ertrug. Stattdessen kam ihm der Gedanke an Carola. Und an Silas. Und er dachte darüber nach, ob er Fiefie mehr über sich preisgeben wollte. Ihm von seiner Familie erzählen konnte.

»Könntest du dir vorstellen, dich uns nächstes Jahr erneut anzuschließen?«, fragte Fiefie unvermittelt.

Alles zog sich in Alex zusammen, und es fiel ihm schwer, zu atmen. Er wurde sich der Verspannung in den Schultern bewusster. »Ich glaube nicht«, sagte er leise.

Fiefie sah zu ihm und verbarg die Traurigkeit nicht, die er empfand.

»Es tut mir leid«, presste Alex zwischen seinen Zähnen hervor und wandte den Blick ab. Er vertrug Fiefies Bedauern nicht. Sein eigenes Bedauern wog viel zu schwer. »Es geht wirklich nicht.«

»Du wirst mir nicht antworten, wenn ich frage, warum du davon überzeugt bist, oder?«, fragte Fiefie leise.

Alex schüttelte den Kopf. »Es geht nicht«, hauchte er. Seine Stimme klang schwach und doch nachdrücklich. »Und wir können dich auch nicht umstimmen?«

Tränen traten Alex in die Augen, die er wütend wegstrich. »Ich wünschte, es wäre so einfach«, sagte er leise, dann stand er ruckartig auf. »Lass uns zurückgehen. Es wird kalt.«

Fiefie packte sein Handgelenk. »Alex«, sagte er. Sein Griff war fest und unbarmherzig.

»Bitte akzeptiere es«, flehte Alex. »Bitte frag nicht weiter danach.«

Fiefie seufzte. Schließlich zog er seine Hand zurück. »Okay.«

Als sie zurück zu den Zelten liefen, war das Gefühl von vorsichtiger Annäherung verflogen, als wäre sie gemeinsam mit den Fischen geflohen und versteckte sich nun am Grund des Sees vor ihnen.

»Tut mir leid, dass ich ebenfalls unsensibel war«, sagte Fiefie und blieb stehen, als sie Hannah und Steffi von Weitem sehen konnten. Steffi lag in der Hängematte, die Fiefie am Vormittag zwischen zwei Bäumen aufgehängt hatte, und las in ihrem Buch, während Hannah in der Nähe saß und an dem Schal strickte, den sie ihrem jüngeren Bruder zu Weihnachten schenken wollte.

Alex bemerkte, wie sich seine Verspannung im Nacken verfestigte. Als würden sich all seine Muskeln versteifen und ihn unter ihrem Gewicht begraben. Bis er keine Luft mehr bekommen würde.

Fiefie griff nach seinem Arm und sah ihn ernst an. »Alex, mein Angebot an dich: Falls du reden willst …«

»Lass es einfach«, bat Alex und fühlte sich auf einmal müde und erschöpft. »Bitte, lass es einfach«, wiederholte er. Langsam lief er den Hügel hinauf.

Er spürte, dass Fiefie ihm folgte, aber er unternahm keinen Versuch mehr, Alex in ein Gespräch zu verwickeln. Alex spürte, dass er sich wünschte, Fiefie wäre hartnäckiger geblieben. Als er in sein Zelt kroch und voller Hast sein Shirt auszog, weil er sich einbildete, dass er so besser atmen konnte, war er doch erleichtert, dass Fiefie nicht weiter nachgefragt hatte. Alex musste das mit sich ausmachen.

Das war der Grund für seine Reise. Der eigentliche Grund.

*

Der vorläufig letzte Halt, bevor sie sich mit den Freunden von Fiefie und Hannah treffen wollten, lag südlich von Karlstad direkt an einem weiteren See. Tiefe Wälder, die in sandigen Ufern mündeten, und grüne Wiesen mit Wildblumen bestimmten die Gegend, je weiter man sich in das Umland wagte.

Das Land war so zerklüftet von Flüssen, dass sich Alex nie ganz sicher war, ob er sich auf einer Insel, umgeben von Wasser, befand, oder ob es ein Fluss war, der sich zwischen ihm und dem anderen Ufer befand. Karlstad wirkte ein bisschen wie das Venedig des Nordens, auch wenn es dafür viel zu klein war.

Langsam begann Alex zu verstehen, dass diese Reise aus einer Vielzahl von visuellen Eindrücken bestehen würde und die Nordlichter höchstens das Highlight darstellen konnten, niemals aber das alleinige Ziel werden würden.

»Es ist schön«, sagte Alex in Steffis Richtung, als er ausstieg.

Sie trat neben ihn. »Ja«, antwortete sie. Aber in ihrer Miene war so viel mehr zu lesen. Ehrfurcht. Anerkennung. Und Verständnis für seine Worte. Sie griff nach seiner Hand und drückte sie. Für einen kurzen Moment standen sie zu zweit da und starrten zu dem Wasser, den leichten Hügeln am Horizont und vor allem zu den Wildblumen, die den Weg bis zum Wasser säumten. Ein Feld voller saftig grüner Gräser, das von einer bunten Blütenvielfalt ergänzt wurde, die einen unwiderstehlichen Duft für Insekten haben mussten, denn Hummeln, Schmetterlinge und Bienen umflogen voller Aufregung die Farbtupfer.

Sie bauten ihr Lager am Ufer auf, und Fiefie erzählte ihm, dass er diesen Ort besonders liebte. Zwischen ihnen war es immer noch schwierig. Alex schämte sich, durch seine unhöfliche Fragerei Fiefie verletzt zu haben, und er ärgerte sich, dass er mit seinen emotionalen Antworten auf Fiefies Fragen viel zu viel von sich offenbart hatte.

Wenn Fiefie Vertrauen fasste, war er ein offener, humorvoller Mensch, mit dem Alex gerne viel mehr Zeit verbringen wollte und dem man nicht anmerkte, wie viele Unsicherheiten er verbarg. War Fiefie überfordert, distanzierte er sich und wurde still. Damit konnte Alex schwer umgehen. Er hatte genug eigene Probleme in sich, dass er das nicht kompensieren konnte. Dann blieb ihnen nur, miteinander zu schweigen. Und es war diese Art von Schweigen, die ungewollt und damit unangenehm war.

Sie hatten eine gute Basis, und Alex wusste, dass Fiefie sich in seiner Anwesenheit wohl genug gefühlt hatte, um sich zu öffnen. Nicht mal Alex' unglückliche Annahme, Fiefies Name sei ein Spitzname, hatte das wirklich zerstören können. Fiefie war verärgert gewesen, doch er hatte Alex die Entschuldigung abgenommen. Hatte sich ihm infolgedessen sogar weiter geöffnet. Doch seit Alex ihm deutlich gesagt hatte, dass er nicht über sich sprechen wollte, hatte Fiefie sich zurückgezogen und sprach nicht mehr als notwendig. Als würde er abwarten, was weiter passierte.

Als Fiefie ihn zum Ufer führte, verstand Alex sofort, warum Fiefie es hier so toll fand. Riesige glatte Steine führten ins Wasser und luden dazu ein, das Handtuch auszubreiten und sich zu setzen. Das Wasser spiegelte den wolkenlosen blauen Himmel und stand im Kontrast zu dem grünen Wald, der die farbenfrohe Lichtung wie ein beschützendes Wesen umarmte. »Es ist wunderschön«, wiederholte Alex, was er schon zu Steffi gesagt hatte. Er kam sich dabei dumm vor, aber er hatte schlicht keine besseren Worte für das, was er mit all seinen Sinnen aufnahm.

»Du solltest erst den Sonnenuntergang sehen«, meinte Fiefie.

Alex stellte es sich wunderbar vor. Er vergrub die Hände in die Hosentasche und biss sich auf die Lippen. Langsam begann er sich zu entspannen, und die grauen Gewichte auf seiner Seele lösten sich auf. Ein klein wenig. Und nur langsam.

»Fast so eindrucksvoll wie die Nordlichter.« Fiefie grinste.

Auch Alex grinste und hob die Schultern. »Ja, vielleicht.« Er drehte sich um und betrachtete den schmalen Weg über die Steine um das Ufer herum und den Trampelpfad durch den Wald. Es lud zu Entdeckungen ein. Dazu, sich einfach treiben zu lassen. Aber das Gelände war uneben, und Alex fragte sich, wie man sich bei Anbruch der Nacht zurechtfinden sollte. Er stellte es sich schwierig vor.

Er traute sich nicht, Fiefie gegenüber seine Bedenken zu äußern. Der würde lachen. Oder ihn ungläubig ansehen. Oder ihm vorwerfen, er wolle die Stimmung ruinieren und hätte wie so oft keine Muse, um die beeindruckende Landschaft um sich herum wahrzunehmen. Fiefie musterte ihn einen Moment. Er schien zu spüren, dass etwas nicht stimmte, aber er thematisierte es nicht. »Ich gehe zurück. Mein Zelt aufbauen.«

»Okay.« Alex sah ihn nicht an, sondern richtete seinen Blick zum Felsen, auf dem er stand. Das Schlucken fiel ihm schwer, und erst als Fiefie einige Schritte von ihm entfernt war, löste sich das Gefühl der Enge in seiner Kehle.

Alex hatte gehofft, dass er Fiefies Vertrauen zurückgewinnen konnte, wenn er sich mit ihm das Ufer ansah und sich für Fiefies Lieblingsplatz interessierte, doch seine wohl nicht genügend wertschätzende Haltung dem Sonnenuntergang gegenüber hatte den Graben zwischen Fiefie und ihm eher vertieft. Oder interpretierte er da was falsch?

»Mist«, murmelte Alex und biss sich in die Lippe. Mit seiner Geheimniskrämerei machte er alles schlimmer. Wenn er so weitermachte, würde er nie mit den anderen befreundet sein können. Doch war es ihm so wichtig, mit ihnen befreundet zu sein? Sie waren Fremde, mit denen er zufälligerweise eine Reise teilte, doch sie würden sich danach nicht mehr sehen.

Auf einmal war seine Neugierde der neuen Gruppe gegenüber verschwunden. Er hatte überhaupt keine Lust, die Freunde von Fiefie und Hannah kennenzulernen. Er wusste, dass Hannahs jüngerer Bruder unter ihnen war und dass der häufiger Probleme machte, außerdem gab es da noch eine Frau und zwei Männer. Hannah hatte ihm erzählt, dass die Vier alle etwas jünger waren, eher im Alter von Steffi. Joris war im letzten Jahr zufällig auf die Gruppe gestoßen und hatte seitdem sein Leben komplett umgekrempelt und war ein fester Bestandteil der Gruppe geworden. Fiefie sehnte sich wohl nach einer Wiederholung dieser Geschichte und schien Hoffnung in Steffi und ihn zu setzen. Auch das hatte Hannah ihm erläutert.

Doch Fiefie musste verstehen, dass Alex niemals denselben Pfad betreten würde, wie es der von allen so angehimmelte Joris getan hatte. Alex' Situation war eine gänzlich andere. Sein Leben war so kompliziert und voller Probleme, dass er schlicht keine Energie haben würde, nach der Reise zu den Nordlichtern eine engere Verbindung zu Fiefie, Hannah und Steffi zu pflegen. Und schon gar nicht konnte er im nächsten Jahr erneut mit ihnen nach Skandinavien fahren. Es war zumindest sehr unwahrscheinlich.

Alex schob die Ärmel seines Pullovers nach oben und fragte sich, ob er nicht doch auf eigene Faust in den Norden reisen sollte. Oder wieder nach

Hause gehen. Überfordert von allem schlenderte Alex zurück zu dem Stück Stoff, das noch zu seinem Zelt aufgebaut werden sollte.

*

Um nicht auf Fiefie zu treffen, lief Alex das Ufer entlang, bis eine scharfe Biegung ihn zu einer anderen Bucht führte. Er hatte eine Flasche Wasser und ein Buch dabei und wollte den Nachmittag alleine verbringen, auf einem der Felsen liegen und sich die Sonne auf die Haut brennen lassen. Er benötigte diese Art von Ruhe. Längst hatte er sich dazu entschieden, die anderen nicht unnötig nah an sich heranzulassen. Sie würden in wenigen Wochen getrennte Wege gehen und nie wieder voneinander hören.

Die Rechnung hatte er jedoch ohne Steffi gemacht. Sie saß im Schneidersitz auf dem einzigen Felsen, der flach genug war, um darauf liegen zu können. Sie hatte ihre Augen geschlossen und atmete tief und regelmäßig. Als er leise herantrat, zuckte sie zusammen.

»Tut mir leid«, sagte er schnell. Ihm wurde klar, dass er sie in der Einsamkeit gestört hatte, das er für sich auch wünschte. Er war der Eindringling.

»Kein Problem.« Steffi rieb sich mit dem kleinen Finger über den Nasenrücken und verschob anschließend den Nasenring. Sie machte den Eindruck, als wäre es doch ein Problem.

Alex verdrehte innerlich die Augen. Zuerst hatte er Fiefie von sich gestoßen, jetzt schien er Steffi auf die Nerven zu gehen – und das, obwohl er ja eigentlich alle auf Distanz halten wollte. Warum gelang es ihm nicht?

Unschlüssig blieb Alex stehen und starrte sie an. Sollte er einfach umdrehen und sich einen neuen Platz suchen?

Steffi fing sich. Sie rieb sich über die Augen. »Schon okay«, versicherte sie.

»War das Yoga?« Obwohl weder er noch sie offensichtlich geplant hatten, die nächsten paar Stunden gemeinsam zu verbringen, hatte Alex das Bedürfnis, sich zu ihr zu setzen. Zwar machte sie nicht den Eindruck, als könnte sie jemanden gebrauchen, der ihr Gesellschaft leistete, aber vielleicht brauchte

Alex ja doch Gesellschaft, um seine eigenen Probleme zu verdrängen und sich abzulenken.

Steffi nickte. »Ein Teilbereich. Ich habe versucht zu meditieren.« Sie streckte die Beine aus, stieß mit der Fußspitze ins Wasser und spritzte mit einer schon fast wütenden Bewegung Wasser in die Höhe. »Aber es hat nicht geklappt?«, fragte Alex und betrachtete die Wasserflecken, die sich auf dem Felsen abzeichneten, als Steffi erneut ins Wasser kickte. Er legte seine Hand auf ihren Oberschenkel, und sofort entspannte sie ihre Muskeln.

»Ich kann mich nicht überwinden, die Asanas zu machen, und zum Meditieren bin ich zu aufgewühlt«, sagte Steffi.

»Aufgewühlt wegen deiner Arbeitslosigkeit?«, hakte Alex nach. Er wusste, dass er mutig war. Je mehr er von den anderen erfuhr, desto eher waren sie der Meinung, er sollte ihnen mehr Details aus seinem Leben erzählen. Außerdem hatte er bereits bei Fiefie mit seiner Fragerei alles falsch gemacht. Wer sagte denn, dass er nicht auch bei Steffi ungeschickt handelte?

»Nein.« Steffi schüttelte den Kopf und zog das Bein so an, dass Alex seine Hand wegziehen musste. »Nicht nur. Ich … Wenn ich dir das erzähle, lachst du mich aus.«

Alex biss sich auf die Lippen und schüttelte den Kopf. Erst einige Sekunden später wurde ihm bewusst, dass Steffi nicht ihn ansah, sondern zum Wasser und dem weit entfernten Ufer. »Nein«, sagte er, und etwas lauter fügte er hinzu: »Mache ich wirklich nicht.«

Er hatte sich also geirrt. Sie brauchte doch jemanden zum Reden. Und er brauchte definitiv jemanden, der jemanden brauchte, um seine eigenen Probleme vergessen zu können. Über diese Erkenntnis war er überrascht. Doch er verdrängte jedes Nachdenken seiner eigenen Situation und konzentrierte sich auf sie.

»Ich war mit einem Typen zusammen. Es hat nicht gehalten. Okay, kann vorkommen, der Grund der Trennung war lächerlich. Dann habe ich ihn gesehen, zwei Tage nachdem ich von meiner Kündigung erfahren habe. Er hatte eine neue Freundin, und sie waren so verdammt glücklich, und er wirkte, als hätte er alles, was zu unserer Trennung geführt hat, vergessen«, erzählte Steffi. Sie grinste, aber das Grinsen sah verbittert und traurig aus und hatte nichts von dem schönen Lachen, das so äußerst selten ihr Gesicht zierte. Alex war versucht, seine Hand auf ihre Schulter zu legen, doch er spürte, dass sie das nicht wollte. Nervös berührte er mit den Fingern sein Bein und zupfte an seiner Hose herum. Er würde ihr gerne etwas sagen, das sie wirklich tröstete, aber dazu kannte er sie und das, was sie erlebt hatte, zu wenig.

»Es ist albern. Im Vergleich zu anderen Schicksalen ist das lachhaft. Tut mir leid, dass ich ...«

»Nein.« Nun legte er doch die Hand auf ihren Arm, aber nur weil er befürchtete, dass sie sonst aufstehen und gehen würde. »Nein, ich finde das nicht lächerlich. Wirklich nicht.«

Im Gegenteil. Er fand es beruhigend, dass es noch Leute gab, die normale Probleme mit sich herumschleppten. Es hatte mal eine Zeit gegeben, da war die Distanz, die er zwischen Carola und sich spürte, seine einzige Sorge gewesen. Und er wusste, dass das eine sehr schmerzhafte Sache sein konnte.

»Warum habt ihr euch getrennt?«, fragte er.

Steffi berührte ihre Haare. Gedankenverloren starrte sie auf einen imaginären Punkt im Wasser.

Während er sie beim Nachdenken beobachtete, wurde ihm bewusst, dass er sie nicht drängen sollte. »Du musst es mir nicht erzählen.« Er hatte es an Fiefie sehr geschätzt, dass sie das irgendwann im Verlauf des Gesprächs akzeptiert und nicht weitergebohrt hatte.

»Seine Eltern sind strenggläubige Moslems und wollten, dass er ein Mädchen aus Algerien heiratet. Das, was mich an der ganzen Sache echt traurig macht, ist die Tatsache, dass wir uns wirklich geliebt haben. Noch nie hat mich ein Mensch so sehr zum Lachen gebracht. Ich war schon immer ein eher melancholischer Typ, aber mit ihm zusammen hatte ich wirklich Spaß im Leben.« Steffi blinzelte, und eine Träne löste sich.

Alex konnte sich nicht vorstellen, wie es war, sich wegen äußerer Einflüsse zu trennen, obwohl man sich doch liebte. Er wusste, wie schwer es ihm und Carola fiel, über ihre Beziehung zu sprechen, und wie schmerzhaft es war, sich einzugestehen, dass die Liebe auf der Strecke geblieben war. Sich von einer Person zu trennen, die man liebte und von der man sich geliebt fühlte, musste ungleich komplizierter sein.

»Wir wollten uns nicht trennen. Aber seine Eltern organisierten eine Ehefrau, und er hatte nicht den Mut, ihnen zu sagen, dass er mit mir zusammenbleiben wollte. Ich musste eines Tages den Schlussstrich ziehen, weil ich glaubte, er könnte sich nicht mehr weiterentwickeln. Er flehte mich an, ihm Zeit zu geben. Aber ich ertrug es nicht mehr, ihn weiter zu treffen, während seine Eltern für das arme Mädchen den Umzug nach Deutschland und ihre Hochzeit mit ihm planten.« Steffi zog ein Tuch aus ihrer Hosentasche und putzte sich die Nase. Eine einzelne Träne hing in ihren Wimpern.

»Ich weiß nicht, was ich dazu sagen soll«, sagte Alex betroffen. »Du findest es nicht lächerlich, wenn ein erwachsener Mensch wegen Liebeskummer rumheult, obwohl es Krieg, Hunger und eine Klimakatastrophe auf der Welt gibt?«, fragte Steffi und sah ihn gequält an.

Alex schüttelte rasch den Kopf. »Nein, überhaupt nicht. Wir sind Individuen und beschäftigen uns mit unseren eigenen kleinen Sorgen viel mehr, weil sie uns unmittelbar betreffen. Und das ist völlig okay.«

Steffi hob die Schulter. »Ich weiß nicht.«

»Du hast ein Recht auf Trauer«, betonte Alex streng.

Steffi betrachtete ihn einen Moment, dann wandte sie ihren Blick ab und sah zum Horizont. »Hat er das Mädchen geheiratet?«, fragte Alex.

»Nein.« Steffi schüttelte den Kopf, und die Träne an ihrer Wimper löste sich. Wieder lächelte Steffi, doch das Lächeln war so verkrampft und spöttisch, dass Alex nicht länger hinsehen wollte. »Nein«, wiederholte Steffi, und an ihrer Stimme hörte er, dass ihr erneut die Tränen kamen. »Er hat die Hochzeit abgeblasen, ist bei seinen Eltern ausgezogen und hat alles getan, was er mir versprochen hat. Doch ich habe ihm nicht geglaubt, und er dachte wohl, er hätte keine Chance mehr bei mir. Wir trafen uns kaum noch. Und eines Tages hatte er eine neue Freundin. Mit ihr konnte er all die Freiheit ausleben, er mir ursprünglich zugesagt hatte.«

Alex verzog das Gesicht. Die Geschichte war berührend und traf ihn mitten ins Herz. Es war traurig. Zwei Menschen, die einander haben wollten, denen aber immer andere Menschen im Weg standen. Es war eine bittersüße Geschichte. Ohne glückliches Ende. Oder?

»Vielleicht ...?«

Steffi schien zu wissen, was er sagen sollte. Sie schüttelte heftig den Kopf. »Nein, das wird nichts mehr.«

Betroffen sah Alex sie an.

»Ich meine, sie sahen glücklich aus. Und sie wirkte echt nett.« Steffi wischte sich mit der Hand über die tränennasse Wange. »Ich möchte es ihm gönnen. Er hat hart gekämpft. Und es verdient. Aber es macht mich zugleich auch traurig.«

»Glaubst du, seine Eltern ...«

Steffi nickte. »Sie ist definitiv nicht das, was seine Eltern sich für ihn gewünscht haben. Studentin, mit schicken modernen Klamotten und langen offenen Locken ohne Kopftuch, sehr hübsch, und als ich die beiden gesehen habe, hat sie die ganze Zeit gelacht und ihn angestrahlt. Sie haben sich berührt, sich geküsst. Ich denke, dass seine Eltern nicht sehr begeistert von ihr sind.«

Alex schluckte. So gerne hätte er mehr gesagt, hätte sie in den Arm genommen, ihr etwas Tröstendes mit auf den Weg gegeben, aber er war überfordert mit dieser Situation. In den letzten Monaten war er mit seinen Sorgen nur noch um sich selbst gekreist, hatte die Probleme seiner Mitmenschen ausgeblendet, sie erst gar nicht wahrgenommen. Und jetzt schien es, als hätte er jede Sensibilität verloren. »Ich wusste von Anfang an, dass wir von den äußeren Umständen gar nicht passen. Aber der Rest war perfekt. Einfach so. Vom ersten Augenblick an. Wir ergänzten uns, machten uns gegenseitig zu besseren Menschen, forderten unsere Schwächen heraus und wuchsen daran.« Steffi schüttelte den Kopf, und ihre Haare wirbelten herum. Alex musterte sie, und auf einmal wusste er, dass ihre wild gefärbten Haare das ausdrücken könnten, was sie im Inneren fühlte. Sie war überfordert, durcheinander und sehr traurig. Sie hatte versucht, ihre Vergangenheit hinter sich zu lassen und sich eine neue Frisur verpasst. Hatte angefangen zu färben, festgestellt, dass es doch nicht das Richtige war. Er fragte sich, wie sie ausgesehen hatte, als sie noch mit ihrer großen Liebe glücklich gewesen war.

»Wir passten so gut zusammen. Und ich war naiv. Viel zu naiv. Glaubte tatsächlich, Liebe könne alles überwinden.« Steffi senkte den Kopf.

»Du bist nicht naiv. Du … hast einfach an ihn geglaubt. Und er hat dir am Ende ja gezeigt, dass du dich nicht in ihm getäuscht hast«, versuchte Alex sie vom Gegenteil zu überzeugen.

Steffi sah ihn ratlos an. »Er war sich meiner zu sicher, und ich konnte ihm nicht mehr trauen.«

Alex schwieg. Er war nicht besonders gut darin, passende Sätze zu formulieren, wenn ihm jemand sein Herz ausschüttete. Er wusste, dass seine Stärke eher darin lag, zuzuhören.

Doch Steffi schien das nicht so zu sehen. Sie zupfte ihm leicht am Hosenbein. »Sag was«, bat sie schüchtern.

»Ich glaube nicht, dass du naiv warst. Ich glaube nicht, dass du dich in ihm getäuscht hast. Und ich glaube auch nicht, dass er aufgehört hat zu wachsen«, meinte Joris vehement.

Steffi sah ihn neugierig an.

»Schau doch mal: Er hat gekämpft. Für seine Freiheit. Für die Liebe. Ohne dich hätte er das nie geschafft. Du hast es ihn gelehrt. Ihn unterstützt. Du bist der Grund, warum diese beiden Menschen sich finden konnten.«

Steffi blieb stumm und nickte langsam.

Alex atmete tief ein. Er hatte genau das Richtige gesagt.

»Das klingt gut«, bestätigte Steffi ihm das. »Darüber werde ich nachdenken müssen.«

Alex lächelte. Und sie lächelte zurück. Und das tat ihm gut. Sie so zu sehen. Zu wissen, dass er sich für andere einsetzen konnte. Ihm wurde bewusst, wie einsam er geworden war, während er sich und seine Ängste in den Mittelpunkt der Welt gesetzt und nur noch um seine Sorgen gekreist war, wie ein Mond um den Planeten und sich so sehr darauf fokussiert hatte, dass er kein Sonnenlicht mehr wahrgenommen hatte. Er war vereinsamt. Aber jetzt war er nicht mehr einsam. Er saß hier mit Steffi, und sie hatten einen dieser Augenblicke zusammen, die Menschen selten hatten, höchstens, wenn sie einander sehr gut kannten.

»Danke, dass du mir zugehört hast«, sagte Steffi und drehte ihren Körper zu ihm, ihre Beine winkelte sie an. »Und als du die beiden so glücklich gesehen hast, hast du deine Sachen gepackt und dich Hannah und Fiefie angeschlossen?«, fragte Alex. Er fand es mutig. Entschlossen. Allerdings traf das ja auch auf ihn zu, und er hatte sich nie als mutig oder entschlossen empfunden, sondern eher wie jemand, der so verzweifelt gewesen war, dass er keinen anderen Ausweg gesehen hatte, als diese Reise zu machen. Vielleicht war es bei ihr ja ähnlich gewesen.

»Joris, der Typ, von dem wir dir erzählt haben, den kenne ich durch einen gemeinsamen Bekannten. Und er erzählte mir so wahnsinnig viel von seiner Reise und erwähnte, dass Fiefie und Hannah noch jemanden suchen, und da ich ja frei und ungebunden bin, dachte ich, warum versuche ich es nicht einfach?« Steffi hob die Schultern. »Ich dachte, im besten Fall bin ich wieder in der Lage, Yoga zu machen. Erst wenn ich das geklärt habe, kann ich wirklich überzeugend Bewerbungen an Fitnessstudios schicken.«

»Mutig«, kommentierte Alex.

»Wieso?« Steffi runzelte die Stirn. »Du bist doch auch mutig.«

»Ich bin sicher nicht mutig.« Alex schüttelte den Kopf. »Aber ich habe Gründe, warum ich hier bin. Eigentlich bin ich sogar ein echter Angsthase, feige und schwach.«

Steffi kniff die Augen zusammen. »Ach, komm, hör auf. Du willst doch nur, dass ich das verneine.«

Alex legte die flache Hand auf den glatten Stein und spürte die gespeicherte Wärme der Sonne darin. Er seufzte. Dieses Terrain wollte er nicht betreten.

»Du bist jemand, der vor seinen Problemen wegrennt, oder?« Dass Steffi es so schnell erraten hatte, ließ ihn heftig schlucken. Es schnürte ihm die Kehle zu, und kurz überkam ihn die Panik, dass er einfach vor ihren Augen erstickte, dann zog er hastig die Luft ein. »Das stimmt«, sagte er. Er räusperte sich. »Aber es ist sinnlos. Die Probleme lassen mich sowieso nicht entkommen.«

Steffi lehnte sich zurück, stützte ihre Hände hinter sich ab und betrachtete ihn stumm. Dass sie nichts sagte, machte ihn nervös.

Alex suchte verzweifelt nach einer Möglichkeit, das Thema zu ändern. »Vielleicht habt ihr ja doch noch eine Chance? Ich meine, wenn du heimkommst und ihn wieder siehst?«

»Ja. Eventuell hätten wir wirklich eine Chance. Wer weiß?« Steffi runzelte die Stirn. »Aber was für eine Art Mensch wäre ich, wenn ich ihm nun, da er sein Glück gefunden hat, sage, dass ich ihn immer noch liebe? Ich habe die beiden doch zusammen gesehen. Welches Recht habe ich, da Unruhe reinzubringen? Nein, ich hatte meine Chance. Wir hatten unsere Chance. Wir haben es einfach vergeigt.«

Alex kratzte sich am Oberschenkel. »Es tut mir ...«

»Sag es nicht.« Steffi stand auf und streckte ihm die Hand entgegen.

Wie ertappt ergriff Alex sie und ließ sich hochziehen.

»Wenn du vor deinen Problemen nicht wegrennen kannst, solltest du anfangen, von ihnen zu erzählen.« Sie lächelte, und dieses Mal war es ein aufmunterndes Lächeln, keines, das von Herzen kam, aber eines, das sie ihm bewusst schenkte.

Sie drehte sich um und lief den steinigen Weg zurück zum Wald.

Alex folgte ihr und hoffte, dass das aufgeregte Herzklopfen sich beruhigt hatte, bis er an seinem Zelt war. Vielleicht … hatte sie ja recht? Alex wusste, dass nicht nur sie jetzt etwas hatte, worüber sie nachdenken musste.

*

Der Treffpunkt mit den anderen war weit außerhalb von Oslo, irgendwo auf einem Berg oberhalb der riesigen Stadt. Die Aussicht war genial, und Alex mochte es, von oben auf die Innenstadt und die schicken Häuser außerhalb, die sich an den steilen Küsten vom Oslofjord an die Steine klammerten, zu sehen. Trotzdem war Alex ein wenig enttäuscht, dass der Rest der Gruppe nicht vorhatte, einige Tage in der Großstadt abzuhängen. Doch er beschwerte sich nicht, da er wusste, dass sie Großstädte nicht so mochten und die Natur über alles liebten. Es hätte ihm eigentlich von Anfang an klar sein müssen, dass sie außerhalb bleiben würden. Es juckte ihm trotzdem in den Fingern, zu fragen, ob sie einen Abstecher machen konnten. Als er jedoch bemerkte, wie glücklich sie hier waren, unterließ er es. Es war ihm nicht wichtig genug.

Was er allerdings nicht zurückhalten konnte, war die Abneigung davor, die zweite Gruppe zu treffen. Er würde ein Außenseiter sein, noch mehr, als er es jetzt schon war. Er wusste, dass es nicht fair war, die Augen zu verdrehen, wenn Fiefie und Steffi von Joris‘ Mut, sein Leben komplett umzukrempeln, schwärmten. Es war nicht fair, Hannah nicht zuzuhören, wenn sie ihm mal wieder erläuterte, wie sehr sie an ihrem jüngeren Bruder hing und dass sie sich Sorgen um ihn machte. Er fand ihre Fürsorge übertrieben, schließlich war ihr Bruder ein erwachsener Mann und offenbar alt genug, um ohne sie zu reisen. Es verging kaum ein Tag, an dem nicht einer der zweiten Gruppe erwähnt und Anekdoten ausgetauscht wurden, die sie auf den vorherigen Reisen gemeinsam erlebt hatten.

Während Alex abseits saß und Fiefie und Hannah dabei zuhörte, wie sie Steffi von den Erlebnissen der Reise im letzten Jahr berichteten, bemerkte er, wie unerträglich er sich selbst fand. Woher kam diese Missgunst gegenüber den vier ihm gänzlich fremden Personen? Woher kam der Neid auf eine längst vergangene Reise? Woher die Eifersucht auf die Aufmerksamkeit, die Fiefie Joris und Hannah ihrem jüngeren Bruder zuteilwerden ließen?

Es war nicht so, als würde sich Alex nicht Mühe geben. Er hatte sich nach dem Gespräch mit Steffi vorgenommen, sich mehr mit der Gruppe zu arrangieren. Er könnte sich ihnen mehr öffnen, sich mehr für sie interessieren, auch auf die Gefahr hin, dass sie dann neugieriger werden würden. Hannah war sehr nett, zeigte ihm vieles in der Natur und gab ihm tolle Ratschläge, und Steffi verbrachte offensichtlich gerne Zeit mit ihm. Nur mit Fiefie lief es immer noch nicht so richtig gut. Er dachte darüber nach, mit ihnen über seine Zukunftsängste zu reden. Er wusste, dass Fiefie in dem Fall einiges viel besser verstehen würde. Hannah würde sehr fürsorglich reagieren und Steffi sicherlich etwas sagen, das ihm helfen würde. Aber je näher das Treffen mit den anderen rückte, desto entschlossener war Alex, dass er ohnehin bald ohne seine neuen Bekannten weiterreisen musste. Vielleicht war es vergebene Mühe, sich weiter in die Gruppe zu integrieren. Er hatte ein Ziel vor Augen, wusste, dass er niemals ein Leben führen konnte, wie es der Rest von ihnen lebte. Warum hing er hier mit ihnen ab und vergeudete diese wertvolle Zeit? Er sollte bei Carola sein und viel mehr Arbeit in seine Ehe stecken. Er sollte bei Silas sein und mit seinem Sohn so viel spielen, wie er konnte.

Als die fremde Gruppe sich endlich ankündigte und alle bis auf Alex aufgeregt warteten, machte eine kleine Wanderung zu einem Wasserfall. Er spürte Hannahs Enttäuschung, und er konnte die Frageeichen praktisch sehen, die sich in Steffis Kopf bildeten, doch er hatte das tiefe Bedürfnis danach, allein zu sein.

Alles fühlte sich so ziellos an. Sinnlos. Nach vergeudeter Lebenszeit. Er war gekommen, um sich die Nordlichter anzusehen, um dieses spektakuläre Naturphänomen von seiner Liste zu streichen. Doch er kam den Nordlichtern kein Stück näher.

Die Wanderung tat ihm gut. Er hatte am Vormittag das Smartphone geladen und hörte zunächst einen Podcast, doch als ihm auffiel, dass er ziemlich unaufmerksam war, weil er ständig herumgrübelte, wechselte er zu Musik über. Bei einer besonders schönen Stelle auf einem Felsen mit Blick auf das Meer setzte er sich und betrachtete erschöpft, aber ausgeglichener die riesigen Kreuzfahrtschiffe bei ihrer Einfahrt, während er das mitgebrachte Wasser trank und einen Apfel aß.

Als das letzte Lied des Albums verklang, legte Alex sein Smartphone weg und atmete tief ein. Er schloss die Augen und versuchte, sich auf das Geräusch des Windes in den Bäumen zu konzentrieren. Ihm fiel auf, dass er den Gesang der Vögel viel besser wahrnehmen konnte, jetzt, wo er nicht mehr abgelenkt war von dem Treiben im Tal unter ihm.

Auf dem Rückweg verlief er sich und musste einen sehr steilen, schmalen Pfad entlangwandern. Seine Haut wurde zerkratzt, als er dem Gebüsch am Rand zu nahe kam. Die Bäume waren dort an der Stelle sehr hoch, aber sie wuchsen nicht so dicht. Es sah toll aus, obwohl es eigentlich nichts Besonderes war. Er war lange unterwegs gewesen, hatte blutige Schrammen an den nackten Armen und sein Mund war wegen des Durstes trocken, aber er fühlte sich besser. Die Wanderung, die körperliche Anstrengung hatte ihm gutgetan.

Ihm fehlte das Joggen. Vielleicht würde es ihm psychisch besser gehen, wenn er wieder damit begann? Aber das schien ihm irgendwie sinnlos. Er vertrieb den Gedanken und wischte sich den Schweiß von der Stirn. Er lächelte, grimmig entschlossen, sich den Ausflug nicht verderben zu lassen.

*

Er kam in ihrem Lager an und sah nun statt der bisherigen vier Zelte acht, neben ihrem Wohnmobil noch einen alten Camper und davor mehr Stühle um den Tisch als zuvor. Zögerlich trat Alex näher. Ihm wurde bewusst, wie blöd er sich verhalten hatte und wie kindisch und stur es gewesen war, ausgerechnet heute die Wanderung zu unternehmen. Er ließ seinen Blick über die große Gruppe schweifen, und als ihm klar wurde, dass alle ihn genauso anstarrten wie er sie, wurde ihm heiß.

Beschämt schaute er weg. Er verhielt sich unfair den Menschen gegenüber, die ihn bereitwillig aufgenommen hatten. Und den Neuen gegenüber machte er einen erbärmlichen ersten Eindruck.

Was war nur los mit ihm?

Er war froh, dass Steffi als Erste aufsprang, seine Hand schnappte und ihn zu einem jungen Mann führte. »Das hier«, sagte sie und zeigte auf den Typen, »ist Joris.«

Joris war viel durchschnittlicher und unauffälliger, als Alex ihn sich vorgestellt hatte. Die anderen hatten immer so von ihm geschwärmt, dass er sich einen muskulösen, gutaussehenden Menschen vorgestellt hatte mit braun gebrannter Haut, schönem Gesicht und toller Friseur sowie ähnlich provozierenden Piercings und Tätowierungen, wie Fiefie und Hannah sie hatten. Stattdessen hatte er braune Haare, die ihm wirr und zu lang vom Kopf abstanden, um noch als Kurzhaarfrisur durchzugehen, und darüber eine Baseballkappe. Er war schlank, trug als Einziger von ihnen einen Pullover mit hochgekrempelten Ärmeln, und sein Lächeln war aufgeschlossen und freundlich. Sein Bart sah ungepflegt aus, buschig und unregelmäßig, seine Haut war tatsächlich leicht gebräunt, aber er trug kein einziges sichtbares Piercing, sondern viele bunte Stoffbänder am Handgelenk, wie sie vor einigen Jahrzehnten mal modern waren.

Er stand auf und kam näher, um Alex die Hand zu schütteln. Alex bemerkte, dass er leicht humpelte und sein Händedruck viel kräftiger war, als man von einem Mann mit seiner Statur erwartet hätte.

»Super, dich kennenzulernen«, sagte Joris sehr freundlich.

Alex fiel es viel leichter, ihn sympathisch zu finden, als er die ganze Zeit geglaubt hätte. Eigentlich wäre es ihm sogar sehr schwergefallen, es nicht zu tun. »Ebenso. Ich freue mich auch«, antwortete er und war erleichtert, dass es keine Lüge war und er es wirklich so empfinden konnte.

Ein weiterer Mann, von dem Alex sofort wusste, dass er der jüngere Bruder von Hannah war, gesellte sich zu ihnen. Er hatte die gleiche Tätowierung wie seine Schwester, Dreads mit bunten Kügelchen und eingeflochtenen Bändern und eine besitzergreifende Art, wie er Joris den Arm um die Schulter legte. Gleichzeitig war er lässig, als er sich mit einer übertriebenen Handbewegung vor ihm verbeugte und mit leiser Stimme sagte: »Ich bin Fabio.« Mit der Bewegung brachte er Joris ins Stolpern, der versuchte, Fabio wieder aufzurichten.

»Hallo«, sagte Alex irgendwie verunsichert von diesem lockeren Verhalten und der überschwänglichen Verbeugung, so als wäre Fabio ein Schauspieler an einem altertümlichen Dorftheater.

Fabio drehte sich um, ohne den Arm von Joris' Schulter zu nehmen. »Und hier«, sagte Fabio und zog eine blauhaarige Frau in seinen anderen Arm, »haben wir Charlie. Unsere Prinzessin.« Er berührte die Wange der Frau mit einem Zeigefinger und grinste.

Jetzt wurde Alex klar, dass Fabio gekifft haben musste. Das würde dieses Verhalten erklären. Er musterte sein Gegenüber für einen Moment. Betrachtete die neckische Art, wie Fabio seine Prinzessin, wie er sie nannte, berührte und diese sehr vertraute Art, wie er Joris in seinem Arm hielt. Es wirkte, als würde er befürchten, dass Alex sich an einen von beiden heranmachen könnte.

Der Gedanke war so absurd. Immerhin hatte Alex schon Schwierigkeiten, Freundschaft mit Hannah oder Steffi zu schließen. Oder gar mit Fiefie. Wie sollte er Joris oder dem blauhaarigen Mädchen jemals so nahekommen, dass Fabio sich davon ernsthaft bedroht fühlen könnte? Mühsam wandte er seinen Blick von Fabio ab und zu Charlie. Noch nie hatte er so schöne Haare gesehen, hellblau, glänzend und glatt flossen sie an Charlies Seite hinab bis zur Taille. Leider lediglich auf einer Seite. Auf der anderen Seite hatte Charlie ihre Haare abrasiert, und nur ein paar dunkelbraune Stoppeln erinnerten daran, dass sie auch dort solch tolle Haare haben könnte. »Hallo Alex«, sagte Charlie. Sie gab ihm nicht die Hand, aber sie lächelte ihn auf eine umwerfend offene Art an.

»Hi«, antwortete Alex. Bei ihr war er sich sicher, dass er sie mögen könnte, wenn er mehr Zeit mit ihr verbringen würde.

»Pete!«, brüllte Fabio direkt in Alex' Ohr, so laut, dass Alex einen Schritt zurückwich. »Komm her, Pete! Stell dich endlich vor!« Ein weiterer Mann trat auf sie zu.

»Hey«, sagte er. »Ich bin Pete.« Wie Joris schien auch er recht gewöhnlich zu sein, muskulöser und größer als Joris, mit kürzeren Haaren und gepflegterem Bart mit geflochtenen Zöpfen darin und Sommersprossen auf der Nase. Die drei dünnen Flechtsträhnen am Kinn sahen interessant aus, sehr individuell, sehr cool. Alex musste sie geradezu anstarren und fragte sich, warum er nie mutig genug gewesen war, seinem langweiligen Aussehen etwas so Besonderes hinzuzufügen.

Pete gab Alex die Hand und reichte ihm anschließend ein Bier. »Setz dich«, sagte er und zeigte auf einen Stuhl neben dem, auf dem Steffi zuvor gesessen hatte. »Alex!«, rief Fabio. »Ich dreh dir eine Tüte.«

»Er kifft nicht«, warf Hannah ein und wirkte genervt von der Show, die ihr jüngerer Bruder abzog.

»Kein Problem.« Fabio hob beide Hände. »Ich kann dir auch eine Kippe drehen.«

»Ich rauche gar nicht, aber danke fürs Angebot«, antwortete Alex höflich und nippte an dem Bier, das Pete ihm in die Hand gedrückt hatte. Er hoffte, dass es wirklich nur Bier war. Doch Pete wirkte anständig. Alex glaubte, ihm vertrauen zu können.

»Alter. Du musst dich entspannen«, sagte Fabio mit lauter Stimme und legte seine flache Hand auf Alex' Brust. Dafür, dass sie sich nicht kannten, war es eine sehr vertraute Berührung. Es machte ihm nichts aus, dass Fabio zugedröhnt war und ihn anfasste, als würden sie sich schon seit Ewigkeiten kennen. Und in sein Ohr schrie, als wäre Alex schwerhörig.

»Du musst nicht so rumbrüllen, Fabio«, sagte Hannah streng. »Los, Joris. Gib ihm ein Wasser!«

Joris gehorchte ihr. Er packte Fabio an beiden Schultern, zwängte ihn auf einen der Stühle und drückte ihm eine Tasse in die Hand. Während er ihm das Wasser einschenkte, starrte Fabio mit großen Augen hinein, als wäre das Wasser die Nordlichter am nächtlichen Himmel.

»Tut mir leid, als sie ankamen, war er noch nicht bekifft«, sagte Hannah. Alex bemerkte, dass ihre Sorgenfalte zwischen den Augen ein wenig tiefer war als sonst. »Wie war deine Wanderung?«

»Hm, schön. Nicht sehr weit von hier entfernt ist ein Wasserfall«, sagte er und zeigte Richtung Berg hinter sich. Er wurde abgelenkt von Fabio, der seinen Arm um Joris legte und ihn grob zu sich herunterzog. »Nur ein Kuss«, bettelte er. Joris packte Fabio mit der Hand am Kinn und zwang ihn so, in seine Augen zu sehen. »Danach trinkst du das Wasser.«

»Versprochen«, sagte Fabio.

Die zwei küssten sich ungelenk, so als ob Fabios Koordination nicht mehr dazu ausreichte und Joris Mühe hatte, seine ungeschickten Bewegungen zu steuern. Als sie sich voneinander lösten, trank Fabio artig das Wasser und wirkte ruhiger. Er sah Alex in die Augen. »Du wolltest gerade von dem Wasserfall erzählen«, sagte er.

»Ähm.« Alex spürte, dass er rot wurde. Er hatte den Faden verloren. »Also, da oben ist der Wasserfall«, sagte er und zeigte erneut zu dem Berg hinter sich.

»Meinst du den am Ende des steilen Wegs?«, fragte Hannah.

»Äh … Nein …«, sagte Alex. Er fand es selbst schrecklich, wie er herumstotterte und sich nicht mehr aufs Gespräch konzentrieren konnte.

Ihm war nicht bewusst gewesen, dass Hannahs Bruder und der Freund von Steffi schwul und offenbar ein Paar waren. Es hatte ihm keiner gesagt. Er mochte selbst nicht, dass er fand, dass Hannah ihn hätte vorwarnen sollen. Bei einem heterosexuellen Pärchen hätte er ja auch keine Warnung erwartet. Hannah stellte eine weitere Frage, aber er wusste nicht, ob sie ihn meinte oder einen der anderen. Dann hörte er von der Seite Getuschel. Alex wandte sich um und starrte Fabio und Joris an.

Joris versuchte, seinen Freund in den Arm zu nehmen und lächelte, als Fabio sich vorbeugte und ihm etwas ins Ohr flüstern wollte, es aber verfehlte und stattdessen mit den Lippen in der Halsbeuge landete. Alex runzelte die Stirn. Seit wann war er so verklemmt? Es war eine Seite, die er an sich nie erwartet hätte. Irritiert über die Befangenheit, die er gerade an sich entdeckt hatte, wandte er sich um und sah zu Hannah.

Er hatte keine Ahnung, was sie ihn gefragt hatte.

Hannah sah ihn geduldig an, doch als ihr offenbar klar wurde, dass er nicht mehr antworten würde, seufzte sie gequält. »Bist du doch bekifft?«

»Nein!« Alex schüttelte ruckartig den Kopf. Nun gelang es ihm viel besser, sich auf sie zu konzentrieren. »Nein, alles gut«, fügte er hinzu und lächelte sie an. »Ich habe Hunger. Soll ich schon mal den Tisch decken? Wir müssten Brot da haben. Du willst doch heute sicherlich nicht mehr kochen?«, fragte er in ihre Richtung und war dankbar, dass er durch den Themenwechsel keinen Grund mehr hatte, in die Richtung des Paares schauen zu müssen. »Ja, einfach nur Rohkost und bisschen Toast. Wer mag, kann ja noch Käse essen«, sagte Hannah.

»Ich helfe dir«, bot Steffi an.

Auf dem Weg zum Wohnmobil schwiegen sie. Erst als sie die Tür öffneten und Alex nach Steffi eintrat, sagte sie: »Dich hat Fabio ziemlich schockiert, oder?«

»Nein, es ist bloß …« Alex strich sich über die Haare. »Ich wusste, dass er Probleme mit Drogen hat, aber Joris sagte mir, es wäre eine Zeitlang ganz gut gelaufen mit Fabio. Ich glaube, der ist momentan ein bisschen überschwänglich.«

»Also, nein, das ist …« Wieder wurde Alex von ihr unterbrochen.

»Ich habe gemerkt, dass du irritiert warst wegen seines seltsamen Verhaltens. Er muss echt total dicht sein.« Steffi schüttelte den Kopf.

»Ich wusste nicht, dass sie schwul sind«, sagte Alex leise.

Steffi machte verwirrt die Augen auf. »Die?«, fragte sie und zeigte nach draußen. »Die sind nicht schwul.«

»Nicht schwul?« Alex runzelte die Stirn.

»Ne, wie kommst du denn da drauf?«, fragte Steffi verwundert.

»Äh.« Alex spürte, dass seine Wangen heiß wurden. Hatte er die Situation so missverstanden? »Aber sie haben sich doch geküsst.«

»Ach so«. Steffi hob die Schultern. »Also, die sind nicht schwul. Die sind ganz klassisch bisexuell. Oder pansexuell. Keine Ahnung …«, antwortete sie.

»Ach, ganz klassisch«, sagte Alex und schob die Hände in die Hosentasche. Den Sarkasmus konnte er sich nicht verkneifen. »Ich habe nicht mal eine Ahnung, was der Unterschied ist. Also was dieses Pansexuelle ist.«

Steffi sah ihn ernst an, bevor sie den Kopf schüttelte. Sie sah ihn in der Tat so an, als würde sie ihn seltsam finden. Und als wäre sie von seiner Verklemmtheit enttäuscht. Alex seufzte. »Sorry, ich bin bisschen aufgedreht. Es ist für mich ziemlich aufregend, die anderen kennenzulernen. Und ich war überfordert, so bekifft wie er war, und dann dieser Kuss.«

Ohne etwas zu sagen, reichte Steffi ihm die Tüte Toast.

Alex biss sich auf die Lippen und ging zum Kühlschrank, um dort den Käse und den selbstgemachten Hummus rauszunehmen. Er hatte es wohl verbockt. Zuerst bei Fiefie und jetzt bei Steffi, und mit den restlichen wurde er auch nicht warm.

Er sollte allein weiterreisen. Er sollte sich so schnell wie möglich verabschieden, bevor er noch weitere seiner unbeabsichtigten Beleidigungen raushaute.

*

Am nächsten Morgen wachte er ungewöhnlich früh auf. Mittlerweile hatte er sich daran gewöhnt, in einem Zelt zu schlafen. Die nächtlichen Geräusche machten ihm nichts mehr aus, und selbst seine morgendlichen Rückenschmerzen waren verschwunden.

In dieser Nacht jedoch konnte er ewig nicht einschlafen, hatte mit offenen Augen in die Dunkelheit gestarrt, während ihm die Gedanken durch den Kopf gejagt waren. Es war unschön, wenn man einerseits so müde war, dass die Augen brannten und die Erschöpfung um sich griff, gleichzeitig aber das Herz heftig in der Brust klopfte und das Grübeln einem keine Pause gönnte.

Er war erleichtert, als die Nacht rum war, die ersten Vögel zu hören waren und die diffusen Schatten um ihn herum ein klareres Bild zeugten.

Bei Tag – das wusste er aus früheren Erfahrungen mit schlaflosen Nächten – sahen die Probleme nicht mehr ganz so schlimm aus. Die Helligkeit vertrieb das überdimensionale Gefühl, etwas nicht bewältigen zu können, und half stattdessen bei der Lösungsfindung.

Doch bevor Alex weiter darüber nachdachte, ob er nun allein weiterreisen sollte, oder – wie er es voller Verzweiflung in der Nacht favorisiert hatte – lieber umdrehte und zu seiner Familie heimfuhr, brauchte er einen Kaffee. Eins war ihm klar: Eine Entscheidung musste her. Und er musste sie für sich selbst treffen und sich von den beiden Gruppen trennen. Das Weiterfahren mit ihnen würde ihn nicht weiterbringen und schon gar nicht zu den Nordlichtern, zumindest nicht auf die schnellstmögliche Art und Weise. Er war gekommen, um sich das Phänomen am Himmel anzusehen, nicht, um neue Freunde zu finden, die er in seinem Leben nicht mehr treffen würde.

Auch wenn der Tau noch auf dem Gras lag und die aufgehende Sonne eine rosa Färbung am Himmel verursachte, hörte er Stimmen aus dem Wohnmobil. Er hatte damit gerechnet, dass er der Erste war, der wach war. Doch anscheinend gab es zwei weitere Menschen, die nicht gut geschlafen hatten. Zumindest deutete er so den hastigen Dialog und die aufgeregten Stimmen.

»Und was sagt er dazu?«, fragte Hannah gerade, als Alex eintrat. Sie saß am Tisch des Wohnmobils und rauchte eine Zigarette, trotz des strikten Verbots, das sie selbst aufgestellt hatte.

»Du weißt, was er sagt.« Joris hatte eine Kaffeetasse in der Hand und lehnte mit dem Rücken gegen die kleine Küchenzeile. Er trug kurze Hosen und hässliche Badeschlappen über warmen Tennissocken. Es sah so kurios unpassend aus, dass Alex sich nur schwer ein Grinsen verkneifen konnte.

»Sorry«, murmelte er und huschte eilig zur Kaffeemaschine.

Sie verstummten und betrachteten ihn. Simultan zog Hannah an ihrer Zigarette und Joris trank einen Schluck von seinem Kaffee. Beide wandten den Blick nicht von ihm ab.

»Tut mir leid, wenn ich störe. Ich bin gleich weg«, sagte Alex und griff nach der Kaffeekanne. Er wollte so schnell wie möglich verschwinden. Selten hatte er so intensiv gespürt, dass er störte. Wer weiß? Vielleicht redeten sie sogar über ihn und über seine neugierigen und verletzenden Kommentare?

»Ist okay. Komm, setz dich.« Hannah zeigte auf den Platz neben sich.

»Ich will wirklich nicht stören«, versicherte Alex. Es war ihm unangenehm, dass er einfach hereingeplatzt war. Von draußen hatte es sich wie eine angeregte Diskussion angehört. Er war davon ausgegangen, er könnte sich die Kanne schnappen, ohne dass ihn großartig jemand bemerkte.

»Wir finden sowieso keine Lösung.« Joris sah ähnlich müde aus, wie Alex sich fühlte. Er griff mit zwei Fingern an seine Nase und senkte seinen Kopf. Die Fußzehen in den Socken bewegten sich nervös.

»Wir reden über meinen Bruder. Er hat gute und weniger gute Phasen, und offenbar befindet er sich aktuell in einer weniger guten Phase«, erläuterte Hannah und klopfte auf die Bank. »Nun setz dich halt.«

Alex rutschte durch, sodass Joris auch noch einen Platz hatte, wenn er sich dafür entscheiden sollte, sich ebenfalls zu setzen. Es war ihm peinlich, und es tat ihm wirklich leid, dass er die zwei bei diesem ernsten Thema unterbrochen hatte. Er sah, wie groß die Sorgen der beiden waren. Die von Hannah kannte er bereits. Hannah hatte so viel von ihrem Bruder geredet, und stets hatte sich ihre Stimme dabei sehr leise angehört, während ihre Schultern nach vorne gesackt waren und ihre Stirn gerunzelt war. Mit Joris' niedergeschlagener Art und seiner Bedenken wurde ihm erneut bewusst, wie dumm seine Reaktion gewesen war. Jetzt war eine gute Gelegenheit, fand er.

»Es tut mir leid, dass ich mich gestern so komisch verhalten habe, als ich bemerkt habe, dass ihr ein Paar seid«, sagte er und schob seine Hände um die Kaffeetasse, um dort Halt zu finden.

Joris hob die Augenbrauen und lachte. »Ach, deswegen warst du den Abend über so zurückhaltend.«

Alex nickte. »Ich verstehe es selbst nicht. Ich habe mich für einen der tolerantesten Menschen der Erde gehalten, und trotzdem muss ich einen sehr schlechten Eindruck bei euch hinterlassen haben.« Alex sah auch Hannah entschuldigend an. Er wusste, wie irritiert sie über sein Verhalten gewesen war.

Joris winkte ab. »Kein Problem. Ich dachte, du wärst überfordert von Fabios aufgedrehtem Verhalten.«

Alex schmunzelte. »Ein bisschen.«

»Er ist eine spezielle Person«, flüsterte Joris, und in seiner Stimme schwang so viel Gefühl mit, so viel Wärme, so viel Zuneigung, dass Alex sich automatisch fragte, wann er das letzte Mal in dieser Tonlage über Carola gesprochen hatte. Es musste Ewigkeiten her sein.

Hannah seufzte. »Oh ja«, sagte sie grinsend. »Das ist die perfekte Beschreibung.« Dann wurde sie wieder ernst und zog ruckartig an ihrer Zigarette. Ihre Finger zitterten, als sie das tat. »Ich mache mir echt Sorgen.«

Joris trat an den Tisch und berührte ihre Schultern. Schließlich setzte er sich, jedoch nicht auf den Platz, den Alex ihm gelassen hatte, sondern auf die Kisten, in denen sie ihre Vorräte verstauten und die als Sitzgelegenheit perfekt waren, wenn man zwei aufeinanderstellte. »Ich lebe inzwischen so sehr in meiner Blase, dass mir manchmal gar nicht bewusst ist, dass es immer noch Menschen gibt, die irritiert sind, wenn zwei Männer sich küssen.«

»Ich bin nicht irritiert«, wehrte Alex ab. »Ich persönlich kenne nur keine schwulen Männer und hab so was lediglich im Fernseher gesehen.« Alex erinnerte sich Steffis Einwand gestern. Eilig korrigierte er. »Oder bisexuelle Männer. Ich war überrascht und überfordert.«

»Also bist du doch irritiert?«, fragte Hannah.

Alex zögerte, dann nickte er. »Ja, bin ich. Tut mir echt leid.«

»Schon okay. Gut, dass du es zugeben kannst.« Joris hob die Schultern und schien nicht sauer zu sein. »Ich kann mich erinnern, wie ich letztes Jahr Charlie und Fabio kennengelernt habe und wie fasziniert ich von ihnen war, und gleichzeitig habe ich überfordert reagiert, als die beiden mich angesprochen haben. Seit ich mit den Chaoten unterwegs bin, ist es etwas besser geworden.«

Alex schmunzelte. »Du willst mir echt erzählen, du wärst überfordert gewesen?« Er hatte Joris tatsächlich für einen der coolsten Menschen gehalten, jemand, der entspannt mit allem umging, offen allem Fremden gegenüber war.

»Klar.« Joris hob die Schultern. »Vorurteile und Befangenheiten, Angst vor dem Fremden, Irritation bei Veränderungen und Überforderung mit neuen Phänomenen kennt jeder Mensch. Es geht darum, wie wir damit umgehen. Ob wir es für normal halten, oder an uns arbeiten und den für uns andersartigen Menschen eine Chance geben.«

Alex verstand die Begeisterung der anderen nun zu gut. Joris schien wirklich sehr nett zu sein. Und man konnte gut mit ihm reden. »Fabio trägt viel Scheiß mit sich herum, und Hannah und er haben in ihrer Kindheit einiges erlebt, doch leider hat Fabio nicht den Glauben in sich und die stabile Gemütslage geerbt, die Hannah und seinen älteren Bruder davon abhalten, abzurutschen. Er ist sehr sensibel und kommt mit seiner Vergangenheit nicht gut klar. Aber er ist ein wunderbarer Mensch.« Joris lächelte, und man konnte ihm sowohl die Sorgen ansehen, die ihn quälten, als auch die Liebe, die ihm wohl half, diese auszuhalten.

Alex sah zu Hannah und fragte sich, ob Joris recht hatte. Sie wirkte immer so stark und kühl und unnahbar, als würde nichts an sie herankommen, doch ihre Finger zitterten weiter, als sie die Zigarette im Boden ihrer Tasse ausdrückte.

Alex war versucht, seine Hand auf ihre Schulter zu legen. Als Trost. Oder Beistand. Aber er erinnerte sich daran, dass er sich bald verabschieden würde und Hannah und er niemals gute Freunde werden würden.

Als sie die Tasse von sich wegschob und das Fenster zum Lüften öffnete, hatte sie den kurzen Augenblick überwunden und lächelte. »Wir werden nachher, wenn alle wach sind, darüber reden, wie wir jetzt weiterreisen«, kündigte sie mit fester Stimme an. »Zu den Nordlichtern geht es entweder an der östlichen Küste von Schweden entlang oder an der westlichen Küste von Norwegen.«

»Oder durch das Landesinnere«, ergänzte Joris.

Alex trank von seinem Kaffee, um niemandem in die Augen sehen zu müssen. Wie sollte er ihnen sagen, dass er möglicherweise heimwollte? Andererseits dachte er an die Nordlichter, und obwohl Fiefie sich von ihm zurückgezogen hatte und Steffi vom gestrigen Abend enttäuscht war, wirkten zumindest Joris und Hannah so, als würden sie seine Gesellschaft schätzen. Und er wusste, wie er die Sache mit Fiefie klären konnte. Er würde ihn einfach zu einem Spaziergang einladen und ihm von sich erzählen. Vielleicht von Carolas eigenen Problemen mit dem strukturellen Rassismus, den sie täglich erlebte, oder von seinen Sorgen, dass sein Sohn wegen seiner Hautfarbe in der Schule ausgeschlossen wurde. Oder von seiner Sorge, seinen Sohn nicht zu einem starken Mann erziehen zu können, obwohl er das so dringend sein musste. Denn was wäre, wenn Alex mit sich selbst so beschäftigt war und so schwach und hilflos war, dass er Silas niemals ein gutes Vorbild werden könnte?

Doch um das verständlich zu machen, müsste er Fiefie wirklich alles erklären. Alles, ohne etwas auszulassen. Und ob Alex das wollte, wusste er nicht. Allerdings würde Fiefie dann begreifen, warum er keine Hoffnung daraufsetzen sollte, dass Alex im nächsten Jahr erneut dabei sein würde. Alex war sich sicher, Fiefie würde betroffen reagieren, aber er würde alles verstehen und Alex' Distanzierung nicht mehr auf die persönliche Ebene schieben, sondern als eine notwendige Abwehrhaltung ansehen.

»Was ist?«, fragte Hannah.

Auch die Sache mit Steffi konnte er in Ordnung bringen. Wenn er ihr erklärte, dass er am gestrigen Abend von der Situation überfordert gewesen war und es ihm schwerfiel, sich auf neue Leute einzulassen, würde sie das verstehen. Sie verlangte von ihm lediglich die Wahrheit, das spürte er. Sie mochte ihn und wäre niemals nachtragend.

Und die anderen? Pete schien ein netter Typ zu sein, ernster und vernünftiger, zurückhaltend, aber freundlich. Über Charlie konnte Alex wenig sagen. Mit ihr hatte er am Abend wenig zu tun gehabt, und Fabio war im bekifften Zustand schlecht einzuschätzen. Warum sollte er es nicht auf sich zukommen lassen und den Nachmittag abwarten? Nur diesen Nachmittag. Einfach sehen, wie die Gruppe die weitere Route plante. Er könnte immer noch entscheiden …

»Alex?«

Alex hob den Kopf und sah, dass Hannah ihn besorgt musterte. »Alles okay?«, fragte sie, und obwohl sich auf ihrer Stirn Sorgenfalten gebildet hatten, hatte das Zittern ihrer Hände aufgehört. »Ja«, sagte Alex schnell. »Tut mir leid. Ich … schleppe auch so manches Problem mit mir herum und habe heute schlecht geschlafen.«

»Ich weiß.« Hannah berührte seinen Arm.

Alex fragte sich, was sie wusste. Dass er schlecht geschlafen hatte, oder ob sein Leben nicht so gradlinig verlief, wie die meisten Menschen bei ihm vermuteten? Er starrte auf den Tisch und versuchte zu verheimlichen, dass sich ihm schon wieder die Kehle zuschnürte und er kaum Luft bekam.

»Irgendwann wirst du mit uns darüber reden«, fügte Hannah hinzu und lächelte. Sie verfestigte den Griff um seinen Arm, bevor sie die Hand zurückzog. »Wenn du bereit bist … komm zu mir. Oder zu einem von den anderen. Wir sind alle offen für deine Sorgen.«

Alex räusperte sich. Trotz aller Ablehnung, die er manchmal meinte zu spüren, kamen solche Aussagen. So mitfühlend, voller Geduld und verständnisvoll, wie er es selten in seinem Leben erlebt hatte.

»Wenn du ein Problem mit dir herumschleppst, passt du sehr gut zu uns«, sagte Joris grinsend.

Alex musste das erwidern und grinste zurück, auch wenn er weiterhin noch nicht frei atmen konnte. »Ja, es scheint so.« Er trank einen weiteren Schluck von seinem Kaffee. Das half ein bisschen.

*

Nachdem Alex vollkommen übermüdet nach einem langen Spaziergang durch den Wald zum Lager zurückkam, hatte er eine Entscheidung getroffen. Wieder mal, wie er feststellte. So unentschlossen und wankelmütig war er erst seit Kurzem, vermutlich eine Folge seines plötzlichen und ungewollten Lebenswandels. Deswegen hatte er den Spaziergang gebraucht. Allein. Er musste sich sicher sein.

Doch nun hatte er sich entschieden, und fühlte er sich mit dieser Entscheidung wohl. Er würde sich nicht von den anderen verabschieden. Noch nicht. Es war zu früh, um jetzt bereits aufzugeben. Zwar vermisste er seinen Sohn und konnte es kaum erwarten, Silas endlich wieder im Arm zu halten, aber alles, was ihn sonst in Deutschland erwartete, konnte getrost weiter auf ihn warten. Was würde es ihm bringen, arbeiten zu gehen? Was würde es ihm bringen, seinen Alltag aufzunehmen? Was würde es ihm bringen, unter dem empfindlichen Konstrukt, das Carola und ihn verband, zu leiden? All das kam ihm sinnloser vor, als zu den Nordlichtern zu reisen. Also sollte er an seinem Plan festhalten. Und die Gruppe war bereit, ihn mitzunehmen. Sie waren sogar bereit, einen Umweg für ihn zu fahren. Noch nie hatte er ein großzügigeres Angebot von einem Menschen bekommen.

Fabio schien es besser zu gehen. Er hockte vor seinem Zelt und spielte Gitarre, während Charlie neben ihm saß und eifrig in ein Notizbuch schrieb. Joris und Pete saßen etwas abseits von den beiden und unterhielten sich, während sie gemeinsam Kekse aßen. Alex hätte gerne mit Fiefie gesprochen. Es gefiel ihm gar nicht, dass Fiefie sich immer weiter von ihm zurückzog. Das war eine Sache, die er unbedingt aus der Welt schaffen musste. Auf der Suche nach Fiefie stolperte er wortwörtlich über Steffi, die hinter ihrem Zelt flach auf dem Rücken lag, unter ihr eine Trainingsmatte. Sie hatte die Augen geschlossen, und zunächst glaubte Alex, dass sie schlief. Doch sie öffnete die Augen, als er sich gerade davonschleichen wollte, und rappelte sich auf. »Habe ich dich mal wieder beim Versuch zu meditieren gestört?«, fragte Alex.

Steffi rutschte zur Seite und machte ihm auf der Matte Platz. »Nein, ich habe die Augen geschlossen und versucht, mich zu entspannen.«

Es hörte sich wie dasselbe an, aber Alex fragte nicht nach dem Unterschied. Stattdessen setzte er sich. »Ich war gestern ein bisschen komisch.«

Steffi musterte ihn nachdenklich.

»Ich bin nicht homophob. Und ich auch nicht übermäßig geschockt, nur weil jemand bekifft ist«, betonte Alex.

»Ich weiß. Das ist schon okay.« Steffi berührte seinen Rücken.

»Es ist so … Neue Leute zu treffen, obwohl ich nicht einmal euch drei wirklich gut kenne … Ich sollte diese Reise eigentlich nutzen, um über mich selbst klar zu werden und nicht, um möglichst viele Menschen kennenzulernen. Tut mir leid, wenn ich auf dich einen schrägen Eindruck gemacht habe. Mir war das alles zu viel. Zu viele Menschen. Zu viele Eindrücke.«

»Und dann kam Fabio.« Steffi nickte, und weil Alex genau hinsah, konnte er einen Anflug von Grinsen in ihrem Gesicht erkennen.

»Du meinst, und dann überfiel mich Fabio«, korrigierte Alex.

Steffi lachte leise, und Alex fühlte sich wie ein Held, weil er es geschafft hatte, sie zum Lachen zu bringen. »Ja, genau.« Steffi griff nach seiner Hand und drückte sie kurz.

Alex lehnte sich nach hinten und stützte sich mit den Ellenbogen am Boden ab. Vergnügt betrachtete er sie.

Sie verbrachten einen Moment der Stille, doch es war keiner dieser unangenehmen Augenblicke, sondern er spürte die aufkommende Nähe, die er ihr gegenüber empfand.

Es waren diese Momente, die ihn davon überzeugten, dass er hier in etwas ganz Besonderes reingeraten war. Dass es blöd wäre, es voreilig aufzugeben. Später würde er dazu sowieso gezwungen werden, doch jetzt konnte er es noch auskosten.

»Schließt sich das denn aus? Sich auf sich zu besinnen und neue Leute kennenlernen?«, fragte Steffi nachdenklich.

Alex dachte darüber nach und fand, dass die Frage gar nicht so einfach zu beantworten war. »Ich weiß nicht«, sagte er zögerlich. In den letzten Monaten hatte er sich mit sich selbst beschäftigt und war einer Lösung keinen Schritt nähergekommen. Er bezweifelte, dass die Reise mit diesen Verrückten ihn weiterbringen würde, aber zumindest war er nicht einsam. Und eventuell konnten sie ihn besser verstehen, als es seine Freunde tun konnten, die ihn als erfolgreichen Architekten kannten, den nichts im Leben erschüttern konnte. Vor diesen neuen Leuten konnte er echt sein, seinen Gefühlen freien Lauf lassen, und es war okay, ein wenig herumzuspinnen und komisch zu sein. Bei allen Menschen, die zu Hause auf ihn warteten, wurde erwartet, dass er funktionierte.

Steffi lehnte sich ebenfalls zurück und musterte ihn.

»Nein, womöglich nicht«, sagte Alex.

»Ja ... Hm ...« Steffi hob die Schultern.

Erneut schwiegen sie. »Und was ist Pansexualität?«

Steffis Lippen zuckten, aber sie grinste nicht. Doch in ihren Augen konnte er sehen, dass er sie amüsiert hatte. »Das ist eine sexuelle Orientierung, bei der es keinerlei Vorauswahl nach Geschlecht oder Geschlechtsidentität gibt.«

»Nennt man das nicht Bisexualität?«, fragte Alex verwirrt.

»Nicht unbedingt. Früher, als man noch vom binären Geschlechtsmodell ausging, definierte Bisexualität, dass man auf Männer und Frauen stand. Mit der Zeit wollten Menschen klarstellen, dass es nicht darum geht, ob es ein Mann oder eine Frau ist, sondern dass das Geschlecht überhaupt keine Rolle spielt und alle Geschlechter inkludiert sind. Pansexuelle können sich auch eine Beziehung mit nicht binären Personen vorstellen. Lediglich das Menschsein steht im Vordergrund, und die einzige Voraussetzung ist, dass der Mensch volljährig und fähig ist, selbstbestimmt zu entscheiden«, erklärte Steffi.

Alex wusste, dass er normalerweise über diesen ganzen Wirrwarr an Definitionen gelacht hätte, doch aus irgendeinem Grund hörte sich das aus Steffis Mund so schlüssig an, dass er darüber nachdachte und zu dem Schluss kam, dass sich Menschen glücklich schätzen konnten, wenn sie pansexuell waren. Es hörte sich wie eine erweiterte Form von Liebe und Zuneigung an, wie nach jemandem, dem das Innenleben wichtiger war als das Geschlecht, das den Menschen definierte. Das gefiel ihm sehr, sehr gut.

»Ich verstehe«, sagte Alex nachdenklich.

»Damit will ich aber nicht sagen, dass bisexuelle Menschen irgendjemanden ausschließen wollen. Es ist halt ein historischer Begriff, der manchen Menschen nicht modern genug ist.«

Alex lachte. »Eben dachte ich, ich hätte verstanden, jetzt bin ich wieder verwirrt.«

»Es soll ja Menschen geben, die achten bei ihrem zukünftigen Partner nicht nur auf das Geschlecht, sondern auch auf die Religionszugehörigkeit«, fügte Steffi hinzu und seufzte schwer.

Alex betrachtete sie und schüttelte den Kopf. »Das waren seine Eltern, nicht er«, erinnerte er sie.

Steffi dachte kurz nach, dann nickte sie. »Ja, sicher. Ihm war es egal. Aber seine Eltern waren ihm nicht egal.«

Sie legten sich beide auf den Rücken und starrten in die Wolken, die über sie hinwegzogen. »Es gibt sogar Menschen, die achten bei ihrer Partnerwahl auf das Gewicht. Oder auf andere äußere Merkmale, wie die Hautfarbe oder eine krumme Nase«, sagte Steffi schließlich. Sie hob die Hände, so als könnte sie die Wolken berühren. »Sie machen selbst bei Freundschaften solche Vorauswahlen. Wie viel diese Menschen wohl verpassen?«

»Oder sie achten darauf, ob eine Person körperlich eingeschränkt ist«, fügte Alex mit einem Schaudern hinzu. Auf seinen Armen bildete sich eine Gänsehaut, und er rieb nervös über seine Haut, um sie schnell loszuwerden.

»Mmh. Stimmt. Leider. Ableismus ist ein großes Problem«, sagte Steffi. Alex öffnete den Mund, um zu fragen, was das war. Aber er schloss den Mund, weil er nicht schon wieder als jemand dastehen wollte, der mit modernen Begriffen nicht klarkam.

»Wenn diese Menschen von vornherein ausschließen, müssen sie sehr einsam sein.« Steffi öffnete ihre Hand, griff ins Leere und ließ ihre Finger durch die Luft fahren. Es sah aus, als würde sie die Wolken berühren, als wollte sie hineingreifen und sie herabreißen und das Blau des Himmels offenbaren. »Eigentlich kann man nur Mitleid mit diesen Menschen haben. Manchmal macht es mich aber eher wütend.«

Alex schwieg. Was sollte er dazu auch sagen? Sie hatte ja mit allem recht, was sie sagte. Aber Alex wusste, dass ihn zu Hause Menschen erwarteten, für die äußere Merkmale genauso wichtig waren, wie es für ihn mal der Fall gewesen war.

Erstaunlich, wie sehr er sich verändert hatte. Und wie groß seine Angst davor war, dass seine engsten Freunde nicht auch bereit waren, sich zu ändern.

*

Kurz vor dem Abendessen trommelte Hannah alle zusammen. Sie breitete eine riesige Karte auf dem Tisch aus, die, wie alle, die Hannah besaß, die besten Jahre schon hinter sich hatte, so eingerissen und voller Flecken, wie sie war.

»Setzt euch!« Hannah klatschte in die Hände. »Nehmt euch was zu trinken.«

Aufgeregt drückte Alex sich zwischen Steffi und Pete. Er war gespannt, was Hannah vorschlagen würde und wohin die Reise ging. Fiefie saß ihm gegenüber und unterhielt sich angeregt mit Fabio, der lässig in seinem Stuhl saß und nicht mehr so aufgedreht war wie am Abend zuvor. Joris verteilte Getränke an alle. Charlie fehlte. Sie eilte heran, als sie sie vereint riefen, und zog einen Stuhl hinter sich her. Während sie sich Zeit nahm, eine angenehme Sitzposition zu finden, die Beine auf die Sitzfläche zog und mit dem Po hin und her rutschte und schließlich ihre langen Haare über die Schulter nach hinten warf, sah Hannah ihr geduldig zu. Als Charlie endlich saß, nahm Hannah das Wort erneut auf.

»Alex' Ziel sind die Nordlichter«, sagte sie. Sie war die Einzige, die stehen blieb. Überflüssigerweise zeigte sie mit einem Kuli auf den nördlichen Rand der Karte, als wüssten nicht alle, dass die Chancen für Nordlichter dort besonders hoch waren. »Wir haben uns angeboten, ihn zu begleiten. Ich habe die Nordlichter noch nie gesehen, und Steffi hat ebenfalls großes Interesse geäußert. Ich würde gerne eure Meinung dazu hören.« »Ich bin dabei«, sagte Joris und starrte direkt zu Alex. »Ihr habt mich letztes Jahr begleitet und einen Umweg in Kauf genommen, daher bin ich der Letzte, der sich verweigern wird. Ich hoffe, Alex findet dort oben das, was er sucht.« Er lächelte.

Alex spürte, dass er rote Wangen bekam. Er hatte manchmal das Gefühl, nicht richtig in der Gruppe angekommen zu sein, aber sie bestätigten ihm das durch solche Worte und Taten immer wieder. Warum konnte er diese neuen Freundschaften nicht annehmen? Ihnen mehr vertrauen?

»Ich bin überall dabei«, ergriff Charlie das Wort und schob eines der Beine zurück auf den Boden. Sie sah Alex strahlend an. »Ich finde es toll. Hauptsache, unterwegs sein. Ich war noch nie so weit oben im Norden. Sehr cool von dir, Alex.«

Alex räusperte sich und hob die Schultern. Es war keine coole Sache oder eine tolle Idee, die er mal spontan gehabt hatte, sondern der Versuch, eine seiner größten Lebenskrisen irgendwie zu überleben. Doch das konnte sie nicht wissen, weil Alex sich niemandem anvertraut hatte, niemanden von ihnen auch nur ein klein wenig an sich rangelassen hatte.

»Ich denke, ich spreche für den Rest der Gruppe, wenn ich sage, dass ich ebenfalls dabei bin. Nordlichter klingen gut. Oben im Norden ist es einsam. Genau mein Ding.« Pete hob beide Daumen in die Höhe.

Alex konnte seine Freude nicht verbergen. Er wusste es zu schätzen, wie viel Glück er hatte, dass er gleich sieben Menschen getroffen hatte, die bereit waren, ihn zu begleiten. Der einzige Wermutstropfen war das Schweigen von Fiefie. Das machte Alex große Sorgen. Er hatte das Gefühl, sich erklären zu müssen. »Ich suche da oben nichts, ich möchte mir die Nordlichter einfach ansehen. Sie stehen auf einer Liste, die ich erstellt habe«, erzählte er. »Diese Liste habe ich erstellt, um … über etwas hinwegzukommen.« Er kratzte sich an der Stirn. Es gelang ihm einfach nicht, es auszusprechen. Es war ihm schon zu Hause schlecht gelungen. Vielleicht, weil er dachte, dass es erst wahr und greifbar wurde, wenn es als hörbare Worte im Raum stand. Doch das war ein Trugschluss. Es war eine Tatsache, egal, ob er darüber sprechen oder schweigen würde.

Hannah sah ihn geduldig an. Sie würde ihn niemals dazu drängen, mehr zu sagen. »Was steht noch auf der Liste?«

»Persönliche Sachen. Ich habe meine Oma viel zu lange nicht mehr gesehen. Ich habe mir vorgenommen, sie zu besuchen. Und die Bank im Wald, auf der meine Freundin und ich uns das erste Mal geküsst haben. Das Elternhaus, in dem ich meine Kindheit verbracht habe. So Zeug halt.« Alex hob die Schultern.

»Wirst du bald sterben?« Alex riss den Kopf herum und sah betroffen zu Fiefie. Der hatte seine langen Arme über die ebenfalls langen Beine gelegt und ließ den Kopf zwischen seinen Schultern hängen. Er sah zu Boden.

Alex räusperte sich. Ruckartig hob Fiefie seinen Kopf. »Wirst du?«, fragte er erneut, diesmal drängend. Laut. Klar.

»Nein«, sagte Alex leise. »Das nicht.«

Es fühlte sich nur manchmal danach an. Dann, wenn er sich in einer besonders düsteren Stimmung befand. Oft wusste er, dass es vermessen war, so zu denken. Fiefie richtete sich auf. »Hat sich so angehört.« Er hob die Schultern. Sichtbar unzufrieden, warum Alex nicht mehr sagte.

»Es sind Dinge, die ich mir ansehen will. Zu denen ich reisen will«, konkretisierte Alex, ohne konkreter zu werden. Er wusste, dass er es den anderen sagen würde, dass er ihnen sagen musste, was ihn zurzeit so sehr beschäftigte. Doch das war nicht der richtige Zeitpunkt. Sie mussten die Reise planen.

»Du hast eine Liste, auf der stehen dein Elternhaus, deine Oma und irgendeine bescheuerte Bank in einem scheiß Wald, und du beginnst mit den Nordlichtern?«, fragte Fiefie und verschränkte die Arme vor der Brust. Er sah skeptisch aus.

Hilflos hob Alex die Hände. »Mir wurde nahegelegt, eine Reise zu unternehmen. Weil ich echt fertig war und mit mir nichts mehr anzufangen war. Also … habe ich mein Zeug gepackt. Vielleicht waren es die Nordlichter, weil es am längsten dauert, dorthin zu reisen.«

Alex wusste selbst nicht, warum er sich so auf die Nordlichter versteift hatte. Auf seiner Liste standen einfachere Dinge wie ein Sonnenaufgang, ein schneebedeckter Baum im Winter und ein Regenbogen. Doch wie jagte man einem Regenbogen hinterher? Auf den Schnee musste er auch noch etwas warten. Ein Sonnenaufgang war hier sicherlich kein Problem, er musste nur früh genug aufwachen.

Für die Nordlichter musste er weit reisen. Und wie lange er noch reisen konnte, wusste er nicht. Das mit seiner Oma und seinem Elternhaus waren Dinge, die er später tun konnte. Für die hatte er mehr Zeit.

»Für mich hört sich das alles sehr abstrus an«, sagte Fiefie. Er hob den Arm in die Luft und machte dabei eine lässige Winkbewegung, wobei er Charlie unabsichtlich gegen die Schulter schlug, die sich mit einem Quieken beschwerte. Alex schluckte. »Es tut mir leid, Fiefie«, sagte er und wusste, dass die Distanz zwischen ihnen beiden nie weiter war als jetzt.

»Aber okay, ich bin dabei. Von mir aus. Schauen wir uns die Nordlichter an«, fügte Fiefie hinzu. Sarkastisch warf er hinterher: »Gibt ja sonst nichts Schönes, was Norwegen zu bieten hätte.«

»Fiefie.« Hannah trat zu ihm und schüttelte den Kopf. Unter ihrem Blick schrumpfte Fiefie zusammen und sah auf einmal gar nicht mehr so riesig aus wie sonst. Hannah drehte sich wieder um. »Wir müssen uns auf einen Weg einigen. Wir könnten die Schären entlang nach oben fahren oder auf der Norwegenseite an den Fjorden entlang.« Sie strich mit dem Finger die östliche Küste Schwedens und dann die westliche Küste Norwegens entlang. »Oder.« Sie hob den Finger, als ob sie Aufmerksamkeit gewinnen wollte. Es war offensichtlich, dass es ihre bevorzugte Route war. »Wir fahren durch das Landesinnere.«

»Ich mag die Fjorde. Ich finde, Alex sollte sie sehen«, sagte Joris. »Als ich letztes Jahr die Fjorde das erste Mal gesehen habe, wollte ich heulen. Hätte ich so eine Liste, wären die Fjorde ganz oben. Egal, warum du diese Liste erstellt hast, Kumpel, bitte schreib die Fjorde dazu.«

»Ich bin für die Schären. Total unterschätzt und einen Besuch wirklich wert«, protestierte Fabio.

»Ich bin ganz bei Fabio. Die Fjorde schaut sich jeder Durchschnittstourist an. Und wir haben die echt schon oft gesehen«, betonte Fiefie.

»Also ich mag die Schären.« Charlie beugte sich vor und zeigte auf der Karte auf die Küste Schwedens.

»Ich stimme Charlie zu.« Pete nickte. »Vielleicht nicht spektakulär, aber wir sind da noch nicht so oft gefahren.«

»Fjorde klingen gut«, meinte Steffi leise. Sie sah in die Runde. Nun schwiegen alle.

»Alex?«, fragte Hannah.

Alex sah sie an und schüttelte den Kopf. »Ich kann mich nicht entscheiden.«

Hannah lächelte mild. »Es ist deine Reise. Du solltest auch einen Vorschlag machen.«

»Ihm ist es egal. Hauptsache, er kommt bei den Nordlichtern an«, betonte Fiefie, und seine Stimme klang gehässig.

»Hey, lass gut sein.« Charlie schnippte ihm erstaunlich fest gegen das Ohrläppchen.

»Mir ist es wirklich egal. Klingt beides gut«, sagte Alex schnell, bevor sich die beiden wegen ihm stritten. Er hatte sich nie Gedanken gemacht, welcher Weg besser war. Zu Hause hatte er auf der Karte gesehen, dass der schnellste Weg bei Schweden hochging, deswegen hatte er vermutet, dass er den einschlagen würde. Wenn er ehrlich war, kannte er nicht mal den Unterschied zwischen einem Fjord und einer Schäre. Doch das wollte er nicht zugeben. Das Einzige, was er sich zusammenreimte, war, dass es wohl in Schweden Schären gab und in Norwegen Fjorde. »Ich plädiere für diesen Weg hier«, sagte Hannah und deutete einen senkrechten Strich zwischen Schweden und Norwegen an. »Mitten durchs Landesinnere.«

Der Vorschlag von Hannah erzeugte keine Begeisterungsstürme. Jeder sah sie stumm an und wartete gespannt, ob sie noch was sagte. Ob sie einen Vorteil dieser Route präsentieren konnte. Doch es kam nichts.

Ernüchtert senkte sie den Arm. »Okay«, sagte Pete irgendwann und räusperte sich. »Warum?«

»Weil der Weg abwechslungsreich ist und bequem bleibt.« Hannah ging um den Tisch herum und sah sie alle der Reihe nach an. »Fahren wir an der Küste Norwegens, nerven die Fjorde mit der Zeit. Wir müssen ständig Fähren nehmen, Umwege in Kauf nehmen, und im Norden bekommen wir es mit Schnee zu tun. Und die Küste von Schweden.« Sie sah Fiefie und Fabio an und hob die Schultern. »Tut mir leid, die Schären sind ganz nett, aber ansonsten hat dieser Weg einfach gar nichts zu bieten. Fahren wir in der Mitte hindurch, können wir die Fjorde auch sehen, zumindest weiter oben. Und es gibt einige Sehenswürdigkeiten, und wir kommen besser voran. Und ich glaube, wir sollten bis nach Trømsö fahren, weil da die Chancen nicht schlecht stehen, Nordlichter zu Gesicht zu bekommen.«

»Okay«, sagte Pete erneut. »Klingt logisch.«

Statt enttäuscht zu sein oder diskutieren zu wollen, willigten alle nacheinander ein, obwohl sie vorher den Eindruck gemacht hatten, als würden sie diesen Weg auf alle Fälle boykottieren. Diese Einigkeit erstaunte Alex. Dann aber wurde ihm bewusst, dass sie nächstes Jahr wieder kamen. Und das Jahr darauf ebenfalls. Sie hatten noch ewig Zeit, konnten ganz Skandinavien bereisen, sich alles anschauen. Für ihn war es jedoch die einzige Chance, die letzte Reise dieser Art. Er hoffte, dass Hannah einen echt guten Plan hatte.

Alex lehnte sich zurück. Jetzt musste er darüber nachdenken, wie er die anderen einweihte. Alex spürte die Müdigkeit nach der nächtelangen Grübelei. Er rieb sich die Augen und konnte ein Gähnen nicht unterdrücken. Vielleicht würde sich morgen eine Gelegenheit ergeben.

*

Am nächsten Vormittag traf er außerhalb ihres Camps auf Fiefie mit einem Stapel Holz unterm Arm. Er blieb wie angewurzelt stehen, als er Alex sah.

»Was hast du damit vor?«, fragte Alex und zeigte auf die Zweige.

Fiefies Blick ging zu dem Holz. »Wir dachten, wir könnten heute Abend ein Lagerfeuer machen und Stockbrot essen.«

Alex wusste nicht, ob es eine gute Idee war, am Rand eines Waldes ein Feuer zu entfachen, aber er wollte nicht mit Fiefie darüber diskutieren, das würde ihn vom eigentlichen Thema ablenken. »Können wir uns setzen?«

Fiefie runzelte die Stirn.

Alex schüttelte den Kopf. »Ach, komm schon, nur weil ich gesagt habe, dass ich nächstes Jahr nicht mitkomme, behandelst du mich wie Luft? Ist das dein Ernst?«

Die Worte ließen Fiefie zurückweichen. »Ich weiß einfach nicht, ob es sich lohnt, eine Freundschaft aufzubauen, wenn wir uns sowieso nie wieder sehen. Seit Jahren reisen Leute mit uns, aber keiner hat echtes Interesse, und das nervt irgendwann. Letztes Jahr hatten wir ein Paar dabei, Anita und Sven, die waren ständig in ihrem Zelt. Wir haben uns von ihnen getrennt, weil es nichts brachte.«

Alex blinzelte. »Du machst eine Freundschaft daran fest, wie oft jemand mit dir nach Skandinavien fährt?«

Fiefie lachte rau auf. »Du weißt selbst, dass das Blödsinn ist. Eine Freundschaft sollte nicht daran gemessen werden«, fügte Alex hinzu.

»Du bist dir doch selbst nicht sicher, was du in uns investieren willst, oder? Dir geht es lediglich um die Nordlichter, nicht um uns. Vor wenigen Tagen warst du noch bereit, ohne uns weiterzureisen.«

Dieses Mal war es Alex, der einen Schritt zurückwich. Er fühlte sich ertappt. Unruhig kaute er auf seiner Lippe herum, dann seufzte er. »Können wir uns setzen? Bitte?«

Fiefie nickte, bewegte sich aber nicht.

Alex wandte sich um und fand nicht weit entfernt eine hübsche Stelle, wo sie sich gegen einen Baum lehnen konnten und eine grandiose Sicht auf Oslo hatten. »Lass uns setzen«, bat er eindringlich.

»Du warst so resolut, als du gesagt hast, dass du nicht mehr mitreist. Und ich weiß nicht, ob wir überhaupt zusammenpassen, wenn du wieder in dein altes Leben zurückgehen willst.« Fiefie seufzte.

»Ich habe meine Gründe, Fiefie. Und die will ich dir erläutern. Und nein, ich werde nicht in mein altes Leben zurückgehen«, sagte Alex kühl. »Und ja, auch ich glaube nicht, dass wir sonderlich gut zusammenpassen. Aber jetzt sind wir hier, und statt uns über die Zukunft Gedanken zu machen, könnten wir auch einfach schauen, wohin es uns treibt«, fügte er etwas freundlicher hinzu, obwohl er von Fiefies Sturheit sehr genervt war.

Fiefie sah ihn kurz an, anschließend ging er zu dem Baum, auf den Alex gezeigt hatte, und legte seine Zweige neben sich ab.

Auch Alex setzte sich, doch bevor er weiterredete, musste er sich sammeln. Wie er beginnen sollte, wusste er nicht. Er hatte absolut keine Ahnung, wie er das anstellen sollte. Es war ihm aber wichtig, dass er den anderen zeigen wollte, dass er ihnen vertrauen wollte. Er wollte mit Fiefie beginnen, weil da etwas zwischen ihnen stand, das er nicht fassen konnte, und das wollte er weghaben.

Leider machte Fiefie es ihm nicht leicht, und kurz zögerte Alex, ob es eine gute Idee gewesen war, mit diesem sturen Esel zu beginnen. Wenn er daran dachte, wie geduldig Hannah, wie verständnisvoll Joris und wie mitfühlend Steffi war, lag es eigentlich auf der Hand, nicht unbedingt bei Fiefie den Anfang zu machen.

Ruckartig schüttelte er den Kopf. Nein! Das würde er nun durchziehen. Kein Rückzieher! Kein weiteres Grübeln! Er zog seinen Geldbeutel heraus, öffnete ihn und zeigte Fiefie das Bild von Silas. »Das ist mein Sohn«, sagte er. Fiefie nahm es, sah es einen Moment lang schweigend an, danach nickte er langsam. Er hob den Kopf, während er ihm das Bild zurückgab.

»Ich kenne diese Fragen: Ist er wirklich dein Sohn? Ist er adoptiert? Woher kommt deine Frau? Und wenn ich antworte, dass sie aus Kassel kommt, die nächste Frage: Nein, woher kommt sie wirklich?«, betonte Alex. »Als könnten sie sich wegen eines einzigen Blicks erlauben, meine Familie infrage zu stellen. Als bräuchten sie irgendwelche Beweise, dass die Familie meiner Frau seit Generationen in Europa lebt, und dass ich sowohl bei der Zeugung als auch bei der Geburt meines Sohnes anwesend war.«

»Ich kenne das«, sagte Fiefie. »Ich habe längst vergessen, dass du meinen Namen nicht magst.« Er lächelte leicht. »Ach, komm, alles okay.« Er klopfte Alex auf die Schulter.

Alex lächelte zurück, bevor er aufs Neue ernst wurde. »Aber ich habe nicht das Gefühl, dass zwischen uns alles in Ordnung ist.«

Fiefie dachte nach. »Wir hatten wirklich viele Leute, die sich uns angeschlossen haben, und ich habe mir oft Hoffnungen gemacht, dass wir zu einer Art Familie zusammenwachsen könnten. Aber … das lässt sich halt nicht erzwingen.« Fiefie hob die Schultern.

Alex sah ihn aufmerksam an. »Ich meine, wir haben einander. Hannah und ich. Und wir haben die anderen. Es war einer der ganz seltenen Glücksgriffe, dass Joris sich entschieden hat, ein Teil von uns zu werden. Und dann gibt es ja noch Steffi«, fuhr Fiefie fort. Er klopfte Alex erneut auf die Schulter. »Es ist nicht dein Problem. Es ist meines. Ich hatte gehofft, du würdest in uns mehr sehen als die Mitfahrgelegenheit zu den Nordlichtern.«

Schweigend starrte Alex auf die Großstadt unter ihnen. Am Hafen war ein aufgeregtes Treiben zu beobachten. So viele Menschen, die mit der Fähre Norwegen verließen. So viele, die ankamen. Am meisten los war auf dem riesigen Parkplatz neben dem Fähranleger. Die Kreuzfahrtschiffe sahen aus wie breite Hochhäuser, gewaltig und imposant. Schließlich überwand er sich und betonte: »Ich wünschte, ich könnte in euch mehr sehen. Ich wünschte, ich könnte den Mut aufbringen. Ich könnte wirklich ein Teil von euch werden. Doch ich habe Angst. Angst, zu sehr mit euch zu verschmelzen. Mehr in euch zu sehen als diese Fahrgelegenheit. Ich … kann niemals ein Teil von euch werden.«

»Warum?«

Fiefies Frage stand in der Luft wie die Fähre im Hafenbecken. Nicht zu übersehen. Und sie würde nicht verschwinden. Sie würde hierbleiben. Zwischen ihnen. Alex konnte sie nur auflösen, indem er antwortete.

Aber es fiel ihm deutlich schwerer, als er geglaubt hatte.

Er wusste, dass Fiefie wartete, doch seit er selbst davon wusste, hatte er es niemandem erzählt. Außer Carola wusste es niemand. Nicht einmal seine Eltern oder Silas. Es war das erste Mal, dass er es aussprach. Es würde schmerzen. Er schloss die Augen und versuchte, auf die Geräusche zu achten, doch er ertrug die Dunkelheit nicht und riss sie wieder auf. Stattdessen sah er auf die große Stadt zu ihren Füßen und beobachtete, wie ein weiteres Kreuzfahrtschiff den Oslofjord entlangfuhr. Die Langsamkeit und Selbstverständlichkeit des großen Schiffs im schmalen Fjord beruhigten ihn.

Ohne Fiefie anzusehen, sagte er: »Ich habe einen genetischen Defekt. Ich werde erblinden.«

Fiefie atmete scharf ein. »Wann?«, fragte er atemlos.

Alex hob die Schultern. »Sie wissen es nicht genau. Es hat schon vor einiger Zeit begonnen. Ich werde langsam nachtblind, und das ist der Beginn dieser Erkrankung.«

»Und wie schnell wird es gehen?«, fragte Fiefie. »Weiß man das?«

»Es gibt aggressive Formen und weniger aggressive Formen, und manchmal können die Betroffenen Jahre oder Jahrzehnte nach der Diagnose noch sehen, während es allmählich schlechter wird. Es zeichnet sich aber ab, dass es bei mir eher eine aggressive Form ist.« Alex rieb sich über die Arme. Jetzt, wo er die Worte des Arztes wiederholte, wurden ihm die Grausamkeiten dieser Diagnose erneut bewusst und wie makaber es war, sie in solch schlichte Worte zu fassen.

Fiefie schwieg, und als Alex zu ihm sah, bemerkte er, dass er richtig aufgewühlt war. Seine Lippen zitterten, und seine Augen waren feucht. Seine Zeigefinger presste er gegen seine Schläfen.

»Deswegen warst du so zögerlich, nachts an den See zu gehen, richtig?«, fragte Fiefie nach einem Moment.

Alex nickte. Es hatte im Verlauf der Fahrt regelmäßig Situationen gegeben, wo der Rest der Gruppe plante, nach Anbruch der Dunkelheit über unebenes Gelände zu gehen. Weil Alex nicht zugeben wollte, dass er Hilfe benötigte, hatte er meist irgendeine Ausrede erfunden. Immer wieder hatte er sich den Weg vom Zelt zum Wohnmobil versucht zu merken, hatte sich den Abstand zum Lagerfeuer eingeprägt und so gut es ging vermieden, nachts nochmal raus zu müssen. Was von Vorteil war: Je nördlicher sie kamen, desto später wurde es dunkel. Die Nächte waren lang. Das genoss er sehr.

Er musterte Fiefie und verspürte den Wunsch, Fiefie zu trösten, obwohl eigentlich er derjenige war, der den Trost bräuchte. Fiefies lange Gliedmaße waren verkrampft und sein Rücken gebeugt. »Und deswegen ist es sehr unwahrscheinlich, dass ich nächstes Jahr mit euch reisen kann. Ich werde vermutlich andere Sorgen haben und in einem Zustand sein, in dem ich für euch eher eine Belastung sein werde.« Alex schauderte. Nie hätte er gedacht, dass es ihm so wehtun würde, es auszusprechen. Wenn er darüber nachdachte, schnürte sich alles in ihm zusammen. Mit Carola redete er nicht wirklich. Die Diagnose hatte ein unheimliches Schweigen über sie gebracht, das sie einfach nicht überwinden konnten, obwohl sie sich beide verzweifelt Mühe gaben. Sie waren im Begriff gewesen, sich zu trennen, als er plötzlich nachts auffallend schlecht sehen konnte. Nach einer Reihe von Untersuchungen verkündete der Augenarzt die Diagnose, und seitdem hatten sie nicht mehr über Trennung gesprochen.

Carola vermutlich, weil sie es nicht mehr übers Herz brachte, ihn zu verlassen, und Alex, weil er auf gar keinen Fall allein sein wollte. Es war ihm egal, ob er egoistisch war, indem er sie weiterhin in seiner Nähe haben wollte, obwohl er nicht mehr genug für sie empfand, doch ohne sie würde er die Dunkelheit einfach nicht ertragen. Da war er lieber mit einer Frau zusammen, die nur aus Mitleid bei ihm blieb. Er konnte sich sein späteres Leben nicht mehr vorstellen. Er würde ihre Hilfe benötigen.

Es war unglaublich traurig. Das wusste er. Er wusste auch, dass das Carola ebenfalls klar war. Manchmal sahen sie sich an, vollkommen erschöpft von dem, was auf sie zukam, und unfähig, darüber zu sprechen. Ab und zu schliefen sie miteinander. Das tat ihnen gut. Und dann fragte Alex sich, ob sie irgendwann wieder mehr Gründe haben würden, zusammenzubleiben. Schließlich hatten sie sich ja mal geliebt, wahrhaftig und echt. Das konnte ja nicht auf einmal verschwunden sein.

Seine bevorstehende Erblindung konnte er nie aus seinen Gedanken vertreiben, egal, wie sehr er es versuchte. Es füllte sein ganzes Leben aus. Seine Arbeit, selbst das Spielen mit seinem Sohn. Er litt unter depressiven Phasen. Natürlich hatte er versucht, das abzuschütteln. Wenn er blind war, hatte er genug Zeit, depressiv zu sein. Jetzt aber konnte er noch sehen. Er sollte sein

Leben genießen. Aber es gelang ihm nicht. Zumindest zu Hause war es ihm nicht gelungen.

Die Reise hatte er auf Anraten seines Psychologen angetreten. Von ihm war die Idee mit der Liste gekommen und die massive Unterstützung, die es brauchte, um eine so lange Krankschreibung für einen Auslandsaufenthalt bei der Krankenkasse zu rechtfertigen. Alex war dankbar, irgendwie. Den Psychologen hatten sie ihm an die Seite gestellt, um die Diagnose zu verarbeiten. Alex hätte lieber Medikamente gehabt, die die Krankheit heilten. Aber die gab es nicht. Also hatte er die Therapie beim Psychologen begonnen.

Jetzt, wo er es Fiefie erzählte, wurde aus bösen Gedanken und düsteren Zukunftsvisionen bittere Realität. Alex schnappte nach Luft. Plötzlich spürte er eine warme Hand auf seiner Schulter, und seine Schultern sackten nach vorne. »Ich habe Angst«, sagte er und wünschte sich, er könnte weinen, doch die erlösenden Tränen kamen nicht. Sie würden sein Leid ja auch nicht hinwegspülen.

Fiefie sagte nichts, er drückte nur seine Hand gegen seine Schulter und wartete, bis Alex den Kopf erneut hob. »Es tut mir leid«, sagte er ernst und starrte Alex so intensiv in die Augen, dass Alex den Blick abwenden musste.

»Ich glaube, ich habe es noch gar nicht richtig reflektiert und verstanden«, erkannte Alex betroffen und rieb sich mit zitternden Fingern über den Arm. »Ich bin krankgeschrieben bzw. freigestellt. Ich muss eine Umschulung machen. Ich kann nicht mehr in meinem Beruf arbeiten. Aus meinem alten Leben wird nichts mehr Bestand haben.«

»Doch«, sagte Fiefie. »Die Menschen um dich herum bleiben. Dein Sohn. Deine Partnerin. Und deine Freunde. Hast du Eltern?«

Alex musste trotz der Trauer, die ihn gerade niederrang, grinsen. »Hat nicht jeder Mensch Eltern?«

Fiefie sah ihn mit unbewegter Miene an, er öffnete seinen Mund, schloss ihn aber wieder.

»Mein Sohn wird sich neue Bezugspersonen suchen, mit denen er herumrennen, Fußballspielen oder basteln kann. Oder mit Legosteinen spielen. Ich weiß gar nicht, was ich mit meinem Sohn anfangen soll, wenn ich … gar nichts mehr sehe. Ich bin dann nur noch eine Belastung für ihn.«

»Sag das nicht«, bat Fiefie ernst.

»Warum? Es ist die Wahrheit.« Alex kniff die Lippen zusammen.

»Es wird anders, aber …«

»Du hörst dich an wie mein Psychologe«, unterbrach Alex ihn und es klang barscher, als er beabsichtigt hatte.

Fiefie schwieg einen Moment. Er verstärkte den Griff an seiner Schulter und zeigte ihm damit, dass er für ihn da war. Es half Alex mehr als die leeren Worte, die Alex von seinen Ärzten gehört hatte und die ihm seine Angst nicht im Geringsten nehmen konnten. »Ich glaube, du bist noch nicht bereit, tröstende Worte zu hören. Du musst das erst einmal für dich verarbeiten«, sagte Fiefie leise.

Alex fröstelte. Er wollte protestieren, hielt dann aber inne. Warum? Es war die Wahrheit. Fiefie konnte besser spüren, was in ihm vorging, als es der Psychologe konnte. Manchmal wollte er die Sitzungen abbrechen, aber Carola bestand darauf, dass er hinging. Und er befürchtete, dass sie ihn verließ, wenn er die Therapie nicht mehr machte. Er brauchte keine Therapie. Was er brauchte, waren Augentropfen und ein langer Krankenhausaufenthalt, vielleicht eine Operation und schließlich ein Arzt, der ihm beim Entlassungsgespräch verkündete, dass er alles überstanden hatte und mit seinem alten Leben fortfahren konnte.

»Wie soll ich das machen?« fragte Alex verzweifelt.

Fiefie verlagerte seinen Arm, sodass er der Länge nach auf Alex' Schultern lag. Sein Gewicht war spürbar. Eine massive Präsenz, die Alex half. Es half ihm mehr als alles, was er an Trost von Carola erhalten hatte. »Kennst du blinde Personen?«, fragte Fiefie. Er musterte ihn. Alex schüttelte den Kopf. »Mein Psychologe wollte, dass ich zu Selbsthilfegruppen gehe, dass ich Kontakt aufbaue mit Menschen, die nicht sehen können oder eine ähnliche Diagnose haben. Aber … ich bin einfach noch nicht bereit dazu, glaube ich.«

»Okay«, sagte Fiefie. Einfach so. Er akzeptierte. Er drängte Alex nicht so, wie es sein Psychologe tat. Mit Nachdruck und ernster Miene. Er flehte auch nicht, so wie Carola es tat, wenn sie selbst verzweifelte und nicht mehr wusste, wie sie ihm helfen konnte. Alex war ihm dafür dankbar. Fast so dankbar wie für den tröstenden Arm, der ihn weiterhin hielt.

»Ich weiß jetzt, warum du dich so verhalten hast. Das hilft mir, alles besser einzuordnen. Danke für dein Vertrauen«, fügte Fiefie nach einem Moment hinzu.

»Ich …« Alex überlegte, wie er seine Erleichterung über Fiefies Reaktion am besten ausdrücken konnte und sprach einfach aus, was ihm durch den Kopf ging. »Ich bin froh, dass ich es dir gesagt habe.«

»Ich werde dir die Nordlichter zeigen, und ich werde dir unterwegs viele weitere Dinge zeigen«, verkündete Fiefie. Es klang wie ein feierliches Versprechen, und als Fiefie weiterredete, erkannte Alex, dass es genau das war. »Und ich werde dir der gute Freund sein, den du brauchst. Ich werde versuchen, es auch nach der Reise zu bleiben, obwohl ich ein Typ bin, der bisher stets alles hinter sich gelassen hat, was er nicht mit auf die nächste Reise nehmen konnte.«

Alex wusste nicht, ob er gerührt sein sollte oder wütend. Er betrachtete Fiefie und sah in seinem Gesicht Entschlossenheit. Dann wurde ihm klar, was es für Fiefie bedeutete, ihm seine Freundschaft anzubieten. Fiefie musste in seinem Leben schon oft enttäuscht worden sein, da es ihm schwerfiel, Vertrauen zu seinen Mitmenschen aufzubauen. Jetzt wollte er für Alex da sein, obwohl alles in Alex ungewiss war und Fiefie Gewissheit benötigte.

Ob ausgerechnet Fiefie der Freund war, den Alex am dringendsten brauchte? Das bezweifelte Alex. Aber er war da – und das war alles, was zählte, oder?

»Erzählst du mir eure Geschichte? Die von Hannah und dir? Warum ihr euch von der Gesellschaft enttäuscht abgewendet habt«, fragte Alex interessiert. Nun gab es keinen Grund mehr, seine Neugierde zu verbergen.

Fiefie tat nicht einmal so, als wüsste er nicht sehr genau, dass auch er ein Problem damit hatte, über sich selbst zu reden. »Ja«, sagte er. »Irgendwann«, schob er hinterher und grinste.

Alex fühlte sich für einen kurzen Augenblick ruhiger, bevor die Panik wieder um sich griff, und er umfasste hastig Fiefies Handgelenk. »Sagst du es den anderen? Ich will nicht jedem davon erzählen, aber ich will, dass sie es wissen. Ich will nicht, dass es ein Geheimnis ist. Aber sie sollen mich nicht drauf ansprechen. Ich will einfach normal behandelt werden.«

Fiefie nickte ernst. Er schob seinen Arm um Alex' Schulter und umklammerte mit seinen Fingern dessen Oberarm. »Ja, mach dir keine Sorgen. Ich kümmere mich darum.«

Alex konnte sich nicht erinnern, wann er das letzte Mal so im Arm gehalten worden war. Ja, von Carola. Auf sexuelle Art. Und von Silas. Auf diese kindliche, spielerische Art. Aber hatte er überhaupt jemals einen Freund gehabt, der ihm diese Art von spürbarem Trost gegeben hatte? War er als Erwachsener jemals auf platonische, freundschaftliche Weise so gehalten worden? Er glaubte nicht.

»Danke.« Alex sah hinab zu der Stadt, und obwohl sein Herz wild in seiner Brust schlug, hatte er den Eindruck, als hätte es sich in den letzten Minuten etwas verlangsamt. Fiefie zog seinen Arm nicht weg. Er hielt ihn weiterhin, war ihm eine Stütze.

*

Sie blieben eine weitere Nacht, bevor sie am nächsten Tag ihr Zeug packten und weiterfuhren. Noch waren sie in einer Gegend, in der die Gruppe sich auskannte. Eine Weile fuhren sie am Fluss Glomma entlang und bauten ihre Zelte nördlich von Nybergsund an einem See direkt am Ufer auf. Der See war mitten im Wald an einer Lichtung und verfügte nicht nur über eine öffentliche Toilette, sondern hatte auch zwei große Tische mit Bänken. Obwohl sie hier nie übernachtet hatten, waren sich alle einig, dass sie einige Tage bleiben wollten. Ob Fiefie mit den anderen gesprochen hatte, wusste Alex nicht, aber keiner ließ sich etwas anmerken. Lediglich Steffi trat nach ihrer Ankunft an dem See auf ihn zu und umarmte ihn lang und fest, ohne ein Wort zu sagen. Sie tätschelte seine Wange, bevor sie zurückging, um ihr Zelt aufzubauen.

Der Bulli von Joris, Pete, Charlie und Fabio stand neben ihrem Wohnmobil, und davor bauten sie die Zelte in einem Halbkreis auf, sodass die Bänke der Mittelpunkt ihres Lagers und die Fahrzeuge wie eine Grenze zur Straße waren. Alle konnten von dort aus bequem auf den See sehen. Alex ließ sich auf einen Campinghocker vor seinem Zelt fallen und streckte die Beine aus. Unmittelbar nachdem er mit Fiefie geredet hatte, war es ihm schwergefallen, einzuschlafen, aber der Umstand, dass alle nun Bescheid wussten, machte es ihm leichter, sich zu entspannen. Zumindest ein klein wenig.

Jetzt musste er nicht mehr als Erster in sein Zelt kriechen, weil er Angst hatte, dass jemand merken würde, wenn er sich in der Dunkelheit kaum orientieren konnte. Er bereute, dass er nicht schon früher darüber gesprochen hatte. Es war wie ein Befreiungsschlag. Endlich konnte er durchatmen. Ihm gegenüber hatte Fabio sein Zelt aufgebaut. Er kam gerade aus Joris' Zelt gestolpert, welches gleich neben seinem stand, und sah verärgert aus. Er nickte Alex zu und verkroch sich anschließend in sein eigenes Zelt, mit einem angezündeten Joint in der Hand. Joris kam ebenfalls aus seinem Zelt gekrochen, ging zu Fabios Zelt, rief zweimal seinen Namen und drehte sich um, als Fabio nicht reagierte.

Daneben, nah am Wasser, stand das Zelt von Pete. Scheinbar hatte er Probleme damit, es aufzubauen, und Charlie half ihm. Sie hatte ihr eigenes Zelt bereits neben dem von Joris aufgebaut.

Alex ließ seinen Blick über das Camp schweifen und sah danach zum See. Er schloss die Augen und konzentrierte sich auf die Sonnenstrahlen, die seine

Haut wärmten. Mit einem Seufzen stand er auf und ging ans Ufer. Die riesigen Bäume spiegelten sich im Wasser, so kristallklar war der See. Da er nicht so groß war, lief Alex los, um sich das Camp von der anderen Seite des Sees anzusehen. Er benötigte eine gute Stunde, bis er erneut bei seinem Zelt ankam, aber er war auch langsam geschlendert.

Wie er vermutet hatte, war Fabio abermals breit, und dieses Mal versuchte nicht Joris, sondern Hannah ihn aus dem Zelt zu locken, doch von innen kam nur bekifftes Gelalle, sie möge ihn doch endlich in Ruhe lassen. Alex betrachtete die Szene und stöhnte leise. Offenbar war er nicht der Einzige, der Lasten mit sich herumtrug. Doch irgendwann würde er seinen Freunden zu Hause erklären müssen, was mit ihm los war. Ob sie sich von ihm abwenden würden, weil er viele Unternehmungen nicht mehr tun konnte? Wie würde Silas reagieren? Und wie sollte er es seinen Eltern erklären? Immerhin kamen sie langsam in ein Alter, in dem sie seine Hilfe brauchten und nicht umgekehrt. Sie waren zu alt, um sich um ihn zu kümmern.

Kaum begannen die Gedanken um das eine Thema zu kreisen, spürte er, wie sich sein Hals verengte und ihm das Atmen schwerer fiel. Als könnte er sein Denken auf die Art unterbinden, machte er eine wedelnde Geste mit der rechten Hand.

Hannah gab auf und machte ebenfalls eine resignierte Armbewegung, als sie sich vom Zelt ihres Bruders abwandte. Sie blieb abrupt stehen, als sie fast in Alex hineinrannte. Sie zeigte ihm mit dem Zeigefinger, dass er ihr folgen sollte.

Ihm fiel auf, dass ihre Stirn gerunzelt war. Sie berührte seine Schultern und sah ihn ernst an. »Wenn irgendwas ist, Alex, dann scheu dich nicht, zu einem von uns zu kommen. Wir sind für dich da, du musst das nicht allein mit dir ausmachen.« Sie sah ihm direkt in die Augen.

Es war ihm so unangenehm, dass Alex auf den Boden starrte. Nun verstand er, warum Fabio es bevorzugte, in seinem Zelt zu bleiben. Hannah konnte echt streng sein.

Hannah umfasste seine Schulter fester. »Okay?«, fragte sie.

Alex hob den Kopf. »Okay«, sagte er und nickte. Als sie sich umdrehte, hielt er sie am Ellenbogen fest. »Danke«, fügte er hinzu.

»Gerne.« Hannah lächelte und tätschelte seinen Oberarm.

»Warte.« Alex lief ihr hinterher. Er erhielt so viel Verständnis von ihnen, er wollte ihnen etwas zurückgeben. »Das gilt auch für euch. Für dich«, konkretisierte er, als sie ihn fragend ansah. Er zeigte auf das Zelt von Fabio.

»Du kannst Fabio gerne deine Hilfe anbieten, aber er braucht keine Hilfe. Was er braucht, ist die Bereitschaft, sich selbst zu helfen. Keiner von uns kann ihm helfen, wenn er sich nicht helfen lassen will.« Hannah seufzte und runzelte die Stirn. Sie hob beide Arme und ließ sie ohne weitere Bewegung wieder gegen ihre Hüfte fallen. »Aber du kannst es gerne versuchen. Einfach hingehen.«

Alex trat näher. »Ich meinte dich. Wenn es dir damit nicht gut geht. Ich spüre, wie sehr es dich stresst, wenn er so ist, wie er gerade ist. Du musst mal an dich denken«, sagte er.

Hannah sah ihn traurig an. »Ich weiß. Danke, Alex.« Sie ging zurück zu ihm und umarmte ihn. Als sie sich von ihm löste, lächelte sie.

*

Die nächsten Tage gehörten zu den Schönsten, die Alex während seiner Reise bisher erlebt hatte. Den Vormittag verbrachte er meist allein; oft indem er einfach nur die Gegend erkundete. Danach gab es einen straffen Arbeitsplan, bei dem jeder seinen Teil beitrug. Fabio und Pete besorgten Essen aus dem Supermarkt, während Hannah und Steffi Kräuter und Früchte aus dem Wald sammelten. Fiefie übernahm bereitwillig das Sammeln des Holzes, da sie immer häufiger abends am Lagerfeuer saßen. Alex wusch entweder mit Charlie oder Joris das Geschirr und die Klamotten, oder er hatte mit ihnen Klodienst, was verständlicherweise der Job war, den alle am wenigsten gern tun wollten.

Auf die Art lernte er die anderen beiden besser kennen.

Er erfuhr von Joris, wie dieser nach dem Tod seines Vaters erfahren hatte, dass seine totgeglaubte Mutter noch lebte und nach seiner Geburt nach Norwegen abgehauen war. Aus dem Grund hatte er sich auf den Weg in den Norden gemacht, Charlie, Fabio und Pete kennengelernt und sich ihnen angeschlossen.

»Dann begann ich eine Affäre mit Charlie«, erzählte Joris, während er mit einem Schwamm die Teller bearbeitete.

Alex stutzte. »Du warst mit Charlie zusammen?«

Joris lachte. »Ja, kurz drauf hat sie Schluss gemacht, als sie erfuhr, dass Fabio auf mich stand. Ich war zunächst traurig, habe es aber akzeptiert, und irgendwann hat Fabio mich geküsst.«

Alex musste lachen.

Joris sah ihn fragend an. »Was ist?«

Mit hochgezogenen Augenbrauen sagte Alex: »Das nennt man wohl Pansexualität. Ich wusste bis vor Kurzem nicht mal, was das ist. Steffi hat es mir erklärt.«

Joris reichte ihm den gespülten Teller. »Nein«, sagte er schmunzelnd. »Das nennt man ganz klassisch Orientierungslosigkeit.«

Er erzählte weiter, von einem Einbruch in einen Schweinestall und einem Unfall, bei dem er eine Verletzung am Fuß davontrug.

»Deswegen humpelst du«, riet Alex.

»Willst du mal sehen?« Joris wartete keine Antwort ab, sondern zog sich den Schuh und die Socke aus. Es sah wenig appetitlich aus, aber Joris schien es mit Humor zu nehmen. Alex ging näher. »Fehlt da ein Stück?«

»Ja, vorne. Und die Narbe ist von der Operation. Aber ich war recht schnell wieder fit«, erzählte Joris und zeigte auf die Linie quer über seinen Fuß.

»Aber du humpelst doch bis heute.« Alex musterte den Fuß, dann richtete er sich auf. »Da ist doch was schiefgelaufen, oder?«

»Es schränkt mich nicht besonders ein«, erwiderte Joris und hob die Schultern. Er sah ihn an und wartete ab, aber als Alex nichts sagte, zog er sich den

Socken an und erzählte von dem Treffen mit seiner Mutter und der anschließenden überstürzten Abfahrt nach Deutschland.

Es war offensichtlich, dass Joris ihm die Chance hatte geben wollen, von sich zu erzählen, aber als Alex diese Chance nicht nutzte, hatte er einfach über sich geredet.

Das schätzte Alex am meisten an diesen Leuten. Sie gaben ihm das Gefühl, er könne mit ihnen reden, doch niemand zwang ihm ein Gespräch auf. Nicht einmal Fiefie, der Einzige, mit dem er bisher über die ganze Sache gesprochen hatte.

»Ich wusste nicht, was ich machen sollte. Ich war total überfordert. Als wäre ich infiziert, ich konnte mir mein altes Leben nicht mehr vorstellen. Das hier ist was ganz Besonderes.« Joris zeigte auf die Zelte und nahm sich danach den nächsten Teller. »Ich meine, ich habe echte Freunde gefunden. Und dann war da noch Fabio. Die Sache mit ihm hat locker und ungewiss angefangen, aber es fühlte sich schon bald richtig ernst an.«

Alex dachte an Carola und empfand Eifersucht. Es war ja nicht so, als hätten nicht auch Joris und Fabio gewaltige Probleme. Immerhin war es recht offensichtlich, dass Fabio ein Drogenproblem hatte, und doch leuchteten Joris' Augen, wenn er Fabios Namen nannte.

»Doch wie sollte das gehen? Wie konnte ich mit ihnen mehrere Monate reisen, spontan, je nach Lust und Laune, wenn ich eine 40-Stunden-Woche habe, mit maximal 30 Tagen Urlaub?« Joris sah ihn an und hob die Schultern. »Ich konnte mir nicht vorstellen, wie das passen sollte. Ich war überfordert und verzweifelt.«

»Was hast du gemacht?«, fragte Alex, gespannt auf die Fortsetzung der Story. Er nahm den Teller, um ihn abzutrocknen.

»Ich habe meinem Chef gesagt, dass ich weniger arbeiten will, mit weniger Gehalt und dass ich jedes Jahr ein Sabbatical machen will.« Joris hob die Schultern. Er quetschte den Schwamm aus, und weiße Luftblasen stiegen im Wasser auf.

»Hat es funktioniert?«, fragte Alex erstaunt. Er sah durchaus Parallelen, obwohl es Joris viel leichter gehabt hatte und sein Leben freiwillig umgekrempelt hatte und nicht wie Alex dazu gezwungen wurde. Trotzdem würde es ihm vielleicht helfen, welche Lösung Joris für sich gefunden hatte. Andererseits hatte Joris lediglich seine Stunden reduzieren wollen, Alex jedoch musste eine Umschulung machen, um überhaupt arbeiten zu können. Seine Karriere als Architekt war unaufhaltbar vorbei.

»Nee. Hat es nicht. Er meinte, das könne er nicht machen. Am Ende komme jeder mit solchen Forderungen. Er wollte so was auf keinen Fall unterstützen.« Joris verdrehte die Augen. »Ich wolle nichts weiter als ein guter Arbeitnehmer sein und gleichzeitig ein gutes Leben führen. Eine echte Work-Life-Balance, von der alle reden, die aber niemand wirklich hat.«

»Viele können es sich nicht leisten«, widersprach Alex.

»Ja, sicher. Aber ich glaube, dass viele Menschen nur arbeiten, um sich irgendwelchen Krempel zu kaufen, den sie gar nicht benötigen. Ich meine, buckeln wir uns nicht einen ab, um uns klimaschädliches Zeug zu kaufen, das irgendwo in China von Zwangsarbeitenden hergestellt wurde? Meine Sicht auf den ganzen Konsum, den wir betreiben, hat sich radikal geändert.«

Alex hob die Schultern. Er hatte nie darüber nachgedacht. Vermutlich lag Joris damit zumindest ein bisschen richtig, aber er wollte ihm nicht pauschal rechtgeben, ohne sich darüber selbst eine Meinung gebildet zu haben.

»Seit ich mein Leben geändert habe, gebe ich fast nichts mehr aus. Die Klamotten sind vom Secondhandladen, und alles andere bekomme ich von Flohmärkten, vor allem Bücher. Ein Auto habe ich nicht, meine Wohnung habe ich gekündigt. Ich wohne nun mit Fiefie und Pete in einer WG. Hab zwar nur ein kleines Zimmer, in dem Fabio die meiste Zeit abhängt, aber dafür teilen wir uns die Kosten.« Joris hob die Schultern.

Alex dachte an seinen eigenen Konsum. All das Zeug, das Carola und er sich in den letzten Jahren gekauft hatten, was sie nie brauchten. All diese Entrümpelungsaktionen, weil der Keller voll war mit Zeug, das sie sich irgendwann mal angeschafft hatten, weil sie der Meinung gewesen waren, es unbedingt zu benötigen. Sie besaßen beide die neusten Smartphones und die neusten Fahrräder, obwohl sie seit drei Jahren keine Fahrradtour mehr gemacht hatten, Silas' Zimmer war bis zur Decke mit Spielzeug vollgestopft, und obwohl Alex eher selten Musik hörte, hatte er eine riesige Platten-Sammlung zu Hause. Und DVDs – ein riesiges Regal voller DVDs, die mit den Jahren immer mehr geworden waren, weil er dachte, durch eine Kaufe-3-zahle-2-Aktion etwas sparen zu können. Und nun blieben ihm wenige Monate, um sie sich anzusehen, bevor Filme nutzlos für ihn werden würden. Und wollte er wirklich seine letzten sehenden Monate damit verbringen, sich diese Filme anzusehen, nur weil er gedacht hatte, ein Schnäppchen gemacht zu haben?

Er erinnerte sich daran, dass er vor einem Jahr eine teure Kamera gekauft hatte, sie aber bisher kaum genutzt hatte und sie selbst jetzt, wo er endlich die Gelegenheit für tolle Schnappschüsse hatte, lediglich im Zelt herumlag. Weil er wusste, dass ihm die Bilder, die er machte, bald nichts mehr bedeuten würden. Was dann zählte, waren die Eindrücke, die er sich im Kopf einspeichern musste. »Ich wollte dich damit nicht angreifen«, sagte Joris.

Erst da wurde Alex klar, dass Joris ihm die ganze Zeit einen fertig gespülten Teller hinhielt. »Nein, du hast ja recht. Ich habe so viel Zeug, das mir nichts bedeutet und das mir bald noch weniger bedeuten wird. Was soll ich mit meiner Filmsammlung anfangen?« Er nahm sich den Teller.

Joris schwieg einen Moment. »Eventuell haben sie eine Blindenfassung? Ich habe mal gehört, dass es so was gibt.«

Sein Herzschlag wurde schneller, und Alex rieb ruckartig über den Teller. Er rutschte ihm aus der Hand, doch da das Gras zu seinen Füßen weich war, ging er nicht kaputt. Der Gedanke, einen Film in der Blindenfassung zu verfolgen, behagte ihm gar nicht. Ihm behagte auch nicht der Gedanke, sich jede Hülle dieser verdammten Filme anzuschauen, um rechtzeitig festzustellen, ob diese besondere Version drauf war.

»Verkauf sie auf dem Flohmarkt«, riet Joris. »Weg damit. Du merkst doch, dass es dich belastet. Du brauchst sie nicht, also raus aus dem Haus. Tu dir den Gefallen.«

Alex verdrehte die Augen. »Es sind nicht die Filme, die mich belasten, sondern die Tatsache, dass ich sie bald nicht mehr sehen kann.«

»Du hast sie die ganze Zeit nicht sehen wollen, warum sollte sich das ändern?« Joris hob die Schultern.

Alex packte den Teller fest und rieb ihn schroff trocken. »Es ist eher die Tatsache, dass ich sie nicht sehen kann, selbst wenn ich wollte. Das belastet mich«, betonte er.

»Verkauf sie auf dem Flohmarkt«, wiederholte Joris. »Dann hast du nicht das Gefühl, dass sie zusätzlich Druck erzeugen. Und hey, wenn du mal einen Film mit einer Tonspur für Blinde sehen willst, kaufst du dir genau diesen Film. Einen Film. Und du verkaufst ihn, wenn du dir den nächsten Film kaufst. So hast du keinen Ballast im Leben und sparst Geld.«

Alex sah ihn an und streckte die Hand aus. »Wo ist der nächste Teller?«, fragte er. Er wollte nicht weiter mit Joris über seine Filmsammlung reden. Es war das kleinste Problem, das ihm seine drohende Erblindung einbrachte.

»Wir sind fertig«, sagte Joris und lehnte sich zurück.

»Erzähl mir, was passiert ist, mit deinem Job, meine ich«, bat Alex.

»Ich habe gekündigt. Und anschließend fand ich ein Start-up. Nette Jungs und talentierte Mädels, die Videospiele programmieren. Sie waren noch ganz am Anfang. Als ich ihnen anbot, sie zu unterstützen, waren sie sehr dankbar. Ich bin ein erfahrener Programmierer mit Kontakten in die Branche. Und als sie hörten, dass ich nicht viel Geld verlange, gestanden sie mir sehr gerne zu, flexibel zu arbeiten«, erzählte Joris. Er stand auf und humpelte zu seinem Zelt.

Zunächst überlegte Alex, ob Joris das Gespräch sehr unelegant unterbrochen hatte, doch er machte ein Zeichen, dass Alex warten sollte. Er kramte etwas hervor. Als er zu Alex zurückkam, erzählte er weiter: »Wenn ich in Deutschland bin und Fabio auf dem Feld ist und den Landwirten bei der Ernte hilft, arbeite ich mehr und länger, dafür mache ich mich nach der Ernte aus dem Staub, und es ist vollkommen in Ordnung für das Team. Sie wissen, wann ich verfügbar bin. Und sie wissen, dass ich alles gebe, um sie zu unterstützen, wenn ich da bin.«

»Das klingt zu schön, um wahr zu sein«, murmelte Alex.

Joris reichte ihm ein Smartphone, das bewies, dass Materielles Joris tatsächlich nicht besonders wichtig war, die Scheibe war gesprungen und offenbarte zwei feine Risse. Auf dem Bild, das Joris für ihn geöffnet hatte, waren zwölf junge Menschen zu sehen, im Hintergrund eine Tischtennisplatte und eine vertrocknete Palme. Die meisten sahen eher wie Kollegen von Fabio aus und nicht wie Kollegen von Joris. Einer hatte eine Irokesenfrisur, und Alex schätzte, dass die Haare fast einen halben Meter in die Höhe ragten.

»Wir haben aus Kostengründen nur ein großes Zimmer gemietet, und dort arbeiten wir. Oder im Home-Office. Es ist super chaotisch, und hin und wieder zocken wir, statt zu arbeiten, aber meist bin ich dort kreativer und produktiver. Wir haben keine Zeitkonten, lassen uns nicht krankschreiben. Wenn uns danach ist, arbeiten wir. Wenn es nicht so gut funktioniert, dann ist das halt so.« Joris hob die Schulter.

Alex reichte ihm ungläubig das Smartphone zurück. »Und das funktioniert?«

»Es klappt besser als bei meiner vorherigen Anstellung. Sei ehrlich, wie oft surfst du während deiner Arbeitszeit oder stehst mit den Kollegen in der Teeküche?« Joris warf das Smartphone unbekümmert zurück in sein Zelt. »Ich habe von meiner vertraglich vereinbarten Arbeitszeit viel weniger konzentriert gearbeitet, und das haben alle getan, selbst der Chef. Nun, wo ich mir das selbst einteilen kann, arbeite ich viel häufiger konzentriert. Wir sind erstaunlich produktiv. Und wenn wir es mal nicht sind, gönnen wir uns eine Pause, um später umso leidenschaftlicher zu arbeiten.«

Alex dachte an seine eigene Arbeit, und er musste zugeben, dass er manchmal lediglich seine Stunden absaß, weil es sich nicht gehörte, vor 16 Uhr nach

Hause zu gehen. Im Gegenzug erwartete Carola seine Anwesenheit bis spätestens 18 Uhr, sodass er nie sehr viel länger arbeitete, selbst wenn er mal einen produktiven Tag hatte. So wie Joris es ihm schilderte, hörte es sich perfekt an. Fast zu perfekt.

Doch das alles würde sowieso bald der Vergangenheit angehören. Als Architekt würde er nicht mehr arbeiten können, und wenn er nach der Umschulung überhaupt jemanden fand, der ihn für irgendetwas einstellte, konnte er wohl dankbar sein. Alex schauderte. Um sich abzulenken, fragte er: »Wie hat deine Umgebung darauf reagiert?«

»Meine Großeltern und meine Ex waren entsetzt und hielten es für eine Phase. Als ich ihnen Fabio vorgestellt habe, dachten sie, ich mache einen Witz. Aber ich habe es durchgezogen, und sie akzeptieren es. Meine Oma weiß, dass ich jetzt ein glücklicherer Mensch bin. Ich lebe nicht mehr nur dafür, um zu arbeiten, sondern arbeite, um zu leben. Das ist der Unterschied.«

Alex spürte Neid aufsteigen. Das alles hatte Joris freiwillig getan, und es hatte geklappt. Alex wusste genau, dass es bei ihm nicht so funktionieren würde. Er würde nicht aus freien Stücken zu einem romantisch denkenden, aber privilegierten Aussteiger mutieren, er würde stattdessen erblinden und wäre fortan in seiner Freiheit eingeschränkt, während Joris seine Freiheit ausgebaut hatte.

Wie unfair!

Doch Joris konnte nichts dafür, dass Alex diesen genetischen Defekt in sich trug. Niemand konnte etwas dafür. Nicht er. Nicht Carola. Nicht der Augenarzt. Nicht einmal seinen Eltern konnte er echte Schuld zuweisen. Woher hätten sie es wissen sollen?

Er sah zu Fabios Zelt. Der war seit dem späten Vormittag mit Pete unterwegs. Sie hatten zwar erst gestern Lebensmittel angeschleppt, doch heute Morgen war aufgefallen, dass bei allen die Zahnpasta knapp wurde, und Hannah brauchte ein neues Shampoo. Obwohl Fabio und Pete rein äußerlich und vom Verhalten her nicht ganz zusammenpassten, verstanden sie sich sehr gut. »Und mit Fabio? Es ist schwierig, oder?«

Joris seufzte. »Ja, leider. Er hat echt große Probleme, mit diesem Leben zurechtzukommen. Schon immer. Aber er macht mich glücklich. An seiner Seite muss ich mich nie verstellen, er liebt mich einfach, ohne Bedingungen zu stellen. Es funktioniert erstaunlich gut – obwohl er eine Menge mit sich herumschleppt.«

Alex dachte wieder an Carola. »Ich beneide dich«, sagte er leise.

Joris betrachtete ihn. »Ich habe großen Respekt vor dem, was dir bevorsteht. Wir alle. Ich wünschte, ich könnte dir irgendwie helfen, es dir leichter machen, aber ich weiß, dass es nichts gibt, und deswegen hoffe ich einfach, dass du dich bei uns wohlfühlst und eine gute Zeit hast.« Er berührte Alex am Arm. Alex sah zum Boden. »Danke. Es ist nicht so einfach.«

»Kann ich mir vorstellen.« Joris zögerte. »Du hast einen Sohn, hat Fiefie erzählt. Ich glaube, er könnte dir eine große Stütze sein.«

»Er ist acht. Ich sollte ihm eine Stütze sein und nicht andersrum. Meine Eltern sind langsam in einem Alter, wo ich nicht mehr auf ihre Hilfe zählen kann, sondern eher für sie da sein sollte«, protestierte Alex.

»Du bist nun in einer Lage, in der du Hilfe brauchst, und du solltest nicht zögern, sie anzunehmen«, betonte Joris.

Alex schüttelte den Kopf. »So einfach ist das nicht«, wiederholte er.

Joris schwieg einen Moment und sah zum See hinaus. »Was ist mit deiner Frau?«

»Freundin«, sagte Alex knapp. »Wir haben nie geheiratet. Wir haben Silas bekommen, als wir noch studiert haben. Ich glaube nicht, dass wir zusammengeblieben wären, wenn es Silas nicht gäbe.«

Betroffen mustere Joris ihn.

Alex ertrug den Blick nicht. Er wandte sich ab.

»Alex«, sagte Joris und wartete, bis Alex ihn erneut ansah. »Ich habe noch Jahre nach meiner Trennung von meiner Exfreundin an ihr gehangen. Habe mich nie mit jemand anderem getroffen, hatte keine Beziehung und war Teil ihrer neuen Familie, weil ich mich nicht von ihr lösen konnte. Es hat mir nicht gutgetan.«

Alex lachte. »Ich glaube nicht, dass für mich der jetzige Zeitpunkt der richtige ist, um mich zu trennen.« Er war erstaunt, wie verbittert er klang.

»Das ist der beste Zeitpunkt. Weil du eine Herausforderung bestehen musst, die du nur mit jemandem an deiner Seite bestehen kannst, mit dem du dich wirklich verbunden fühlst. Und diese Person muss kein Partner sein. Manchmal ist ein Freund mehr wert, als es ein Partner jemals sein kann.« »Du meinst, ich soll mich jetzt von ihr trennen?«, fragte Alex unglaubwürdig.

»Das kann ich nicht beurteilen. Aber ich weiß, dass es oft nicht gut für alle Beteiligten ist, etwas, das bereits tot ist, am Leben halten zu wollen.« Joris klopfte ihm auf die Schulter. »Ich habe großen Respekt vor dir und bewundere dich, dass du das so mutig angehst.«

Alex sah ihn verzweifelt an. »Habe ich eine Wahl?«

»Ja. Du könntest auch an deiner Situation verzweifeln und dich von allem zurückziehen«, antwortete Joris. Er rappelte sich auf und nahm die Waschschüssel mit der Seifenlauge an sich. »Aber du hast dir vorgenommen, dir die Nordlichter anzusehen und ziehst es durch. Du hast ein Ziel vor dir und gehst deinem Plan konsequent nach. Das sagt mir, dass du heil aus dieser Sache herauskommst. Wer, wenn nicht du?«

Alex blinzelte, während er Joris hinterher sah. Er dachte noch über Joris' Worte nach, als dieser das Wasser weggeschüttet und das saubere Geschirr ins Wohnmobil zurückgeräumt hatte.

*

Am Abend, als sie alle beisammen waren, hatten Fabio und Steffi die grandiose Idee, in den See zu springen. Alle schlossen sich an, und obwohl Alex zögerte, zog auch er sich die Hose und das Shirt aus. Selbst Fiefie, der das kalte

Wasser scheute, eilte ihnen nach. Es war ein heißer Nachmittag, sie alle konnten wieder mal eine Dusche gebrauchen, und da sie unter sich waren, störte es keinen. Wenn Alex vorher gewusst hätte, dass er in Skandinavien Gelegenheit haben würde, zu baden, hätte er eine Badehose eingepackt, doch er hatte sich bei dem Gedanken an Nordlichter und Norwegen eine Schneelandschaft vorgestellt, keine schwülen, heißen Sommertage. Das Wasser war kalt, als er sich mit den Fußzehen vortastete, doch er gewöhnte sich langsam daran und schlich weiter auf Zehenspitzen den sandigen Boden hinab, bis er sich zumindest bis an die Waden an die eisigen Temperaturen gewöhnt hatte.

Es war ein seltsames Gefühl. Seine Wangen waren heiß, Schweißtropfen klebten auf seiner Stirn und liefen ihm den Nacken hinab, die Haut an den Armen brannte, aber seine Zehen waren kalt, seine Beine zitterten, und bis zu den Oberschenkeln bildete sich eine Gänsehaut.

Gerade als er weiterlaufen wollte, spritzten Fabio und Charlie ihn, Hannah und Fiefie lachend nass. Kurz war es kalt, wie die kühlen Tropfen auf seiner heißen Haut landeten. Fiefie fluchte, und Hannah schrie in einem furchtbar hohen Ton. Alex zählte bis drei und schwamm los. Er packte Charlie am Arm und spritzte sie im Gegenzug ebenfalls nass. Sie lachten.

Sie waren in Unterhosen ins Wasser gegangen. Der Stoff seiner Boxershorts klebte ihm am Po, und er wagte nicht, sich umzusehen. Auch die Mädels hatten sich bis auf die Unterhose ausgezogen, und er schien der Einzige zu sein, den das befangen machte.

Zugegeben, bislang hatte Alex ein eher spießiges Leben geführt. Bis jetzt war er noch nie in einem Natursee schwimmen gewesen und war fast nackten Menschen so nahe gekommen, trotzdem war er immer davon ausgegangen, dass er ein offener Mensch war. Doch die Nervosität, die sich nun einstellte, sagte ihm, dass er überhaupt nicht offen war, sondern ein unnatürliches Problem mit Nacktheit hatte. Die Gruppe hatte ihren Spaß. Fabio und Charlie rauften im Wasser, Hannah und Steffi standen bis zur Hüfte im Wasser neben Pete, der ganz ungeniert zu ihnen sah, während er ihnen etwas erklärte.

Alex tauchte kurz unter, um seine Haare zu befeuchten, anschließend richtete er sich auf und schüttelte seinen Kopf wie ein Hund nach dem Regen. Mit Erstaunen stellte er fest, dass er verklemmter war als sie. Viel verklemmter.

»Mir ist kalt«, schrie Fiefie, als er in langen Schritten an ihm vorbeischwamm und mit seinen langen Armen weitere Wassertropfen auf Alex herabregnen ließ.

»Dann lass uns schwimmen. Und zwar schnell«, sagte Joris.

Weil auch ihm langsam zu kalt wurde, solange er bewegungslos im Wasser stand, schloss Alex sich ihnen an. Alle schwammen gemeinsam in einer Reihe und feierten laut jubelnd den heißen Sommertag.

Alex spürte, dass sich seine Verklemmtheit in Luft auflöste. Er genoss einfach nur noch den unerwarteten Badetrip, das laute Lachen um sich herum und die körperliche Betätigung, die seine Muskeln lockerte. »Meint ihr, wir schaffen es bis zum gegenüberliegenden Ufer?«, fragte Charlie. Ihre blauen, langen Haare klebten ihr am Oberarm. Sie strahlte übers ganze Gesicht. »Versuchen wir es«, antworte Joris und folgte ihr, als sie schneller schwamm. Alex hatte sich vor drei Jahren das Ziel gesetzt, bei einem Triathlon mitzumachen und hart dafür trainiert. Das wusste der Rest der Gruppe nicht, und weil er sie überraschen wollte, blieb er zunächst weiter hinten und trödelte herum. Erst als sie in der Mitte des Sees waren und Hannah, Fabio, Steffi und Fiefie längst aufgegeben hatten, begann er zu kraulen und überholte zunächst Joris. Er ignorierte dessen Proteste, schwamm mit kräftigen Zügen weiter und schaffte es, Charlie und Pete kurz vor dem gegenüberliegenden Ufer einzuholen. Er grinste sie an und tauchte unter. Unter Wasser konnte er zwar nicht viel sehen, aber es war leichter zu schwimmen. Er tauchte erst auf, als er unter seinen Fingern Sand ertastete. Er drehte sich um, um zu schauen, ob er den unausgesprochenen Wettbewerb gewonnen hatte.

Charlie und Pete standen beide bis zu den Knien im Wasser und applaudierten ihm.

»Yeah«, jubelte Alex laut auf.

»Du hast uns nie erzählt, dass du so gut schwimmst«, rief Pete.

Alex lief zu ihnen zurück über den sandigen Boden des Sees und versuchte, sich keine Gedanken über die Pflanzen zu machen, die sich um seinen Fuß schlangen. Er spürte auch einzelne Fische. Eigentlich war dieses Schwimmen in der freien Natur gar nicht sein Ding. Was er mochte, war warmes Wasser, gerade Bahnen und die Gewissheit, dass das Wasser durch das Chlor gereinigt war.

Doch sich mal wieder ausgepowert zu haben, tat ihm gut. Sein Puls war erhöht, als er sich zwischen Charlie und Pete drängte und ihnen den Arm um die Schultern legte. Eine für ihn sehr ungewohnte vertraute Geste, aber es fühlte sich in dem Moment einfach richtig an.

»Gewonnen«, sagte er leise. Langsam kam er erneut zu Atem. Den Arm behielt er auf den Schultern von Charlie und Pete, und er lehnte sich leicht vor, um seine Rückenmuskulatur zu entspannen.

»Du hast nur erzählt, dass du gerne joggst«, fragte Pete irritiert.

»Ich habe mal für einen Triathlon trainiert«, erzählte Alex. Er hatte den Triathlon auch absolviert. Nicht besonders schnell, aber er hatte es geschafft. Für das darauffolgende Jahr hatte er sich vorgenommen, aufs Neue mitzumachen, aber dann hatte es Stress bei der Arbeit und viel Streit mit Carola gegeben, und er hatte das Training vernachlässigt. Sein Vorhaben hatte sich nach seinen Sehproblemen und der anschließenden Diagnose gänzlich in Luft aufgelöst. Und nun? Er würde keinen Triathlon mehr machen. Der vor drei Jahren würde sein Erster und Letzter und der Einzige bleiben. Bitterkeit stieg wie Galle in ihm hoch.

Er löste sich von Charlie und Pete und ging ein paar Schritte von ihnen weg.

Egal, wie viel Freude er hatte, wie wohl er sich fühlte, alles stand in Verbindung mit dem, was ihn erwartete. Er hasste es, dass er sich nie wirklich davon lösen konnte. Welchen Sport konnte er noch machen, wenn seine Sicht immer weiter verschwand und irgendwann nicht mehr da war?

Mit dem Joggen hatte er abgeschlossen. Seit er die Diagnose kannte, war er nicht mehr laufen gewesen. Er hatte für den Marathon trainiert, doch was nützte es ihm, weiterzumachen? Er würde den Marathon sowieso niemals laufen.

Fahrradfahren konnte er ebenfalls vergessen.

Er fragte sich, ob ihm das Schwimmen erhalten bleiben würde. Wohl nicht in solch einem See, aber vielleicht in einem quadratischen Becken auf einer Bahn am Rand, wo er sich an der Mauer orientieren konnte.

Wäre das möglich? Könnte er darin Erfüllung finden? Und konnte er sich wirklich auspowern, wenn er ständig mit der Hand nach der Mauer tasten musste? Und könnte er überhaupt die Bahn halten, wenn er sich mal nicht daran orientierte? Oder würde er die Bahn unbeabsichtigt verlassen und in fremde Personen reinschwimmen?

Er stellte sich vor, wie es wäre, in vollkommener Dunkelheit orientierungslos in einem Becken zu sein, während um ihn herum empörte Ausrufe auf ihn einprasselten.

Sport war ihm neben seiner Familie und seinem Beruf stets wichtig gewesen. Ihm fehlte das. Ihm fehlte es so sehr. Doch wie konnte er etwas finden, das ihn richtig forderte, ohne dass seine verschwindende Sicht ihn dabei störte?

Er hob seine Hand und boxte damit das Wasser. Das Wasser spritzte hoch und traf Pete noch Charlie, doch die beschwerten sich nicht. Sie kamen zu ihm, nahmen ihn wieder in ihre Mitte, und gemeinsam schwammen sie gemächlich zurück in die Mitte des Sees, wo die restlichen auf sie warteten. Sie erreichten Joris, der wohl aufgegeben hatte, nachdem Alex ihn überholt hatte. »Du bist ein sportlicher Mensch, sehr trainiert«, sagte er anerkennend.

»Ja, du weißt ja, wenn ich mir ein Ziel setze, dann tue ich alles, um es zu erreichen.« Alex zwinkerte ihm zu, und Joris hob den Daumen in die Höhe.

Die anderen vier trieben träge in der Mitte des Sees und schienen nicht mal daran zu denken, das gegenüberliegende Ufer erreichen zu wollen.

Fabio schwamm auf Joris zu und küsste ihn, und die beiden ließen sich eng aneinander geklammert wegtreiben. Es wirkte, als wären sie ein perfektes Paar, das keinerlei Probleme hatte. Alex fragte sich, ob Carola und er auf Dritte auch solch einen harmonischen Eindruck machten. Und er fragte sich, ob das mit Fabio in Ordnung kommen konnte und ob die beiden die Krise, in der sie sich befanden, überstanden. Alex hoffte es für sie.

Er wandte den Blick von dem Paar ab, um ihnen Privatsphäre zu geben und widmete sich der Gruppe.

Hannah fror und schwamm zusammen mit Fiefie zum Ufer zurück. Charlie und Pete wollten noch einmal das gegenüberliegende Ufer erreichen.

Alex jedoch hatte genug. Sein Arme schmerzten von der Einholungsjagd, mit der er alle beeindruckt hatte. Auf einmal löste sich die Gruppe auf, und Alex war alleine in der Mitte des Sees. Fast allein. Steffi war noch da.

Doch die schien ihn nicht zu bemerken. Sie lag auf dem Rücken im Wasser mit dem Gesicht Richtung Himmel. Ihre Brustwarzen und das Piercing in ihrem Bauchnabel erhoben sich wie drei kleine Hügel aus dem Wasser. Ihre Haare trug sie ausnahmsweise offen, und das erste Mal erkannte er ein Muster darin, weil sie breit ausgefächert oben an der Wasseroberfläche schwebten. Vielleicht handelte es sich nicht um ein missglücktes Färbexperiment, sondern um das gezielte Bestreben, wild und besonders auszusehen. Waren ihre Haare gar nicht Ausdruck ihres chaotischen Innenlebens, sondern der Versuch, ihre Freiheit auszudrücken, die sie dazu veranlasst hatte, diesen Typen zu verlassen, bevor es zu schmerzhaft werden konnte? Ihre Finger fuhren langsam durch das Wasser, als ob sie jedes Atom darin einzeln berühren wollte. Sie hatte die Augen geschlossen und sah zufrieden aus.

Alex spürte eine gewisse Regung in sich, seine Körpermitte schwoll an, und in seinem Bauch passierte ebenfalls jede Menge. Dieses intensive Kitzeln hatte er schon ewig nicht mehr gespürt. Doch übermäßig viel Bedeutung maß er seinen körperlichen Reaktionen nicht zu. Welcher normale Mensch wurde nicht erregt, wenn er jemanden wie Steffi in dieser Position sehen durfte?

Und noch etwas, das er bald nicht mehr sehen würde. Eine hübsche Frau in einer erotischen Pose. Eine vorbeilaufende Frau mit einem bezaubernden Lächeln. Die flirtenden Augen einer Frau, die ihn aufmerksam musterten. Das alles würde ausschließlich in seiner Erinnerung existieren. Wenn ihn jemand anlächelte, würde er es nicht bemerken. Er würde auch nicht bemerken, wenn jemand mit ihm flirtete.

Seufzend dachte er an Carola. Er war ja mit ihr zusammen. Vielleicht war es besser, wenn er nicht mehr flirten konnte. Es war besser für ihn und für ihre Beziehung.

Um auf sich aufmerksam zu machen, spritzte er Wasser auf Steffi. Er wusste, es war unpassend, sie aus dieser entspannten Situation zu holen, aber er fragte sich, ob er sie so zum Lachen bringen konnte.

Sie wandte sich zu ihm, blieb aber in der aufreizenden Position. Und schließlich lächelte sie. Es war eines ihrer seltenen Lächeln. Breit und strahlend. Einfach schön.

Sie streckte den Arm in seine Richtung aus, doch sie war zu weit weg. Sie konnte ihn nicht berühren. Wenn er seinen Arm ebenfalls ausstrecken würde … würden sich ihre Finger berühren. Und dann? Würden sie sich zueinander ziehen?

Alex seufzte. Sich neu zu verlieben, war unpassend. Er würde genug mit sich selbst zu tun haben und wäre nicht der starke Partner, der er für eine Frau sein wollte. Und für eine kurzfristige Geschichte war ihm Steffi zu wichtig. Das hatte sie nicht verdient, nach allem, was ihr mit ihrem Exfreund passiert war.

Was Steffi brauchte, war ein Partner, der es wirklich ernst mit ihr meinte und der die Kraft hatte, sich um sie zu kümmern. Er war also in allen möglichen Punkten nicht geeignet für sie.

Wenn sie sich begegnet wären und sie nicht ihre Vergangenheit und er nicht seine Zukunft hätte, könnte er sich auf sie einlassen.

»Komm, leg dich auf den Rücken«, sagte Steffi leise.

Und damit war der Moment zu Ende. Alex spürte, wie eine Chance, die er in einer Parallelwelt ergriffen hätte, verpuffte. Und es war gut so. Sie hatte eine Trennung zu verarbeiten. Er hatte genug mit sich zu tun. Und es gab ja noch Carola. Und Silas.

Alex folgte ihrer Anregung und ahmte ihre im Wasser schwebende Position nach. Glücklicherweise hatte seine Schwellung in der Körpermitte im kalten Wasser längst abgenommen. Ihr würde nichts auffallen. »Schau nach oben.« Steffis Stimme hörte sich näher an. Als er zu ihr schaute, sah er, dass sie direkt neben ihm war, und plötzlich berührte sie mit ihren Fingern seinen Rücken, und ein Kribbeln bildete sich auf seiner Haut. »Schau nach oben«, sagte sie erneut, diesmal leiser.

Was er sah, beeindruckte ihn. Sein Sichtfeld war von den grünen Tannen umrahmt, und in der Mitte, unmittelbar über ihm, war das Blau des Himmels zu sehen. Eine einzelne Wolke war zu sehen, und dahinter kämpfte sich langsam die Sonne hervor. Ein besonderer Anblick. Ein besonderer visueller Anblick. Er vergaß seine irritierenden Gedanken über Steffis Körper und ihr schönes Lächeln, stattdessen fühlte er sich ganz bei sich. Waren das die Bilder, wegen denen er gekommen war? Natürlich war es weniger spektakulär als alles andere, was er auf der Liste stehen hatte, aber es war von der Komposition her nahezu perfekt, so als wäre es für ihn und für diesen Augenblick arrangiert worden.

Alex versuchte, sich alles einzuprägen und spürte, wie er in Steffis Nähe entspannte. Er sah nach oben, bis er das Gefühl hatte, dass sich das Bild in seine Netzhaut eingebrannt hatte und in seinem Gehirn für später abgespeichert war, sodass er darauf zurückgreifen konnte, wenn seine Augen längst keine neuen Bilder mehr an sein Gehirn senden konnten.

Er merkte, dass er weinte. Die Tränen ließen die Sicht verschwimmen, und schließlich blendete ihn die Sonne zu stark, als sie sich an der Wolke vorbei hervorschälte. Langsam schloss er die Augen. Testete, ob er das Bild abrufen konnte. Er lächelte, als er es vor seinem inneren Auge immer noch sehen konnte.

»Danke«, sagte er, als Steffi ihn vorsichtig losließ.

Sie antwortete ihm nicht. Gemeinsam schwammen sie zurück zum Ufer. Sobald sie Sand unter ihren Füßen spürten, nahm sie seine Hand und drückte sie leicht. Langsam ließ sie sie wieder los und ging wortlos zu ihrem Zelt.

Alex drehte sich um und sah zurück. Er schloss erneut die Augen. Die Dunkelheit drohte ihn zu überwältigen, aber dann dachte er an diesen blauen Himmel, der von den saftig grünen Bäumen umrahmt worden war. Es war nun leichter zu ertragen.

*

Am nächsten Tag trommelte Hannah sie alle zusammen. Sie hatte auf einem ihrer Streifzüge auf der Suche nach frischen Kräutern und Früchten einen dicht behangenen Kirschbaum in einem verwilderten Garten gefunden. Die Bewohnerin stellte sich als ältere Dame heraus, die sich nicht mehr traute, auf die Leiter zu klettern, und Hannah hatte spontan angeboten, zu helfen. Somit bewaffneten sie sich mit Leitern und Eimern, die sie in dem Schuppen der Besitzerin fanden, und stiegen auf.

Am Ende war die ältere Dame so erfreut über die unerwartete Hilfe und die drei vollen Eimer mit Kirschen, dass sie sie alle spontan einlud, auf ihrer Terrasse Schwedentorte zu essen.

Der arbeitsreiche Tag fand somit ein schönes Ende, und Alex fand, dass sie alle als Siegende aus dem Kompromiss herausgingen. Sie bekamen jede Menge Kirschen und frische, sehr leckere Apfeltorte mit weichbuttriger Sahne und die Besitzerin des Gartens Hilfe bei einer Arbeit, die sie allein nicht geschafft hätte.

Doch die Arbeit ging am nächsten Tag weiter. Charlie und er hatten den undankbaren Job der Toilettenreinigung bereits erledigt, und Alex war erleichtert, dass er sich jetzt den Kirschen widmen konnte.

»Was schreibst du eigentlich die ganze Zeit in dein Notizbuch?«, fragte Alex, während er zusammen mit Charlie an einem der beiden Tische saß und die Kirschen entkernte.

Hannah wollte sie einkochen und somit haltbar machen und kam immer wieder nach draußen, um Nachschub zu holen. Somit mussten Charlie und Alex Gas geben, doch Alex fand, dass ein kleiner Plausch dazwischen durchaus erlaubt sein sollte.

Während sie die Toilette gesäubert hatten, hatten sie nicht viel miteinander geredet. Es wäre ihnen unpassend erschienen, und so hatten sie die Zähne zusammengebissen und es einfach möglichst schnell durchgezogen. »Das sind Gedichte«, antwortete Charlie. Ihre Haare fielen nach vorne und versperrten ihr die Sicht. Geduldig schob sie sie zurück und griff nach der nächsten Kirsche. Sie trug ihre Haare stets offen, ganz im Gegensatz zu Steffi, die ihre oft als Knoten zurückgebunden hatte. Selbst Hannah und Joris banden ihre Haare häufig zurück, obwohl sie so kurz waren, dass das Ergebnis ein kleines Stummelchen war. Doch Charlie schienen die offenen Haare nicht zu stören. Vielleicht, weil sie ihr lediglich auf einer Seite ins Gesicht fielen?

»Toll«, lobte Alex. Es klang abgedroschen, aber er meinte es wirklich ernst. Er fand es großartig, wenn Leute ihre Kreativität nutzten, um etwas zu erschaffen. »Manchmal sind es nur einzelne Gedankenfetzen oder Notizen, die ich später zu einem Gedicht ausbaue«, fuhr Charlie fort.

Alex war erleichtert, dass sie offenbar ebenfalls spürte, dass sein Lob nicht ausschließlich eine Floskel war. »Hast du schon mal etwas davon veröffentlich?«

Charlie schüttelte den Kopf. »Nein. Bisher noch nicht. Die Gedichte sind sehr privat.«

Alex hatte mitbekommen, dass ihre Mutter während ihrer Jugend Selbstmord begangen hatte, als sie Fabio gegenüber erwähnte, dass sich der Tag jährte. Beide hatten nicht mitbekommen, dass Alex' Zelteingang geöffnet war und er das Gespräch mitanhörte. Es war ihm fair erschienen, den Kopf rauszustrecken und laut eine Gute Nacht zu wünschen, damit sie wussten, dass sie nicht ungestört waren. Sie waren verstummt, und er hatte das Geraschel eines kratzenden Bleistifts auf Papier und dazu Fabios Gitarre gehört. Eine schöne Geräuschkulisse, die dazu geführt hatte, dass Alex für seine Verhältnisse recht früh eingeschlafen war.

Er fragte sich, ob Charlie mit der Schreiberei versuchte, das Trauma ihrer Kindheit zu verarbeiten.

»Kunst ist am besten, wenn sie persönlich ist«, sagte er und dachte an seine Lieblingsband, die die besten Songs herausgebracht hatte, als der Frontmann wegen einer Überdosis ins Krankenhaus eingeliefert worden war und der Bassist mitten in der Scheidung steckte. Es hatte Gerüchte gegeben, dass sich die Band auflösen könnte, doch das Album, das unmittelbar danach veröffentlicht worden war, war das Beste, das die Musiker jemals vollbracht hatten. Die Mitglieder der Band fingen sich, die Band blieb weiterhin erfolgreich, aber alle späteren Alben hatten nicht die emotionale Tiefe erreicht wie während der schlimmen Phase ihres Lebens.

Charlie hielt inne, doch als Hannah um die Ecke bog, grinste sie und arbeitete schnell weiter. Hannah sah in die Schüssel und schüttelte leicht den Kopf. »Dann gehe ich jetzt mal Pause machen, wenn ihr so lahm seid«, sagte sie.

Alex sah ihr nach, anschließend wandte er sich erneut Charlie zu. »Ich meine, vielleicht sind deine Gedichte gerade deswegen gut genug, um sie der Außenwelt zu zeigen?«

»Meine Schwester hat mir das auch vorgeschlagen«, berichtete Charlie. »Ich habe ihr zwei, drei Gedichte gezeigt, und sie war begeistert.«

Alex hätte gerne ein Gedicht gelesen, aber er traute sich nicht, Charlie zu fragen. Nicht, nachdem sie betont hatte, wie privat sie waren. Er entkernte weitere Kirschen. »Hast du mitbekommen, dass meine Schwester und ich seit einigen Jahren kaum ein Wort mehr miteinander gewechselt haben?«, fragte sie und sah ihn an.

Alex schüttelte den Kopf.

»Hast du Geschwister?«, hakte Charlie nach.

»Nein«, antworte Alex. Alex hatte sich als Kind ein jüngeres Geschwisterchen gewünscht. Obwohl er ein Junge war, hatte er seiner Mutter immer wieder versichert, dass er sich um das Baby kümmern würde. Er besaß eine Puppe, mit der er gerne gespielt und so getan hatte, als sei sie sein jüngerer Bruder oder seine jüngere Schwester.

Als er zu alt dazu war und kleine Kinder nervend fand, war der Wunsch nach einem Geschwisterchen verblasst, und er war irgendwann regelrecht erleichtert, dass er Einzelkind geblieben war. Er war von seinen Eltern verwöhnt worden und hatte jede finanzielle Unterstützung während seines Studiums erhalten, die er sich wünschen konnte. Auch als Silas auf die Welt gekommen war und Carola und er kein Einkommen gehabt hatten, waren es seine Eltern gewesen, die ihnen regelmäßig Geld zugeschoben hatten.

Nun aber musste er darüber nachdenken, wie schwer es war, dass er sich als Einziger um seine Eltern kümmern musste. Sie waren bei seiner Geburt schon älter gewesen und jetzt in einem Alter, in dem die Probleme langsam begannen. Sein Vater klagte über Rückenschmerzen und hatte Komplikationen mit der Hüfte, seine Mutter behauptete, sie würde langsam vergesslich werden und den Haushalt nicht mehr allein schaffen. Doch er fühlte sich nicht in der Lage, in den nächsten Jahren für seine Eltern da zu sein. Ja, er wünschte sich so jemanden wie Hannah, die ihrem Bruder feuchte Lappen brachte, wenn er nach zu viel Graskonsum Kopfschmerzen hatte, oder die schimpfte, wenn er sich vollkommen bekifft danebenbenahm.

»Leider nicht«, fügte er hinzu.

»Nach dem Selbstmord meiner Mutter sind meine Schwester und ich sehr unterschiedlich damit umgegangen. Wir haben uns so weit voneinander entfernt, dass wir uns einfach gar nichts mehr zu sagen hatten.« Charlie seufzte und konzentrierte sich einen Moment auf die Kirschen.

Alex betrachtete sie. Ihm fiel auf, wie blass sie war. Ihre Naturhaarfarbe war bestimmt hellblond. »Vor einem halben Jahr bin ich zu ihr gegangen. Ich, wie du mich hier siehst, mit meinem etwas absonderlichen Leben ohne normalen Beruf oder festen Wohnsitz.« Charlie zeigte an sich herunter. »Stehe da vor ihrem Reihenhaus mit Vorgarten, Holzzaun und abgrundtief hässlichen Fensterbildern in den Fenstern. Von meinen beiden Nichten gebastelt vermutlich. Das spießigste Wohnhaus, das ich mir vorstellen konnte. Es fehlten nur noch die Gartenzwerge. Ehrlich.«

Alex dachte an seine eigene Wohnung und vermutete, dass Charlie nicht besonders begeistert wäre, wenn sie sehen könnte, wo und wie er lebte. Auch Carola und er klebten alle gebastelten oder gemalten Werke von Silas an den Kühlschrank. Sie würden es nicht übers Herz bringen, es wegzuwerfen. »Ich habe geklingelt. Meine Schwester macht auf und lädt mich in ihr spießiges Haus. Ihre Töchter starren mich an, als wäre ich eine Außerirdische, mein Schwager fragt mich aus, was ich beruflich mache und schnaubt, als ich ihm sage, dass ich Saisonarbeiterin bin. Es folgt ein steifes Abendessen, Gespräche über Nichtigkeiten. Und am Abend bei einem letzten Espresso, bevor ich verschwinden will, zeige ich ihr das Notizbuch und lese ihr ein Gedicht vor.« Charlie sah ihn an, und in ihren Augen schimmerten Tränen. »Und dann beginnt die Person, von der ich glaubte, sie sei Kilometer von mir entfernt, zu weinen. Sie nimmt mich in den Arm, hält mich fest und sagt, sie würde sich selbst in dem Gedicht erkennen.«

Alex lächelte. Er hatte die Kirschen vergessen, sondern starrte Charlie an, während er seine rotverfärbten Finger auf dem Tisch ausstreckte. »Und sie hat sich zu Recht wiedererkannt. Ich habe das Gedicht über sie geschrieben. Während der langen Zeit, in der wir kaum Kontakt hatten.« Charlie sah ihn verblüfft an. »Und sie hat sich trotzdem darin gefunden.«

»Das klingt gut«, sagte Alex.

Charlie schüttelte den Kopf. Ihr war anzusehen, wie sehr sie daran zu knabbern hatte. »Und das Krasseste daran war, dass ich danach bis weit nach Mitternacht geblieben bin. Wir haben Weinschorle getrunken und geredet. Ihre Kinder waren längst im Bett, und ihr Mann ist abgedüst. Aber wir haben schwer ein Ende gefunden. Es war, als hätte es nie eine Distanz zwischen uns gegeben.«

»Sie ist deine Schwester«, erinnerte Alex sie. »Und macht es einen Unterschied, ob jemand in einem kaputten alten Camper lebt oder ob er einen Zaun um seinen Garten aufgestellt hat? Ihr habt die gleiche Kindheit erlebt, und sie war von Anfang an die Begleiterin deines Lebens.«

»Ja, vielleicht.« Immer noch nachdenklich nahm Charlie die nächste Kirsche. »Ihr betont regelmäßig, ihr würdet nicht auf Äußerlichkeiten achten, aber wenn ihr jemanden vorverurteilt, weil er eine Krawatte trägt oder ein Kostüm mit Pumps, könnt ihr von euch selbst nicht behaupten, ihr würdet nicht auf Äußerlichkeiten achten«, betonte Alex.

Charlie öffnete den Mund. Sie wollte protestieren, das sah Alex ihr an.

Schnell ergriff er das Wort erneut: »Auch Menschen mit Gartenzwergen können nette Leute sein, und die Form eines Gartenzauns oder die Fensterbilder der Kinder sagen gar nichts über die Person aus. Gar nichts. Du weißt, dass ich da recht habe.« Alex sah sie streng an.

Charlie ließ ihre Hände sinken. Sie nickte langsam und stand rasch auf. »Hey, was ist?«, fragte Alex verwirrt und sah ihr nach, als sie davon rauschte. War sie jetzt wirklich beleidigt? Wie empfindlich sie war. Doch auf einmal drehte sie sich um und strahlte ihn an. »Sorry, aber das ist so gut, das muss ich mir notieren. Für mein nächstes Gedicht. Ich werde es dir widmen, Schatz.«

Alex nahm sich die nächste Kirsche. »Ja, tu das«, sagte er lächelnd.

*

Der Ort im Wald am See war so schön, dass Alex gerne länger geblieben wäre. Vor wenigen Wochen wäre es noch undenkbar gewesen, dass Alex auf eine Weiterfahrt verzichten wollte, um mehr Zeit hier zu verbringen. Nichts hätte ihn davon abgehalten, so schnell wie möglich in den Norden zu reisen, um die Nordlichter von der Liste streichen zu können. Er überlegte. Die Wahrscheinlichkeit, dass sie nun bald Nordlichter sehen konnten, wurde größer, gleichzeitig war es aber unwahrscheinlich, dass sie sie jetzt zu Gesicht bekommen würden. Sie waren zu weit südlich. Somit stimmte er für die Weiterfahrt. Doch er konnte die drei Gegenstimmen von Fabio, Fiefie und Pete gut nachvollziehen.

Erstaunlich, wie viel entspannter er war und wie viel besser es ihm ging. Natürlich ging es ihm weiterhin nicht gut, und natürlich plagten ihn Zukunftsängste, aber es gelang ihm leichter, das Grübeln abzustellen und den Augenblick zu genießen. Vielleicht würde die Reise ein Erfolg werden, selbst wenn er keine Nordlichter sah?

Während der Fahrt gingen sie wieder getrennte Wege, und Alex fand es ganz angenehm, mal etwas Zeit nur mit Steffi, Fiefie und Hannah zu verbringen, so wie es ganz zu Beginn der Route gewesen war. Sie verabredeten sich mit den anderen an einer Tankstelle kurz vor Östersund, ein Ort, der ebenso an einem See lag, doch sehr viel weiter nördlich.

Die Wahrscheinlichkeit, dass sie erneut sommerliche Badetage dort verbringen konnten, war gering. Der September versuchte zwar sein Bestes, den Herbst abzuwehren, aber es gelang ihm schlecht. Die Sonne wurde schwächer, weil sich der Sommer dem Ende zuneigte und sie in nördlichere Breitengrade fuhren.

Ihre Fahrtrichtung hatte auch zur Folge, dass die Sonne früher unterging und die Nächte länger wurden. Er fragte sich, warum ihm nie zuvor aufgefallen war, dass er mit dem Ziel, die Nordlichter zu sehen, auch weiter in die Dunkelheit fuhr. Es hatte so eine starke Symbolkraft, dass es ihn schüttelte.

Die erste Teilstrecke wurde von Hannah gefahren, und er saß neben ihr. Als sie über die Grenze fuhren, zeigte Hannah nach draußen und sagte: »Jetzt sind wir wieder in Schweden.«

Somit war Alex' Frage beantwortet, wo der See, an dem sie so schöne Tage verbracht hatten, gelegen hatte: In Norwegen. Wie gut und praktisch, dass sie einfach die Grenze überwinden konnten. Ohne das kleine Hinweisschild am Straßenrand und Hannahs Hinweis hätte Alex es nicht einmal bemerkt. Und natürlich orientierte sich auch die Natur nicht an menschengemachte Linien, und so waren Fauna und Flora gleich.

Da Hannah ihre komische Musik hören wollte, die mit das Grässlichste war, was Alex je ertragen musste, setzte Alex seine Kopfhörer ein und lauschte einer Podcastfolge, die er sich zu Hause heruntergeladen hatte. Der Podcast behandelte gesellschaftliche Themen, und das Team, das ihn aufnahm, war sehr unterhaltsam, schaffte es aber trotzdem, während der Besprechung ein gewisses Niveau zu behalten und in die Tiefe zu gehen. Die Folge ging um Alltagsrassismus, um den Rassismus, denen Menschen mit anderer Hautfarbe tagtäglich ausgesetzt waren. Und um den eigenen Rassismus, den auch Alex in sich trug und gar nicht mochte. Obwohl er nun schon lange mit Carola zusammen war und an ihrer Seite viele verletzende Dialoge mitbekommen hatte, waren in ihm tiefsitzende Mechanismen, die er gerne ablegen wollte. Die beiden Podcasterinnen erläuterten die Ursache für Angst vor dem Fremden und den eigentlich guten Sinn dahinter und wie das Ganze schnell in unbegründeten Rassismus umschlug und was man dagegen tun konnte. Sich seinem eigenen Rassismus zu stellen und die unguten Gedanken anzuerkennen, die einem durch den Kopf gingen, war ein guter erster Schritt, behaupteten sie.

Während sie durch die waldige Landschaft fuhren, konnte Alex ganz in die Folge tauchen und vergaß seine eigenen Probleme. Ursprünglich hatte ihn das Thema aus persönlichen Gründen interessiert. Er wollte lernen, wie er Carola und seinen Sohn besser unterstützen konnte, und vor allem wollte er wissen, wie er Silas zu einem selbstbewussten jungen Mann heranziehen konnte, der stark genug war, sich in verletzenden Situationen unbeschadet zu behaupten. Er dachte während des Hörens über Fiefie nach, über das Gespräch über Fiefies Namen, und dass er Fiefie mit solch einer Situation konfrontiert hatte, weil Alex zu dumm und unsensibel gewesen war.

Hatte Fiefie häufig diesen Alltagsrassismus erlebt? Litt er darunter oder konnte er das gut wegstecken? Alex dachte an Situationen, in denen er mit einer Gruppe für ihn ausländisch aussehender Typen in einer Bank gewesen war und sich unwohl gefühlt hatte und wie schäbig das gewesen war. Denn später hatte er zugeben müssen, dass die Männer sehr höflich und freundlich gewesen waren und ihm sogar einen Guten Tag gewünscht hatten, während er nur misstrauisch geschwiegen hatte. Das waren genau diese Ängste vor dem Fremden, die im Podcast angesprochen wurden und denen Alex immer wieder auf die Schliche kam, obwohl er ja eigentlich tolerant und aufgeklärt war. Als er an sein Stottern und das unhöfliche Starren dachte, als er erkannt hatte, dass Joris und Fabio ein Paar waren, musste er innerlich die Augen verdrehen. Dann erinnerte er sich beschämt an die Situation an der Tankstelle, an der er auf die Gruppe getroffen war. Sein Herz hatte ihm vor Unbehagen und Angst in der Brust heftig zu schlagen begonnen, weil die Drei nicht der gesellschaftlichen Norm entsprachen, Steffi mit ihren bunt gefärbten Haaren, Hannah mit der maskulinen Art sich zu kleiden und den Tätowierungen am Hals und Fiefie mit der auffälligen Statur, den blondierten Haaren in Kombination mit seiner dunklen Hautfarbe und den silbernen Ringen im Gesicht. Und als was hatten sie sich herausgestellt? Als Fremde, die bereit waren, ihn mitzunehmen und zu begleiten und die ihn offen in ihrer unorthodoxen Familie aufgenommen hatten und zu seinen Freunden geworden waren. Die, die jetzt für ihn da waren, ihre Reiseplanung über den Haufen geworfen hatten, damit er seine Nordlichter zu sehen bekam.

Alex nahm sich fest vor, noch häufiger seinen eigenen Vorbehalten und Vorurteilen zu begegnen. Er wollte seine Ängste vor anderen Menschen hinterfragen und ergründen, ob sie wirklich angemessen waren.

Und Silas? Silas würde sicherlich aufgrund seiner Hautfarbe Dinge erleben, die ein Kind nicht erleben sollte. Konnte er zu einem starken Mann heranwachsen, wenn sein Vater ... unbrauchbar war? Was, wenn er Silas nicht genug unterstützte? Was, wenn er nicht für ihn da sein konnte, weil er mit seinen eigenen Problemen zu kämpfen hatte?

Seine Gedanken gingen weiter, und das erste Mal wurde ihm ganz deutlich klar, dass auch er ein Teil einer Minderheit sein würde. Würde er ähnliche Erfahrungen machen wie seine Freunde? Würden Menschen sich ihm gegenüber komisch verhalten, weil sie überfordert waren? War das vielleicht eine Gemeinsamkeit, die er mit Carola haben würde? Konnten sie über diese Basis wieder zueinander finden?

Genervt starrte Alex auf das Display seines Handys. Mist, die letzten Minuten hatte er nicht mehr zugehört und zu viel verpasst. Er würde zurückspulen und alles erneut hören müssen. Wenn er weniger abgelenkt war.

Alex riss sich die Kopfhörer aus den Ohren, da es sinnlos war. Nicht jetzt. Später, wenn seine Gedanken geordnet waren.

»Was hast du gehört?«, fragte Hannah.

»Einen Podcast«, antwortete Alex. Er sah auf die Uhr. Sie war über zwei Stunden unterwegs. »Soll ich das Steuer übernehmen?«

»Hörst du gerne Podcasts?«

Alex bejahte. Das war eine Sache, die er früher schon gerne gemacht hatte und die ihm erhalten bleiben würde. Er hörte politische Diskussionen oder witzige Alltagsstory, aber am liebsten hörte er die True Crime-Podcasts, die reale Verbrechen und die Hintergründe behandelten und für ihn damit spannender waren, als es jeder Fernsehkrimi sein könnte.

»Pete nimmt auch einen Podcast auf«, erzählte Hannah.

Alex sah sie erstaunt an. »Echt? Wie heißt sein Podcast?«

»Das Tofutier.«

Alex runzelte die Stirn, dann lachte er. Er mochte es, wenn Podcaster ihren Podcasts lustige, einprägsame Namen gaben. »Es geht um Ernährung und Tierrechte?«, hakte er nach.

»Ja, natürlich. Du kennst Pete mittlerweile.« Hannah schmunzelte.

»Den muss ich suchen«, murmelte Alex und entsperrte den Bildschirm seines Smartphones. Er öffnete den Podcatcher und wurde sofort fündig. Das Logo ließ ihn grinsen: Ein süßes, kleines, aber dickes Tier mit lila Haut und großen Augen, welches ein riesiges Blatt im Maul hatte. Das musste wohl das Tofutier sein. »Hab's gefunden«, sagte er und hielt Hannah das Handy hin. Sie schielte drauf und nickte.

Sie alle aßen wahnsinnig gesund, und Alex hatte bereits ein wenig abgenommen. Er hatte zwar keine Waage dabei, aber er spürte, dass die Jeans sich leichter schloss. Steffi und Pete achteten darauf, keine tierischen Lebensmittel oder Hygieneartikel zu verwenden. Sie hatten sogar die leckere Apfeltorte der Kirschbaum-Lady verschmäht, weil Eier darin gewesen waren und sie mit sehr viel Sahne überhäuft worden war. Alex musste zugeben, dass er eine gewisse Bewunderung für diese Konsequenz hatte, obwohl er überzeugt war, dass diese Frau ihre Eier sicherlich vom Bauernhof nebenan erhalten hatte, wo die Hühner glücklich frei herumgelaufen waren.

Alex scrollte durch die Folgen und downloadete die Neuste davon, weil er sie sich unbedingt anhören wollte. »Wow, er hat echt viel aufgenommen.«

»Ja, es gibt eine Folge, in der er Joris und Fabio zu Besuch hat und sie von dem Einbruch in den Schweinestall erzählen und über die Gerichtsverhandlung, die ein halbes Jahr später stattgefunden hat«, sagte Hannah.

»Sie sind freigesprochen worden, oder?«, fragte Alex. Er öffnete die dazugehörige Seite, auf die in den Shownotes hingewiesen wurde. Als er Petes strahlendes Gesicht vor einem Mikrofon sah, musste er lächeln. »Ja. Es war eine Formsache. Aber es hätte auch schiefgehen können. Da sie tatsächlich verheerende Zustände angetroffen hatten, hat das Gericht den Einbruch als Nothilfe interpretiert. Sie hatten Glück«, berichtete Hannah. Ihre Augenbrauen berührten sich fast, so fest zog sie sie zusammen.

Alex blätterte weiter durch die Liste der veröffentlichten Folgen. Pete hatte wohl vor Jahren mit dem Podcast begonnen und teilweise interessante Themen und spannende Gäste, unter anderem die beiden Podcasterinnen, deren Podcast Alex eben gerade gehört hatte.

Weiter oben fand er die Folge, von der Hannah gesprochen hatte. Er musste mit seinem Datenvolumen vorsichtig sein, dennoch lud er sie herunter.

»Ich brauch eine Pause.« Hannah fuhr an einem Parkplatz heraus und sprang aus dem Fahrzeug. Sie kreiste ihre Arme und kletterte in den hinteren Bereich des Wohnmobils, um sich was zu trinken zu holen.

Auch Alex stieg aus und dehnte sich. »Darfst du eigentlich fahren?«, fragte Hannah.

Alex zuckte zusammen. »Ich habe meinen Führerschein noch. Aber sobald es dämmert, würde ich es nicht empfehlen, mit mir zu fahren.«

Würde er das Autofahren vermissen? Zwar hatte er schon darüber nachgedacht, dass Carola und er wohl kaum zwei Autos besitzen mussten, wenn er blind war, aber er hatte sich nie die Frage gestellt, wie es sich anfühlen würde, wenn Carola ständig fahren musste.

Hannah winkte ihm zu. »Du übernimmst die nächste Strecke, okay?«

Alex nickte und schüttelte seine Zukunftsängste ab. Jetzt musste er sich auf das Fahren konzentrieren. »Der Fahrer bestimmt die Musik? Ich möchte Petes Podcast hören, die Folge, in der die anderen zu Besuch sind!«, verkündete er fröhlich und ging zur Fahrertür. Fiefie kam zu ihm nach vorne, damit Hannah sich hinten entspannen konnte. »Den kennen wir schon«, sagte er, als er seine langen Beine versuchte, möglichst bequem zu lagern. »Pete hat einen Podcast aufgenommen?«, fragte Steffi neugierig. »Darauf habe ich auch Lust.«

»Dann gehe ich nach hinten und schlaf eine Runde«, verkündete Fiefie. Er stieg wieder aus und tauschte mit Steffi den Platz.

Als alle zufrieden mit ihrer Platzwahl waren, startete Alex zuerst den Podcast und streamte ihn an das Radiogerät, und danach das Wohnmobil.

*

Als sie in Östersund ankamen, waren die anderen bereits da und warteten auf sie. Fiefie hatte sein Nickerchen beendet und die letzte Teilstrecke übernommen, sodass Alex nun auf dem Beifahrersitz saß und bei der Ankunft ebenfalls vor sich hin döste. Fiefie weckte ihn. Es dämmerte, und der Himmel hatte sich Tieforange gefärbt, so intensiv, wie Alex es lange nicht mehr gesehen hatte. Sie fanden eine ruhige Stelle oberhalb des Sees direkt an einer Blumenwiese. Es gab leider keine Toilette, aber einen geschotterten Parkplatz, auf dem sie ihre Fahrzeuge sicher abstellen konnten. Alex stolperte praktisch in Charlies Arme, als er aussteigen wollte. Sie zog ihn an sich und hielt ihn kurz fest, sodass Alex nicht weiter darüber nachdenken konnte, warum er eigentlich gestolpert war. Doch er wusste, dass es zu dunkel war und er den Abstand zwischen den schmalen Stufen nicht mehr hatte abschätzen können.

Tief einatmend sah Alex sich um und trat an eine Stelle, von der er freie Sicht auf den See hatte. Rechts und links des Sees standen Fichten, doch dort, wo sie die Nacht verbringen würden, gab es eine erhöhte Lichtung mit wilden Gräsern und Blumen, deren Farben im Abendrot nicht mehr erkennbar waren – vermutlich nicht nur für Alex.

Das Beeindruckendste an dem Bild war der Himmel. Die Farben waren leuchtend und gingen ineinander über: Rot, Orange, Lila. Alex blinzelte und legte den Kopf schief, um einen neuen Blickwinkel zu erhalten.

»Wunderschön«, sagte Hannah, die unbemerkt zu ihm gekommen war und den Kopf ebenfalls in den Nacken legte.

»Ja.« Alex nickte.

»Die kleine Schwester der Nordlichter?«, fragte Hannah.

Alex presste seine Lippen zusammen. Ruckartig wandte er sich von dem spektakulären Anblick ab. Er schüttelte den Kopf. Sicher, es war traumhaft und imponierend, doch hatte er die Zeit, sich diesem Bild hinzugeben?

Es wurde immer dunkler, und Alex konnte jetzt schon kaum was erkennen. Er wusste, es würde ganz schnell dunkel sein. Und dann hätte er ein Problem.

Dass sie so spät ankommen, war nicht geplant. Kurz überlegte er, ob er in einem der Fahrzeuge schlafen sollte und sprach es auch an, doch er wurde rasch überstimmt. Das Ausräumen würde fast genauso lange dauern wie das Aufbauen des Zeltes. Alex traute sich nicht zu sagen, dass es ihm leichter fallen würde, irgendwelche Kisten wegzuschieben, um sich einen Platz zu suchen, als die filigrane Arbeit an einem Zelt zu verrichten.

Alex rieb sich über die Augen und versuchte, sich zu konzentrieren, als er sein Zelt hinter sich herzog, um eine Stelle möglichst nahe am Wohnmobil zu finden. Das war im hohen Gras gar nicht so leicht, da die Konturen langsam verschwammen. Er konnte sich halbwegs orientieren, aber er stellte es sich sehr schwer vor, das Zelt aufzubauen. Allein die Stangen zusammenzusetzen wäre eine Herausforderung. Über die Heringe wollte er gar nicht erst nach-denken.

Unschlüssig stand er vor dem Stoffhaufen, der möglichst schnell zu einem bewohnbaren Zelt werden musste. In ihm breitete sich ein ungutes Gefühl aus. Er ging in die Hocke und rollte den Stoff des Zeltes aus, griff nach den Stangen und steckte sie aufeinander. Er tastete nach dem Stoff, dessen Farbe sich in dem Dämmerlicht kaum von der des Bodens abhob. Er kniff seine Augen zusammen, doch es half nichts. Was am Ende half, waren seine hektischen Finger, die über den Boden glitten und die glatte Struktur ertasteten.

So hatte es vor Jahren begonnen. Ihm war zunächst aufgefallen, dass er manchmal stolperte oder irgendwo dagegen rannte, wenn er im Dunkeln unter-wegs war. Im Sommer hatte er das Ganze noch verdrängen können, doch dann war der Winter gekommen, und seine Orientierungsprobleme waren schlimmer geworden – oder waren ihm mehr aufgefallen, weil es früher dunkel geworden war. Dass er in der Nacht immer schlechter Autofahren konnte und sich zunehmend unsicherer im Straßenverkehr fühlte, überzeugte ihn schließlich, dass es keine Einbildung war, sondern dass er ein gewaltiges Problem hatte.

Ein Besuch beim Augenarzt hatte jedoch nur ergeben, dass er langsam älter wurde. Es war verführerisch gewesen, dieser Diagnose zu glauben, aber er konnte sich nicht damit zufriedengeben, besonders nachdem er festgestellt hatte, dass er bei seinen nächtlichen Gängen zur Toilette die Hand an der Wand entlang schweben ließ, um sich zu orientieren. Es war ein schleichender Prozess, den man zunächst nicht bemerkte und später leicht verleugnen konnte, bis man an einem Punkt angelangt war, an dem man genau spürte, dass etwas nicht stimmte. Er wechselte den Arzt, fand eine engagierte Augenärztin, die ihn sofort in die Augenklinik überwies. Untersuchungen und Gespräche folgten. Und eine Diagnose. Danach war sein Leben ein anderes geworden.

Frustriert versuchte Alex, das Loch zu finden, wo er die Stange hineinschieben musste, und wurde ärgerlicher bei jedem erfolglosen Versuch. Das jedoch führte dazu, dass es immer weniger gelang.

»Ich helfe dir.« Alex hob den Kopf. Fiefie ging vor ihm in die Hocke.

»Es geht einfach nicht«, sagte er verdrossen. »Es unbedingt zu wollen, führt nicht immer zum Ziel«, erwiderte Fiefie.

Eine Weile hantierte Fiefie herum, und Alex spürte, wie die Unruhe in seinem Bauch wuchs, während er untätig neben Fiefie hockte und nicht mal genau sehen konnte, was Fiefie tat. »Hier, ich habe die beiden Stangen verbunden.« Fiefie berührte seine Hand und zog daran. Alex erkannte, dass Fiefie ihm etwas zeigen wollte. Er ließ zu, dass Fiefie seine Hand nahm und sie zu den beiden Stangen führte. »Du kannst sie da in das Loch führen, während ich mich um die restlichen Stangen kümmere.« Fiefie zog erneut an seiner Hand und legte Alex' Finger auf die Öffnung im Stoff. Er ließ erst los, als Alex nickte.

»Danke«, sagte Alex atemlos. Das Wort auszusprechen machte ihm enorm zu schaffen. Es machte so offensichtlich, dass er bereits bei der einfachsten Sache Unterstützung benötigte. Und dass er ohne Fiefie aufgeschmissen wäre.

»Alex.« Fiefie wartete kurz, vermutlich um sicherzustellen, dass Alex ihm zuhörte. »Du solltest uns sagen, wenn du Hilfe benötigst. Niemand von uns will übergriffig sein. Deswegen wäre es gut, wenn du dich selbst meldest.«

Alex hob seinen Kopf. Er konnte Fiefie kaum erkennen, so dunkel war es. Lediglich seine blondierten Haare leuchteten schwach vor ihm. Als er erneut nickte, fühlte es sich wie ein Verrat an seiner Selbstständigkeit an, obwohl er wusste, dass es eigentlich sehr selbstständig war, zu entscheiden, wann er Hilfe benötigte – und wann nicht. So zumindest hatte es ihm die Psychologin gesagt. »Ich will nicht, dass es schlimmer wird«, fügte Alex missmutig hinzu. Er war enttäuscht von sich selbst. Nicht, dass er es nicht schaffte, dieses Zelt aufzubauen, sondern, weil er vor Fiefie herumjammerte. Seine bevorstehende Erblindung hätte kein Thema auf dieser Reise sein sollen. Er hatte anfangs geglaubt, er könnte es geheim halten. Aber seine Nachtblindheit zwang ihn dazu, es schon wieder zu aufzugreifen.

Er spürte eine Hand schwer und fest auf seiner Schulter, und sie gab ihm Halt. »Ich weiß«, sagte Fiefie. Sonst nichts. Doch es half Alex. Zu wissen, dass es jemanden gab, der sich in ihn einfühlen konnte, gab ihm die Gewissheit, nicht allein zu sein.

Mit Fiefies Hilfe konnte er das Zelt schnell aufbauen, und er war erschöpft, als er hineinkletterte. Er versuchte, nicht darüber nachzudenken, wie viel Fiefie getan hatte und dass er nur der Gehilfe gewesen war. Doch das Zelt stand, und Fiefie war eine wunderbare Unterstützung gewesen. Ohne viele Worte zu machen, hatte er mit angepackt. Wie selbstverständlich. Als wäre es vollkommen normal.

»Schaffst du es, dein Zeug auszupacken?«, fragte Fiefie und reichte Alex den Rucksack ins Zelt hinein.

»Ja, ja«, murmelte Alex und fuhr mit den Fingern über den Rucksack, um den Verschluss zu öffnen. Zwar hörte er, dass die anderen draußen beieinandersaßen, doch Alex verspürte den großen Wunsch, allein zu sein. Er war versucht, sich nochmal bei Fiefie zu bedanken, doch er unterließ es. Es wäre zu schmerzhaft, und Fiefie hatte ihm klargemacht, dass er das nicht tun musste. »Ich bin müde«, sagte er stattdessen. »Ich … muss mich ausruhen.«

»Alles klar.« Fiefies Finger umschlangen seinen Arm und drückten kurz zu, dann verschwand Fiefie mit seinem typisch schlurfenden Gang.

Alex sah nach draußen. Alles, was er noch erkannte, war ein Hauch von Farbspiel am Himmel, das bereits verblasste und aufgrund der Dunkelheit für ihn verschwommen aussah. Alex hatte den Sonnenuntergang verpasst. Mit einem Ruck zog er den Reißverschluss des Zelteingangs nach unten und sperrte den Rest des grandiosen und bezaubernden Anblicks aus. Er wollte nichts mehr davon sehen.

Damit er besser einschlafen konnte, suchte er sich eine weitere Folge von Petes Podcast heraus. Als er auf das Display seines Smartphones schaute, konnte er besser atmen. Das künstliche Licht half ihm, und seine Augen schienen gnädig zu sein, indem sie klar und deutlich die Informationen vom Display an sein Gehirn weitergaben. Alex entschied sich, die aktuelle Folge zu hören. Die, die Pete aufgenommen hatte, bevor er aufgebrochen war. Die, die er aufgenommen hatte, als Alex selbst schon mitten in den Vorbereitungen für die Reise gesteckt hatte. Am Ende der Folge kündigte Pete an, dass es nun aufgrund einer längeren Sommerpause eine Weile keine neuen Folgen geben würde. Er sagte, dass er sich auf die Auszeit freute. Auf seine Freunde. Und auf die Menschen, denen er auf seiner Reise begegnen würde. »Ich fühle mich angesprochen«, sagte Alex in die Richtung seines Handys grinsend.

Bevor die Musik des Abspanns folge, wünschte Pete den Zuhörenden viele schöne Grillstunden mit Fleisch vom Tofutier.

Alex schmunzelte und fühlte sich etwas besser.

*

Da ihnen Vorräte fehlten und sie einen riesigen Berg Dreckwäsche hatten, entschieden sie, in die Stadt zu fahren. Alex sehnte sich danach, in eine Menschenmasse einzutauchen und kam bereitwillig mit. Die Mädels hatten keine Lust. Hannah wollte die Gegend erkunden und nach Kräutern suchen, Steffi wollte den Trubel in der Innenstadt meiden, und Charlie schlief noch, als sie sich beratschlagten.

»Also sind es nur wir Jungs«, sagte Fiefie vergnügt. »Ich spüre, wie uns das Testosteron fast von selbst in die Stadt fliegen lassen wird.«

»Schade halt, dass du so ein Mädchen bist«, erwiderte Fabio.

»Selber Mädchen«, protestierte Fiefie und schubste Fabio.

»Wow, kaum sind wir unter Männern, greift schon der Sexismus um sich«, kommentierte Pete trocken.

Sie nahmen den Camper, weil sie dort besser zu fünft sitzen konnten. Es war das erste Mal, dass Alex dort mitfuhr, und er fand, dass er es mit der Wohnmobilgruppe wesentlich besser getroffen hatte, denn die Sitze hier waren durchgesessen.

Joris bot an, zu fahren, und Pete stürzte sofort auf den Beifahrersitz, weswegen Alex nichts anderes übrigblieb, als zu Fabio und Fiefie auf die Rückbank zu gehen, wo sie viel zu eng beieinandersaßen.

Fabio war gut drauf. Er hatte seit einigen Tagen nicht gekifft, und langsam überwand er die Erschöpfung und Mattigkeit, die er laut eigener Aussage immer dann hatte, wenn er zu viel gekifft hatte und abrupt damit aufhörte. Doch er machte am laufenden Band Scherze, und Fiefie konterte mit lustigen Sprüchen. Zwar war es niveaulos und ging oft unter die Gürtellinie, aber Alex konnte spüren, wie gut sich die beiden Männer verstanden und wie gut es Fiefie tat, jemanden zu haben, mit dem er albern konnte. Das konnte Alex ihm nicht bieten. Er war noch nie ein Mensch gewesen, der durch einen besonders scharfsinnigen Humor verfügte, und seit er die Diagnose kannte, fiel es ihm schwer, sinnlos dummes Zeug zu labern. Zwar glaubte er, dass es ihm gutgetan hätte, doch es gelang ihm einfach nicht, ungezwungen mitzumachen. Alles fühlte sich so verdammt schwer an. Doch die beiden schafften es, ihn zum Schmunzeln zu bringen. Als sie dazu übergingen, irgendwelche internen Gags auszutauschen, die sie irre komisch fanden, konzentrierte Alex sich auf die beiden Männer vorne im Fahrzeug.

»Ich habe gestern deinen Podcast gehört«, sagte Alex und lehnte sich nach vorne, um Pete anzusehen. »Ich bin ein großer Fan der Podcastszene und bin erstaunt, wie professionell dein Podcast aufgezogen ist.«

»Welche Folge hast du gehört?«, fragte Pete und sah ihn durch den Rückspiegel an.

»Die über euren Einbruch im Schweinestall in Norwegen und die neuste Folge. Ich fand beide sehr interessant. Die über den Einbruch hat mich natürlich interessiert«, erzählte Alex. Er wandte sich an Joris. »Du hast für den Typen ausgesagt, der dir das mit dem Fuß eingebrockt hat.«

»Ja. Sein Vater darf keine Tiere mehr halten und wurde ordentlich bestraft wegen Tierquälerei und dem Angriff auf uns. Sein Sohn machte auf mich einen vernünftigen Eindruck, und es war schlicht die Wahrheit, dass ich nicht gesehen habe, was passiert ist. Es war ein dummer Unfall«, erzählte Joris und hob die Schultern.

»Bist du nicht sauer auf ihn wegen des Fußes«, fragte Alex.

Joris hob die Schultern. »Es war dunkel, es ging alles so schnell. Und ich glaube, dass dem Landwirt der Umbau des Hofes wirklich gelingen könnte. Also war es doch ein Erfolg.«

»Der Vater hat den Hof verloren, und der Sohn baut ihn nun um?«, fragte Alex erstaunt. Davon war im Podcast nicht die Rede gewesen.

»Ja, als wir die Folge aufgenommen haben, wussten wir das noch nicht. Ich habe nicht so oft Kontakt mit ihm, aber letztens hat er mir Bilder von den Arbeiten am Stall geschickt. Er plant, bedeutend weniger Tiere zu halten und diese in Sicherheit ihren Lebensabend am Hof verbringen zu lassen. Sein Geld will er mit Ferienwohnungen und seinem Gemüseacker verdienen. Es ist eine spannende Sache, und ich hoffe, dass es ihm gelingt, wie er es plant.«

»Das wird schon«, warf Pete ein und nickte überzeugt.

»Wir sollten fragen, ob er in einer neuen Podcastfolge von seinem Umbau erzählen möchte.« Joris sah Pete an, dann wandte er sich zu Alex um. »Ich bin froh, dass der Mann nicht bestraft wurde. Wir sollten ihn im nächsten Jahr besuchen.«

»Mmh.« Alex lehnte sich zurück. Joris war bemerkenswert ruhig. Er schien keine Rachegefühle oder Reue zu empfinden, obwohl er deutliche Spuren davongetragen hatte. »Gut, dass ihr freigesprochen wurdet.«

»Alles andere wäre auch nicht richtig gewesen«, sagte Pete entschieden. »Unsere Sorgen haben sich schließlich als begründet herausgestellt.«

»Ich weiß.« Alex lächelte. Früher hätte er jeden verurteilt, der in fremde Ställe einbricht, aber seit er den Podcast gehört und Petes emotionalem Einsatz für die Tiere gelauscht hatte, verstand er, warum Pete sich im Recht fühlte. Er selbst war nicht überzeugt davon, dass das der richtige Weg war, aber er konnte den Konflikt, in dem Pete steckte, viel besser nachvollziehen.

»Hast du Folge 89 runtergeladen?« fragte Pete.

Alex schüttelte den Kopf. »Hör sie dir an«, forderte Pete ihn auf und sah ihn durch den Rückspiegel durchdringend an. »Okay.« Alex zog sein Smartphone heraus und öffnete den Podcast. Er musste weit nach unten scrollen, bis er bei Folge 89 war. Als er den Namen der Folge hörte, spürte er eine Gänsehaut über seinen Rücken laufen. »Vegan essen im Restaurant, wenn man blind ist«, las er vor.

Pete nickte. »Hab' mir vor drei Jahren ganz abgesehen von Tierrechten und Veganismus Gedanken gemacht, wie man es wohl empfindet, in einem Restaurant zu essen, wenn man nicht der Norm entspricht. Daraus entstand eine sehr spannende Serie.«

Alex gab oben im Suchfeld den Text ,Vegan essen im Restaurant' ein und erhielt mehrere Einträge. »Spannend«, murmelte er, als er sich die Titel ansah.

»Angefangen hat alles, als ich mit meiner damaligen Freundin und ihrer Mutter essen gegangen bin und ihre Mutter durch das ganze Restaurant gebrüllt hat, ich sei Veganer und ob es denn veganes Essen geben würde.« Pete sah wieder in den Rückspiegel. »Sie meinte es gut, aber es war mir unsagbar peinlich. Ich dachte mir, ich bin zwar aus gutem Grund Veganer, aber doch freiwillig. Wie ist es aber, mit Personen essen zu gehen, die andere besondere Bedürfnisse haben?«

Alex scrollte durch die Folgen und brummte anerkennend.

»Ich bin mit Betroffenen essen gegangen, und sie haben mir von ihren Erlebnissen erzählt. Betroffene aller Art, Personen im autistischen Spektrum, aus der queeren Szene oder Menschen mit aufregenden Berufen«, zählte Pete auf. »Und mit Fiefie.« Er grinste ihm über den Rückspiegel zu.

Alex klickte eine Folge an, von der er glaubte, dass es die war, die Pete meinte. »Vegan essen im Restaurant, wenn man Nicht-Weiß ist«, las er vor, verwundert darüber, dass Fiefie ihm das nicht erzählt hatte. Er hätte sich die Folge sofort angehört.

Pete lachte. »Sehr lustige Folge. Du musst sie dir anhören.«

Dass die Folge lustig war, glaubte Alex, denn Fiefie war gut darin, die Menschen zu unterhalten. Trotzdem glaubte er, dass die beiden Männer den Ernst der Lage nicht verschleiern würden. Alex wusste leider sehr gut, wie unterschiedlich es war, mit Freunden in ein Restaurant zu gehen oder mit seiner Freundin und seinem Sohn. Die Blicke der Menschen wandten sich unmittelbar zu ihnen um, scannten sie und ihre verschiedenen Hautfarben, und Alex wusste, wie die Menschen darüber grübelten, ob sie wirklich eine Familie waren, ob Carola eine geflüchtete Person oder ob Silas adoptiert worden war. Ihre Familie wurde in der Öffentlichkeit immer wieder infrage gestellt.

»Ich glaube, die Leute haben mich nicht wegen meiner Hautfarbe angestarrt, sondern weil sie dachten, ich könnte mir das teure Essen nicht leisten«, betonte Fiefie.

»Konntest du ja auch nicht. Ich habe dich eingeladen«, sagte Pete lachend. »Auch das ist diskriminierend«, betonte Alex scharf. »Was gibt den Leuten das Recht, darüber zu spekulieren, ob du dir das Essen leisten kannst oder nicht. Wegen äußerlicher Merkmale? Zumal da die Hautfarbe definitiv den Unterschied machen könnte. Lass uns beide in Jogginghosen essen gehen. Die Leute werden uns zwar beide anstarren, aber dir werden sie weniger zutrauen, zahlen zu können.«

Fiefie sah ihn ungewöhnlich ernst an und nickte. Dann klopfte er Alex als Zeichen seiner Zustimmung auf die Schulter. »Alle diese Folgen sind inspirierend.« Alex konzentrierte sich erneut auf Pete. »Die Leute weisen auf Probleme hin, von denen Menschen wie ich nicht mal ahnten, dass es sie gibt, und sie sind alle sehr motivierend und haben ähnliche Botschaften an meine Zuhörenden.« »Hast du noch Kontakt zu der blinden Person?«, fragte Alex und klickte auf das Downloadfeld bei dieser Folge und bei der Folge über Fiefies Restaurantbesuch.

Joris parkte auf einem großen Parkplatz in der Nähe der Fußgängerzone, wo sie einen Waschsalon vermuteten. Pete schüttelte den Kopf. »Nein, leider nicht. Tut mir leid.«

»Kein Problem«, murmelte Alex. Die Folge mit Fiefie würde er am Abend hören, aber bestimmt war er nicht bereit dazu, sich die Folge mit dem blinden Mann reinzuziehen. Schon allein, wenn er daran dachte, kitzelte es ganz unangenehm in seinem Nacken. Darüber, dass es eine Herausforderung werden würde, in ein Restaurant zu gehen, hatte er bisher nicht nachgedacht. Er fragte sich, wie viele Einschränkungen er in seinen Zukunftsängsten nicht mal angerissen hatte.

Sie stiegen aus und sahen sich um. »Was für eine Männerrundfahrt. Wir quatschen die ganze Fahrt nur über Essen«, murmelte Fabio.

»Auch Männer müssen essen«, sagte Joris und legte den Arm um Fabios Nacken und küsste ihn auf die Stirn.

»Lasst uns erst in den Waschsalon gehen«, sagte Fiefie und warf sich einen Wäschesack über die Schultern. Mit seinem Muskelshirt, den hageren Armen und der Kette um den Hals sowie den Piercings im Gesicht sah er fast bedrohlich aus. Alex dachte an die Podcastfolge über Alltagsrassismus und fragte sich, ob er Bedenken hätte, wenn er Fiefie begegnen würde, ohne ihn zu kennen. Er war sich sicher, dass er Fiefie vorverurteilen und einen Bogen um ihn machen würde; die Frage war, ob das Rassismus war, oder ob es okay war, skeptisch zu sein, wenn man auf Personen traf, die einem nicht geheuer waren.

»Okay, machen wir.« Alex nahm sich ebenfalls zwei Säcke und folgte ihm.

»Kommt schon, ihr Turteltauben.« Fiefie pfiff, als würde er einen Hund zu sich rufen. Tatsächlich folgten die anderen, ohne weiter zu protestieren.

*

Alex genoss das bunte Treiben in der Stadt. Weil sie nicht auf Anhieb einen Waschsalon fanden und ein gemütliches Café am Hafen einladend wirkte, fragte er den Rest der Gruppe, ob sie nicht einen Kaffee zusammen trinken wollten. Der Blick auf die bunten Häuser an der Uferpromenade war es wert, dass man sich Zeit dafür nahm und in Ruhe auf sich wirken ließ. Die anderen waren skeptisch. Alex hatte schon festgestellt, dass seine Mitreisenden mit Städtetouren eher weniger anfangen konnten. Meist blieben sie den Ortschaften fern und besuchten sie nur, wenn es dringend notwendig war. Dann erledigten sie alles und hatten es eilig, schnell wieder wegzukommen. Er schien der Einzige zu sein, der die vielen Menschen und das Getümmel sichtlich genoss.

Als er auf einen Tisch direkt an der Uferkante zeigte, konnte er Joris und Pete überreden, sich zu setzen, Fiefie und Fabio schlossen sich schließlich misstrauisch an. Sofort griff Joris nach der Karte, während Pete sich zurücklehnte und auf das Wasser sah.

»Versteht mich nicht falsch, ich mag die Natur, aber ich will auch das Stadtleben genießen. Ich liebe es, am Hafen entlangzulaufen, mir die kleinen

Geschäfte anzusehen und mich in Gesellschaft vieler Menschen zu befinden«, sagte Alex und war zufrieden, dass er sich durchgesetzt hatte.

Die Bedienung kam und hob die Augenbrauen, als sie die Säcke mit der Dreckwäsche sah, die sie neben dem Tisch auf einen Haufen geworfen hatten, doch sie nahm die Bestellung auf und lächelte freundlich, als Fabio mit ihr flirtete. Da Alex außer mit seiner Truppe wenig Kontakt hatte, hatte er wenig Gelegenheit, die Sprachen zu lernen. Er kannte bereits einzelne Worte, dennoch fühlte er sich nicht ganz wohl. Erschwerend hinzu kam, dass sie ständig zwischen Norwegen und Schweden hin und her pendelten und die Sprachen sich teilweise so ähnlich anhörten, dass es ihn zusätzlich verwirrte. Er befürchtete, dass er sich einen seltsamen Mix aus Schwedisch und Norwegisch aneignete.

Doch mit Englisch kam man in Skandinavien gut klar. Die Jungs benutzten meist ebenfalls Englisch, es sei denn, sie wollten besonders freundlich sein oder jemanden beeindrucken.

Die Bedienung brachte die Getränke, und Alex trank von seinem Espresso, während er sich zurücklehnte und die bunten Häuser an der Promenade betrachtete. Rot, Gelb, Blau, manchmal sogar Grün wechselten sich in einer nicht greifbaren Ordnung ab und vervollständigten das bunte Bild, das von dem Dunkelblau des Wassers, dem Hellblau des Himmels und der saftig grünen Farbe der Wälder im Hintergrund dominiert wurde. Die Sonne schien und wärmte seine Haut, die von dem windigen Wetter ausgekühlt war. Es war ein guter Tag. Alex trank den nächsten Schluck und spürte, wie sehr er den Anblick genießen konnte, ohne die übliche Panik in seiner Brust zu verspüren.

»Wir könnten das öfter machen«, sagte Pete. »Einfach mal irgendwo sitzen und Kaffee trinken.«

»Könnte ich mir auch vorstellen«, bestätigte Joris. Die restlichen zwei blieben skeptisch und sprangen fast erleichtert auf, nachdem Alex gezahlt hatte und sie ihre Suche nach dem Waschsalon wieder aufnahmen. Sie fanden einen über das Internet, aber die Straßen waren so verwinkelt, dass sie zunehmend verzweifelten. Da sie erfolglos durch die Stadt marschierten, fragten sie schließlich eine Frau. Sie wich zunächst vor ihnen zurück, zeigte ihnen dann aber recht freundlich den Weg zu einem öffentlichen Waschsalon.

Sie befüllten vier von den sechs Maschinen und ließen sie simultan laufen. Eine Maschine war defekt, die sechste wurde von einem jungen Mann in Beschlag genommen. Er trug eine bunte Brille und rosa Turnschuhe. Seine Nase steckte in einer Computerzeitschrift, und seine Stirn war gerunzelt. Er machte den Eindruck, als würde er von ihnen kaum eine Notiz nehmen.

Gerade als Pete und Fiefie angeboten hatten, auf die Wäsche aufzupassen, öffnete sich die Tür. Drei bullige Typen kamen herein und sahen sich um, während sie ihren Wäschesäcke auf den Boden fallen ließen.

Alex verspürte das ungute Gefühl, von dem er vorhin geglaubt hatte, dass er es empfinden könnte, wenn er Fiefie begegnen würde, ohne ihn näher zu kennen. Mit klopfendem Herzen beobachtete er die drei Männer, wie sie die Maschinen entlanggingen. Einer blieb an der Defekten stehen und drückte aggressiv und mit grimmiger Miene auf die Tasten. Als er feststellte, dass sie nicht funktionierte, knurrte er laut.

Joris musterte die zwei Männer, die ihnen näher kamen. Sie hatten kurz geschorene Haare, trugen Jogginghosen und waren muskulös, was sie stolz mit engen Shirts zeigten. Als sie an dem jungen Typen mit der Zeitschrift und der bunten Brille vorbeiliefen, zog dieser seine Füße mit den rosa Turnschuhen ruckartig nach hinten unter den Stuhl, auf dem er saß. Als hätte er Angst, jemandem in die Quere zu kommen.

Fabio lehnte sich an Joris, und Joris schob einen Arm um Fabios Taille. »Solange wir nicht ins nächste Café gehen müssen, können wir zu dritt durch die Gassen schlendern«, sagte er zu Alex und nahm damit das Gespräch von eben auf. Scheinbar unbeeindruckt von den Typen. »Nein, nein«, wehrte Alex ab. Er wollte den beiden die Zweisamkeit nicht verwehren, immerhin machten sie den Eindruck, als könnten sie gerade ihre Hände nicht voneinander lassen. Außerdem war er froh, wenn er in Ruhe nach Souvenirs schauen könnte. »Wir treffen uns in einer Stunde wieder hier.« Er zeigte auf Fiefie und Pete, die sich neben den jungen Mann mit der Zeitschrift auf die Plastikstühle vor die Maschinen gesetzt hatten.

Fabio lächelte und kuschelte sich enger an Joris. Die beiden schienen sich zu freuen, etwas Ruhe zu bekommen. Doch Alex war sich nicht sicher, ob sie es verantworten konnte, Pete und Fiefie allein zu lassen. Es war vermutlich besser, wenn Joris und Fabio ihre Pärchenzeit und er seinen Stadtbummel auf später verschoben. Unruhig betrachtete Alex weiter die Männer, die ihnen unaufhaltsam näher kamen und sie unfreundlich anstarrten. Ihr Verhalten wirkte unentspannt.

»Hey«, sagte der Mann an der defekten Maschine und marschierte auf sie zu, wobei er seine zwei Kumpel mit einer rabiaten Bewegung aus dem Weg stieß. »Wann seid ihr Vögel fertig? Ihr könnt nicht einfach alle Maschinen blockieren.«

»Das dauert leider noch«, sagte Joris und verlagerte sein Gewicht.

Alex sah ihm das unwohle Gefühl an, das ihn selbst beschlichen hatte. Er schluckte und dachte darüber nach, dass sie einen Teil der Maschinen stoppen könnten. In dem Moment stand der Nerd auf und stopfte seine Zeitschrift in die Gesäßtasche seiner Hose. »Könnt meine haben«, murmelte er und drückte ein paar Knöpfe der Maschine.

»Danke«, sagte Alex leise zu ihm.

Der junge Mann nickte und räumte seine nasse Wäsche in den Korb. Das Glöckchen an der Tür bimmelte, als er den Laden verließ, und es klang wenig beruhigend.

Einer der Männer baute sich neben dem anderen auf, während der dritte Fiefie und Pete belagerte und von oben zu ihnen herabsah.

»Die ist frei«, sagte Fabio und zeigte auf die nun leere Maschine. Er klang dabei freundlich. Alex war sich sicher, er hatte den Ernst der Lage noch nicht verstanden, in dem sie sich befanden.

»Wir brauchen aber drei Maschinen, du Spargel«, teilte der Mann ihm mit, der Fabio am nächsten stand.

»Tut mir leid«, fügte Joris hinzu. »Wir sind gleich fertig.«

»Ich lass mir die Maschine doch nicht von einem schwulen Penner und einem Buschtrommler abnehmen«, sagte der Mann, der sie als Erster angesprochen hatte. Er grinste in Fabios Richtung, danach ging sein Blick unheilvoll in Fiefies Richtung. Er trat einen Schritt auf Fiefie zu. »Warum wäschst du deine Wäsche nicht in einem Fluss?«

»Würdest du deine rassistische Kacke stecken lassen?« Pete stand auf und trat näher zu Fiefie. »Das ist unser Freund. Wir lassen nicht zu, dass du ihn beleidigst.«

»Ich kann nichts dafür, dass du dich mit Abschaum abgibst«, betonte der Typ und trat seinerseits näher an Pete. Er war einen Kopf größer als er. Der dritte Typ ging um die Stühle herum und kickte den leeren Stuhl neben Fiefie weg, doch Fiefie sah unbeeindruckt zu ihm hoch. Er zuckte nicht mal zusammen, sondern blieb betont entspannt auf seinem Stuhl sitzen.

Joris hob beide Hände in einer beschwichtigenden Geste. »Wie wäre es, wenn ihr einfach in einer Stunde wiederkommt? Da vorne ist ein nettes Café. Wir beeilen uns mit unserer Wäsche«, schlug Joris vor. Er schob Fabio hinter sich, vielleicht aus Angst, dass Fabio etwas Falsches sagen könnte. »Dann sind wir fertig und längst verschwunden.«

Die drei Typen sahen sich an und lachten.

Alex sah hin und her zwischen Pete, der stetig weiter gegen die Maschine gedrängt wurde, und Fabio, den Joris versuchte, vor den Griffen des zweiten Typen zu schützen, und dem Dritten, der mit seinem Fuß gegen das Stuhlbein von Fiefies Stuhl kickte.

Alex spürte eine Gänsehaut über seinen Rücken klettern. Sie hatten sie da, wo sie sie haben wollten, erkannte er in einem Anflug von Beklemmung. Als hätten die Kerle darin Übung, hatten sie erreicht, dass sie getrennt waren. Wie Tiere auf der Jagd. Das erste Mal in seinem Leben hatte er Angst, keine unterschwellige sich langsam ausbreitende Angst, sondern eine, die seinen Körper in Alarmbereitschaft versetzte. Er hasste es, dass er einige Sekunden zu spät reagierte und wie erstarrt stehen blieb, statt Fiefie zur Hilfe zu eilen, dann passierte alles gleichzeitig.

Der eine Typ griff um Joris herum. Er schnappte nach Fabio und zog ihn zu Boden, während er ihn als Obdachlosen beschimpfte. Der zweite Typ trat den Stuhl um, auf dem Fiefie saß, und dieser ging mit Panik im Gesicht zu Boden. Es geschah alles so schnell, dass er nicht protestieren konnte und wie hypnotisiert nur Beobachter der Szene zu sein schien. Alex starrte zwischen Fabio, Pete, Joris und Fiefie hin und her und wusste, dass sie unterlegen waren, obwohl sie zu fünft waren. Das Letzte, was er sah, bevor endlich ein Ruck durch seinen Körper ging, war Joris, der versuchte, zu Fabio zu gelangen, aber einen Kinnhaken kassierte und nach hinten geschleudert wurde. Alex fing ihn auf und verhinderte so, dass er mit dem Kopf gegen die Maschine stürzte.

Schnell sah Alex sich nach Pete um, der von einem der Typen gegen die Maschine gepinnt wurde. Der Typ packte Petes Kinn und zwang ihn, zuzusehen, wie Fabio am Bein durch den Raum geschleift und der am Boden liegende Fiefie in den Bauch getreten wurde.

Schneller, als er gedacht hatte, lernte Alex den Unterschied zwischen einer begründeten und berechtigten Angst vor Menschen, die einem unheimlich waren, und dem Unbehagen wegen einer ungerechtfertigten Beurteilung lediglich aufgrund des Aussehens. Fabio und Fiefie waren wegen ihres Aussehens herausgepickt worden, und Pete wurde dafür bestraft, weil er seinen Mund aufgemacht hatte. Doch an Alex und Joris schienen die Drei nicht so viel Interesse zu haben. Ratlos tauschte er einen raschen Blick mit Joris aus, der verzweifelt aussah und mit einer hektischen Bewegung den Raum scannte. Statt Fabio oder Fiefie zu helfen, entschied Joris sich dafür, Pete zur Hilfe zu eilen und griff den Typen an, der Pete umklammert hielt. Alex zögerte. »Hilf mir«, schrie Joris ihn an, und endlich überwand Alex seinen Schockzustand und umgriff den Arm des Typen, damit er Pete nicht mehr festhalten konnte. Fiefies Schreie hallten durch den Raum, und Fabio stöhnte. Alex versuchte, das auszublenden und konnte sich nicht vorstellen, wie viel schwerer es Joris und Pete fallen musste, ihnen gerade nicht helfen zu können, immerhin kannten sie die Zwei viel länger und waren ihnen enger verbunden.

Doch er durfte sich von der brutalen Gewalt, die die Zwei erfuhren, nicht ablenken lassen, denn mittlerweile verstand er Joris' Entscheidung, zunächst Pete zu helfen. Es war besser, wenn sie zu zweit halfen, statt sich aufzuteilen. Danach wären sie schon zu dritt und konnten es vielleicht irgendwie mit den Gegnern aufnehmen, um möglichst unverletzt aus der Sache rauszukommen.

Sie schafften es zu dritt tatsächlich, den Angreifer zu Boden zu ringen und kesselten ihn ein. Als hätten sie sich abgesprochen, drängten sie ihn zur Tür hinaus, und tatsächlich rappelte der sich auf und ließ seine zwei Kumpanen alleine. Einzeln waren es halt doch Feiglinge, erkannte Alex mit einer gewissen Genugtuung. Wie erbärmlich. Draußen bemerkte Alex Leute, die zu ihnen hineinstarrten. Doch keiner kam herein und half, obwohl Fiefie und Fabio brutal geschlagen wurden und Pete im Gesicht blutete. Sie hielten den flüchtenden Schläger nicht einmal fest, um ihn später der Polizei zu übergeben. Sie blieben einfach stehen und starrten zu ihnen. Eine Frau schüttelte sogar missbilligend den Kopf in Alex' Richtung. Sah es für die Passantin so aus, als hätten sie Schuld an der Schlägerei? Alex war so empört, dass er für einen kurzen Moment vergaß, dass er gebraucht wurde.

Pete stürmte auf die anderen zwei Typen zu.

»Komm«. Joris zog Alex am Ärmel. Sofort drehte Alex sich um und ignorierte die Leute da draußen. »Hey«, schrie Pete. »Euer Freund ist weg. Wollt ihr es wirklich mit fünf aufnehmen? Oder lieber aufgeben?«

Einer der bulligen Kerle drehte sich herum und ließ endlich Fiefie los, der zusammengesunken auf dem Boden saß und seine blutige Nase hielt.

»Hallo«, schrie Pete noch lauter, um die Aufmerksamkeit des Typen zu erhalten, der weiterhin auf Fabio eintrat.

Endlich hatte er Erfolg, denn der dritte Schläger drehte sich um und musterte Alex, Joris und Pete.

Rasch sah Alex zu Fabio, der zusammengekrümmt auf dem Boden lag. Er presste seine Hände auf den Bauch, aber er signalisierte ihnen, dass es ihm gut ging, und auch Fiefie schien zum Glück nicht ernsthaft verletzt zu sein. Er stand auf und verschränkte seine Arme vor der Brust. Sein Kinn reckte er stolz in die Höhe. Joris trat zu Fabio und zog seinen Freund in eine aufrechte Position. Unbemerkt waren die beiden Brutalos von ihnen umzingelt worden. Sie waren in der Falle. Das Blatt wendete sich, und Alex empfand ein tief verbundenes Gefühl mit seinen Leuten, als er fast simultan mit ihnen einen Schritt nach vorne ging und so die beiden Schläger noch weiter einkesselte.

»Warum lasst ihr euch auf diesen Abschaum ein?«, fragte der Größere und trat langsam näher an Pete, den er wohl als Hauptgegner einschätzte. »Wieso«, fragte Pete und hob die Schultern. »Wir lassen uns doch gar nicht auf euch ein.«

»Du findest das lustig?«, keifte der Typ.

»Die kommen in unser Land und sind kriminell«, verteidigt der andere seine Tat.

Ungläubig sah Alex ihn an und runzelte die Stirn. Wie absurd dieser vollkommen unpassende Vorwurf doch war, dachte er. Die Wut verdrängte die Angst, und der Zorn auf die Schläger wurde so groß, dass sich sein Bauch zusammenzog und er einen scharfen Schmerz im Kopf verspürte. Es war so ungerecht! So himmelschreiend unfair.

»Wir sind alle fremd in eurem Land. Wir kommen aus Deutschland«, erläuterte Pete in einem sachlichen Ton. »Das müsst selbst ihr bemerkt haben, da wir kein Schwedisch reden.«

»Außerdem sehe ich in diesem Raum nur zwei Kriminelle, und das seid ihr«, fügte Alex hitzig hinzu.

Der Kleinere drehte sich nun zu Alex um, und auf einmal war die Angst wieder da, und er musste schlucken. Er ging instinktiv einen Schritt nach hinten.

»Hey«, schrie Pete und schnippte mit dem Finger, um die Aufmerksamkeit erneut auf sich zu lenken. »Hier spielt die Musik.«

Beide drehten sich zu Pete um, sichtlich genervt von ihm. Alex atmete auf. Er wechselte einen erleichterten Blick mit Fiefie und nickte Joris zu, der eine Geste machte, dass er sich raushalten sollte.

»Mein Vorschlag an euch: Wir beeilen uns. Ihr geht einen Kaffee trinken. Und danach habt ihr den ganzen Waschsalon für euch«, sagte Pete und klang dabei bewundernswert diplomatisch.

»Willst du mich verarschen, du Gutmensch?«, fragte einer der bulligen Typen.

»Nein, ich versuche, einen Kompromiss zu erreichen«, teilte Pete ihm mit und streckte eine Hand als friedliche Geste aus. »Kommt schon, das ist es doch nicht wert, oder?«

»Du bist ja wirklich eine woke Schlampe«, grinste der Schläger, der zuvor mit Pete gesprochen hatte. Anschließend schlug er Pete direkt ins Gesicht, und Pete wurde nach hinten geschleudert.

Damit hatte Alex nicht gerechnet. Er hatte geglaubt, sie hätten sie überzeugt, dass es eine friedliche Lösung geben könnte. Fast sofort stürzte Alex zu Pete, um ihm zu helfen. Im gleichen Moment packte der kleinere Schläger ihn, und dann sah Alex eine Faust auf sich zukommen. Er fiel, und während alles um ihn herum schwarz wurde, dachte er, dass Pete der mutigste Mensch war, den er kannte, und der mit dem größten Gerechtigkeitssinn. Er hörte Schreie, aber er wusste nicht, wer schrie. Endlich gesellte sich Stille zu dem Schwarz vor seinen Augen.

*

Alex bekam von dem Rettungsassistenten ein Kühlpad in die Hand gedrückt, anschließend sah sich dieser die restlichen Verletzten an. Alex wusste, dass es die anderen wesentlich schlimmer getroffen hatte, dennoch kam er nicht dagegen an, sich selbst mächtig leidzutun. Es war seine erste Schlägerei gewesen. Noch nie war ihm grundlos Gewalt angetan worden. Bis jetzt hatte er geglaubt, das passiere nur in Filmen. Oder in Büchern. Aber nicht im echten Leben. Nicht ihm. Aber es war passiert. Er spürte die Folgen in Form eines heftigen Pochens unterhalb des Auges und langsam anschwellenden Kopfschmerzen. Die Faust des verrückten Schlägers hatte seine Wange getroffen. Laut Notärztin schien nichts gebrochen zu sein, doch es tat höllisch weh, und ihm war immer schwindelig von seiner kurzzeitigen Ohnmacht. Kurz nachdem er wieder zu sich gekommen war, hatte die Polizei den Waschsalon gestürmt und sie voneinander getrennt, sodass sie sich nicht absprechen konnten. Es erinnerte Alex an das Verhalten der Gewalttäter, und es fühlte sich nicht fair an. Nachdem die Polizei die Lage sondiert hatte, wurde ein Krankenwagen und ein notärztliches Team hinzugerufen. Vorsichtig sah Alex sich um und spürte, wie schummrig ihm wurde, wenn er seinen Kopf bewegte. Zwei der Mediziner kümmerten sich um Fiefie und den Schläger, der Alex umgeboxt hatte. Was danach passiert war, wusste Alex nicht, aber aus ersten Gesprächsfetzen reimte sich Alex die weiteren Geschehnisse zusammen. Fiefie hatte den Anblick seiner Freunde wohl nicht ertragen und so fest zugeschlagen, dass der Angreifer nach hinten gestolpert war und mit dem Hinterkopf auf dem Plastikstuhl gelandet war, den sein toller Kumpel zuvor noch weggetreten hatte.

Die Notärztin kümmerte sich um Fabio, den es am schlimmsten erwischt hatte. Kurz nachdem die Sache eskaliert war, musste er irgendwas getan haben, um den Schläger von Joris abzulenken, woraufhin dieser auf Fabio losgegangen war. Als das Einsatzteam der Polizei eingetroffen war, war Fabio wohl gerade dabei gewesen, sich zu wehren. Der Schläger, der Fabio so übel zugerichtet hatte, war abgehauen. Er hatte nicht nur sein Opfer, sondern auch seinen Kumpel einfach liegengelassen.

Pete und Joris waren ohne ernste Verletzung davongekommen, lediglich Petes Hand tat weh. Zumindest rieb er sie. »Hast du ihnen gesagt, dass sie wehtut?«, murmelte Alex, damit die Polizistin, die in ihrer Nähe stand, nicht mitbekam, dass sie miteinander redeten.

»Ich will sie nicht von den wirklichen Verletzten ablenken«, sagte Pete und winkte ab.

Alex reichte ihm das Kühlpad. »Danke«, sagte Pete leise und drückte das Gelkissen auf die Hand, die bereits leicht geschwollen war.

»Okay, bei mir sind alle vernehmungsfähig«, sagte der Rettungshelfer, nachdem er Fiefies Nase versorgt hatte. Er stand auf und packte sein Equipment ein.

»Hier ebenso. Geprellte Rippen und eine Platzwunde. Aber vernehmungsfähig.« Die Notärztin half Fabio hoch und führte ihn zu einem der Stühle.

Gerade als Joris losstürmen wollte, um seinen Partner zu stützen, machte die Polizistin ein empörtes Geräusch und zeigte ans andere Ende des Raumes, um Joris zu signalisieren, dass er bleiben solle, wo er war.

Die Beamten und Beamtinnen warteten, bis sie den Wäschesalon verlassen hatten, und Alex spürte, wie sich seine Kopfschmerzen verstärkten. Sein Herz klopfte heftig. Aus irgendeinem Grund vernahm er eine bedrohliche Stimmung und hatte das Gefühl, dass das Ganze nicht so glimpflich ausgehen könnte. Doch sie hatten gar nichts getan!

Für die Vernehmungen verteilten sich die vier Polizeikräfte. Die Befragungen wurden in einer Mischung aus Schwedisch und Englisch durchgeführt.

Alex, der gemeinsam mit Joris dazu verdammt war, untätig am Rand zu stehen, versuchte zuzuhören, doch er konnte nur Gesprächsfetzen erhaschen. Und was er mitbekam, gefiel ihm nicht. Für die Polizei schien der Fall wohl recht einfach: Eine Gruppe von Männern begann eine Schlägerei. Sie wollten weder nach den abgehauenen beiden Schlägern suchen, noch schienen sie in Fiefie, Fabio und Pete die Opfer zu sehen.

Sie gingen außerdem recht grob vor. Drückten Fiefie auf den Stuhl zurück, als dieser aufstehen wollte, redeten laut gegen Pete an, als dieser eine Diskussion begann, und nahmen keine Rücksicht darauf, dass Fabio sich wegen seiner geprellten Rippen nicht ohne Schmerzen aufrecht halten konnte.

»Irgendwas stimmt da nicht«, flüsterte Alex in Joris' Richtung.

»Da stimmt gar nichts«, stimmte Joris ihm zu. Seine Stirn war gerunzelt, seine Lippen bebten, und seine Hände waren zu Fäusten geballt. Er versuchte, sie hinter seinem Körper zu verbergen, aber Alex hatte es gesehen.

Als er die Hand ausstreckte, um Joris Trost zu vermitteln, ging einer der Polizisten zwischen sie und setzte sie weiter auseinander.

Schließlich ging eine der Beamtinnen zur Tür und rief die Rettungsassistenten zurück. Sie hatten vor dem Waschsalon gewartet, was Alex gar nicht mitbekommen hatte. Die Frau deutete an, dass der Mann, den sie vernommen hatte, fertig war und ins Krankenhaus abtransportiert werden konnte.

Erleichtert atmete Alex aus. Es schien, als wollten sie alle befragen und schickten sie dann ins nächste Krankenhaus, damit sie auf weitere Verletzungen untersucht werden konnten. Vielleicht ging das Ganze doch gut aus.

Die Polizistin, die nun frei geworden war, winkte ihn zu sich heran, und Alex musste sich auf den Stuhl setzen, wo zuvor dieser bullige Neo-Nazi gehockt hatte. Alles in ihm sträubte sich, aber als er zu lange wartete, nahm ihm die Ordnungshüterin die Wahl ab und stieß ihn unsanft auf den Stuhl.

Aus dem Augenwinkel sah Alex, dass auch Joris befragt wurde. Doch als alle mit ihrer Vernehmung durch waren, wurden die Rettungskräfte nicht erneut geholt. Alex verzog das Gesicht. Die Unruhe überkam ihn wieder.

Sein Kopf schmerzte, und er wollte so schnell wie möglich ins Camp zurück und die Schwellung am Jochbein kühlen. Einfach zwei Ibuprofen nehmen und hören, was die Restlichen zu dieser Geschichte sagten. Deswegen fügte er sich. Lächelte die Beamtin an und versuchte, einen möglichst freundlichen Eindruck zu machen, ohne dass dabei seine Wangenknochen zu sehr bewegt wurden.

Die Befragung ging schneller zu Ende, als er befürchtet hatte. Die Polizistin machte einen interessierten Eindruck, notierte sich alles und versprach ihm, nach den beiden Schlägern zu fahnden, die aus dem Waschsalon getürmt waren. Alex fühlte sich ruhiger, obwohl die Tatsache, dass man sich dazu entschieden hatte, ausgerechnet den Schläger ins Krankenhaus zu fahren, Fabio aber weiter zwang, aufrecht im Stuhl sitzen zu bleiben, obwohl er Schmerzen hatte, nicht unbedingt dazu beitrug. Er sprach die Polizistin darauf an. Sie versicherte ihm, dass der Schläger so schwer verletzt worden war, dass er weiter untersucht werden musste, dass man sich aber auch um die anderen Verletzten kümmern würde. Alex versuchte, tief durchzuatmen.

Die vier Polizeikräfte zogen sich in eine Ecke des Waschsalons zurück und beratschlagten sich. Sie forderten sie auf, dass alle an Ort und Stelle bleiben sollten. Somit war es ihnen weiterhin nicht möglich, miteinander zu kommunizieren.

Alex sah zu Fabio, der gekrümmt auf seinem Stuhl saß, und danach zu Fiefie, der seine Augen geschlossen und seinen Kopf in die Hände gelegt hatte. Er war rassistisch beleidigt worden. Die drei Hooligans hatten ihn für sich herausgepickt aufgrund äußerlicher Merkmale, die keinerlei Unterschied machen sollten. Sie hatten ihn gedemütigt und beleidigt. Und geschlagen. Brutal getreten. Und um dem Ganzen noch eine empörende Pointe draufzusetzen, musste er dabei zusehen, wie sein Angreifer ins Krankenhaus gefahren wurde, während er hier ausharren musste. Als wäre er der Angreifer gewesen.

Mühsam wandte Alex seinen Kopf und sah zu Pete und Joris. Joris bebte, seine Schultern hoben und senkten sich, während er sich immer wieder am Kopf kratzte und auf seiner Lippe herumbiss. Er stand unter Strom. Bald würde er explodieren. Oder zu Fabio rennen. Oder laut schreien. Alex versuchte, Blickkontakt zu ihm herzustellen, um ihn zu beruhigen, aber die Augen von Joris bewegten sich hin und her, als würden sie den Raum nach einer Fluchtmöglichkeit absuchen.

Dann sah er zu Pete. Der wirkte konzentriert. Nachdenklich. Der Einzige von ihnen, der im Moment fähig war, einen klaren Gedanken zu fassen? Pete nickte, aber Alex hatte keine Ahnung, was diese Geste bedeuten sollte. Doch er nickte zurück, und es fühlte sich gut an, in einem kurzen Austausch mit Pete zu sein.

Möglicherweise war das die einzige Bedeutung des Nickens gewesen? Eventuell wollte Pete ihm nur sagen, dass sie da gemeinsam reingerutscht waren. Und dass sie gemeinsam rauskommen würden.

Die Polizei sprach Schwedisch, weswegen Alex kein Wort verstand. Er fragte sich, ob man in so einer Situation kein Recht auf die englische Sprache hatte. Pete fand das nicht gut. Obwohl er zuvor so ruhig gewirkt hatte, stand er auf und reichte im Vorbeigehen Alex das Gelkissen, das kaum noch Kühle abgab. Er stürmte nach vorne und sagte etwas auf Schwedisch. Alex hob die Augenbraue, weil er erstaunt war, wie gut Pete die Sprache beherrschte. Als die beiden Polizisten nach Fabio griffen, ihm nach oben halfen und ihm Handschellen umlegten, während sie ihn auf Englisch über seine Rechte aufklärten, stand auch Joris auf und eilte nach vorne. Geschockt starrte Alex auf die Szenerie und spürte, wie sich sein Schmerz an der Stelle, wo er geschlagen worden war, verschlimmerte. Sein Herz raste. Warum wurde Fabio verhaftet? Mit Handschellen? Und das, obwohl Fabio durch die Tritte in den Bauchraum kaum aufrecht stehen konnte. Alex hatte einen schalen Geschmack im Mund. Ja, er hatte recht gehabt: Es lief nicht gut für sie.

Ein Tumult brach durch Fabios Verhaftung aus, und alle standen auf.

»Aus welchem Grund wird er festgenommen?«, fragte Pete auf Englisch.

»Wir möchten die Beteiligten der Schlägerei in Ruhe befragen«, antwortete der Polizist ebenfalls auf Englisch.

»Er hat sich an keiner Schlägerei beteiligt, er ist zu Boden gerissen und geschlagen und getreten worden«, rief Joris. Er trat vor, griff nach Fabios Hemd und zog es hoch. Seine linke Taille war gerötet von den Tritten, und an einigen Stellen blutete er.

Sofort ging der Polizist nach vorne und drängte Joris von Fabio weg, ohne etwas zu sagen.

»Sie können mich nicht lange festhalten«, beruhigte Fabio sie und wirkte, als hätte er schon dutzende Male eine Festnahme miterlebt. Vielleicht war dem auch so. Aber es bedeutete nicht, dass Fabio keine Angst hatte. Ganz im

Gegenteil. Sie spiegelte sich in seinen Augen wider. Nie zuvor hatte Alex Fabio so blass gesehen, nicht einmal, als er zu viel gekifft und sich danach zwei Tage lang übergeben hatte.

Er verlagerte sein Gewicht und verzog dabei sein Gesicht. Als wolle er Joris gegenüber zuversichtlich tun, weil der so verzweifelt wirkte. Aber es gelang ihm nicht. Er konnte die Panik, die ihn überkam, nicht verbergen. Er schien außerdem große Schmerzen zu haben, umso mehr war Alex verwundert, dass man ihn verhaftete, statt ihn in ein Krankenhaus zu bringen. »Muss er nicht zu einem Arzt?«, fragte er die Beamtin, die ihn verhört hatte und einen vernünftigen Eindruck machte.

Doch sie ignorierte ihn, obwohl sie ihn gehört haben musste.

»Ist okay«, sagte Fabio in seine Richtung, doch er war der Einzige, der reagierte, weil Joris und Pete mit den Polizisten diskutierten, während Fiefie wie in Schockstarre auf seinem Stuhl sitzen blieb. Alex konnte es ihm nicht verdenken. Trotzdem fühlte er sich vollkommen überfordert mit der Situation. Alex hatte den Eindruck, dass Fabio wusste, dass sowieso nichts mehr half. Die Resignation überstrahlte die überdeutliche Furcht, vor dem, was kommen würde, und den Schmerzen, die er haben musste.

Alex griff nach Pete. »Er hat Schmerzen«, sagte er. Er hatte irgendeine verzweifelte Hoffnung, dass Pete es in Ordnung bringen konnte. Es musste ihm doch einfallen.

»Das ist nicht richtig«, protestierte Joris und sah zu Fabio. Er griff zu ihm, doch der Polizist, der Fabio die Handschellen angelegt hatte, schlug die Hand erstaunlich brutal weg. Joris wandte sich wieder an die Polizistin, die neben ihm stand. »Er hat Schmerzen, nehmen Sie ihm wenigsten die Handschellen ab!«

Doch die Polizistin ignorierte ihn erneut und ging zu Fiefie, der nicht einmal den Kopf hob. Seine Schultern schienen weiter abzusacken. Er wusste, was kommen würde. Und Alex wusste es auch.

Nach allem, was man Fiefie heute angetan hatte, würde nun der finale demütigende Schlag hinzukommen. Es war so verdammt unfair.

Die Polizistin sagte etwas auf Schwedisch zu ihrem Kollegen, und aufs Neue mischte Pete sich ein. Diesmal blieb Joris stumm, verschränkte die Arme vor der Brust und schüttelte den Kopf. Er schien ebenfalls aufgegeben zu haben. Alex beherrschte die Sprache zu wenig, aber er bekam mit, dass auch Fiefie festgenommen werden sollte.

»Das ist falsch«, flüsterte er in Alex' Richtung, dessen Herz heftig in der Brust klopfte. Alex fragte sich, ob Joris von ihm Hilfe erwartete, doch er fühlte sich komplett hilflos.

»Wir sollten nicht mehr diskutieren «, sagte Pete und legte einen Finger auf den Mund. »Lasst mich reden. Seid einfach ruhig«, bat er hastig.

Wenigstens schien Fiefie keine Schmerzen beim Laufen zu haben, doch sein Gesicht sah übel aus. Er war mehrmals ins Gesicht geschlagen worden, und Alex spürte die Nachwehen des Schlages im Gesicht nur zu gut. Er versuchte Blickkontakt mit Fiefie aufzunehmen, doch sein Freund sah immer noch auf den Boden, als hätte er keine Kraft, sich der Realität zu stellen.

Als die Polizisten ihn vorschoben, verkrampfte er sich.

»Wehrt euch nicht«, sagte Pete laut auf Deutsch in Richtung von Fabio und Fiefie. »Sonst tun sie euch weh. Für den Moment tut ihr, was sie sagen. Außer Reden. Sagt einfach gar nichts.«

Sofort hörte Fiefie auf, sich gegen die grobe Behandlung durch den abführenden Beamten zur Wehr zu setzen. Endlich hob er den Kopf und sah Pete kurz an. Zu ihm schien er großes Vertrauen zu haben. Alex konnte es ihm nachfühlen, denn Pete machte den Eindruck, als hätte er irgendwie einen Plan.

Pete ging einen Schritt mit Fiefie und Fabio mit. »Besteht auf euren Telefonanruf und ruft die Mädels auf dem Handy an. Am besten Steffi, sie hat ihr Handy an«, sagte er weiterhin auf Deutsch. Die Polizisten, die Fabio und Fiefie fortführten, versuchten, ihn wegzudrängen, doch er wehrte sich dagegen. Das hatte zur Folge, dass die Polizisten Fiefie und Fabio nicht weiterführen konnten, sondern sich erst um Pete kümmern mussten. Während eine der Polizistinnen auf Schwedisch auf ihn einredete, brüllte er Fiefie und Fabio weitere Anweisungen zu und machte gar nicht den Eindruck, als hätte er ein Interesse an einem Austausch mit den Polizeikräften. Nein, alles, was er tat, war eine Ablenkung, damit er in Kontakt mit den beiden Verhafteten bleiben konnte. »Tut, was sie sagen, wehrt euch nicht. Ruft Steffi an. Und verweigert jede Aussage!«

Jetzt trat die Polizistin energischer dazwischen und trennte Pete endgültig von den beiden anderen. Pete blieb stehen. »Macht euch keine Sorgen«, rief er, als die Polizisten Fiefie und Fabio wieder am Ellenbogen ergriffen und zu einem der Polizeiautos führten.

Die Menschenmenge war nicht weniger geworden, stand im Halbkreis um den Wäschesalon und gaffte hinein. Als Fiefie und Fabio ins Auto gesetzt wurden, machten sie mit ihren Smartphones Fotos. Alex machte das fast wütender als die Festnahme.

Niemand von ihnen war gekommen, um zu helfen. Und niemand schien gewillt zu sein, ihnen beizustehen. Sie hatten doch alle gesehen, dass die Aggression von dem fremden Trio ausgegangen war und dass zwei der Angreifer geflüchtet waren. Je länger die Polizei damit beschäftigt war, sie zu verhören, desto weiter konnten sie fliehen. Vermutlich waren sie längst über alle Berge.

Er machte sich ebenfalls auf eine Festnahme gefasst. Zwar war es mehr als unfair, weil sie Opfer einer Straftat geworden waren, doch Alex versuchte verzweifelt, daran zu glauben, dass es lediglich darum ging, dass sie eine Zeugenaussage machten. Aber warum in dem Fall Handschellen? Warum die barsche Behandlung von zwei Verletzten? Und warum wurden Fiefie und Fabio ins Auto geführt, während sie hier stehen gelassen wurden?

»Das ist so falsch«, fauchte Joris erneut. Pete legte ihm die Hand auf den Rücken. »Ich glaube nicht, dass wir etwas bezwecken konnten. Die haben sich längst entschieden und auf Fiefie und Fabio eingeschossen. Hatten sie Gras dabei?«

Joris schüttelte den Kopf. Das Polizeiauto mit Fiefie und Fabio fuhr davon, ohne dass sich jemand um sie kümmerte. Joris zitterte am ganzen Leib. »Habt ihr gesehen? Er konnte kaum laufen! Und trotzdem haben sie ihn wie einen Schwerverbrecher abgeführt.«

»Die Handschellen waren nicht zulässig«, murmelte Pete. Alex drückte das mittlerweile warme Kühlkissen gegen sein Gesicht und versuchte zu verstehen, warum die Polizisten den Rest von ihnen nicht festnahm.

»Was ist mit uns?«, fragte Alex.

Pete schüttelte den Kopf. Dieses Mal wusste Alex, was die Geste bedeutete. Er sollte leise sein, weil Pete nachdenken musste. Er sah zu Joris, welcher die Lippen aufeinanderpresste.

»Offensichtlich wollen sie nur die beiden«, schlussfolgerte er.

»Lasst mich kurz nachdenken. Ich muss mich konzentrieren«, bat Pete und griff mit seinen verletzten und geröteten Fingern gegen die Stirn.

Die beiden Polizisten fuhren mit Fiefie und Fabio davon. Tatsächlich. Einfach so. Alex glaubte nicht, dass das korrekt sein konnte. Niemand durfte ein Opfer einer Straftat auf diese Art abführen. Ganz sicher nicht.

»Lass mich reden, Joris«, sagte Pete leise, als eine der Polizistinnen auf sie zukam. »Reg dich nicht auf. Und Alex, bleib‹ ruhig.«

»Okay«, sagte Alex und hoffte, dass sie keine Gewalt anwandten, wenn sie ihn ebenfalls festnahmen. Er spürte eine weitere Angst, keine akute um seine Gesundheit wie zuvor, als die Männer sie auseinandergetrieben hatten, sondern eine subtile Unruhe, die sich in seinem ganzen Körper ausbreitete. Er war noch nie in seinem Leben festgenommen worden.

Wieder fragte er sich, warum sie überhaupt festgenommen wurden. Sie waren doch die Opfer. Sie sollten am nächsten Tag als Zeugen eingeladen werden, aber nicht in Handschellen abgeführt!

»Ich versuche es«, sagte Joris gereizt.

»Ruhe bewahren«, bat Pete eindringlich und sah Joris streng an.

Wenigstens, so dachte Alex voller Selbstironie, würde er nach seiner Reise was zu erzählen haben. Selbst wenn er keine Nordlichter sehen sollte, so würde seine Festnahme eine riesige Story zu Hause werden.

»Ich brauche noch Ihre Kontaktdaten, dann können Sie gehen«, sagte eine der Polizistinnen auf Englisch, während die andere einen Notizblock zückte und sie auffordernd ansah.

»Wie bitte?«, fragte Joris wütend.

Pete stieß ihn mit dem Ellenbogen an und schüttelte den Kopf. »Wie meinen Sie das?«, fragte er die Polizistinnen. »Warum werden wir nicht festgenommen?«, fragte Pete.

»Wir nehmen die tatsächlich an der Schlägerei beteiligten Personen fest«, sagte die Beamtin, die Alex zuvor verhört hatte, geduldig.

»Das war keine Schlägerei«, sagte Alex und ignorierte Petes grimmige Blicke.

»Nein, Fabio und Fiefie wurden zu Boden gerissen und mehrmals getreten und ins Gesicht geschlagen«, meinte Joris, und seine Augen sahen feucht aus. Er wandte sich ab und schüttelte den Kopf.

Pete seufzte, anschließend schob er Alex nach hinten und trat gleichzeitig einen Schritt nach vorne. »Warum nehmen Sie unsere zwei Freunde fest und uns nicht? Finden Sie nicht, dass sich das irgendwie unbehaglich anfühlt?«

Der Polizistin versuchte, Haltung zu bewahren, aber ihre Lippen zuckten. »Wir haben kein Auto mehr, um Sie mitzunehmen. Auf den Motorrädern geht das nicht. Bitte geben Sie uns Ihre Kontaktdaten, eventuell werden wir sie vorladen.«

»Sie haben die Kapazität für zwei Personen und entscheiden sich dazu, die zwei Opfer festzunehmen, die es am übelsten getroffen hat?«, hakte Pete nach.

»Die Verletzungen deuten an, dass sie am aktivsten an der Schlägerei beteiligt waren«, versuchte die Beamtin, sich zu verteidigen. Ihre Kollegin verdrehte die Augen und schien nicht damit zufrieden zu sein, dass ihnen gestattet wurde, mit ihnen zu diskutieren. »Die Verletzungen deuten lediglich an, dass sie am heftigsten zusammengeschlagen wurden« korrigierte Pete wütend. Er verschränkte die Arme vor der Brust. »Was ist mit dem Schläger, der uns angegriffen hat? Warum wurde er nicht festgenommen?«

»Seine Verletzung am Kopf war zu schlimm. Seien Sie versichert, auch ihn werden wir befragen«, verteidigte die Beamtin das Vorgehen.

»Und die anderen zwei?«, fragte Pete.

Dieses Mal blieb die Beamtin stumm, nachdem ihre Kollegin ihren Arm umfasst hatte, vielleicht als leise Aufforderung, sich nicht auf Diskussionen einzulassen.

Pete trat noch ein Schritt nach vorne. »Finden Sie nicht, dass das ein bisschen nach institutionellem Rassismus aussehen könnte?«

Plötzlich trat die Polizistin, die mit ihnen gesprochen hatte, einen Schritt zurück. Ihr war sichtlich unwohl. »Möchten Sie etwa auch festgenommen werden?«

»Ja, warum nicht? Wenn meine Freunde festgenommen werden, warum nicht auch ich?« Pete hielt ihr beide Handgelenke hin.

»Sie möchten festgenommen werden, freiwillig?«, erkundigte sich die Polizistin erneut und rieb sich über die Stirn.

»Wir wollen alle festgenommen werden«, warf Joris ein.

Pete warf ihm einen strengen Blick an. »Nein, nur ich möchte festgenommen werden. Die beiden wollen das nicht.«

Die Beamtinnen tauschten sich aus. Es war Schwedisch, weswegen Alex nichts verstand, doch Pete schien es zu erheitern. Er drehte sich zu ihnen um. Seine Lippen waren zu einem Grinsen verzogen, das auf eine Mischung aus Verzweiflung und Amüsiertheit hindeutete. »Auf den Motorrädern dürfen sie niemanden mitnehmen. Sie müssten extra ein Auto anfordern.«

»Hören Sie, wir sind kein Taxiunternehmen. Wenn Sie aussagen möchten, sollten Sie sich ein Taxi rufen«, erwiderte die zweite Polizistin, die sich bis jetzt zurückgehalten hatte, und setzte ihre Mütze ab. Sie kratzte sich am Kopf, was dazu führte, dass ihr strenger Knoten gelockert wurde, anschließend setzte sie sich die Mütze wieder auf und sah auf ihr Notizbuch. »Würden Sie mir nun bitte Ihre Daten geben?«

»Ich gestehe, ich war an der Schlägerei beteiligt«, sagte Joris und hob seine Hand. Er zeigte auf das gerötete Handgelenk und den geschwollenen Fingerknochen. »Ich gestehe sogar, dass ich den einen Typen geschlagen habe.«

Die Polizistin stöhnte. Dann nahm sie ihr Funkgerät und bellte etwas auf Schwedisch hinein.

»Ihr lasst euch nicht festnehmen«, zischte Pete und drehte sich zu Joris und Alex um. »Ich lasse mich festnehmen, weil ich nicht einsehe, dass sie lediglich Fabio und Fiefie mitnehmen, aber wir können uns nicht alle festnehmen lassen. Ihr zwei müsst zurück zum Camp. Lasst mich das machen. Ich bin schon dutzende Male festgenommen worden und kenne mich besser aus als ihr. Wenn es hart auf hart kommt, kommen wir nur auf Kaution frei, und so viel Geld haben wir nicht. Deswegen bleibt entspannt und vertraut mir.«

Joris öffnete den Mund.

»Verstanden?«, fragte Pete streng und packte Joris am Nacken, um ihn näher zu sich heranzuziehen. Er presste seine Stirn gegen die von Joris und drückte ihn grob an sich heran. So zwang er ihn dazu, ihm in die Augen zu schauen.

»Ich mache mir Sorgen«, sagte Joris. »Das wird schlimme Erinnerungen bei Fabio wecken. Du weißt, dass er nicht stabil ist. Und Fiefie … Verdammt, Pete, wer weiß, was sie mit ihm machen, wenn sie ihn wirklich aus rassistischen Gründen festgenommen haben.«

Pete presste seine Lippen zusammen. »Ich weiß. Deswegen ist es gut, wenn ich auch dort bin. Eventuell stecken sie uns zusammen. Ist zwar unwahrscheinlich, aber vielleicht kann ich sie sehen oder zumindest einen Arzt hinzurufen.«

»Mir ist nicht wohl dabei«, betonte Joris.

»Sie dürfen uns nicht lange festhalten. Ich wette mit dir, wir werden uns in wenigen Stunden melden, und ihr könnt uns abholen«, versicherte Pete. »Daran glaubst du selbst nicht«, murmelte Joris.

»Nein«, gab Pete zu. »Aber ihr müsst trotzdem Ruhe bewahren.«

»Aber ...«

»Ihr müsst zurückfahren und Steffi sagen, dass sie ihr Handy angeschaltet und geladen lassen soll«, unterbrach Pete ihn. »Wir werden uns melden. Und ruft den Anwalt an, der uns damals wegen des Einbruchs im Schweinestall verteidigt hat. Beauftragt ihn aber noch nicht. Das kostet uns sonst ein Vermögen.« Pete seufzte.

»Scheiße«, sagte Joris.

»Ich habe Geld«, sagte Alex eilig. Es tat ihm leid, dass er so wenig hilfreich war. Aber so konnte er behilflich sein. »Für die Kaution zum Beispiel.«

Pete legte ihm die Hand auf die Schulter. »Danke«, sagte er. »Das werden wir sicher benötigen.«

»Das ist so unfair«, betonte Joris.

Alex wollte ihm sagen, dass es wenig produktiv war, wenn er das ständig wiederholte, aber plötzlich hielt er inne. Joris sah echt schlecht aus, mit Tränen in den Augen und ganz offensichtlich in sehr großer Sorge um seinen Partner und um Fiefie. Sie mussten jetzt ihre Nerven behalten und zusammenhalten, nichts anderes versuchte Pete, ihnen die ganze Zeit zu sagen. »Wir schaffen das«, sagte er zu Joris und hoffte, dass das Joris etwas half.

Sie wurden von den beiden Polizistinnen unterbrochen. »So, Sie wollen wirklich festgenommen werden?«, sagte die eine.

»Ja«, sagte Pete knapp.

Die zweite Polizistin sah Alex und Joris an. »Sie auch?«, fragte sie genüsslich und hob eine Augenbraue. »Nur um zu wissen, wie viele Autos ich herbestellen muss.«

»Ein Auto reicht«, sagte Joris kühl, nachdem er mit Pete einen Blick ausgetauscht hatte.

Die Polizistin schüttelte den Kopf, dann ging sie nach draußen. Ihre Kollegin folgte ihr. Sie schienen kein Interesse daran zu haben, bei Pete zu bleiben.

Vielleicht hofften sie sogar darauf, dass er floh und sie endlich den Tatort verlassen konnten.

Während sie darauf warteten, dass Pete abgeführt wurde, räumten sie die Waschmaschinen aus, die in der Zwischenzeit fertig waren. Sowieso war sehr viel Zeit vergangen, und Alex befürchtete, dass sich die anderen schon Sorgen machten. Mit einem Ruck kam alles hoch, was er zuvor verdrängt hatte. Seine Augen wurden immer schlechter, und wenn sie noch lange hier warten mussten, konnte er nicht mehr fahren. Und ob Joris in der Lage war zu fahren, konnte er schlecht einschätzen.

Die beiden Beamtinnen standen in der Tür und beobachteten sie missmutig. Alex hoffte, dass sie sich wenigstens richtig blöd dabei fühlten, auf das Auto zu warten.

»Eigentlich können sie uns nur bis morgen festhalten, im allerschlimmsten Fall. Und es spricht nichts gegen uns«, versicherte Pete, weil Joris ständig mit der Hand an seine Stirn griff und den Kopf schüttelte.

»Eigentlich«, murmelte Joris wenig überzeugt.

»Ich bin mir sicher, sie lassen uns spätestens morgen gehen«, versuchte es Pete erneut. »Wenn es mit rechten Dingen zugehen würde, müssten sie uns alle freilassen, sobald sie unsere Aussage aufgenommen haben.«

Gerade als Alex fragen wollte, ob sie ihnen Zahnbürsten vorbeibringen sollten, kamen die Polizistinnen zurück.

»Ich ruf euch nachher an«, raunte Pete ihnen zu, dann ging er raus und ließ sich widerstandslos festnehmen.

»Wir sehen uns spätestens morgen«, rief Alex, in der Hoffnung, Pete so etwas Zuversicht zu vermitteln.

»Ja, bis morgen«, versprach Pete, und in seiner Stimme schwang bedeutend mehr Zuversicht als in seiner eigenen.

»Scheiße«, murmelte Joris und schüttelte den Kopf, als Pete abgeführt wurde. »Wir schaffen das«, sagte Alex und klopfte Joris unbeholfen auf die Schulter.

Seufzend sah Joris ihn an, anschließend umfasste er seinen Arm. »Okay«, sagte er. »Lass uns versuchen, die ganzen Klamotten zu zweit zum Auto zu schleppen.«

*

»Darf ich dich was fragen?« Alex wusste, dass er sehr persönliches Terrain betrat, aber vielleicht waren sie längst an einem Punkt, an dem Zurückhaltung nicht mehr angebracht war.

Er schaltete runter, um nach der Kurve besser beschleunigen zu können. Alex hatte angeboten, zu fahren, denn noch war es dafür hell genug. Joris wirkte außerdem zu aufgewühlt. Nachdem er abgebogen war, sah er Joris an.

»Fabio war im Gefängnis?«

Joris nickte. Er rieb sich über die Stirn. »Ja, ein Jahr lang.«

Alex unterdrückte den Impuls, abrupt zu bremsen. »Ein Jahr? Warum? Wegen Drogen?«, fragte er laut.

Joris sah zum Fenster hinaus. »Nein, Körperverletzung. Er hat seinen Vater schwer verletzt, nachdem dieser Hannah den Arm gebrochen hat.« Er verzog sein Gesicht. »Ich hoffe, das verwenden sie nicht gegen ihn.«

»Ach du Scheiße«, murmelte Alex.

Joris seufzte. »Das kannst du laut sagen. Wenn er mit seiner Vorstrafe eine weitere Anzeige wegen Körperverletzung bekommt, wird es schwer.« Joris lehnte sich vor und presste die flache Hand gegen das Handschuhfach. »Verdammt, warum sind wir nicht einfach abgehauen, als die drei Typen unsere Waschmaschinen wollten?«

»Weil wir keine Wahl hatten.« Alex verdrehte die Augen. »Die Maschinen liefen ja schon, und wir hatten unsere ganze Wäsche da drin.«

Joris schlug gegen das Armaturenbrett.

»Joris!« Alex wandte ruckartig seinen Kopf, was einen erneuten Schmerzstich durch seine Wange schießen ließ. »Wir haben nichts falsch gemacht. Wir sind Opfer geworden. Und die hatten kein Recht, Fiefie und Fabio festzunehmen.«

Mit zusammenpressten Lippen lehnte sich Joris zurück und drückte sich in den Sitz.

Alex blinzelte. Zwar hatte er vermutet, dass Hannah und Fabio in ihrer Kindheit schlimme Dinge erlebt hatten, aber er war trotzdem erschüttert, dass es so schlimm gewesen war. Zu sehen, wie der eigene Vater der geliebten Schwester etwas antat, musste schwer sein. Dass Fabio die Sicherung durchgeknallt war, war nicht besonders überraschend gewesen, dass man ihn dennoch für ein Jahr ins Gefängnis gesteckt hatte, erschütterte ihn. Umso unfairer erschien es ihm, dass ausgerechnet Fiefie und Fabio von der Polizei herausgepickt worden waren.

»Okay«, sagte er leise. »Wir müssen nun Ruhe bewahren, Joris.« Sie waren bald da, und er fragte sich, was die anderen dazu sagen würden, dass sie nur zu zweit zurückkamen. Als Joris aus dem noch fahrenden Fahrzeug sprang, kam Charlie stirnrunzelnd zu ihnen gelaufen. Alex kurbelte das Fenster hinunter und seufzte. »Joris, verdammt. Das war gefährlich.«

»Was ist los?«, fragte Charlie.

»Wir wurden von Nazis verkloppt«, rief Joris ihr zu, sodass es auch Hannah und Steffi hörten.

»Was?« Charlie lief zum Camper, während Alex einparkte.

»Charlie!«, schrie er empört. »Das ist gefährlich.«

Charlie ignorierte ihn und öffnete die hintere Tür. »Wo ist der Rest?«, fragte sie entsetzt. »Sind sie im Krankenhaus?«

Steffi und Hannah kamen herangelaufen. Alex stellte den Camper jetzt einfach ab, ohne sich Mühe zu geben, ihn gerade neben dem Wohnmobil einzuparken. Er sprang raus und wünschte sich, er hätte es den Gruppenmitgliedern schonender beibringen können. Doch dafür war Joris wohl zu aufgewühlt.

»Fiefie und Fabio wurden verhaftet. Die Polizei will untersuchen, ob es sich um eine einvernehmliche Schlägerei gehandelt hat, dabei lagen beide am

Boden und waren verletzt.« Joris ging voller Entsetzen auf Hannah zu. »Es tut mir leid, Hannah.«

Hannah umarmte ihn und hielt ihn fest, obwohl Joris versuchte, sich zu wehren. In ihren Armen wurde er ruhiger. Sein Körper wurde schlaffer, und er lehnte sich an sie. »Nicht schon wieder«, murmelte sie und streichelte seinen Rücken. »Nicht schon wieder.«

»Geht es ihnen gut?«, fragte Steffi schockiert.

»Sie waren nur leicht verletzt«, sagte Alex und untertrieb damit, doch er wollte niemanden beunruhigen. Hannah stand Fiefie sehr nah, und logischerweise auch Fabio, mit dem sie eine besonders enge Verbindung hatte.

»Er hat auch was abbekommen«, sagte Joris und schälte sich aus Hannahs Umklammerung. Er zeigte auf Alex' Gesicht.

Sofort kam Steffi näher und berührte mit zwei Fingern ganz sanft die Stelle. »Es ist geschwollen«, sagte sie verstört.

»Es ist okay«, wehrte Alex ab. »Kannst du dein Handy holen? Pete hat gesagt, sie rufen an, und vielleicht können wir sie heute noch abholen.«

Steffi nickte. Ihr Gesicht war blass, als sie ihn ansah, dann drehte sie sich um und lief zu ihrem Zelt.

»Was ist mit Pete?«, fragte Charlie und ging um den Camper herum, als ob Pete sich dort versteckte. »Wo ist er?«

»Er hat sich aus Solidarität auch festnehmen lassen«, sagte Joris und ging zu den Stühlen am Waldesrand. Er ließ sich auf einen fallen und ließ den Kopf hängen.

Die anderen folgten ihm.

»Verdammt«, rief Hannah. Und lauter. »Verdammte Scheiße!«

Steffi eilte aus dem Zelt. »Kein Anruf«, sagte sie. Alex ging ihr entgegen. »Mach den Ton laut!«, meinte er.

»Fabio konnte kaum laufen. Die Nazis haben ihm in die Seite getreten, immer wieder. Ich werde das Bild nicht los. Fiefie hat geblutet. Sein ganzes Gesicht war blutig. Es war so demütigend. Sie haben ihn rassistisch beleidigt und sind unmittelbar auf ihn losgegangen, und wir konnten nichts tun, gar nichts«, murmelte Joris, und seine Schulter bebte.

Entsetzt sahen Charlie und Steffi zu ihm, ohne sich zu rühren. Hannah jedoch rannte den Weg am Wald entlang hin und her wie ein wildes Tier, das in Gefangenschaft lebte.

»Und anschließend haben sie die beiden als zweite Demütigung abgeführt, obwohl Fabio kaum laufen konnte«, fügte Joris hinzu.

»Und uns wollten sie gar nicht festnehmen«, berichtete Alex erbost. »Weil sie angeblich nur die festnehmen wollten, die an der Schlägerei beteiligt waren. Das war so unfair. Und der, der uns angegriffen hat, den haben sie ins Krankenhaus gebracht. Obwohl er nicht mehr verletzt war als wir.«

Noch nie in seinem Leben hatte er sich so machtlos gefühlt, und die Machtlosigkeit wurde rückblickend verstärkt, weil er glaubte, nicht einmal auf die Polizei und die Behörden zählen zu können. Hannah trat auf sie zu. »Ihr müsst uns alles erzählen. Von Anfang an.«

Alex sah zu Joris. »Erzähl du«, flüsterte er müde.

»Okay.« Alex wandte sich an die Gruppe. Er begann, ihnen alles zu berichten.

*

Das Warten war unerträglich. Joris saß auf seinem Stuhl und starrte verzweifelt auf das Wasser. Als Alex ihm ein Glas Wasser brachte, sah er, dass Joris geweint hatte. Hannah jedoch schien nicht innehalten zu können. Seit sie die ganze Geschichte gehört hatte, hatte sie keine einzige Sekunde stillgestanden. Gerade durchsuchte sie Fabios Zelt und war erst zufrieden, als sie eine riesige Tüte mit Gras fand.

»Wenigstens können sie ihm nicht wegen Drogenbesitz kommen«, sagte Charlie. Sie war noch blasser im Gesicht als sonst und versuchte ständig, Joris dazu zu bewegen, sich zu ihnen zu gesellen. Sie gerieten sogar in Streit, weil

Charlie auf Joris einredete, während Joris allein sein wollte. Der Streit war sinnlos, führte zu nichts und diente wohl nur dazu, dass beide so ihren Ärger über die Situation loswerden konnten. Als Charlie vor Wut einen Stein nahm und gegen einen Baum schleuderte, stand Joris auf und umarmte sie. Danach hielten sie sich im Arm und ließen sich nicht mehr los.

»Warum?«, fragte Alex und kauerte sich neben Steffi.

»Was meinst du?« Steffi sah ihn an.

»Warum haben sie ausgerechnet die Verletzten verhaftet?« Alex kannte die Antwort, aber er konnte es immer noch nicht begreifen, dass es vermutlich Rassismus oder eine Beurteilung nach dem Äußeren gewesen war. Waren sie wirklich verschont geblieben, weil sie in den Augen der Polizei der gutbürgerlichen Norm entsprechend aussahen und mit einem eher nordeuropäischen Eindruck besser passten?

»Du weißt das doch«, schimpfte Hannah.

»Ich verstehe deinen Ärger, aber er kann nichts dazu«, betonte Steffi mit Nachdruck. »Wir sollten zusammenhalten«, fügte sie ein wenig freundlicher hinzu.

»Ich weiß.« Hannah wandte sich ab. »Tut mir leid«, fügte sie hinzu.

»Aber wir sind hier in Schweden. Die sind doch alle sooo tolerant und offen und freundlich«, protestierte Alex stirnrunzelnd.

»Schweden fuhr lange Zeit eine sehr liberale Einwanderungspolitik«, sagte Joris. Er hatte den Arm um Charlie gelegt und sich nun offenbar dazu entschieden, bei ihnen zu bleiben, statt die ganze Zeit zum Wasser zu starren, als könnte Fabio daraus emporsteigen. »Als es in den neunziger Jahren zu hoher Arbeitslosigkeit kam, hat sich der Rassismus ausgebreitet.«

»Rassismus gibt es überall, wo es Menschen gibt«, behauptete Hannah und legte Tabak auf ein Zigarettenpapier. Sie griff in die Tüte, die sie aus Fabios Zelt geholt hatte, und streute etwas davon drauf. Sie kiffte sonst nie und fand es eigentlich auch nicht gut, wenn Fabio sich Joints drehte.

»Glaubst du, dass das ausgerechnet jetzt eine gute Idee ist?«, fragte Joris.

»Ich brauche das unbedingt«, sagte Hannah.

Joris verdrehte die Augen. »Du kiffst doch so selten. Warum ausgerechnet jetzt?«

Hannah ignorierte ihn und zündete sich ihre Selbstgedrehte an. Nach zwei Zügen drückte sie den Joint wieder aus. »Du hast recht. Wir brauchen einen klaren Verstand«, sagte sie.

Endlich klingelte es, und Steffi reichte ihr Handy sofort an Hannah. »Es ist Pete«, sagte sie, dann stand sie auf und hörte zu, was Pete ihr sagte. Sie bejahte eine Frage und bedankte sich. Anschließend hörte sie erneut zu, nickte und fasste sich mit dem Finger an die Stirn. »Nein«, sagte sie nach einem weiteren Moment. »Nein, wir sind alle ruhig. Alex' Gesicht ist geschwollen, Joris dreht ein bisschen frei, aber sonst geht es allen gut.« Kurz darauf sagte sie: »Pete, es tut mir echt leid, dass das passiert ist. Versuch, heute Nacht zu schlafen. Wir holen euch morgen ab.« Sie reichte das Telefon an Charlie, die es eilig nahm und sich von ihnen entfernte, um in Ruhe zu telefonieren.

Hannah wandte sich ihnen zu. »Er konnte erreichen, dass Fabio und Fiefie nochmal von einer Ärztin untersucht werden, aber es hat nichts gebracht, dass sie sich kooperativ gezeigt haben. Sie werden bis morgen festgehalten. Erst danach wird entschieden, ob sie dem Richter vorgeführt werden«, fasste sie zusammen.

»Aber warum?«, fragte Steffi frustriert.

Hannah hob die Schultern. »Keine Ahnung, die Polizei sagt, dass der Schläger behauptet habe, Fiefie und Fabio hätten angefangen. Und von den anderen Schlägern gibt es keine Spur. Sie glauben, ihr hättet gelogen, und es hätte lediglich den einen gegeben. Er scheint recht übel verletzt zu sein.«

»Sie finden die Schläger nicht?«, knurrte Alex. »Die haben ja auch nicht nach ihnen gesucht, sondern wertvolle Zeit verschwendet, indem sie uns verhört haben.«

»Sie suchen nach Zeugen, die unsere Freunde entlasten können. Vorher wollen sie sie nicht freilassen«, erzählte Hannah weiter.

»Wie unfähig sind die denn«, rief Alex wütend. »Warum befragen sie nicht erst mal uns? Wir haben ihnen doch erklärt, wie es abgelaufen ist. Wir waren dabei!«

»Es gab jede Menge Zeugen. Eine riesige Menge an Gaffern, die zugesehen hat, wie Fiefie und Fabio geschlagen worden sind, während wir versucht haben, einen der Typen loszuwerden«, sagte Joris trocken, dann stand er auf und ging zu Charlie. Sie gab ihm das Handy, doch nach nur wenigen Sätzen legte er auf. »Er durfte nicht lange reden«, sagte er und reichte Steffi das Handy. Er presste seine Lippen aufeinander. »Ich finde, er hat sich sehr ruhig und konzentriert angehört«, erwähnte Charlie leise. »Ich bin froh, dass er dort ist und Solidarität mit Fiefie und Fabio gezeigt hat. Er hat erwähnt, dass die beiden ebenfalls noch anrufen dürfen, sobald sie vom zuständigen medizinischen Fachpersonal untersucht worden sind.«

*

Bis sich Fabio und Fiefie meldeten, dauerte es weitere zwei Stunden, die sich unerträglich in die Länge zogen. Zunächst meldete sich Fabio. Die Ärztin hatte bei ihm die Prellung zweier Rippen diagnostiziert, doch trotzdem eine Verwahrung über Nacht erlaubt. Er war verhört worden, hatte sich aber an Petes Tipp gehalten und geschwiegen. Er war nicht gut drauf und redete zuerst kurz mit seiner Schwester und dann lange mit Joris. Joris war nach dem Telefonat noch bedrückter als zuvor. »Ich glaube nicht, dass er das gut wegstecken wird«, murmelte er. »Jetzt kommt alles wieder hoch, diese Erinnerungen an seine Gefängnisstrafe.«

Eine Viertelstunde später rief Fiefie an. Erneut ging Hannah zuerst ans Telefon und versuchte ihn, so gut es ihr möglich war, zu trösten, doch inzwischen war sie selbst mit den Nerven so am Ende, dass sich ihre Stimme fast überschlug, während sie mit Fiefie redete.

Schließlich hielt sie Alex das Telefon hin.

»Ich?«, fragte Alex erstaunt.

Sie nickte. »Er will mit dir reden.«

Unsicher, was er sagen sollte, nahm er das Smartphone an sich und ging zur Seite, weil Hannah die anderen über ihr Gespräch mit Fiefie informierte. »Fiefie, es tut mir so leid«, sagte Alex leise.

»Ich weiß.« Fiefies Stimme klang belegt und schwach, fast so, als wäre er erkältet.

»Wie geht es dir?«, fragte Alex verzweifelt.

»Hatte beim Arzt heftiges Nasenbluten, aber es ist nichts gebrochen. Mir geht es nicht so gut. Seelisch meine ich«, gab er zu. »Ich kann nicht lange reden, Alex. Ich wollte mich für deine Hilfe bedanken.«

»Ich habe doch gar nichts gemacht«, murmelte Alex betroffen und presste das Handy enger an sein Ohr. Er fühlte sich so schuldig und hilflos. »Es tut mir wirklich leid. Ich wünschte, ich hätte mehr getan.«

»Du kannst nichts dafür. Und du hättest auch nicht mehr tun können«, betonte Fiefie. »Aber, es ist unfair.« Alex war überfordert. Er wusste nicht, wie er Fiefie helfen konnte.

»Ja«, sagte Fiefie. »Das ist es. Leider. Mir ist schon einiges in der Richtung passiert, aber so heftig war es noch nie. Es ist zum Kotzen.«

»Ja, das ist es.« Alex ballte die Hand zu einer Faust. »Kann ich irgendwas für dich tun?«

»Nein. Hör zu, erinnere Hannah daran, dass sie meine Eltern nicht anrufen soll. Ich melde mich, sobald ich draußen bin.«

»Okay, ich sag es ihr«, versprach Alex und sah zu Hannah, die mit Fragen bestürmt wurde und unter dem Druck, unter dem sie stand, stetig kleiner wurde.

»Ich fand es immer nervig, wenn alle gleich Rassismus gerufen haben, sobald mir mal was Ungerechtes passiert ist. Das war mir unangenehm. Als würde ich nur aufgrund meiner Hautfarbe dermaßen hervorstechen. Ich habe es jedes Mal abgetan, als wäre alles okay. Zu erkennen, dass ich wirklich Opfer von Rassismus geworden bin, erschüttert mich«, sagte Fiefie leise. »Mein Inneres ist genauso verletzt wie mein Äußeres.«

»Das glaube ich dir. Ich hätte so gerne mehr gemacht, aber wir waren mit dem Typen beschäftigt«, sagte Alex kleinlaut.

»Das meine ich nicht.« Fiefie räusperte sich. »Diese Art von Rassismus kenne ich von früher. Ja, es ist gefährlich, als Mensch mit meiner Hautfarbe alleine in gewissen Gegenden herumzulaufen. Es gibt Rassisten. Ist mir klar. Aber ich kann mit Menschen, die sich so offen als Rassisten zeigen, besser umgehen als mit allem, was danach passiert ist. Dieser subtile Rassismus, der so leicht angedeutet ist, dass man sich selbst fragen muss, ob man nicht einfach nur empfindlich ist.«

Alex wusste nicht, was er dazu sagen sollte. Er dachte an seinen Sohn und fragte sich, wie er ihn davor schützen konnte, mit solchen Situationen konfrontiert zu werden. Wie konnte er ihn auf solch eine Ungerechtigkeit vorbereiten? Und wie sollte er für ihn da sein, wenn er selber ... Nein, darüber wollte er nicht nachdenken. Nicht jetzt, wo er Fiefie am Telefon hatte. Er würde nicht zulassen, dass sich alles um ihn drehte, während Fiefie ihn doch brauchte.

»Subtile Vorbehalte und kaum wahrnehmbare Ungerechtigkeiten. Fast nicht zu erkennen, aber doch schmerzhaft. Jedes Mal«, redete Fiefie weiter. Er seufzte. Dann hustete er, und es hörte sich an, als würde er gurgeln. »Dir geht es überhaupt nicht gut«, murmelte Alex entsetzt und presste das Handy fest an die Wange, als wäre das eine Möglichkeit, Fiefie etwas Energie zu senden.

»Nein, und ich kann nicht lange reden. Habt ihr von Pete und Fabio gehört?«, fragte Fiefie.

Alex erzählte ihm von den anderen Anrufen, dass es Fabio ebenfalls nicht gut ging, Pete aber mit der Situation klarkam. Und er versprach Fiefie, dass sie ihn morgen abholen würden. Er wusste, wie heikel das Versprechen war, aber er wollte, dass Fiefie einen Trost hatte, wenn er jetzt alleine die Nacht in einer Zelle verbringen musste, mit den Schmerzen im Gesicht und den Verletzungen, die seine Seele davongetragen hatte.

Als sie sich verabschiedeten, schloss Alex für einen Moment die Augen. Sein Herz fühlte sich so schwer an. »Halt durch, Fiefie«, bat er, bevor er auflegte.

Langsam ging er zu der Gruppe und beantwortete ihnen so gut es ging alle Fragen.

*

Wie erwartet konnte Alex nicht schlafen. Zu viel ging ihm im Kopf herum. Fiefies matte Stimme am Telefon, Joris' Tränen beim Warten auf Fabios Anruf, die Schmerzen an seinem Jochbein, die Empörung über die Polizei, Petes Loyalität, die Trauer darüber, dass Fabio und Hannah eine solch beschissene Kindheit erlebt hatten und schließlich immer wieder der Anblick von Fiefie, wie er abgeführt worden war.

Er ertrug es auch nicht mehr, im Zelt zu liegen und die erdrückende Dunkelheit um sich herum zu sehen. Sich vorzustellen, welche Belastung er für seine Freunde gewesen wäre, wäre seine Erblindung weiter vorgeschritten gewesen. Wenn er sich nicht gegen die Schläger hätte wehren können, wenn er nichts gesehen, sondern lediglich die Geräusche gehört hätte und dabei orientierungslos im Waschsalon gewesen wäre.

Nicht einmal das Hören von Musik entspannte ihn, und als er versuchte, ein Buch zu lesen, wurde ihm bewusst, dass er nur grübelnd auf die Seiten starrte und sich einfach nicht auf den Text einlassen konnte. Außerdem war es zu dunkel. Die Buchstaben verschwammen, und das künstliche Licht der Taschenlampe blendete ihn.

Er öffnete den Zelteingang, und die kalte Nachtluft tat ihm so gut, dass er tief einatmete. Er zog sich die Schuhe an und versuchte, etwas zu erkennen. Seine Sicht in der Nacht wurde stetig geringer, und die rasante Geschwindigkeit, in der das passierte, verursachte in ihm Panik. Fast war es beruhigend, sich Sorgen um seine Augen zu machen. Das war wohl das Einzige, was ihn von seinen Gedanken an Fabio, Fiefie und Pete und diesem schrecklichen Gefühl von Machtlosigkeit, als sie von den drei Schlägern angegriffen worden waren, ablenkte.

Er wusste, wo die Zelte standen, und er wusste auch, wo die Stühle waren, weshalb er sich traute, in die Richtung zu laufen, obwohl er fast nichts erkannte. Er fluchte leise, als er über einen Hering von Charlies Zelt stolperte. »Ist da jemand?«, fragte eine weibliche Stimme.

Alex sah sich um. Er war so erschrocken über die Orientierungslosigkeit, die ihn nun ergriff, dass er die Stimme nicht sofort erkannte. Erst als er eine Hand auf seinem Ellenbogen spürte, konnte er sich beruhigen.

»Komm, zu den Stühlen geht es hier lang«, sagte Hannah.

Alex umfasste ihre Hand und ließ sich führen. Ein seltsames Gefühl, eine verwirrende Mischung von Demütigung, Hilflosigkeit, gleichzeitig aber auch Dankbarkeit ergriff ihn. Es überforderte ihn, auf ihre Hilfe angewiesen zu sein, aber er fand nicht, dass er sich darüber besonders viele Gedanken machen sollte. Nicht, solange die Jungs in Gewahrsam waren. »Du kannst auch nicht schlafen?«, fragte Alex und streckte die zweite Hand aus, und pure Erleichterung durchflutete ihn, als er das Plastik einer Stuhllehne ergriff.

»Setz dich«, sagte Hannah.

Alex ertastete die Armlehne des Stuhls und atmete erleichtert aus. Er setzte sich und versuchte zu ignorieren, dass abgesehen von einigen Lichtern am Himmel alles um ihn herum dunkel war. Er konnte nicht einmal Hannah richtig sehen, obwohl sie direkt neben ihm war. Ihm wurde bewusst, dass es für die Nordlichter möglicherweise schon zu spät war.

»Es ist fast so, als wären zwei meiner Brüder in Gefahr«, sagte Hannah leise. »Fiefie und ich kennen uns ziemlich lange. Er ist für mich genauso Familie wie Fabio.«

»Ich verstehe«, sagte Alex, obwohl er das Gefühl nicht kannte. Er hatte weder einen Bruder, noch hatte er jemals in seinem Leben einen so engen Freund gehabt, den er als Familie definieren würde. »Ich fühle mich Fabio gegenüber so verantwortlich, dass es nicht mehr gesund ist. Ich mache mir ständig Sorgen um ihn«, erzählte Hannah weiter. »Seine Sucht. Seine psychischen Probleme. Als er mit Joris zusammenkam und so glücklich war, dachte ich, ich könnte mich herausziehen, aber ich schaffe es einfach nicht.«

»Ich weiß«, sagte Alex, und dieses Mal war es wirklich so. Er hatte die Co-Abhängigkeit bereits vermutet, in der sich Hannah befand. Seit Joris ihm gegenüber angedeutet hatte, wie gewalttätig die Kindheit von Fabio und Hannah gewesen war, vermutete er eine enge Verbindung zwischen den Geschwistern, die für beide möglicherweise nicht gesund war.

Womöglich konnte Fabio deswegen nicht heilen, weil er glaubte, Hannah bräuchte die Verantwortung, die sie ihm gegenüber empfand? Das ergab auf den ersten Blick kaum einen Sinn, aber Alex wusste, wie verstrickt Beziehungsgeflechte von Menschen sein konnten. Er selbst befand sich in einer solchen Beziehung, die so eng war, dass er ihr nicht entkommen konnte, obwohl er wusste, dass weder Carola noch er etwas Gutes daraus ziehen konnten. Oder war es für sie beide vielleicht doch noch nicht zu spät?

»Und dann verlassen sie sich auf mich. Gerade jetzt, wo Pete nicht da ist, denkt jeder, ich würde alles in Ordnung bringen«, fügte Hannah hinzu. »Das überfordert mich manchmal.«

»Ist mir aufgefallen, Hannah«, sagte Alex leise.

Sie schwiegen, und Alex versuchte zu blinzeln, nur um zu erkennen, dass er seine Augen wirklich nicht dazu bringen konnte, mehr als lediglich undeutliche Schemen zu erkennen. Es ärgerte ihn, dass er sich nicht auf Hannahs Probleme konzentrieren konnte, doch die Erkenntnis, dass seine Nachtblindheit dermaßen fortgeschritten war, ängstigte ihn zutiefst. Doch er riss sich zusammen, richtete sich auf und tastete nach Hannahs Hand. »Ich bin kein Psychologe, Hannah, aber ich glaube nicht, dass es euch guttut, wenn ihr so weitermacht. Ihm tut das nicht gut«, fügte Alex hinzu. »Ich weiß, aber was soll ich tun?«

»Du musst ihn loslassen«, riet Alex ihr. Ihm war klar, dass er nicht über genügend Hintergrundinformationen verfügte, um ihr Ratschläge zu erteilen, aber es schien ihm einfach richtig.

»Ihn und seine Gruppe allein ziehen lassen?«, fragte Hannah traurig.

»Nein.« Alex schüttelte den Kopf. »Nein, das meine ich nicht. Ich meine eher innerlich.«

Hannah zuckte zusammen. »Das hört sich logisch an.«

»Bei all den Sorgen, die du dir um ihn machst, fällst du unten durch. Joris hat mir erzählt, dass ihr eine schwierige Kindheit hattet. Hast du jemanden, mit dem du darüber reden kannst?«

Hannah zögerte. »Ja. Fiefie war mir immer eine große Hilfe. Aber ich rede nicht gerne drüber. Es sind keine guten Erinnerungen.«

Alex blieb stumm. Er war sich nicht sicher, ob sie sich von ihm wünschte, dass er nachhakte, aber er wusste, dass er es selbst als übergriffig empfinden würde, wenn jemand ihn befragte, obwohl er gesagt hatte, dass er nicht gerne darüber reden wollte.

»Mein Vater war Alkoholiker«, sagte Hannah leise. »Fabio war noch klein. Ihn ließ er in Ruhe, aber meine Mutter hat schrecklich unter ihm gelitten, und später hat er auch mich und unseren anderen Bruder geschlagen. Wir haben versucht, uns gegenseitig zu unterstützen und Fabio vor ihm abzuschirmen.«

»Also hast du schon sehr früh angefangen, Fabio in Schutz zu nehmen«, erkannte Alex.

»Ich war fünf, als Fabio geboren wurde«, erzählte Hannah. Sie zögerte kurz und fuhr dann fort: »Ich wusste früh, dass meine kaputte Familie kein weiteres Kind haben sollte und meine Mutter nicht fähig sein würde, das Baby vor meinem Vater zu schützen. Ich war so jung, und Fabio war so klein, so verletzlich. Es hat schon damals angefangen, und es wurde in all den Jahren nie besser.«

»Und anderer dein Bruder?«, fragte Alex.

»Ihm ist es besser gelungen. Zwar hatte er Mitleid mit Fabio, aber nicht mehr als mit mir oder unserer Mutter. Ich hingegen hatte für meine feige Mutter nur Spott übrig.« Die Stimme von Hannah klang nun zornig. »Sie hätte diejenige sein sollen, die uns schützt. Sie hätte mich und meine Geschwister nicht in dieser Situation lassen sollen.«

Alex hätte gerne ihr Gesicht gesehen, doch anhand ihrer Stimme wusste er, dass sie wütend war. Er ergriff erneut ihre Hand.

»Als Fabio auf meinen Vater losging, war er noch minderjährig, weshalb seine Strafe nicht so lang war, aber trotzdem musste er in den Jugendknast. Daran ist er zerbrochen. Als er entlassen wurde, fing das mit dem Gras an. Und danach hatte er abwechselnd manische und depressive Phasen. Ich weiß nicht, ob das durch die Drogen ausgelöst wird. Er behauptet, er könne seine manischen Phasen abmildern, wenn er kifft.«

»Ich weiß nicht, ob jemand, der regelmäßig Drogen nimmt, das wirklich beurteilen kann.« Alex verfestigte seinen Griff um ihren Arm, in der Hoffnung, ihr so zeigen zu können, dass er für sie da war.

»Als er ins Gefängnis kam, hat sich das für mich angefühlt, als wäre ich gescheitert. Ich habe mir die Schuld gegeben. Nein, sag nichts«, sagte sie rasch, als Alex den Mund öffnete. »Ich weiß natürlich, dass mein Vater schuld war und Fabio hätte aufhören sollen, als mein Vater keine Bedrohung mehr war, statt weiter auf ihn einzuschlagen, aber in meinem Herzen fühlt es sich so an.«

Alex seufzte. Alles, was er hätte sagen können, würde Hannah kein Stück weiterhelfen.

»Warst du dabei, als er …« er wagte nicht, weiterzureden, aus Angst, einen zu neugierigen Eindruck zu machen, aber Hannah verstand ihn trotzdem.

»Ja. Er verletzte mich, und Fabio ging auf ihn los. Mein Arm war gebrochen, und so konnte ich nicht eingreifen. Fabio war … wie im Rausch. Als würde alles, was er zuvor erlebt hatte, aus ihm herausbrechen. Und ich … Ich empfand Genugtuung, als ich meinen Vater jammernd am Boden liegen sah. Und dafür schäme ich mich.«

Alex schluckte. Er stellte es sich vor: Die verletzte Hannah, der blutende Vater und dazwischen Fabio, der einen Fehler beging, der ihm möglicherweise sein Leben bis heute versaute.

»Ich fühle mich weiterhin schuldig. Ich fühle mich wegen allem so schuldig.« Hannahs Stimme brach.

»So solltest du dich aber nicht fühlen«, betonte Alex.

Hannah schwieg.

»Wart ihr in Behandlung?«, fragte er leise.

»Nein, nicht wirklich.« Hannahs Stimme war stabiler.

Alex dachte an seine eigene Therapiesitzung und den Eindruck, dass sein Psychologe ihm nicht wirklich weiterhalf. Auch er konnte die Dunkelheit nicht aufhalten, die ihn bedrohte. Und die Gespräche mit dem Psychologen wühlten jedes Mal all die Ängste auf und verursachten Panikattacken.

Trotzdem wollte er Hannah das Gefühl geben, dass er daran glaubte, dass es ihr etwas helfen konnte. Vielleicht half es ihr wirklich. Nicht alle Psychologen waren gleich, und nicht jede Therapie verlief so wie seine. Zumal sie wegen unterschiedlicher Dinge Probleme hatten.

Er erzählte ihr von seinen Sitzungen und wie er sich anfangs dagegen gesträubt hatte und dass es die Idee seines Psychologen gewesen war, eine lange Reise zu unternehmen. Dass er ohne dessen Anregung nie mit ihnen gekommen wäre.

»Meinst du, ich brauche einen Psychologen, der mich auf Reisen schickt?«, fragte Hannah, und ihre Stimme hörte sich an, als würde sie schmunzeln.

Alex grinste, dann wurde er erneut ernst. »Nein, aber eventuell würde er dir das Gegenteil raten. Nicht auf Reisen zu gehen.«

Hannah schnaubte. »Kann ich mir nicht vorstellen, dass es mir guttut, nicht zu reisen.« Er konnte ihrer Stimme einen leisen Zweifel entnehmen.

»Und ich konnte mir nie vorstellen, mit sieben Verrückten in der Wildnis zelten zu gehen«, erwiderte Alex. »Manchmal gibt es Dinge im Leben, die alles auf den Kopf stellen.«

Hannah sagte nichts, und Alex wertete das als Zustimmung. Sie zündete sich eine Zigarette an, und Alex konnte die helle Glut erkennen. Obwohl sie nicht mehr miteinander redeten, war es besser, mit Hannah in die Dunkelheit zu starren, als allein in seinem Zelt zu sein.

»Es hat mir gutgetan, mit dir zu reden«, sagte Hannah, nachdem sie die Zigarette ausgedrückt hatte. Alex lächelte und fühlte sich endlich nicht mehr so ohnmächtig und wie ein wertvoller Teil der Gruppe. »Klar, natürlich. Jederzeit, wann immer du es brauchst.«

»Danke.« Hannah klang zuversichtlicher als zuvor.

»Mich hat das heute Mittag wirklich schockiert. Wie sie uns angegriffen und auseinandergetrieben haben und dann Fabio und Fiefie am Boden liegen zu sehen. Es war echt hart.« Alex rieb über seine Arme, weil sich eine Gänsehaut gebildet hatte.

Hannah zuckte zusammen. »Ich bin froh, wenn die Jungs hier bei uns sind. Und danach sollten wir uns schnell auf den Weg machen. Dieser Ort hat uns kein Glück gebracht.«

Sie schwiegen, und Alex gähnte. Das erste Mal in dieser Nacht wurden seine Augenlider schwer, er sollte sich hinlegen.

Das bemerkte Hannah offensichtlich. »Lass uns versuchen, zu schlafen«, sagte sie. Sie berührte seinen Arm und schob seine Hand in ihren Ellenbogen. Sie machte kein großes Ding draus und führte ihn einfach nur zu seinem Zelt.

»Danke«, sagte Alex, und er meinte damit nicht, dass sie ihm geholfen hatte, zum Zelt zurückzugehen, sondern dass sie ihm vertraut und sich ihm gegenüber geöffnet hatte.

*

Am nächsten Morgen ging es Alex erwartungsgemäß dreckig. Einerseits war er müde und erschöpft von der kurzen Nacht, allerdings schmerzte sein Wangenknochen, wo die Faust des Schlägers ihn getroffen hatte, mehr als am Tag zuvor.

Keiner hatte gut geschlafen. Sie waren vor ihm wach und saßen mit ihren Kaffeetassen in den Händen in der Mitte des Camps auf Campingstühlen. Es war noch nicht hell, doch es reichte, dass Alex sich zurechtfinden konnte. Er wusste, dass die Erleichterung darüber trügerisch war, denn eines Tages würde es so weit sein. Eines Tages wäre die Dunkelheit immer da, zu jeder Tageszeit.

Er murmelte einen Gruß und fragte, ob es Neuigkeiten von den Jungs gab. Als dies verneint wurde, entschied er, dass er sich zunächst um seine Körperpflege kümmern würde. Er putzte sich die Zähne über dem kleinen Waschbecken im Wohnmobil und wusch sich hinter dem Camper, wo sie sich eine provisorische Dusche aufgebaut hatten, den Dreck des Vortags von der Haut. Auf eine Rasur verzichtete er, aber als er sich die Schwellung im Spiegel ansah, war er erstaunt, dass man ihm die Verletzung weniger ansah, als er vermutet hatte.

Mit einer Tasse Kaffee bewaffnet ging er zu den anderen, die schweigend beieinandersaßen. Jeder hing seinen Gedanken nach und versuchte, zu Kräften zu kommen. Steffi tippte auf ihrem Handy herum. Sie schien sehr aktiv zu sein. Ihre Finger flogen über das Display wie die einer Klavierspielerin während eines Konzerts. Über dem Tal ging die Sonne auf und präsentierte ihnen einen orangefarbenen Himmel. Die Wildblumen, die auf der Wiese wuchsen, welche bis zu den ersten Häusern des Ortes heranreichte, machten den Anblick nahezu perfekt. Dieser Anblick es wert, ihn in sich aufzusaugen und für später abzuspeichern, doch Alex hatte gerade keinen Sinn für schöne Aussichten und wollte auch später nicht an diesen Moment erinnert werden.

Es würde weitere Sonnenaufgänge geben, die es mehr wert waren, sich an sie zu erinnern.

Während er sich abwandte und stattdessen in seine Tasse starrte, griff er abwesend an seine Wange und zischte, als der Schmerz bei der Berührung zu pulsieren begann.

»Warte«, murmelte Hannah und stand auf.

Die Müdigkeit hatte ihr tiefe Schatten unter die Augen gezaubert, doch sie war nicht so blass, wie es Charlie war. Joris' Gesicht konnte Alex nicht sehen, er hatte die Hand gegen die Stirn gepresst. Nur Steffi sah weniger erschöpft aus, vielleicht weil sie sowieso immer einen Hauch von Melancholie auf ihrer Miene trug. Sie kaute gedankenverloren auf ihrer Lippe herum und wirkte abwesend. Ihr Smartphone hatte sie weggelegt.

Erst als Hannah zurückkam und Alex eine Tube mit einer Salbe hinhielt, streckte sie den Arm aus und nahm sie entgegen. »Lass mich dir helfen«, sagte sie leise.

Ihre Finger waren kalt und verstärkten den kühlenden Effekt der Salbe auf seiner schmerzenden Stelle, und sie war so vorsichtig, dass es fast gar nicht wehtat. Sie lächelte zögerlich, als sie wieder zu ihrem Stuhl zurückging.

»Danke«, sagte Alex und erwiderte ihr Lächeln dankbar, weil er sich bewusst war, wie selten es war.

Steffis Lächeln verblasste, und sie senkte ihren Blick auf das Handy. Normalerweise war die Benutzung ihrer elektronischen Geräte nichts, was sie exzessiv betrieben, aber Steffi schien es nun zu brauchen. Sie runzelte die Stirn, dann begann sie abermals zu tippen.

Auch Charlie schien das aufzufallen. »Was tust du da?«, fragte sie.

»In den sozialen Netzwerken sind Berichte über die Verhaftung aufgetaucht. Es gibt Zeugen, die Bilder posten, und Kommentare, die anprangern, dass wir es mit ungerechtfertigter Polizeigewalt und institutionellem Rassismus zu tun haben könnten«, erzählte Steffi. Sie zeigte Charlie das Display. »Die Leute sind empört über die gaffende Masse, die untätig zugeschaut hat, statt gegen die Schläger vorzugehen. Und es gibt genug, die sagen, dass es wirklich drei Schläger gewesen sind.«

»Im Internet wird viel geschrieben, aber es bringt am Ende ja doch nichts«, sagte Hannah.

Alex zog sein Handy aus der Hosentasche. Es hatte kaum noch Akku, weil er in der Nacht zu lange versucht hatte, einzuschlafen, während er Musik hörte. Trotzdem wählte er sich in die sozialen Netzwerke und gab den Ort ein, an dem sie waren. Sofort fand er die Threads, und er empfand ein wenig Triumph, als er spürte, dass man ihnen glaubte.

Joris seufzte. »Ich weiß nicht, wie es euch geht, aber ich halte diese Warterei nicht mehr aus. Ich will wissen, was da los ist.«

Hannah hob die Schultern. »Ob du was erfährst, ist aber fraglich.«

»Egal, wenigstens bin ich beschäftigt«, knurrte Joris.

Alex fragte sich, ob es weniger unangenehm war, vor dem Polizeirevier zu warten als hier, aber er konnte auch verstehen, wenn Joris etwas tun wollte. Ihm ging es ähnlich.

»Ich begleite dich«, sagte er und nahm einen großen Schluck aus seiner Tasse.

»Wieso melden die sich nicht?«, fragte Charlie nervös. »Die Verhaftung in Handschellen war total überzogen und sie über Nacht einzubehalten ebenfalls. Sie hätten sie zumindest nach Feststellung ihrer Identität freilassen müssen.«

»Reine Schikane«, vermutete Hannah.

»Wie furchtbar!«, rief Alex erbost und sah erneut die grausame Szene vor sich, wie Fabio und Fiefie wehrlos auf dem Boden des Waschsalons lagen. »Wir haben gar nichts gemacht.«

Hannah runzelte die Stirn. »Petes Aktion ging sicherlich nach hinten los. Sie müssen sich herausgefordert gefühlt haben, als er auf eine Festnahme bestand. Immerhin mussten sie extra wegen ihm ein Auto anfordern.« Sie kickte ein Steinchen weg. »Hat er das Wort Rassismus in den Mund genommen?«

Alex versuchte sich zu erinnern, doch bevor er antworten konnte, dass er es nicht mehr genau wusste, sagte Joris: »Ja, er hat gesagt, diese Behandlung riecht nach Rassismus.«

»Das wird sie ziemlich provoziert haben«, vermutete Hannah. »Eventuell behalten sie sie jetzt, um irgendwas zu finden und beweisen zu können, dass es kein Rassismus war. Ihr wisst, wie empfindlich die Polizei bei solchen Vorwürfen ist. Damit wollen sie sich nicht auseinandersetzen. Leider.«

Charlie stöhnte leise. »Also hat Pete voreilig reagiert?«

Alex wollte protestieren, doch wieder kam ihm Joris zuvor. »Pete ist mein persönlicher Held. Er hat die besten Tipps gegeben, die Fabio und Fiefie gebrauchen konnten.«

»Ja«, pflichtete Alex ihm bei. »Als wäre er schon oft verhaftet worden. Er kannte sich total gut aus.«

Das verursachte, dass Charlie und Joris schmunzelten und Hannah düster nickte, während sie die Augen verdrehte.

»Was ist?«, fragte Alex, dann kam ihm ein Gedanke. »Er ist schon ganz oft verhaftet worden?«

»Pete ist beruflich Demonstrant und spezialisiert auf Einbruch in Schweineställe«, erzählte Joris. »Es vergeht nahezu kein Jahr, wo er nicht mindestens zwei, drei Mal festgenommen wird. Das hat ihn zu einem Profi gemacht. Er weiß, was zu tun ist und was seine Rechte sind.«

»Wow«, sagte Alex und fragte sich, was seine Eltern und Carola davon halten würden, wenn er ihnen sagte, dass er solch einen Menschen bewunderte. Hatte die Reise ihn bereits so sehr geprägt, dass es ihn langsam veränderte?

»Durch seine Bereitschaft, eingebuchtet zu werden und dazu zu stehen, dass ziviler Ungehorsam für ihn vollkommen in Ordnung ist, triggert er natürlich die Polizei und Behörden. Normalerweise soll eine Festnahme abschreckend wirken, aber Pete nutzt die Festnahmen für seinen Kampf für das, woran er glaubt, indem er es in seinen Podcasts thematisiert. Ich glaube, Polizeikräfte sind manchmal richtig hilflos, wenn sie mit ihm zu tun haben«, fügte Charlie hinzu.

»Bewundernswert«, sagte Steffi leise, und ihre Lippen zuckten verdächtig, doch sie konnte sich nicht zu einem offenen Lachen hinreißen lassen. »Er lässt sich nicht beeindrucken.«

Alex seufzte. »Aber hat er sich dieses Mal verkalkuliert?«, fragte er.

»Nein, aber die Rechnung geht nur auf, wenn er allein ist. Durch Fiefie und Fabio wird er erpressbar, und sie müssen lediglich drohen, dass sie einen der beiden unter Druck setzen. Das hat er gestern vielleicht nicht ganz mit einberechnet«, sagte Hannah. Sie hob die Schultern.

»Also fahren wir in die Stadt? Oder warten wir hier ab, bis sie vergammelt sind?«, fragte Charlie nervös.

In dem Moment klingelte Steffis Telefon, und obwohl sie alle darauf gewartet hatten, schrak Alex zusammen, und er bemerkte, dass auch die anderen zusammenzuckten.

»Hoffentlich ist es nicht meine Mutter«, murmelte Steffi und riss das Smartphone gewaltsam aus der Hosentasche. Sie sah auf das Display. »Unbekannte Nummer. Das ist nicht meine Mutter.«

Alex atmete auf, und Joris ließ vor lauter Entspannung die Arme Richtung Boden gleiten.

*

Joris und Alex sollten laut Polizei vorbeikommen, die drei Jungs abholen und gleichzeitig noch eine Zeugenaussage machen. Hannah wäre gerne mitgefahren, aber mehr als fünf Personen passten nicht in den Camper. Alex versprach ihr, sie sofort anzurufen, sobald er etwas Neues erfuhr.

Dieses Mal fuhr Joris. Laut eigener Aussage war es für ihn leichter, selbst zu fahren, als untätig als Beifahrer nebendran zu sitzen. Er war zwar erleichtert, aber Alex konnte ihm weiterhin die Sorgen ansehen. »Fabio war sowieso nicht so gut drauf in letzter Zeit«, sagte Joris, als er das Fahrzeug steuerte. »Ich habe kein gutes Gefühl bei der ganzen Sache.«

Alex atmete tief ein. Er zögerte, schließlich traute er sich einfach. »Hast du schon mal darüber nachgedacht, dass Fabio eine Therapie machen sollte?«

»Du hast gestern mit Hannah gesprochen?«, riet Joris, doch es klang eher wie eine Erkenntnis als eine Frage.

»Ja, sie hat mir einiges erzählt.« Alex sah nach draußen, dann wandte er seinen Kopf wieder Joris zu. »Hannah verliert sich in ihrer Sorge um Fabio immer mehr selbst. Und manchmal denke ich, dass du in dieselbe Spirale geraten könntest.«

Joris umfasste das Lenkrad fester. »Du bist kein Psychologe«, sagte er distanziert.

»Nein.« Alex schüttelte den Kopf. »Nein, bin ich nicht, aber ich kann dir ansehen, dass du darüber auch schon nachgedacht hast.«

Joris runzelte die Stirn, doch er protestierte nicht.

Im Gegensatz zu Joris musste Alex zugeben, dass seine Anspannung sich komplett gelöst hatte. Sie würden eine Zeugenaussage machen und alles richtigstellen und dann zügig von diesem Ort verschwinden und alles vergessen. Oder war er zu naiv?

Alex betrachtete die wunderschöne Landschaft, die an ihm vorbeizog. Statt Bäumen gab es Wiesen zu sehen, auf denen die buntesten Blumen blühten. Herrlich.

Die Blumenwiesen wurden abgelöst von Wiesen, auf denen Kühe und Schafe grasten, und grünen Hügeln, die gefühlt bis in den blauen Himmel reichten. Ab und zu sah er ein altes Bauernhaus. Und erneut Blumenwiesen, so weit das Auge reichte. Das hatte er in Deutschland noch nie gesehen, so viel Natur ohne besonders viele Zeugnisse der menschlichen Zivilisation.

»Ich mache mir Sorgen um Fiefie«, sagte Joris. »Ich glaube, dass das ein sehr einschneidendes Erlebnis für ihn war.«

»Ja, das denke ich auch«, sagte Alex leise.

Seine Euphorie ließ rapide nach. Fast gleichzeitig wurde die tolle Landschaft von der grauen Stadt mit ihren von Autos vollgestopften Straßen abgelöst. Die ganze Aufregung vom Vortag und die nächtliche Phase der Schlaflosigkeit stürzten auf ihn ein. Eine bleierne Müdigkeit überkam ihn.

»Nur um Pete mache ich mir keine Sorgen«, murmelte Joris.

»Ja, ich auch nicht«, bestätigte Alex.

»Er ist so taff. Ich bewundere ihn sehr.« Joris steuerte das Zentrum der Stadt an.

Sie suchten einen Parkplatz und verzichteten dieses Mal darauf, den Camper ins Parkverbot zu stellen, sondern zogen es vor, eine längere Strecke zu laufen. Am Ende wurden sie deshalb festgenommen ...

Der Gedanke sollte ihn zum Schmunzeln bringen, aber Alex spürte lediglich eine Übelkeit. Ihm fiel ein, dass er nichts gefrühstückt hatte.

Sie hörten schon von weitem Lärm, rufende Menschen und Trillerpfeifen. Sie sahen sich verwirrt an und gingen um die Ecke. Erstaunt blieb Alex stehen, was verursachte, dass Joris in ihn reinrannte. »Äh, was ist denn hier los?«, fragte er und runzelte die Stirn. Vor dem Polizeirevier hatten sich vielleicht fünfzig Menschen versammelt und demonstrierten. Die Gruppe hielt sich an den Armen und sang etwas auf Schwedisch.

Es gelang ihnen kaum, an den Demonstranten vorbeizukommen, und sie konnten die Polizisten auch erst nicht davon überzeugen, dass sie einbestellt worden waren. Erst als sie ihnen ihre Personalausweise zeigten, wurden sie durchgelassen.

Sie wurden in den zweiten Stock geführt, wo Pete bereits auf sie wartete. Ohne Handschellen und strahlend kam er auf sie zu und zog sie beide gleichzeitig in den Arm. »Endlich. Ich bin froh, euch zu sehen«, sagte er. Dann ging er einen Schritt zurück, und sein Blick wurde ernster. »Den anderen beiden geht es nicht gut. Sie sind jetzt nochmal zum Arzt geschickt worden, der sich die Verletzungen ansehen wird.«

»Wie ist ihre psychische Verfassung?«, fragte Joris unruhig.

Pete schüttelte den Kopf. »Ich habe sie zu kurz gesehen, um das beurteilen zu können, tut mir leid.« Danach ergriff er Joris' Schulter. »Aber wisst ihr, was richtig toll ist? Es wird eine interne Ermittlung geben. Die Polizisten haben gestern nicht korrekt reagiert, das hat mir die Polizeichefin bestätigt, und sie werden mit Konsequenzen rechnen müssen.«

»Das ist gerecht«, sagte Joris und sah erleichtert aus.

Auch Alex war erleichtert. Das würde Fiefie und Fabio dabei helfen, ihr Trauma zu überwinden. Sie hatten klar vor Augen, dass ihre Verhaftung nicht gerechtfertigt gewesen war.

»Weißt du, was es damit auf sich hat, Pete?«, fragte Joris und packte Pete am Arm. Er zog ihn zum Fenster und zeigte nach draußen.

»Sie demonstrieren für unsere Freilassung«, erwiderte Pete. »Ich freue mich über die Unterstützung. Aber wisst ihr, woher die so plötzlich gekommen ist?«

»Nee, keine Ahnung.« Joris hob die Schultern.

»Ich habe da so eine Vermutung«, murmelte Alex. Er dachte an Steffis flinke Fingerbewegungen am Vormittag.

Eine Polizistin kam zu ihnen und bat sie, Platz in einem gesonderten Raum zu nehmen und dort auf Fiefie und Fabio zu warten. Sie wurden sogar gefragt, ob sie etwas zu trinken haben wollten. Sobald sie saßen, kam eine ältere Frau in den Fünfzigern herein und gab ihnen die Hand. Sie zog einen Stuhl heran und stellte sich als die Chefin der Behörde vor. Sie entschuldigte sich förmlich bei ihnen für die ungerechtfertigte Festnahme und ließ sich von Alex und Joris die Ereignisse aufs Neue erzählen. Sie machte sich Notizen, während sie ihre Lippen fest aufeinanderpresste. »Schreiben Sie mir bitte Ihre Daten auf, damit wir Sie kontaktieren können«, bat sie und gab ihnen ein Formular.

Sie bedankte sich und entschuldigte sich nochmal, stand auf und verließ den Raum. Ihnen wurden Getränke hingestellt, und eine Polizistin brachte Pete seine Wertgegenstände. Als sie weg war, runzelte Pete die Stirn. »Dieses Verhalten entspricht so gar nicht dem, was wir gestern Abend erfahren haben.«

»Komisch.« Joris kratzte sich an der Stirn.

Erneut musste Alex an Steffis hastige Fingerbewegungen am Vormittag denken. Er grinste und hob die Schultern. »Das hängt sicher mit den demonstrierenden Leuten vor dem Gebäude zusammen. Sie können es sich nicht leisten, zu verleugnen, dass sie falsch gehandelt haben.«

»Und woher kamen die Menschen, die da draußen demonstrieren? Die kennen uns doch gar nicht, oder?«, fragte Joris.

»Ich glaube, das war Steffi«, sagte Alex. Er zog sein Smartphone heraus, doch sobald er das Display anschaltete, machte sein Akku schlapp.

Es dauerte nicht lange, bis Fiefie zu ihnen gebracht wurde. Er sah schlecht aus, als hätte er gar nicht geschlafen. Vermutlich war das auch so. Er lief vorsichtig auf sie zu und hielt seine Seite. Als Joris ihn umarmte, verzog er sein Gesicht. Pete zog ihn sanft zu sich und flüsterte ihm etwas ins Ohr. Fiefie nickte und lächelte leicht. Dann wandte er sich Alex zu. Zunächst wusste Alex nicht, wie er sich verhalten sollte, doch Fiefie streckte wie selbstverständlich die Arme aus, Alex trat näher, und sie umarmten sich. Dabei musste Alex sich auf die Fußzehen stellen und gleichzeitig versuchen, sich nicht zu sehr auf Fiefie zu stützen, der ziemlich offensichtlich Schmerzen hatte.

Auf Fabio mussten sie länger warten, doch als er hereingebracht wurde, war Alex unendlich erleichtert. Joris stürmte auf Fabio zu und betrachtete sein Gesicht, das ungleich schlimmer zugerichtet war als Alex' Wange. Sein Auge war blau angelaufen, seine Nase war geschwollen und seine Lippe aufgerissen. Joris zögerte kurz, als ob er überlegte, wohin er Fabio küssen sollte. Er entschied sich schließlich für eine unverletzte Stelle an der Stirn und legte seine Lippen ganz zart auf Fabios Haut. Das war der Moment, in dem Fabio seine Augen schloss und sich alles in ihm entspannte und er sogar leicht lächelte.

Pete ging zu ihm und legte ihm den Arm um die Schulter, mit dem anderen Arm zog er Fiefie zu sich heran, während Fiefie Alex packte. Gerührt legte Alex seine freie Hand auf Petes Rücken. »Das nächste Mal nehmen wir die Mädels mit«, sagte Pete entschieden.

»Ja, reine Männerausflüge sind scheiße«, meinte Fiefie ernst, und alle lachten.

Sie verließen das Polizeirevier so schnell, wie es Fiefies Verletzung erlaubte, und blieben kurz auf der Treppe stehen, wo Fiefie und Fabio winkten und die Demonstranten ihnen regelrecht zujubelten und klatschten.

Alex fühlte sich ein bisschen wie ein Held, obwohl er immer noch fand, dass er viel zu wenig getan hatte. Er sah sich zu dem Rest um und bemerkte, wie gut es ihnen tat, diese Menge an unterstützenden Menschen zu sehen. Fiefie lächelte ein wenig, Pete strahlte, und auch Fabio sah zufrieden aus. »Es fühlt sich gut an«, sagte Joris. Seine Mundwinkel zuckten nach oben. Er hielt Fabio im Arm und drückte ihn an sich. Die beiden sahen glücklich miteinander aus und sehr vertraut.

»Und das war wirklich Steffi?«, fragte Pete bewundernd.

Alex nickte. »Ich glaube schon. Sie hat heute Morgen auffallend viel am Handy rumgetippt. Sie muss die Leute dazu gebracht haben, hierher zu kommen.«

»Wow.« Pete pfiff anerkennend. »Das … Sie ist großartig.« Er trat nach vorne und berührte Fabio am Arm. Zu dritt stiegen Joris, Fabio und Pete die Treppe nach unten.

Übrig blieben sie beide. Fiefie setzte sich die Sonnenbrille auf und klopfte Alex auf die Schulter. »Nun kannst du nicht mehr behaupten, deine Reise wäre langweilig.« Er sah vergnügt aus.

»Nein, das kann ich nicht sagen«, bestätigte Alex grinsend. »Ab jetzt kann sie aber gerne ein wenig ruhiger werden.«

Fiefie seufzte. »Von mir aus auch.« Zu zweit folgten sie den anderen drei, und Alex spürte, wie viel Kraft Fiefie daraus schöpfte, dass es Menschen gab, die sich gegen die Ungerechtigkeit stellten, die ihm widerfahren war.

*

Obwohl keiner von ihnen ausgeruht war, entschieden sie dennoch, gleich am nächsten Tag die Zelte abzubauen und weiterzufahren. Der Ort war schön, und

Alex konnte sich vorstellen, dass sie sich unter anderen Umständen hier sehr wohl gefühlt hätten, doch die Ereignisse im Waschsalon und die anschließende Verhaftung hatten tiefe Spuren hinterlassen. Sie folgten der Europastraße 45 weiter in den Norden und hielten an einem kleinen Parkplatz am Rand eines gemütlichen Städtchens in einer wenig besiedelt Gegend.

Langsam stellte Alex fest, dass er es wirklich unterschätzt hatte, im Herbst so weit in den Norden zu fahren. Die Temperaturen erreichten selbst in der Mittagssonne nur wenige Grad über dem Gefrierpunkt. In der Nacht war dies kein Problem, sein Schlafsack war sehr warm und das Zelt von bester Qualität. Doch tagsüber konnten sie nicht mehr ohne dicke Jacken draußen sitzen, und sie passten nicht alle zusammen ins Wohnmobil, zumindest nicht für sehr lange und vor allem nicht, wenn sie sich gegenseitig nicht auf die Nerven gehen wollten. Wenn es regnete, quetschten sie sich trotzdem alle zusammen hinein, und meist ging das auch gut, bis das schlechte Wetter vorbeizog.

Trotz der Kälte hatten sie viel Glück. Die Sonne schien oft und lang, weshalb Alex tagsüber ausgedehnte Spaziergänge machte und jeden Sonnenstrahl genoss, den er einfangen konnte. Der Herbst färbte die Blätter gelb und rot und offenbarte ihm prächtige Landschaftsbilder. Es war traumhaft. Manchmal saß er einfach nur da und saugte alles in sich auf, in der Hoffnung, darauf zurückgreifen zu können, wenn seine Augen ihren Dienst endgültig aufgaben. Ab und zu fragte er sich, ob es sich überhaupt lohnte, weiter in den Norden zu fahren. Waren ihm die Nordlichter so wichtig, oder hatte er schon längst mehr Schönheit in sich aufgenommen, als er je geglaubt hatte?

Das Einzige, was ihn echt störte, war die Tatsache, dass es immer früher dunkel wurde und Alex häufiger von seinen Augen im Stich gelassen wurde. Einige Abende verbrachte er im Wohnmobil, um dort zu lesen, weil er sich draußen orientierungslos fühlte und sich Panik in ihm ausbreitete.

War es das wert? Sollte er nicht lieber Richtung Süden fahren, wo es abends nicht ganz so früh dunkel wurde? Was war er bereit, für ein paar Nordlichter zu opfern?

Die anderen gingen wunderbar mit seiner Situation um. Sie akzeptierten, wenn er sich zurückzog, gaben ihm keine ungebetenen Ratschläge und übten nie Kritik. Sie hinterfragten nicht, wenn er abends allein bleiben wollte. Wenn er ihnen signalisierte, dass er sie brauchte, waren sie aber ohne Ausnahme für ihn da. Dafür war er ihnen dankbar. Er war sich nicht sicher, ob Carola oder seine Freunde ähnlich souverän mit der Situation umgehen konnten.

Große Sorgen machten sie sich um Fabio, der sein Zelt selten verließ. Wenn er bei ihnen saß, kam es vor, dass er in seine Tasse starrte und erst reagierte, wenn man ihn mit lauter Stimme ansprach. Seine Laune hob sich nur, wenn er kiffte und dann war er unnatürlich aufgedreht.

Auch Fiefie schien die Ereignisse nicht richtig verarbeiten zu können und zog sich oft grundlos zurück und blieb für sich. Alex ging es ähnlich, und er war erleichtert, dass ihm keiner auf die Pelle rückte. Er fühlte sich überfordert und wusste nicht, wie er sich verhalten sollte. Einerseits wollte er Fiefie nicht auf die Nerven gehen, andererseits konnte er nicht einschätzen, ob Fiefie nicht doch gerne jemanden hätte, der für ihn da war.

Die Stimmung war insgesamt getrübt, und Alex wusste nicht, ob die frühe Dämmerung dazu beitrug, dass sich eine Stille über ihrem Camp ausbreitete, oder ob diese Stille die Ursache für seine eigene dustere Stimmung war.

Während eines Spaziergangs traf er auf Steffi, die einbeinig auf einem Baumstamm stand und den freien Fuß seitlich gegen den Oberschenkel gedrückt hielt. Sie hatte die Augen geschlossen und beide Hände vor ihrer Brust ineinander gedrückt. Sie wirkte wie eine Statue. Unbeweglich. Leblos. Aber so stabil, als könne sie jedem Wetter strotzen.

Alex stutzte und blieb sofort stehen, um sie nicht zu erschrecken. Er hätte sich nicht getraut, über einen längeren Zeitraum mit beiden Füßen auf dem Baumstamm zu stehen, doch Steffi hatte nicht nur einen Fuß nach oben gezogen, sondern hielt auch die Augen geschlossen. Noch bewundernswerter waren ihre Körperspannung und Stabilität. Sie wackelte nicht einmal. Er hätte vermutlich mit beiden Armen herumgewedelt, um die Balance halten zu können.

Sie öffnete die Augen, senkte den Fuß langsam und sah ihn für einen Moment entspannt an. Sie hüpfte vom Baumstamm. »Hey, ich habe gehört, dass du kommst.«

»Du hast das gehört?«, fragte Alex erstaunt.

Steffi lachte. »Wenn die Augen zu sind und man sich mehr auf sein Gehör konzentriert, hört man viele Dinge, die einem sonst entgangen wären.«

Alex runzelte die Stirn. Er fragte sich, ob es ihre Art war, um ihm mitzuteilen, dass er später schon irgendwie klarkommen würde. Andererseits war ihre Bemerkung eher beiläufig gewesen. »Du hast vielleicht gehört, dass jemand kommt, aber nicht, wer das ist«, korrigierte Alex sie.

Steffi schüttelte den Kopf. »Nö, ich dachte mir, dass du es bist. Du hast diese besondere Art zu laufen und deine Schuhe über den Boden schleifen zu lassen, dass es mich gewundert hätte, wenn es jemand anderes wäre.«

Alex hob die Augenbraue.

»Ich kann mit geschlossenen Augen fast alle eure Gänge unterscheiden«, gab Steffi an. »Fiefie hat diese federnden Schritte, so als würde er immer ein bisschen hüpfen. Du bist zu faul, deine Füße richtig vom Boden zu heben. Das genaue Gegenteil von Fiefie. Hannah läuft langsam, rollt ihre Füße ganz bewusst ab. Joris ist sowieso leicht vom Rest von euch zu unterscheiden wegen seines Humpelns. Charlie hat eine ganz selbstbewusste Art zu laufen. Das verursacht schnelle, aber laute Trampelgeräusche. Schwierig ist es bei Pete und Fabio. Die kann ich nur schwer erkennen.«

Erheitert trat Alex näher zu ihr. »Kein markantes Trampeln, Schleichen oder Humpeln?«

Steffi schüttelte den Kopf. »Nein. Pete hört man so gut wie gar nicht. Und Fabio ist ein sehr unausgeglichener Mensch. Er hat unterschiedliche Arten zu laufen, je nachdem, wie es ihm gerade geht.«

Alex nickte. Das ergab durchaus Sinn, auch wenn er nicht wirklich überzeugt davon war, dass es so einfach sein konnte. Er verschränkte seine Arme und sah sich um. Von hier aus hatte man keine Sicht auf ihr Camp, aber man war nahe genug, dass man innerhalb weniger Minuten dort sein konnte. Die Stelle war von blickdichten Bäumen umgeben, war aber nicht unheimlich, weil man sehr schnell auf die Ebene und offen einsehbare Wiese gelangte, über die ein Feldweg zu ihren Zelten führte. Was ihm an diesem Ort fehlte, war die Aussicht. Das Besondere. »Bist du oft hier?«

»Ja, hin und wieder. Versuche zu meditieren«, antwortete Steffi.

»Klappt es?«

Steffi schwang ihr Bein über den Baumstamm und setzte sich. »Mal besser, mal schlechter.« Sie hob die Schultern. Dann sah sie ihn aufmerksam an. »Wie geht es dir?«

Alex zögerte, schließlich seufzte er.

»Geht es um dich oder nimmt es dich mit, weil die Stimmung insgesamt nicht so gut ist?«, hakte Steffi nach.

Alex sah sie erstaunt an.

Steffi nickte. »Ja, ich habe gemerkt, dass es dir gerade nicht so gut geht. Ich war mir nur nicht sicher, ob dich das mit Fiefie und Fabio mitnimmt, oder ob du mit dir selbst beschäftigt bist.«

»Wenn ich darauf eine Antwort hätte«, murmelte Alex. Er schob vertrocknetes Laub hin und her und hob ebenfalls die Schultern. »Komm.« Steffi klopfte mit der flachen Hand auf die Stelle neben sich.

Seine Laune hob sich etwas, als er sein Bein ebenfalls über den Stamm schwang und sich breitbeinig ihr gegenübersetzte. Steffi musterte ihn, dann legte sie ihre kühlen Finger auf seine Wange und sah ihm direkt in die Augen. »Du bist angespannt. Innerlich unruhig. Ich glaube, du wärst gerne nobel und würdest dir lieber um Fabio und Fiefie Sorgen machen. Doch deine eigene Situation quält dich, und das möchtest du nicht zugeben, weil du denkst, es wäre egoistisch.«

Erschrocken zog Alex seinen Kopf nach hinten, und Steffis Hand fiel ohne Halt auf ihren Oberschenkel. Ihm wurde klar, dass Steffi sein Innenleben besser greifen konnte als er selbst. Alles, was sie sagte, war ihm zwar nicht bewusst gewesen, doch er spürte tief in seinem Inneren eine Zustimmung.

»Es ist nicht egoistisch, sich seinen eigenen Herausforderungen stellen zu wollen«, betonte Steffi.

Alex' Finger zuckten, ihm traten Tränen in die Augen. »Ich wünschte, ich könnte mich mehr um die anderen sorgen als um mich«, sagte er leise.

»Es ist immer leichter, sich über Probleme zu sorgen, die einen nicht unmittelbar betreffen, sieh es also als ersten Erfolg für dich, dass du das hinter dir gelassen hast.«

Alex wollte protestieren, doch Steffi ließ ihn gar nicht erst den Mund öffnen. »Schließ deine Augen«, bat sie.

Alex schüttelte den Kopf. »Das kann ich nicht. Das … ist zu viel.«

Mit einer geschmeidigen Bewegung hob Steffi ihre Hände und legte sie erneut auf Alex' Wangen. Dieses Mal waren sie wärmer. »Schließ deine Augen«, wiederholte Steffi.

Alex versuchte es. Die Dunkelheit, die ihn empfing, war genauso bedrohlich und unerträglich wie sonst auch, und die Versuche, sich einzureden, dass er nur die Augen öffnen müsste, brachten nichts. Er wusste, dass das irgendwann, vielleicht schon bald, nicht mehr die Lösung des Problems sein würde. Und das verursachte ihm Panik. Jetzt. Ständig. Immer wieder. Doch Steffis Finger gaben ihm Halt, ihr Druck auf seine Haut gab ihm etwas, worauf er sich konzentrieren konnte.

»Atme aus, und ein. Und aus, und ein.« Steffis Stimme war leise, aber fest. Sie machte es ihm vor. Atmete ruhig ein und aus. »Aus. Ein. Und aus. Und ein.«

Als sie verstummte, atmete Alex weiter und spürte, wie sich die Anspannung in seinem Brustkorb ein wenig löste. Als Steffi ihre rechte Hand von seinem Gesicht nahm, wollte er die Augen ruckartig aufreißen, doch Steffi bat ihn mit leiser Stimme, das nicht zu tun. Sie nahm seine Hand und führte sie zu sich. Er ertastete Stoff und eine Stelle, wo er seine Hand flach dagegen drücken konnte. Es musste Steffis Brustkorb oberhalb ihres Brustansatzes sein, denn er konnte spüren, wie er sich hob und senkte. Nun fiel es ihm leichter, sich ihrem Rhythmus anzupassen.

»Ein. Aus. Wieder ein. Und wieder aus«, flüsterte Steffi. Ihre Stimme wurde leiser und verstummte schließlich. Doch er konnte ihre eigenen Atemzüge spüren, und ihre Finger auf seinem Gesicht machten es ihm leichter, die Dunkelheit zu ertragen und sich auf seinen Atem zu konzentrieren.

Er entspannte sich. Sein verkrampftes Inneres wurde langsam weich.

Erst als Steffi ihre Hand sinken ließ und seine Finger ergriff, öffnete er seine Augen und bemerkte, dass ihr Kopf seinem ganz nah war. Ihre Augen waren ebenfalls weit geöffnet, und sie blinzelte nicht, als sie ihn betrachtete. »Du hast schöne Augen«, sagte sie.

Ein Wimmern durchdrang den Wald, und als er bemerkte, dass es sein eigenes war, war es zu spät, und Alex konnte es nicht mehr rückgängig machen.

»Es ist alles okay«, versicherte Steffi und drückte seine Hand.

Sie hatte tolle Augen, faszinierend hellblau mit schwarzen Flecken auf der Iris. Er leckte sich über die Lippen, und als sie ihn näher zog, gab er bereitwillig nach und küsste sie. Während er die Lippen auf ihren Mund legte, fragte er sich, ob sie die letzte Frau sein würde, die er küsste, bevor er die Sicht komplett verlor. Ob sie die letzte Frau war, der er tief in die Augen sehen konnte. Steffi berührte mit ihren Fingern seine Wange, und Alex berührte mit seiner Zunge ihre Lippen, und als sie ihren Mund öffnete, schmeckte er Minze und Blaubeeren, und ihr Atem strömte heiß in seinen Mund. Sie drückten sich aneinander, und endlich spürte er mit seiner Zunge ihre. Er ignorierte, dass ihre Zähne gegeneinanderstießen und stöhnte leise, als ihre Finger in seinen Nacken rutschten und die Haut am Haaransatz streichelten.

Konnten Carola und er doch noch zueinanderfinden? Vielleicht rechtzeitig, bevor er erblinden würde? Oder war das wirklich sein letzter Kuss, den er mit allen Sinnen genießen würde?

Der Gedanke an Carola ließ ihn zusammenzucken.

Er blieb für einen Moment mit den Lippen auf denen von Steffi liegen, schließlich entfernte er sich von ihr. Es ging ihm nicht um sich. Es ging ihm nicht einmal um Carola. Es ging ihm um Steffi. Wäre sie jemand anderes, hätte er sich auf sie eingelassen, aber Steffi war jemand, dem er das nicht antun konnte. Nicht nach dem, was sie erlebt hatte.

»Tut mir leid. Das war nicht geplant«, sagte Steffi leise. »Das gehört nicht zum Yogaprogramm.« Sie lachte.

Auch wenn er sich darüber freuen sollte, dass sie lachte, wurde es ihm schwer ums Herz. »Mir tut es leid«, betonte er.

»Es ist okay, was ist ein Urlaub ohne Urlaubsflirt?«, fragte sie und versuchte tapfer, heiter zu klingen.

»Nein, es ist nicht okay. Weil du etwas Festes verdienst. Jemand, der sich wirklich auf dich einlassen kann.« Alex schob sich von ihr weg, behielt aber ihre Hand in seiner und streichelte ihre Fingergelenke. »Und das kann ich nicht sein. Ich kann dir keine Zukunft bieten. Nicht, weil ich eine Freundin habe, sondern weil das, was da auf mich zukommt, nicht vereinbar mit einer Trennung und einer neuen Beziehung ist. Ich … muss mich auf mich konzentrieren.«

Steffi sah ihn mit gerunzelter Stirn an. »Das ist es, warum du den Kuss bereust? Nicht wegen deiner Partnerin?«

Alex schüttelte den Kopf. »Nein, Carola und ich wollten uns gerade trennen, als ich die Diagnose bekam.«

»Aber ihr habt es nicht gemacht?« Steffi sah ihn mit großen Augen an. Als er den Kopf schüttelte, biss sie sich auf die Lippen. »Das ist traurig.«

Zunächst wollte Alex das verneinen, dann wurde ihm bewusst, wie erbärmlich es sich für sie anhören musste. »Ich weiß«, sagte er.

Steffi ergriff auch seine andere Hand und drückte sie fest.

»Ich hoffe wirklich mit ganzem Herzen, dass ihr euch das überlegt. Dass ihr nicht nur zusammenbleibt, weil du das Alleinsein in der Dunkelheit fürchtest und sie die gesellschaftliche Kritik und das Gerede von den Leuten. Ich hoffe, du findest jemanden, der für dich da ist. Wirklich da ist. Es muss keine neue Partnerin sein, Alex. Es kann auch ein Freund sein.« Sie sah ihn ernst an. Tränen traten in seine Augen. Steffi war eine solch herzensgute Frau, so ehrlich, warmherzig und loyal. Sie hatte es nicht verdient, an diesen Typen geraten zu sein, der sich zu spät für sie entschieden hatte. Und an ihn, der absolut nicht bereit für sie war.

»Und ich wünsche dir einen Partner, der genug Kraft und Mut hat, sich auf dich einzulassen, wirklich auf dich einzulassen. Auf deinen schönen Körper und deine noch schönere Seele«, flüsterte Alex. Er löste seine Hand aus ihrer Umklammerung und berührte damit ihre Haare. Sie senkte seinen Kopf und schloss die Augen, so als ob sie die Berührung ganz bewusst aufnehmen wollte.

Schließlich öffnete sie die Augen wieder und richtete sich auf. Sie lächelte, und da war der Moment vergangen und die intime Nähe zwischen ihnen vorbei. Verwundert blinzelte Alex, danach schob er eine der Strähne zwischen seine Finger. »Ich habe mich immer gewundert, wie du auf die Idee kamst, deine Haare bunt zu färben«, sagte er erstaunt.

»Ich hatte früher mal Dreads. Meine Haare sind dunkelblond. Ich hatte irgendwann ein komisches Gefühl dabei und war mir nicht mehr sicher, ob es sich dabei um kulturelle Aneignung handelt oder nicht. Und als das mit Hani schief ging, hatte ich Lust, was Neues auszuprobieren. Ich schnitt sie ab. Und experimentierte mit Farben. Es gefiel mir so. So chaotisch. Als könnte ich mein inneres Durcheinander besser ausdrücken.«

»So was habe ich mir gedacht«, gestand Alex.

»Ich habe Pläne, wie ich das wieder in Ordnung bringen kann«, bestätigte Steffi. Sie schob ihr Bein über den Baumstamm und erhob sich. »Das musst du nicht«, protestierte Alex. »Sie sehen gut aus, wie sie sind.«

Steffi nahm seine Hand und zog ihn auf den Weg, den er vorhin gegangen war. »Gehört zum Heilungsprozess.«

»Okay, wenn das so ist.« Alex lachte. »Und wie wird es?«

Steffi hob die Schultern. Sie drehte sich zu ihm um und lief rückwärts, um ihn ansehen zu können. »Noch ist es ein Geheimnis.«

Alex schluckte. »Werde ich es zu sehen bekommen?«

Steffi sah ihn an und nickte. »Ja«, sagte sie bestimmt. »Auf die eine oder andere Art auf jeden Fall.«

Er folgte ihr, und während sie gemeinsam durch den herbstlichen Wald liefen, erzählte sie ihm von ihrer früheren Frisur und warum sie sich damit nicht mehr wohlgefühlt hatte.

Das war einer dieser Momente, die er sich abspeichern würde. Der Blick in ihre Augen und die willkommene Dunkelheit während des Kusses. Es war die einzige Erinnerung an die Reise, die er sich bewusst vornahm, nicht zu vergessen, die nicht nur aus einer rein visuellen Erfahrung bestand.

*

Sie hatten sich den Ort willkürlich ausgesucht. Er lag direkt an der Hauptstraße, die sie bis in den Norden führte, und war klein genug, um sich wohlzufühlen. Und weit von ihrem letzten Aufenthaltsort entfernt, sodass sie die Ereignisse im Waschsalon vergessen könnten.

Doch das Schicksal behielt eine merkwürdige Überraschung für sie bereit, denn obwohl es reiner Zufall gewesen war, dass sie hier gelandet waren und es in dem Ort außer einer Pension, einer Pizzeria und einer Handvoll Cafés nichts gab, existierte auch ein Museum über Camping und Zubehör. Zwar war das Museum nur in den Sommermonaten geöffnet, doch Alex machte den Besitzer ausfindig und erhielt tatsächlich für sich und seine Freunde eine Sonderführung. Sie mussten nicht einmal den vollen Preis bezahlen.

Es kostete einige Mühe, Fabio zu überreden, mitzukommen, und Hannah, Fiefie und Charlie zögerten lange, aber am Ende schlossen sich doch alle an. Sie kamen mit dem Besitzer ins Gespräch, ein älterer Mann in den Siebzigern, selbst Fan vom Reisen, der viele Anekdoten zu berichten hatte, weil er lange Touren durch Europa und Asien gemacht hatte. Die anderen erzählten ihm von ihren eigenen langen Rundreisen durch Skandinavien, die sie seit Jahren machten.

So erfuhr Alex einige Stories, die er bis jetzt noch nicht gekannt hatte. Auch Steffi und selbst Joris waren die Geschichten neu, und sie kamen aus dem Staunen nicht heraus. Sie hörten von einer spontanen Nacht auf einem Gletscher, weil es unbemerkt dunkel geworden war und sie sich nicht getraut hatten, wieder zurückzufahren, und sie erfuhren, wie sie Fabio einmal vollkommen bekifft zurückgelassen hatten, was ihnen erst einige Kilometer später aufgefallen war.

Der Besitzer des Museums fragte, ob sie schon in Finnland gewesen waren, was verneint wurde. Daraufhin erwähnte der ältere Mann, dass sie das nachholen mussten. Unbedingt, wie er mehrmals betonte und dabei Hannah ansah, als wüsste er genau, dass Hannah insgeheim diejenige war, die die Touren plante.

Das Museum selbst war klein, aber sehr liebevoll eingerichtet und offenbarte Momentaufnahmen des Campinglebens der letzten hundert Jahre und wie sich die Einrichtung und Ausstattung verändert hatte. Einige Wohnwagen waren ausgestellt, und Alex fiel auf, dass ihr Gefährt eher einem älteren Modell ähnelte. Die neueren Gefährte kamen ihm wie Luxusvillen vor. Gemeinsam bestaunten sie einen Reisewagen mit dem Namen Wanderer, der noch von Pferden gezogen worden war.

Die Stimmung wurde besser. Fast unbemerkt. Als wäre der Besuch die Erinnerung daran, warum sie überhaupt gemeinsam unterwegs waren. Es war das erste Mal, dass sich wieder ein Teamgefühl einstellte.

Sie war nach dem Besuch des Museums sogar so gut, dass Alex Lust bekam, alle zum Italiener einzuladen. Nur Joris und Steffi schienen der Idee aufgeschlossen gegenüber zu sein, der Rest blieb skeptisch, selbst als sie im Restaurant an zwei zusammengeschobenen Tischen in der Ecke Platz nahmen. Langsam wurde ihm bewusst, dass die Gruppe diese Art von Ausflügen noch nie unternommen hatte. Als würden sie alles, was sie mit herkömmlichen Reisenden verbanden, meiden wollen. Doch als sie alle in die Karten schauten, nahm die allgemeine Beunruhigung ab, und selbst Hannah lachte laut, als Fabio damit fortfuhr, witzige Anekdoten von ihren früheren Reisen preiszugeben. Alex wusste, dass er nicht gekifft hatte, trotzdem hatte er es aus eigenem Antrieb geschafft, seine Niedergeschlagenheit abzustreifen. Als wenn es Fiefie direkt ansteckte, taute auch dieser auf, und als ob sie sich überbieten wollten, redeten sie immer lauter, was alle anderen dazu brachte, ihre Stimmen ebenfalls zu heben.

Sie waren die Einzigen im Restaurant, deswegen war das okay.

Fiefie erhob das Glas, als das Essen kam und rief: »Auf Alex, der uns heute eingeladen hat!« »Auf uns alle«, korrigierte Alex lächelnd. Sie stießen an.

»Wart ihr schon mal im Süden von Europa?«, fragte Steffi.

»Ja, einige Male, aber richtig wohl haben wir uns nicht gefühlt«, antwortete Pete. »Zu viele Menschen«, fügte Fiefie hinzu und verschränkte seine Arme hinterm Kopf. Er sah wenig begeistert aus.

»Zu wenig Natur«, präzisierte Hannah.

Die Pizza schmeckte allen, und weil sie möglichst viele Sorten probieren wollten, tauschten sie ihre Teller aus. Als sie fertig gegessen hatten, bestellten sie weitere Getränke. Fiefie erzählte von früheren Mitfahrern, von Anita und Sven, mit denen es aber nicht geklappt hatte, von Nicky, die anstelle von Joris mit Charlie, Fabio und Pete mitgefahren war und nun ihre Mutter nach einem

Schlaganfall pflegte und aus dem Grund sesshaft geworden war. Alex kam der traurige Gedanke, dass sie nächstes Jahr irgendwo mit einem neuen Typen, der seinen Platz eingenommen hatte, sitzen und genauso über ihn reden würden. Vielleicht würde er nicht mehr sein als eine Story, die sie in einem gut gelaunten Moment preisgaben, während er zu Hause in der Dunkelheit saß und an seinem neuen Leben verzweifelte.

Das Bild, welches er sich von sich selbst vorstellte, war so grauenhaft, dass er ruckartig sein Glas nahm und hastig trank, um sich abzulenken. »Weißt du noch, als wir mal Sex auf dem Marktplatz hatten und weggescheucht wurden?«, fragte Fabio und sah zum gegenüberliegenden Ende des Tisches.

Charlie lachte laut und sagte: »Ich werde den Blick der Leute niemals vergessen.«

Alex spuckte den Schluck Apfelschorle ins Glas zurück. »Ihr hattet Sex?«, fragte er.

Charlie sah ihn irritiert an. »Klar. Wusstest du das nicht?«

»Ich dachte … dachte halt, Joris und Fabio und … und vorher Joris und du«, stotterte Alex irritiert.

Fabio grinste, und Charlie zwinkerte ihm zu, als sie sagte: »Und davor Fabio und ich.«

Alex sah zu Steffi, um zu erfahren, ob sie ähnlich irritiert war, doch anscheinend kannte sie diesen Fakt schon. »Okay«, sagte er, weil er ja irgendwas sagen musste.

»Müssen wir über Sex reden, Leute?«, fragte Joris mit pinken Wangen.

»Du bist so süß, wenn dir was peinlich ist«, flötete Fabio und wurde dafür von Joris liebevoll in den Schwitzkasten genommen und eindringlich geküsst.

»Und gibt es sonst noch was interessantes?«, fragte Alex neugierig.

»Nein«, sagte Charlie lachend und lockerte ihre blaue Mähne mit den Fingern. »Sonst waren wir brav.«

»Als würden wir dir das glauben«, meinte Steffi und grinste Charlie an.

Täuschte Alex sich, oder sahen sich Hannah und Fiefie gerade ein bisschen zu lange in die Augen? Kopfschüttelnd entschied Alex, dass er erst einmal über die amourösen Verstrickungen zwischen Charlie, Joris und Fabio nachdenken musste, bevor er sich über eine eventuelle leidenschaftliche Vergangenheit zwischen Fiefie und Hannah Gedanken machen konnte.

Alex bezahlte, und dabei fiel ihm auf, wie wenig Geld er bisher ausgegeben hatte. Fast sein gesamtes Bargeld war vorhanden. Verbrauchte er so wenig? War das Leben hier so günstig? Erstaunt steckte er den Geldbeutel in die Tasche zurück, und gemeinsam traten sie den Heimweg an. »Komm, wir laufen gemeinsam«, flüsterte Steffi, und zaghaft legte Alex seine Finger in ihren Ellenbogen.

Jetzt wurde ihm erneut klar, warum es ihm immer schwerer fiel, den grundlegenden Trübsinn von seiner Seele zu vertreiben. Es war zu dunkel, um viel erkennen zu können. Doch die anderen waren so gut gelaunt, dass er zumindest vorgeben konnte, ebenfalls gut gelaunt zu sein.

Wieder an ihrem Zeltplatz angekommen, holte Fabio zu ihrer aller Erstaunen die Gitarre heraus und spielte. Obwohl Alex vorgehabt hatte, sich in sein Zelt zu verkriechen, um der Dunkelheit zu entkommen, entschied er, bei der Gruppe zu bleiben. Fabio spielte Gitarre, Charlie setzte sich zu ihm und begann mit einer hellen klangvollen Stimme zu singen. Die beiden klangen unkoordiniert, als ob Fabio nicht nach Noten spielte und Charlie den Takt nicht einhielt, aber es war irgendwie richtig schön und passte zu dem tollen Nachmittag, den sie gemeinsam verbracht hatten. Alex lag in seinem Schlafsack seitlich zum Lagerfeuer, Kopf an Kopf mit Fiefie, und starrte in die Flammen, der einzigen Lichtquelle und das Einzige, was er noch sehen konnte, und lauschte den Gitarrenklängen. Irgendwann schloss er die Augen und konnte sich der Musik komplett hingeben.

*

Wollte er die Nordlichter überhaupt noch sehen, oder war das Ganze doch eine irrsinnige Idee gewesen, fragte sich Alex. Der Zweifel war leise und wurde täglich deutlicher zu spüren, aber den hämmernden Protest, nicht aufzugeben, konnte er nicht ignorieren. Nein! Das musste er jetzt durchziehen.

Zwar fürchtete er die Weiterfahrt – noch mehr Kälte, vor allem aber die früher einsetzende Dunkelheit –, stimmte aber dafür, weiterzureisen, als Hannah sie abstimmen ließ. Immerhin wollte er die Nordlichter sehen. Und dafür musste er sich nun langsam beeilen, denn er wollte nicht so lange von Silas wegbleiben. Außerdem würde das Reisen im Winter kontinuierlich beschwerlicher werden. Die Zeit drängte also; er hatte nur diese eine Reise, um sich den Traum zu erfüllen, das spürte er jeden Abend, wenn die Sicht auf ein Minimum reduziert wurde.

Alle außer Fabio waren ebenfalls dafür, und so machten sie sich auf den Weg zur größeren Ortschaft Arvidsjaur, wo sie an einem Parkplatz ihre Zelte aufbauten. Hier hatten sie zumindest sanitäre Anlagen, die sie nutzen durften. Der Ort verfügte über einen Supermarkt, und es gab sogar einen kleinen Marktplatz mit einer kleinen Fußgängerzone und Geschäften. Als Alex verkündete, jetzt endlich Souvenirs für seinen Sohn zu kaufen, bot Charlie an, ihn zu begleiten. »Ich will meinen Nichten auch was mitbringen«, gab sie als Erklärung an und erstaunte damit alle anderen. Vielleicht war sie nicht als die fürsorgliche Tante bekannt, die Geschenke machte, zumal sie jahrelang keinen Kontakt zu ihrer Familie gehabt hatte. »Das ist gut«, sagte Joris und nickte anerkennend.

»Richtig«, betonte Hannah. »Geschwister müssen zusammenhalten.« Sie sah zu ihrem Bruder und begann, an ihren Fingernägeln zu kauen. Pete stand auf und zog Charlie in eine Umarmung, ohne etwas zu sagen. Sie nahmen den Camper, damit die anderen das gemütlichere Wohnmobil hatten, um sich dort ins Warme verkriechen zu können.

Alex fand es schön, mal mit Charlie allein unterwegs zu sein. Mit ihr hatte er bisher am wenigsten Kontakt, obwohl er nicht wusste, warum das so war. Er mochte sie wirklich sehr, aber Hannah und Steffi gehörten der Gruppe an, der er sich angeschlossen hatte, und mit den restlichen verband ihn ausschließlich das einschneidende Erlebnis im Waschsalon.

»Warst du echt mit Fabio zusammen?«, fragte er auf dem Weg. Er saß auf dem Beifahrersitz und war dankbar, dass Charlie angeboten hatte, zu fahren. Er liebte es, in dem klapprigen Camper zu sitzen und sich durch die von Menschen fast unberührte Natur kutschieren zu lassen.

Oh, wie sehr würde er das vermissen, wenn er wieder zu Hause war! Vor allem, da er eines Tages auf dem Beifahrersitz sitzen und nichts mehr von draußen mitbekommen würde.

»Ja, aber bei uns ist so gewesen wie mit dir und deiner Partnerin«, sagte Charlie. »Fabio und ich sind echt gute Freunde, und wir haben viel zusammen erlebt. Wir hatten Sex, weil es einfach Spaß gemacht hat. Das mit Joris war aufregend und neu, aber nie darauf ausgelegt, dass es dauerhaft ist.« Charlie setzte sich die Sonnenbrille auf, die vorne unterm Radio in einem Fach steckte, das voller zerknitterter Zettel, Kaugummiverpackungen und Geld in allen möglichen Währungen war. Soweit Alex wusste, gehörte die Sonnenbrille Pete, aber nicht nur Beziehungen wurden hier etwas anders gehandhabt, sondern auch Eigentum. Man teilte, und Alex war sicher, dass Pete gelacht hätte, wenn Alex ihm gegenüber zugab, dass er sich Gedanken darüber machte, wem die Brille gehörte.

»Und Joris und Fabio?«, fragte Alex. »Das ist doch was Ernstes, oder?«

»Wir werden sehen«, sagte Charlie und hob die Schultern.

Alex musterte sie und runzelte die Stirn. Er fragte sich, ob Charlie ähnliche Bedenken hatte wie er. »Die sind doch ganz vernarrt ineinander.«

Charlie hob erneut die Schultern, sagte aber nichts.

Alex seufzte schwer und biss sich auf die Lippen. Das mit Fabio wurde immer mehr zu einem Problem. Und Joris und Hannah schienen vollkommen überfordert zu sein. Das machte Alex große Sorgen. Auch, dass Charlie ebenfalls beunruhigt war. Nun war es nicht mehr so einfach, sich einzureden, dass er sich Fabios langsamen Absturz nur einbildete.

Sie fanden einen Parkplatz, ein Stück vom Ortskern entfernt. »Joris ist in meinen Augen weiterhin ein Welpe«, sagte Charlie und nahm damit offenbar das Gespräch von vorhin auf.

Alex runzelte die Stirn. Es überraschte ihn, zumal Charlie den Eindruck gemacht hatte, dass sie lieber nicht über Joris und Fabio reden wollte.

»Ich meine, so wie du. Noch neu. Noch frisch. Noch unbeholfen. Ihm wird erst langsam klar, was für ein schwieriger und komplizierter Mensch Fabio ist und wie sehr ihn die Vergangenheit quält. Die Nacht im Gefängnis war dabei nicht unbedingt hilfreich.« Charlies Stimme war sehr ernst. Sie machte sich echte Sorgen um Fabio, erkannte Alex. Und um Joris offensichtlich auch. »Es hatte einen Grund, warum aus Fabio und mir nichts geworden ist. Also davon abgesehen, dass ich mir für mich sowieso nichts Festes vorstellen kann.« Sie sah ihn an.

»Warum?«, fragte Alex leise und versuchte, das Frösteln zu unterdrücken.

Charlie grinste süffisant. »Ich bin lieber eine Jägerin, als am Lagerfeuer zu sitzen.«

»Ich meine, welchen Grund hat es, dass aus Fabio und dir nichts wurde?«, korrigierte Alex sich. Er konnte sich den Lebensstil und Charlies Glauben an die Freiheit, für die sie bereit war, alles unterzuordnen, überhaupt nicht für sich vorstellen, aber er wollte nicht den Eindruck erwecken, dass er daran etwas zu kritisieren hatte.

»Ich wusste, dass ich nicht dafür gemacht bin, seine Partnerin zu werden. Ich hab selbst genug Probleme mit dem Leben und konnte seine nicht zu sehr an mich heranlassen. Deswegen … Tut mir leid, wenn sich das grausam anhört, aber ich wollte ihn nicht näher an mich heranlassen. Ich bin ein empfindlicher Mensch, mehr als sich die meisten vorstellen können, und ich wäre komplett untergegangen.«

»Und das passiert jetzt mit Joris?«, frage Alex.

Charlie stöhnte leise. »Ich dachte erst, er ist viel stärker als ich. Aber ich glaube langsam, dass es ihn viel zu sehr mitnimmt und er Fabios Leid nicht mehr erträgt.«

Nachdenklich versuchte Alex, mit ihr Schritt zu halten. Sie hatte ein enormes Tempo drauf. Er erinnerte sich daran, als Steffi ihm gesagt hatte, dass sie Charlie am Schritt erkannte. »Ich mache mir eher Sorgen um Hannah.«

Charlie schüttelte den Kopf. »Hannah kümmert sich um Fabio, seit sie ein kleines Mädchen ist. Ihr würde was fehlen, wenn es Fabio plötzlich gut gehen würde. Vielleicht würde sie selbst krank werden.«

»Das hört sich nicht nach einer gesunden Geschwisterbeziehung an.«

»Mich musst du nicht fragen. Ich habe zehn Jahre lang nicht mit meiner Schwester gesprochen, obwohl ich als Kind ein wahnsinnig enges Verhältnis zu ihr hatte«, sagte Charlie.

»Und ich bin Einzelkind«, antwortete Alex und hob die Schultern.

Charlie blieb stehen, und Alex bremste abrupt ab, weil er sonst in sie gelaufen wäre. »Können wir ihnen irgendwie helfen, Alex?«

Alex dachte kurz nach. Er glaubte, dass Steffi die bessere Ansprechpartnerin für solche Fragen wäre, doch er versuchte möglichst genau in Worte zu fassen, was er dachte. Insgeheim fühlte er sich wahnsinnig geehrt, dass Charlie ihn um Rat fragte. »Ich denke, dass Fabio sich allein helfen muss, und ich glaube, ihm würde das ohne Joris oder Hannah besser gelingen. Er braucht eine Phase, in der er ohne Ablenkung für sich sein kann. Wo er mal mit sich und seinem Problem konfrontiert wäre.«

»So wie du?«, fragte Charlie.

Alex nickte und hob die Hände. »Ja«, sagte er erstaunt über die Parallele, die ihm bisher nicht bewusst gewesen war. »Ja, genau. Wie ich.«

»Deswegen bist du auf Reisen. Nicht wegen der Nordlichter.«

Alex sah sie nachdenklich an. Es machte Klick in seinem Kopf. Er wusste auf einmal, warum es ihm nicht mehr so wichtig war, die Nordlichter zu sehen. Er war gerade dabei, sich wirklich mit dem auseinanderzusetzen, was auf ihn zukam. Er war noch lange nicht am Ziel, aber er hatte den ersten Schritt gemacht. Und das war ein riesiger Erfolg. »Ja. Genau«, sagte er leise.

Charlie lächelte. Dann nahm sie den schnellen Schritt wieder auf. Sie betraten das erste Geschäft, das so aussah, als könnte es dort Souvenirs geben. Doch die Auswahl traf so gar nicht ihre Altersgruppe. Sie gingen weiter und fanden nach dem dritten Anlauf tatsächlich einen kleinen Souvenirladen mit allem möglichen ansprechenden Kram.

Charlie stand unschlüssig vor einem Regal mit Holzspielzeug. Alex wusste sofort, dass er etwas für Silas finden würde, der große Freude an den Holzautos, Holztieren und Geschicklichkeitsspielen hätte. Eine hölzerne Kugelbahn begeisterte ihn auf den ersten Blick, doch er wollte sich Zeit nehmen, um darüber nachzudenken, ob er das große Ding wirklich mit sich herumschleppen wollte. Dass sie sehr teuer war, war ihm egal. »Ich habe echt keine Ahnung, womit sie spielen«, murmelte Charlie.

»Wie alt sind sie?«, fragte Alex und trat zu ihr.

Sie wippte mit dem Kopf unschlüssig hin und her. »Die Kleine ist fast noch ein Baby.«

»Und die Große?«

»So vielleicht«, sagte Charlie und zeigte auf ihren Oberarm.

Er musterte Charlie amüsiert. »Das sind sehr ungenaue Angaben.« »Ich weiß.« Charlie grinste. »Als meine Schwester mir die Kleine in den Arm gedrückt hat, wusste ich gar nicht, wie ich sie halten soll. Meine Schwester hat sich fast kaputtgelacht.«

Alex griff nach einer über das ganze Gesicht strahlenden Schnecke aus Holz, die für ganz kleine Kinder bestimmt war, die gerade erst laufen lernten. »Kann die Kleine laufen?«

»An der Hand meiner Schwester ist sie gelaufen.«

»Das könnte was für sie sein«, schlug Alex vor und zeigte auf die Schnecke. Charlie nahm das Holztier aus dem Regal und drehte nachdenklich an den

Rädern. »Ich finde es super, dass du den Kontakt zu deiner Schwester gesucht hast und halten willst und an deine Nichten denkst«, sagte Alex.

»Ja, ich auch.« Charlie drehte die Schnecke um und lachte, als sie das große Lächeln des Holztieres betrachtete. Sie sah Alex an. »Ich hoffe, ich lerne es, eine gute Tante zu werden. Du merkst, dass ich wahnsinnig viel Nachholbedarf habe.«

»Das bekommst du hin«, versicherte Alex ihr und war davon absolut überzeugt. Jemand wie Charlie schaffte alles, was sie sich vornahm.

Sie sahen sich weiter im Laden um und entschieden, erst einmal etwas zu essen. Zwei Straßen gab es einen Burgerladen. Alex probierte einen mit Elchfleisch, Charlie blieb vegetarisch.

»Wir sind früher fast nie essen gegangen oder haben uns Museen angeschaut. Du bist eine Bereicherung für uns«, sagte Charlie und biss von ihrem Burger ab. »Ich hoffe, wir können nächstes Jahr auch das eine oder andere touristische Angebot mitnehmen.«

Wieder stellte Alex sich vor, wie er dann zu Hause hockte, vollständig erblindet und verzweifelt, während die anderen durch Skandinavien reisten und er lediglich eine blasse Erinnerung war, die sich als Anekdote eignete. Wisst ihr noch, als Alex uns zu einem Museum geschleppt hat? Könnt ihr euch daran erinnern, als er uns zu einer Pizza eingeladen hat? Wie es ihm jetzt wohl geht? Sie würden lachen, sich daran erfreuen, ihn kennengelernt zu haben, und sich dann wieder ihrer Reise widmen. Und dem Begleiter, der seinen Platz eingenommen hatte.

Charlie schien zu spüren, dass seine Stimmung in den Keller ging. Sie berührte seinen Arm. »Was ist los?«, fragte sie.

»Ich … mache mir einfach Sorgen, was mit mir ist, wenn ihr nächstes Jahr unterwegs seid«, murmelte Alex, und ein Schauer kroch über seinen Rücken.

»Alex, es hat dir vielleicht keiner gesagt, weil es für uns alle selbstverständlich ist, aber du wirst uns ausnahmslos willkommen sein, und natürlich kannst du uns begleiten, wann immer du willst, und egal, in welcher Verfassung du bist.« Sie legte die Betonung auf das Wort egal.

»Und wenn ich blind bin?«, fragte Alex zweifelnd.

»Natürlich.« Charlie nickte und biss in ihren Burger, während sie ihn verständnislos ansah.

»Und was habt ihr davon, außer dass ihr mich überall hinführen müsst, ich das Wohnmobil nicht fahren kann, mein Zelt nicht allein aufbauen kann und für gar nichts zu gebrauchen bin, weil ich nicht mal den Weg zum Klo ohne Hilfe schaffe?«, fragte Alex scharf.

»Na, deine Gesellschaft«, sagte Charlie. »Du und Steffi passt zu Fiefie und Hannah. Die beiden wünschen sich schon lange zwei Leute, mit denen sie sich richtig gut verstehen. Hannah mag dich, und Fiefie liebt dich.«

Alex erlaubte sich kurz, Freude zu empfinden, dann schüttelte er den Kopf. »Ich glaube nicht, dass irgendein Blinder auf einer Reise eine Bereicherung sein kann.«

»Nein, glaube ich auch nicht«, erwiderte Charlie und schob sich drei Pommes auf einmal in den Mund. »Irgendein Blinder bestimmt nicht. Er müsste schon zu uns passen. Und du passt halt einfach. Das ist der Unterschied.«

Skeptisch sah Alex sie an, danach konzentrierte er sich auf seine Pommes.

»Glaubst du nicht?«, fragte Charlie.

»Selbst wenn es so wäre, ich weiß nicht, ob ich mir das zutraue. Es wird schon zu Hause schwierig genug sein, unterwegs werde ich aufgeschmissen sein.« Alex hob die Schultern.

Charlie berührte erneut seinen Arm. »Ich weiß, wie hart das für dich ist. Lass dir Zeit, und setz dich nicht unter Druck, aber denke niemals, dass du keine Bereicherung für uns bist!« Dieses Mal betonte sie das Wort aber, und dieses Mal glaubte Alex ihr sogar, obwohl es seine Traurigkeit nur bedingt beeinflussen konnte.

Sie schlenderten zurück zu dem Laden mit dem Spielzeug und kauften für Charlies jüngere Nichte die Holzschnecke und für Silas und Charlies ältere Nichte jeweils eine Kugelbahn. Das Zeug war kompliziert zu tragen, aber Alex hatte ein gutes Gefühl bei den Geschenken.

»Ich habe dich lange nicht mehr schreiben gesehen«, meinte Alex, während er die beiden Kugelbahnen trug und Charlie die Schnecke vor ihrem Gesicht hielt und so tat, als würde sie ihr Lächeln erwidern.

Charlie senkte die Holzschnecke. »Ich bin fertig mit dem, was ich schreiben wollte. Nun brauche ich eine Pause, bis sich was Neues in meinem Kopf geformt hat, das ich in Worte packen kann.«

»Wirst du es veröffentlichen?«, fragte Alex.

Charlie lachte. »Ich?«, fragte sie. Sie blickte zu der Holzschnecke. »Kannst du dir vorstellen, dass ich eine erfolgreiche Autorin werden könnte?«

»Du könntest es versuchen«, betonte Alex, obwohl sie nicht ihn, sondern die Schnecke ihrer jüngsten Nichte gefragt hatte.

Charlie machte eine Grimasse in Richtung der Schnecke. »Ich weiß nicht.« Dann sah sie ihn an. »Vielleicht. Vielleicht mache ich das. Wenn du dich traust, wieder mit uns zu reisen, sollte ich mich trauen, mein Zeug zu veröffentlichen.«

»Das ist Erpressung«, knurrte Alex.

»Nein.« Charlie grinste. »Nein, das ist ein Deal.«

Alex betrachtete sie. Sie konnte es schaffen. Er war sicher, dass sie alles schaffen konnte, was sie erreichen wollte. Aber traf das auch auf ihn zu? Er war skeptisch, aber er wollte den Deal nicht jetzt schon ausschlagen, deshalb sagte er: »Mal schauen.«

*

Die Abende wurden kälter, und ohne Lagerfeuer hielten sie es draußen nicht mehr aus. Alex mochte die Gespräche am Lagerfeuer, besonders wenn Fabio gut drauf war und Gitarre spielte. Denn wenn Fabio gut drauf, waren auch Hannah und Joris gut drauf, und das wiederum hatte einen enormen Effekt auf den Rest der Gruppe. Manchmal weigerte sich Fabio, aus dem Zelt zu kommen, und dann gelang es weder Hannah noch Joris, sich zu entspannen. Außerdem waren Fabio und Fiefie als Unterhalter-Duo unschlagbar und brachten die ganze Gruppe zum Lachen. Wenn Fabio sich im Zelt verkroch, war Fiefie automatisch ruhiger und ernster. Alex fand die Gruppendynamik interessant, und es bedrückte ihn gleichermaßen, wie stark die gesamte Truppe von Fabio abhängig war. Einerseits glaubte er nicht, dass diese Verantwortung Fabio guttat, denn so konnte er sich nie erlauben, mal an sich zu denken, sondern überspielte seine depressiven Phasen nur und bekämpfte sie, statt sich ihrer anzunehmen. Andererseits beobachtete er Fiefie sehr genau, denn auch bei ihm war er sich nicht sicher, ob Fiefie den gut gelaunten Mann nur spielte, weil er sich selbst nicht eingestehen wollte, wie sehr ihn der Überfall im Waschsalon traumatisiert hatte.

Aber wie konnte ausgerechnet er glauben, er könne die Situation so gut beurteilen? Er, der unausgeglichen und aus der Bahn geraten und vollkommen überfordert mit seinen eigenen Baustellen war.

Weil Alex schon in der Dämmerung kaum lesen konnte, ohne Kopfschmerzen zu bekommen, hörte er viele Podcasts oder Musik über sein Handy. Es war ihm nicht immer möglich, sein Handy zu laden, aber wenn das Fahrzeug benutzt wurde, luden sie stets zuerst Alex' Handy auf.

Von Petes Podcast kannte Alex bereits sehr viele Folgen. Es war eine Art Ritual geworden, vor dem Einschlafen Petes Stimme zu hören. Ab und zu waren ihm Petes Ansichten zu extrem, aber er hatte eine sehr angenehme Art und streute laufend Humor mit in die Folgen, was das Hören trotz der teilweise schweren Kost zum Genuss machte. Die meisten Podcasts handelten von veganer Ernährung und den Vorurteilen, mit denen Veganer konfrontiert wurden, doch es gab auch spannende Folgen über das gesellschaftliche Leben, politische Ungerechtigkeiten und soziale Fragen. Gelegentlich sprach er Pete am nächsten Vormittag darauf an, und sie diskutierten Dinge, mit denen Alex nicht einverstanden war. Er lernte Petes Sicht der Welt besser kennen und konnte sich besser in ihn einfühlen und einschätzen, woher Petes Meinung kam, auch wenn er nicht alles genauso sah. Pete war ein angenehmer Gesprächspartner. Er hörte sich die Gegenargumente genau an, gab Fehler in der eigenen Argumentationskette zu oder verteidigte sie, ohne hitzig zu werden. Die Folge, die Pete mit dem erblindeten Mann aufgenommen hatte, ignorierte Alex weiterhin, obwohl er sie längst runtergeladen hatte und sie ihm jedes Mal von seiner App unter die Nase gerieben wurde.

Er hörte weiterhin Folgen über Alltagsrassismus. Weil er besser verstehen wollte, wie Fiefie sich fühlte, aber auch, weil er sich erhoffte, auf die Art besser auf die Probleme vorbereitet zu sein, mit denen sein Sohn Silas später mal konfrontiert werden würde.

Fiefie war ihm ein sehr guter Freund geworden, aber er war kein so leichter Diskussionspartner, wie es Pete war. Sie redeten aneinander vorbei, verletzten sich unbeabsichtigt mit Bemerkungen und brachen das Gespräch ab, wenn es zu kompliziert wurde. Schließlich entschied Alex, dass er mehr über das erfahren wollte, was sich während der Schlägerei im Waschsalon und danach mit der Polizei ereignet hatte.

Ihm ging der Gedanke durch den Kopf, dass er ein sehr privilegiertes Leben führte – bis ihm klar wurde, dass sein privilegiertes Leben bald in einem Nebel aus Dunkelheit verschluckt wurde. Ein schaler Beigeschmack auf der Zunge blieb ihm, bis er einschlief.

Am Vormittag verbrachte er die Zeit meistens alleine. Er telefonierte jeden Tag ausgiebig mit Silas, und manchmal kam Carola ans Telefon, und er erzählte ihr von seinen Erlebnissen. Er hatte den Eindruck, sie war enttäuscht, weil er wenig erlebte. Sie fragte ihn, wann er sich endlich die Nordlichter ansehen und dann wieder heimkommen würde.

Doch sie sagte ihm nie, dass sie ihn vermisste.

Aber eventuell war das ja ihre Art, ihm genau das zu vermitteln?

Wenn er nur wüsste, wie er mit Carola über seine bevorstehende Erblindung, über die Gräben, die sich zwischen ihnen aufgetan hatten, und ihre Zukunft reden könnte. Doch zwischen Carola und ihm war es kompliziert, bei ihr fiel es ihm noch schwerer als mit Fiefie. Mitunter überkam ihn ein seltsames Gefühl der Sehnsucht nach ihr, welches er schon lange nicht mehr empfunden hatte, doch es gelang ihm erst, es ihr zu sagen, wenn sie längst aufgelegt und er das Smartphone mit geschlossenen Augen weiterhin gegen die Wange drückte. Als Antwort kam die Stille. Er fragte sich, ob sie viele Kilometer entfernt ebenfalls in ein Telefon ohne bestehende Verbindung flüsterte.

Als er eines Nachmittags nach einem langen Spaziergang zurück zu den Zelten kam, war alles verlassen. Ein Teil der Gruppe war wohl weggefahren, denn der Camper fehlte.

Im Wohnmobil wurde er fündig. Hannah saß am Tisch und hatte die Beine auf der gegenüberliegenden Sitzfläche abgelegt. In der einen Hand hielt sie eine Tasse, in der anderen eine Zigarette. Sie starrte an die Decke des Wohnmobils.

Als Alex sich räusperte, zuckte sie zusammen und machte die Zigarette eilig aus, als ob sie so verhindern konnte, dass er bemerkte, dass sie geraucht hatte.

»Rauch ruhig weiter«, sagte er und lächelte milde.

»Rauchen verboten«, wiederholte Hannah ihre eigene Regel, von der sie behauptete, dass sie auf die Einhaltung streng bestehen würde. Sie griff sich an die Stirn. »Tut mir leid.«

»Was machst du hier?« »Auf Fiefie warten, Teetrinken und offenbar rauchen.« Hannah verdrehte die Augen.

»Wo ist der Rest?«

»Pete und Steffi sind in die Stadt gefahren, Charlie und Joris wollten spazieren gehen, und Fiefie duscht«, zählte Hannah auf.

In Gedanken zählte Alex durch. »Und Fabio?«

Hannah seufzte. »In seinem Zelt.«

»Okay.« Alex seufzte ebenfalls. Er setzte sich Hannah gegenüber, und sie zog die Beine zu sich, damit er mehr Platz hatte.

Gerade als er etwas sagen wollte, erschien der lange Körper von Fiefie. Seine Haare waren feucht, und bekleidet war er lediglich mit einem Handtuch. »Hey«, sagte er und nickte Alex zu.

»Komm, setz dich.« Hannah zog eine kleinere Kiste vor sich und klopfte auf den Deckel. Sie nahm Fiefie das Döschen, das er bei sich trug, aus der Hand.

Fiefie setzte sich auf die niedrige Kiste, und seine Beine waren so lang, dass er sie nicht einmal ausstrecken konnte, sondern überkreuzen musste. Die Arme ließ er darüber baumeln.

Alex beobachtete, wie Hannah die Farbe in Fiefies Haaren verteilte, aber peinlich genau darauf achtete, dass sie nur die Spitzen blondierte. Fiefie erinnerte sie auch mehrmals daran. Ihm war es offenbar wichtig, dass er den wilden Look behielt. Es sollte ganz bewusst so aussehen, als wäre die blonde Farbe herausgewachsen.

Während Hannah die Farbe in das Haar massierte, behielt Fiefie die Augen geschlossen. Inzwischen trug er wieder seine Piercings. Nachdem er aus dem Gefängnis entlassen worden war, hatte er sie wegen der vielen Wunden im Gesicht eine Weile herausgenommen. Doch sie waren gut geheilt. Einzig die Augen waren leicht gerötet. »Wie geht es dir, Fiefie?«, fragte Alex. Er war erstaunt darüber, dass es ihm im Beisein von Hannah offenbar viel leichter fiel.

Sie sah ihn an und lächelte dankbar, vielleicht weil sie froh war, dass sich jemand nach Fiefie erkundigte. Plötzlich hatte Alex ein schlechtes Gewissen. Nach allem, was Fiefie erlebt hatte, hätte er viel früher fragen sollen. »Er hat dich etwas gefragt, Süßer«, sagte Hannah und zwirbelte die kurzen Strähnen, die jetzt unter dem Gewicht der feuchten Creme ganz glatt waren und somit viel länger als im gekrausten Zustand waren.

»Gut«, sagte Fiefie.

»Ja?«, fragte Alex.

»Ja, ja«, murmelte Fiefie. Er hob lässig den Daumen in die Höhe und grinste.

»Was ist mit deiner Augenentzündung? Wieder schlimmer, oder?«

Fiefie wandte den Kopf ruckartig um, und Hannah rutschte ab und verschmierte Farbe auf seine Schulter. »Ist dir das aufgefallen?«

Alex wies ihn nicht extra darauf hin, dass er seit seiner Diagnose besonders auf die Augen anderer Menschen achtete, denn er wollte nicht, dass dieses Gespräch sich um ihn drehte. »Ja, es war doch eine Zeitlang mal gut, oder?«

»Das ist der Stress«, sagte Fiefie und ließ zu, dass Hannah ihm den Kopf nach vorne drückte, damit sie besser an seinen Hinterkopf kam.

»Also geht es dir doch nicht so gut?«, hakte Alex nach.

Fiefie schwieg.

»Hast du deine Tropfen?«

Fiefie schwieg.

»Wir fahren morgen in die Stadt, Fiefie, und gehen zur Apotheke. Du solltest das mit den Augen nicht auf die leichte Schulter nehmen!« Alex verspürte echte Wut in seinem Bauch. Er wünschte, es gäbe Augentropfen, die ihm helfen konnten! Er beneidete Fiefie um die Medizin, die er hatte.

Fiefie nickte. »Okay, Boss.«

Alex sah aus dem Fenster und presste seine Lippen aufeinander. Er schüttelte innerlich den Kopf über diese provokante Antwort. Als sich seine Wut fast komplett in Sorge um Fiefie und dem schlechten Gewissen, sich nicht eher erkundigt zu haben, verwandelt hatte, sah er abermals zu Hannah und Fiefie.

»Ich habe einen Podcast über kulturelle Aneignung gehört. Wusstet ihr, dass Steffi mal Dreads hatte?«, fragte Alex.

Hannahs Hand zuckte kurz, danach widmete sie sich der Stelle an Fiefies Nacken. »Hat sie mal erzählt«, sagte Fiefie. »Und?« Alex starrte auf Fiefies eingekleisterte Haare. »Ich meine, wie ist deine Meinung dazu?«

Fiefie machte eine überraschte Bewegung, weswegen Hannah erneut abrutschte. »Ich glaube, dass Steffi nicht so radikal hätte sein müssen, sie abzuschneiden. Ich finde es cool, dass sie sich Gedanken darüber gemacht hat, aber ich halte es für übertrieben, dass Weiße keine Dreads tragen sollten. Trotzdem finde ich es gut, wenn Menschen mit Dreads sich bewusst machen, woher diese Frisur kommt und warum sie sie tragen wollen. Menschen wie mir bleiben oft nur die Dreads, weil unsere Haare viel krauser sind als beispielsweise Steffis feine Haare.«

Alex sah weiter auf Fiefies Kopf und dachte über seine Worte nach. Hannah stand auf und wusch sich ihre Hände, dann säuberte sie Fiefies Schultern mit einem Tuch. Langsam richtete Fiefie sich auf. Er blinzelte. »Von Fabio weiß ich zum Beispiel, dass er damit die Unterstützung für die afrikanische Kultur ausdrücken will und sich sehr bewusst ist, was er tut. Für ihn ist es keine Modeerscheinung.«

»Mein Sohn wurde in der Schule mal wegen seiner Haare gehänselt. Ehrlich gesagt, ist mir erst jetzt gekommen, dass das rassistisch motiviert gewesen sein könnte.« »Dein Sohn sollte sich niemals wegen seines Aussehens schämen. Niemand sollte das. Aber dein Sohn wird mit Blicken konfrontiert werden, und nicht alle werden freundlich gemeint sein. Deswegen ist es wichtig, dass du ihm das sagst. Immer wieder.« Fiefie sah ihn streng an.

Hannah setzte sich, mischte sich aber nicht in das Gespräch ein.

»Ja.« Alex wünschte sich, seine Stimme würde energischer klingen.

»Steffi hatte ganz andere Gründe, sich eine neue Frisur machen zu lassen. Sie hat damit einen Neuanfang demonstrieren wollen. Manchmal ist das wichtig.« Fiefie streckte seinen Nacken.

»Vielleicht sollte ich mir auch eine neue Frisur machen lassen«, sagte Alex und griff in sein feines blondes Haar, das länger geworden war und ähnlich unordentlich runterhing wie die Haare von Joris. Allerdings sahen die dichten und dunkelblonden Haare bei Joris viel besser aus als bei ihm. Noch dazu hatte Joris passende Stoppeln im Gesicht, während er fast gar keinen Bartwuchs hatte und ihm lange Haare sowieso nicht standen.

Fiefie hob seinen Kopf, stand auf und verschränkte seine Arme vor der Brust. Er musterte nachdenklich Alex' Haare, länger, als es Alex angenehm war. »Also, ich sag es dir besser gleich, Dreads werden bei deinen Haaren nicht funktionieren.« Anschließend drehte er sich um und holte sich etwas zu trinken.

Im Nacken hatte er eine Tätowierung in Form einer verschnörkelten Linie, die aber nicht so sehr auffiel wie zum Beispiel bei Fabio, dessen Haut fast rosa war und bei dem das schwarze Tattoo direkt ins Auge stach. Alex hatte nie nach der Bedeutung gefragt.

Alex schmunzelte. »Dann was anderes«, sagte er.

Fiefie drehte sich wieder zu ihm um und trank nachdenklich einen Schluck. Er hob die Schultern. »Okay«, sagte er. »Ich überleg mir was«, sagte er. Noch ehe er sich bremsen konnte, sagte Alex: »Ich will ein Tattoo.«

Hannah setzte sich gerade hin, in ihrer Miene war Verblüffung zu erkennen. »Was?«, zischte sie laut.

Alex spürte selbst Verblüffung. Er war nicht der Typ, der Tätowierungen trug. Oder Piercings. Seine Eltern würden in Ohnmacht fallen, und auch Carola würde es nicht gefallen. Er war keiner, der eine besonders verrückte Frisur trug, sondern sich einfach die blonden Haare ganz kurz schnitt.

Doch er wollte etwas bei sich haben. Etwas, das ihn immer hieran erinnern würde. Er zögerte. Eine Tätowierung würde er nicht sehen können. Und sie war nicht fühlbar. Nein, es musste etwas sein, das auch er fühlen konnte. »Nein, ich will lieber ein Piercing«, sagte er. Also wo sollte es hin? Ins Gesicht? Alex schluckte. Wirklich? Im Gesicht? »Bist du dir sicher?«, fragte Hannah laut, als hätte sie seine Gedanken gelesen.

»Von einer Tätowierung hätte ich nichts«, murmelte Alex leise. »Ein Piercing kann ich aber fühlen.«

Fiefie trat näher. Er streckte den Arm aus und legte ihn auf Alex' Schulter. »Okay«, wiederholte er. »Ich überleg mir was.«

Alex lächelte. Er wusste nicht, ob das Kitzeln im Bauch zu einer Panikatta-
cke werden würde, oder ob es die Vorfreude auf diese Erinnerung war, die ihn
ewig begleiten würde.

*

»Ich weiß es nicht, Carola«, wiederholte er und presste sein Smartphone
fester ans Ohr. »Ich habe einerseits das Gefühl, dass ich nicht mehr viel Zeit
habe, aber andererseits noch nicht so weit bin, mein Ziel aufzugeben. Es ist
meine letzte Chance.« Keine Antwort, nur Schweigen, wie so oft. Nach einem
Moment, der Alex ewig vorkam, sagte seine Freundin: »Wirst du überhaupt
zurückkommen?«

Alex runzelte die Stirn, dann schüttelte er den Kopf. Wie kam sie auf so
einen Gedanken? »Würdest du dir das wünschen?«, fragte er leise.

»Alex«, sagte Carola, und Alex hatte keine Ahnung, ob das die Antwort auf
seine Frage war. Doch so war es zwischen ihnen immer. Sie redeten nie miteinander. Dieses Mal hatte er sich echt Mühe gegeben, hatte versucht, ihr zu
erklären, was er fühlte und wie es ihm ging. Doch er erreichte sie nicht. Als
würden sie verschiedene Sprachen sprechen. Und durch das Telefon wirkte sie
noch ferner, als wenn sie sich gegenübersaßen.

Mit gerunzelter Stirn sah er hoch. Er hatte sich so sehr auf das Gespräch mit
ihr konzentriert, dass er nicht bemerkt hatte, wie viel kälter es plötzlich
geworden war. Und wie viel dunkler. In weiter Entfernung verschwamm die
Sicht bereits. »Willst du, dass ich wiederkomme?«, fragte er unbeabsichtigt
aufgebracht und zog seine Kapuze über den Kopf. Er lief den schmalen Feldweg schneller und versuchte, den kalten Wind zu ignorieren, der sich auf der
Haut seines Gesichts wie Nadeln anfühlte. Es wurde Zeit, dass er zum Camp
zurückkam. Die Panik, die er dabei empfand, was wäre, wenn er sich hier verlaufen würde, machte seine Stimme unfreundlicher, als Carola es verdient
hätte.

»Komm einfach wieder heim«, antwortete Carola, und ihre Stimme klang wärmer, als sie jemals geklungen hatte, seit sie telefonierten. Er wollte ihr glauben, aber ihm wurde bewusst, dass es nur eine Floskel war. Der Wind drang in jede Ritze seiner dicken Jacke und ließ ihn frösteln. »Ich komme heim«, versicherte er und blieb stehen. Er drehte sich um und fragte sich, ob er in die falsche Richtung gelaufen war. Von dem Camper und dem Wohnmobil war weit und breit nichts zu sehen.

Erneut Schweigen am anderen Ende der Leitung.

Das Gespräch war wichtig, das wusste Alex, aber trotzdem sagte er: »Ich muss aufhören, Carola. Es tut mir leid, aber ein Sturm zieht gerade auf, und ich bin weit weg von meinem Zelt.«

Carola seufzte. »Okay«, sagte sie.

Alex fragte sich, ob sie glaubte, das sei eine Ausrede. Er konnte es ihr nicht übelnehmen. Er hatte ihr ständig Ausreden aufgetischt, um das Gespräch beenden zu können. Dieses Mal meinte er es ernst. »Es tut mir wirklich leid, Carola.« Er schob das Smartphone in seine Hosentasche und starrte sorgenvoll in den Himmel. Verdammt, die Wolken waren wirklich schnell heraufgezogen und verdunkelten den Himmel bedrohlich. Eine Windböe jagte ihm die Kapuze vom Kopf, und mit eiskalten Fingern zog er sie zitternd hoch. Er fror.

Und dann setzte der Regen ein und prasselte mit Wucht auf seine soeben hochgezogene Kapuze. Unbarmherzige, harte Regentropfen, die sich so eisig anfühlte wie manchmal Carolas Stimme.

Tapfer ging er weiter, auch wenn der Regen so dicht vor seinen Augen hinabtrommelte, dass er kaum einen Meter weit sehen konnte. Unwillkürlich fragte er sich, wie viel davon mit dem Wetter zusammenhing. Und wie viel mit seinen schwächer werdenden Augen.

Und das mitten am Tag! Die Hilflosigkeit griff fest in sein Inneres und schien seine Eingeweide zu verdrehen. Eine graue und undurchlässige Wand aus Wasser baute sich vor ihm auf und ließ alle Konturen ineinander verschwimmen. Schien zu einem grauen Nebel zu werden, in dem er nichts mehr erkennen konnte.

Er war innerhalb von Sekunden komplett durchnässt, die Hosenbeine klebten ihm an den Beinen, und seine Haare hingen tropfend auf seiner Kopfhaut, doch das alles war nichts gegen die Erkenntnis, dass er jetzt schon mitten am Tag Probleme damit hatte, sich zu orientieren.

Wenn er zu Hause zu seinem Arzt ging, würde ihm dieser genau sagen können, wie sehr sich sein Zustand verschlechtert hatte, doch eigentlich war es ihm klar, und er wusste, was er wissen musste: Die Zeit drängte. Einerseits musste er schnell nach Hause, um sich vorzubereiten und mit Silas die letzten Augenblicke erleben, andererseits wollte er sich dieser schrecklichen Herausforderung nicht stellen. »Ich bin noch nicht bereit«, brüllte er und drehte sich auf dem Feldweg hektisch herum, der sich mittlerweile in einen schlammigen Bach verwandelt hatte.

»Hey.«

Alex atmete auf, als er Fabios Stimme erkannte, dann spürte er eine warme Hand, die sich um seine Finger schlang. »Wie weit bin ich vom Camp weg?«, fragte er nervös.

»Nicht weit«, sagte Fabio, schob seinen Arm um Alex' Schulter und lehnte sich schwer gegen ihn. »Schau, wie es regnet, als würde Gott uns sagen, dass die Zeit gekommen ist und wir eine Arche bauen müssen.«

Alex presste seine Lippen aufeinander, während er versuchte, sowohl Orientierung zu bekommen als auch sich von dem schweren Körper Fabios nicht aus der Balance bringen zu lassen. Warum hatte Fabio ausgerechnet jetzt gekifft? »Wo sind die anderen?«, fragte er.

»Ich weiß nicht.« Fabio presste seine kalten und feuchten Dreads direkt in Alex' Gesicht, die Kugeln darin drückten sich unangenehm gegen die Stelle, an der er im Waschsalon geschlagen worden war. Das erste Mal seit Tagen tat ihm die abheilende Schwellung wieder weh.

»Du hast gekifft«, presste Alex heraus.

»Wen kümmert's?«, fragte Fabio.

»Jeden«, antwortete Alex frustriert und lief weiter. Fabio ließ sich unter leisen Protesten mitziehen.

»Lass uns im Regen bleiben«, jammerte er. »Spürst du, wie er all unsere Sorgen wegspült«, fragte er und blieb stehen.

Alex tastete nach Fabios Schultern. Als er Fabio näher an sich heranzog, konnte er das Gesicht sogar sehen. Ein strahlendes Grinsen vor dem grauen Vorhang im Hintergrund. Für einen kurzen Moment fühlte es sich verführerisch an, einfach stehen zu bleiben, aber die Angst trieb ihn weiter. »Ich sehe nichts mehr«, sagte Alex wütend. »Bitte bring uns zum Zelt zurück.«

Fabio schüttelte den Kopf. »Ich will für immer hierbleiben.«

»Warum?«, fragte Alex entsetzt.

»Ich will … will … Ich will nicht mehr so leben«, antwortete Fabio mit einer Stimme, die auf einmal die vom Marihuana aufgelockerte Färbung verloren hatte und sich leise und emotionslos anhörte.

Alex packte Fabio fester und sah ihm fest in die Augen. »Es tut mir leid«, sagte er und meinte es wirklich ernst. »Es tut mir wirklich leid, aber wir können das nicht hier besprechen.«

»Der Regen ist das Einzige, was ich noch spüre. Was ich wirklich noch fühlen kann«, sagte Fabio. Plötzlich trat er einen Schritt zurück. »Ich bleib da.«

Alex verfestigte den Griff um Fabios Arm, doch er hatte Fabio unterschätzt. »Nicht gehen«, sagte er voller Panik, als Fabio sich aus seiner Umklammerung löste und er ihn nicht mehr sehen konnte. »Nicht. Bitte nicht. Bleib bei mir. Bitte hilf mir«, flehte er.

»Die Zelte sind gleich da vorne«, sagte Fabio und durch das wilde Trommeln des Regens konnte Alex ihn nicht richtig hören. »Wohin zeigst du?«, schrie Alex panisch.

»Du musst nur ein paar Meter weiterlaufen«, wiederholte Fabio.

Alex spürte eine Berührung an seinem Rücken, und Fabio drehte ihn um die eigene Achse.

»Da entlang ist das Wohnmobil. Einfach weitergehen.«

»Und was ist mit dir?«, schrie Alex und drehte sich um. Er war froh, dass Fabio und er wieder Körperkontakt hatten. Er packte Fabios Arm fester.

Fabio sah ihn an, das spürte er, und als er die Distanz zwischen ihnen überwand, konnte er es auch sehen. »Fabio, was ist mit dir?«, fragte er erneut.

»Ich bleibe einfach.«

»Du kannst nicht hierbleiben«, betonte Alex.

»Ich ... Ich ...« Die Stimme von Fabio brach.

Alex ergriff zur Stabilität Fabios zweiten Arm, weil er Angst hatte, dass Fabio abhauen würde. Er schüttelte den Mann, von dem er gedacht hatte, er wäre gleich groß, aber jetzt, wo sie sich so nahe waren, erkannte er, wie klein Fabio eigentlich war. »Komm mit. Ins Warme.«

Woher nahm er die Geduld? Woher nahm er die Geduld, sich ausgerechnet in diesem Augenblick um Fabio zu kümmern, obwohl sich alles in ihm danach sehnte, in Sicherheit zu kommen. Doch zu der Panik, die seine Orientierungslosigkeit auslöste, kam die Angst um Fabio hinzu. Was, wenn Fabio in seiner depressiven Phase etwas tat, das ihn und seine Freunde ins Unglück stürzte?

»Ich kann nicht«, sagte Fabio und schüttelte den Kopf.

»Warum nicht?«, fragte Alex. Solange Fabio nah genug war und er ihn greifen konnte, fühlte er sich sicherer. »Ich bin eine Belastung für Hannah«, sagte Fabio und stolperte einen Schritt zurück. »Und dann noch Joris ... Er ... waren verliebt ...« Seine Stimme war so leise, dass Alex sie kaum hören konnte. Er zog Fabio zu sich heran. »Was?«, brüllte er.

Wasser tropfte von Fabios Gesicht herab, und Alex fragte sich, ob es Tränen waren, zumindest zitterten Fabios Lippen, so wie es manchmal bei Silas nach einem Sturz war, wenn er kurz davor zu weinen, aber gerade so die Fassung bewahren konnte. »Wir waren so verliebt«, murmelte Fabio. »Und jetzt mache ich ihm nur noch Sorgen.«

Alex wusste nicht, was er sagen sollte, und er wusste, er konnte nicht nochmal darum bitten, dass Fabio ihn zum Wohnmobil begleitete. Er könnte allein gehen, nun, wo er die ungefähre Richtung kannte, aber er konnte Fabio nicht einfach hierlassen.

»Er sieht mich so an, wie Hannah mich immer ansieht. Ich bin eine Belastung«, sagte Fabio leise, und als wäre die Wirkung des Grases vollends verblasst, sah er jetzt vollkommen klar aus. Vielleicht hatte der Regen nicht seine Sorgen, aber die Wirkung seiner Drogen weggespült?

»Du machst ihnen nicht weniger Sorgen, wenn du im Regen herumstolperst«, sagte er. »Eher sogar mehr«, betonte Alex ernst.

Fabio presste seine Lippen aufeinander.

Alex packte ihn fester. Er musste Fabio klar machen, dass weder er noch Alex aufgeben konnten. »Ich bin auch eine Belastung. Für meine Partnerin. Für meinen Sohn. Sogar für die Gesellschaft, wenn ich bald nicht mehr arbeiten kann.«

»Lass uns doch einfach hierbleiben. Wir beide«, sagte Fabio und grinste, doch sein Grinsen erreichte nicht mehr seine Augen. Die Wirkung seiner Drogen konnte ihm schon lange nicht mehr helfen. »Lass uns aufgeben.«

»Nein«, brüllte Alex. Und er wusste nicht, ob er sich anbrüllte oder Fabio. »Nein, wir geben nicht auf!« Er zog Fabio an seine Seite und umklammerte seinen Ellenbogen. »Lass uns zurückgehen und Lösungen finden.«

Fabio zögerte.

»Bitte«, flehte Alex und sah zur Seite. Alles, was er von Fabio sehen konnte, waren seine bunten Perlen, die geradezu farblos wirkten. »Ich will dich nicht alleine hierlassen, aber ich muss zurück. Ich habe keine Orientierung.«

Fabio presste sich seitlich gegen ihn, dann umschlag er mit beiden Armen Alex und drückte seine nassen Haare in Alex' Gesicht. Alex blinzelte, weil ihm das Wasser in die Augen lief und es ihm noch schwerer machte etwas zu erkennen. Kurz erwiderte er die Umarmung. Und so standen sie einen Moment, und Alex spürte, dass Fabio mit einem recht gehabt hatte. Der Regen schien einen Teil seiner Sorgen wegzuspülen.

»Ich helfe dir«, sagte Fabio und löste sich von ihm, ohne den Arm wegzuziehen. Den legte er um Alex' Schulter. »Ich helfe dir. Wenigstens das werde ich hinbekommen.«

Alex umfasste Fabios Handgelenk und sagte mit Nachdruck: »Hilf dir selber. Das bekommst du hin.«

»Ich muss gehen und Hannah und Joris und all die anderen hinter mir lassen. Charlie, Fiefie, Pete. Einfach abhauen. Ohne mich sind sie besser dran«, sagte Fabio.

Alex wünschte sich, er würde sich nicht so nüchtern und bewusst anhören. »Nein«, sagte er, »das ist keine Lösung. In den Regen zu rennen und im Wald herumzuirren.«

»Ich sagte nichts von Wald«, sagte Fabio und zog ihn mit sich. Wenige Schritte von ihnen entfernt tauchte plötzlich das Wohnmobil vor ihnen auf. Alex hätte es auch alleine fast geschafft, doch er war froh, dass er Fabio gefunden hatte oder Fabio ihn. Egal. Doch er war froh, dass er nicht mehr länger draußen herumirrte. Und Fabio ebenfalls nicht.

»Bitte überstürz nichts«, bat Alex. Er hatte auf einmal fürchterliche Angst um Fabio. Hatte er gerade eine Andeutung gemacht? Wollte er sich vielleicht etwas antun? Verdammt, was hatte Alex angestellt?

»Ich überstürze nichts«, versprach Fabio.

Alex blieb stehen, obwohl die Wärme und das Licht im Wohnmobil ihm wie das Paradies vorkamen. Er berührte Fabio an der Schulter, um sich besser orientieren zu können. »Ich habe mir das schon länger überlegt«, sagte Fabio.

Alex wollte noch etwas erwidern, da stürzten die anderen auf sie zu. Zuerst Charlie, die der Gruppe zurief: »Ich habe sie. Alle beide.« Ihre blauen Haare waren ein Kontrast zur grauen Suppe, deswegen konnte Alex sie gut erkennen.

Kurz drauf kamen die restlichen. Alex wurde von Fabio getrennt, als er zum Wohnmobil geführt wurde. Er wusste nicht einmal, wer es war, er wusste lediglich, dass es zwei waren. Endlich erreichte er die Tür des Wohnmobils, doch als er hineingedrückt wurde und ihm die Jacke vom Leib gerissen und stattdessen eine Decke um die Schultern gehängt wurde, fühlte er sich nicht erleichtert. Seine Sicht klärte sich langsam, als er die Regentropfen von seinen Lidern wegblinzelte.

Er machte sich Sorgen um Fabio. Große Sorgen.

*

»Wir müssen nicht in die Stadt fahren«, wehrte Fiefie ab, als Alex nach drei Stunden aufbrechen wollte. Er hatte schon erwartet, dass Fiefie anbieten würde, alleine zur Apotheke zu gehen oder den Ausflug auf einen der anderen Nachmittage zu verschieben, aber Alex war ganz froh, dass er hier rauskam.

Der Regen hatte inzwischen aufgehört, und Alex hatte sich mit Tee und trockenen Klamotten aufgewärmt. Weil er nach seinem Ausflug mit Fabio durch den strömenden Regen nicht aufgehört hatte, zu zittern, hatte er den Mittag im Wohnmobil verbracht. Die Kälte war bis in seine Knochen vorgedrungen und verursachte ein unangenehmes Gefühl in seinem Körper. Doch draußen schien mittlerweile wieder die Sonne, und Alex glaubte, es würde ihm guttun, wenn er mit Fiefie ein wenig durch die Stadt laufen konnte.

Doch bevor er das tat, musste er noch etwas erledigen.

»Warte kurz«, bat er.

Er ging durch den Schlamm zu Fabios Zelt und rüttelte an dem Eingang. Die Zelte versanken fast in der aufgeweichten Erde. Alex überkam erneut das Frösteln, als er auf den Boden sah. Als Fabio den Kopf aus dem Eingang streckte, war Alex erleichtert. Fabio war nicht bekifft, sah zwar nachdenklich, aber nicht so verzweifelt wie am Vormittag aus. »Alles in Ordnung?«, fragte er.

Fabio nickte. »Ich tu nichts Unüberlegtes. Ich muss nur nachdenken.«

Alex verschränkte die Arme vor der Brust und biss sich auf die Lippen. Ihm war es lieber, Fabio würde sich in der Nähe der Gruppe aufhalten. Er traute ihm nicht, dass er wirklich keine Dummheit beging. So verzweifelt, wie er sich Stunden zuvor verhalten hatte.

Fabio verdrehte die Augen. »Bitte hör auf damit. Ich bin ein erwachsener Mensch, auch wenn ich manchmal nicht den Eindruck mache.«

Alex starrte ihn an. Sicher, Fabio hatte recht. Wenn auch er sich dieser Spirale hingab, in der Hannah bereits gefangen war und in die Joris ebenfalls drohte abzustürzen, war das nicht gut. Allerdings könnte Fabio in einer echten Notsituation sein. »Okay«, sagte er und drehte sich um. Statt zu Fiefie zu laufen, ging er zu Joris, der auf dem geschotterten Platz auf einem der Stühle saß, den E-Book-Reader im Schoß liegen hatte und ihn neugierig ansah. »Sollte ich mir Sorgen machen?«, fragte er und deutete zu Fabio, der seinen Kopf nach wie vor aus dem Zelt gestreckt hatte.

Alex seufzte. Einerseits wollte er Joris nicht noch mehr beunruhigen, andererseits wollte er das Camp nicht verlassen, ohne jemanden informiert zu haben. Er fühlte sich schlecht dabei, als würde er Fabio verraten. »Ihm ging es nicht gut heute Morgen«, sagte er, ohne Fabios komische Andeutungen zu erwähnen.

Joris biss sich auf die Lippen. »Ich wollte zu ihm, aber er wollte versuchen zu schlafen«, erläuterte er.

Alex zögerte. »Ich … Er war sehr aufgewühlt.«

»Okay.« Joris stand auf. »Ich schau mal nach ihm. Mach dir keine Sorgen. Es ist schon schlimm genug, dass der Rest sich Sorgen um ihn macht. Genießt den Ausflug in der Stadt und tankt ein bisschen Sonne.« Er legte die Hand auf Alex' Schulter.

Alex sah ihm nach, als er in Fabios Zelt krabbelte. Jetzt war er erleichtert. Für einen kurzen Moment blieb er stehen. Er war sich sicher, dass er das Richtige getan hatte.

Fiefie wartete auf der Fahrerseite im Camper und lächelte ihm zu, als er einstieg.

Wie er erwartet hatte, schafften es die Sonnenstrahlen und Fiefies Anwesenheit, dass er die Kälte in seinem Körper vergaß und die schreckliche Erfahrung im Sturm aus seinen Gedanken drängen konnte. Während sie in der Ortschaft herumliefen, kamen sie ins Gespräch. Sie mieden das Ereignis im Waschsalon, aber Alex hatte dennoch den Eindruck, dass sich Fiefie wohl fühlte und ihm vertraute. Das freute ihn.

»Willst du nun ein Tattoo oder ein Piercing?«, fragte Fiefie, als sie nach dem Besuch bei der Apotheke wieder im Auto waren. Alex hob die Schultern. »Keine Ahnung. Ich will was haben, was man fühlen kann. Damit ich was für später habe.« Er betrachtete Fiefie, der seinen Kopf nach hinten lehnte und die Tropfen ins Auge gab. Kurz presste er seine Augen zusammen, dann sah er Alex an. Es wirkte, als hätte er geweint. Die Augen waren feucht. Erneut bedauerte Alex, dass er keine Augenerkrankung hatte, die so gut behandelbar war. »Also besser ein Piercing«, sagte Fiefie und hob seinen Finger. Er drehte an seinem Augenbrauenring.

Grübelnd wiegte Alex seinen Kopf. »Kann man eine Tätowierung nicht spüren?«

»Dafür müsste es sehr tief gestochen werden und selbst dann kann man es nach einigen Jahren unter Umständen nicht mehr fühlen. Du kannst ja mal drüber streichen«, sagte er und zog seinen Kragen runter. Er wandte sich zum Fenster um.

Unsicher, ob das nicht zu intim war, hob Alex die Hand, fand den Gedanken schließlich albern und berührte mit den Fingern die dunkle Linie, die direkt unterhalb des Nackens verlief. Er spürte gar nichts, nur glatte Haut mit einzelnen Härchen und weiter oben ein paar Unebenheiten, die aber nicht vom Tattoo kamen.

Enttäuscht ließ er die Hand sinken.

Fiefie drehte sich um. »Du hättest nichts davon. Und man sollte sich so etwas auch nur für sich selbst stechen lassen«, betonte er.

»Ich will aber kein auffälliges Piercing, das man sofort sieht.«, betonte Alex.

»Dann bleibt lediglich ein netter Ring im Intimbereich«, sagte Fiefie grinsend.

Alex riss schockiert die Augen auf. »Ich muss es mir durch den Kopf gehen lassen«, sagte er.

Fiefie lachte laut, danach startete er das Auto. »Ja, denk drüber nach. Wenn du so weit bist, kann ich dir gerne Tipps geben.«

»Okay.« Alex war überfordert von seiner Euphorie und der überraschenden Begeisterung, die er am gestrigen Tag spontan entwickelt hatte. Doch es lenkte ihn von Fabio ab. Und von seiner eigenen Betroffenheit darüber, wie leicht er sich verlaufen hatte, mitten am Tag.

Doch es gab noch mehr, worüber er mit Fiefie sprechen wollte. »Wie geht es dir?« Und bevor Fiefie behaupten konnte, es ginge ihm gut, fügte er hinzu: »Ich meine, wie geht es dir in Bezug auf den Vorfall im Waschsalon?«

Fiefie leckte sich über die Lippen. »Das war nicht schön, grauenhaft und schrecklich. Ich habe nach wie vor Albträume davon. Doch es ist nicht das größte Problem an dem Tag gewesen.«

Verwundert sah Alex ihn an.

»Das mit der Polizei hat mich viel mehr erschreckt und mir gezeigt, dass Rassismus kein alleiniges Phänomen gewaltbereiter Neo-Nazis ist. Ich meine, es ist subtil, ich kann es nicht einmal beweisen. Aber ich habe es gespürt. Sie sahen mich an. Dachten, der muss die Schlägerei begonnen haben. Und diese Erkenntnis ist bitter.« Er sah Alex an.

Alex lehnte sich nach vorne. »Es ist ein Problem, das tief in der Gesellschaft verwurzelt ist. Menschen, die sich selbst als offen beschreiben, denken rassistisch. Und das ist ein riesiges Problem unserer Gesellschaft«, fuhr Fiefie fort. Er spielte an der Handbremse herum. »Weil es wirklich an der Zeit ist, diese Sache aus den Köpfen der Menschen zu bekommen. Es würde sich für alle Beteiligten lohnen.«

Alex dachte an den Podcast und über seine eigenen Gedanken, die er sich gemacht hatte. Er erzählte Fiefie davon. Aufmerksam hörte Fiefie zu. »Du machst dir viele Gedanken«, sagte er anerkennend.

»Seit Neustem«, gab Alex zu. »Das finde ich gut.« Fiefie nickte anerkennend. »Viele tun es nicht.«

»Ich frag mich, ob ich viel früher mit Carola darüber hätte reden sollen. Aber irgendwie …« Alex kratzte sich am Kopf. »Am Anfang wollte ich es nicht ansprechen. Ich dachte, wenn ich ihre Hautfarbe zum Thema mache, verhalte ich mich ja erst recht rassistisch. Also habe ich nie was gesagt. Und sie hat mir gegenüber gesagt, sie wäre nie diskriminiert worden.«

»Manchmal ist man sich der Diskriminierung, die man erfährt, nicht bewusst«, betonte Fiefie.

»Ja. Als unser Sohn erste Diskriminierungen in der Schule erfahren hat, habe ich angefangen, darüber nachzudenken. Aber mit Carola zu sprechen, das war da bereits schwer, weil wir uns voneinander entfernt haben. Und nun kam meine Diagnose und machte alles komplizierter.«

»Und jetzt habt ihr weder über das Eine noch über das Andere wirklich gesprochen?«, fragte Fiefie.

Alex spürte ein Brennen in den Augen. »Ja«, sagte er entsetzt.

Fiefie beobachtete ihn einen Moment. »Das solltet ihr tun. Wenigstens für euren Sohn. Aber auch für euch. Weil ihr euch gegenseitig eine Stärke sein könntet, wenn ihr zusammenhaltet.«

Während Fiefie ihn weiter betrachtete, presste Alex seine Finger gegen die Stirn. Er spürte eine Hand auf seinem Rücken. Er spannte sich an und richtete sich auf. »Eigentlich wollte ich mit dir über dich reden. Nicht über mich und meine Beziehungsprobleme.«

Fiefie winkte ab und zog seine Hand von Alex' Rücken. »Wir werden das irgendwie schaffen, dass du eine fühlbare Erinnerung an den Ausflug bei dir tragen kannst. Ich mache mir Gedanken.«

»Wechselst du gerade das Thema?«, fragte Alex mit hochgezogenen Augenbrauen.

Fiefie lachte. »Den Vorfall im Waschsalon werde ich so schnell nicht vergessen, und die Folgen werden mich noch lange beschäftigen. Danke, dass du mich darauf angesprochen hast. Aber vielleicht muss ich erst mal selbst darüber nachdenken, bevor ich reden kann.« ‘

Alex nickte. »Lass uns heimfahren.«

*

Gegen Abend kam der Schnee, und sie entschieden, dass sie langsam weiterfahren sollten. Einige von ihnen, darunter auch Alex, spielten mit dem Gedanken, nicht mehr länger in einem Zelt zu schlafen, sondern sich eine günstige Unterkunft mit mehreren Betten zu mieten.

Steffi, die ein gutes Smartphone besaß und im Gegensatz zu Alex genug Datenvolumen übrighatte, suchte nach Angeboten. Zu der Jahreszeit gab es haufenweise leerstehende Häuser, und die meisten waren nicht einmal besonders teuer.

»Das hört sich gut an«, sagte sie. »Hier kann man Holzhütten mieten, mit zwei Stockbetten, einem kleinen WC und Tisch mit vier Stühlen. Wenn wir uns eine oder zwei mieten, wäre der Preis erschwinglich. Der Rest von uns kann im Wohnmobil schlafen.«

Sie hielt ihnen das Bild der Holzhütten vor die Nase. »Sie sehen gemütlich aus«, fügte sie hinzu.

Fabio wirkte unruhig. »Ich muss euch was sagen.«

Alex riss den Kopf hoch. Er sah zu Fabio, der zu Boden sah; neben ihm hockte Joris, der sich auf die Lippen biss und unruhig zu Hannah schaute.

»Was ist los?«, fragte sie alarmiert.

»Ich hätte es dir gerne gesagt, wenn wir zu zweit sind, aber ich wusste nicht, dass heute schon Pläne für die Weiterfahrt gemacht werden«, wehrte Fabio ab.

Hannah blickte zwischen ihrem Bruder und Joris hin und her. Sie erkannte, dass zumindest Joris eingeweiht war. »Joris, was hat er angestellt?«, verlangte sie zu wissen.

Joris schubste Fabio mit dem Ellenbogen an. »Komm, sag es ihr «, murmelte er. Seine Stimme klang erschöpft.

Fabio schluckte, dann richtete er sich auf. »Es tut mir leid, dass ich euch vor vollendete Tatsachen stelle. Es tut mir für Hannah leid, aber auch für alle anderen, doch ich musste einfach was tun, weil es so nicht weitergeht.«

»Was hast du getan?«, fragte Hannah erneut. In ihrem Blick zeichnete sich Panik ab.

»Mach nicht so viele Worte. Sag es einfach«, verlangte Charlie. »Oder soll Joris uns berichten, was los ist?«

»Ich habe unseren Bruder angerufen«, gestand Fabio. »Und ihn gefragt, ob er mich am Flughafen abholt, wenn ich in den nächsten Tagen heimfliege.«

Hannah starrte ihn regungslos an.

»Du willst heimfliegen?«, rief Charlie empört und tippte sich energisch an die Stirn. »Warum?«

»Weil ich eine Therapie machen werde. Und weil ich für eine gewisse Zeit allein sein will«, verteidigte Fabio sich. »Du hast Holger angerufen, bevor du mit mir gesprochen hast?«, fragte Hannah verwirrt. Fabio nickte. »Es tut mir leid, Hannah. Aber du hättest mir nur angeboten, mich zu begleiten, und ich muss einfach mal eigenständig sein. Ich will wieder atmen. Ich will … wieder auf eigenen Beinen stehen.«

Alex nickte. Im Gegensatz zum Rest war er erleichtert. Das klang alles vernünftig und viel besser als das, was er befürchtet hatte. »Was sagst du dazu, Joris?«, fragte Charlie.

Joris hob die Schultern. »Ich war verletzt, als er sagte, dass er eine Auszeit will. Und dass er nicht will, dass ich ihn begleite. Aber ich denke, dass das der einzige Weg für ihn ist.« Er senkte den Blick. »Es tut mir natürlich weh«, gab er zu.

Fabio legte ihm die Hand zwischen die Schulterblätter. »Mir tut es auch weh«, sagte er. »Aber ich kann so nicht weitermachen.«

»Das muss ich erst einmal verkraften«, verkündete Hannah. Sie stand auf. Als auch Fabio Anstalten machte, sich zu erheben, schüttelte sie den Kopf. »Nein, allein. So wie es jetzt anscheinend üblich ist in unserer Familie.« Sie lief davon.

Fabio lehnte sich in seinem Stuhl zurück. »Will mich noch jemand fertigmachen?«

»Ich finde es gut«, sagte Pete. »Es ist schade für uns. Der Zeitpunkt ist nicht optimal. Aber du warst die ganze Reise nicht gut drauf, und ich habe mir Sorgen gemacht. Wenn du dieses Mal eine Therapie machst und es durchziehst, bin ich echt stolz auf dich.«

Fabio nickte. »Danke.«

»Aber sollte er nicht bei seinen Freunden sein?«, fragte Charlie. »Bei seinem Partner?« Sie zeigte auf Joris und dann auf das Wohnmobil, wo Hannah hingeeilt war. »Bei seiner Schwester?«

»Hat ihm das in den letzten Jahren geholfen?«, fragte Pete.

Charlie verzog das Gesicht.

»Vielleicht tut es ihm gut, uns mal nicht zu sehen. Möglicherweise braucht er Abstand, um sich auf sich selbst zu konzentrieren?«, fragte Pete.

Charlie schüttelte sie den Kopf. »Ich schau nach Hannah«, sagte sie und stand auf.

»Eine richtige Therapie?«, fragte Fiefie. »Stationär? Willst du es wirklich durchziehen?«

»Holger hat mir versprochen, was für mich rauszusuchen«, antwortete Fabio ruhig. »Ich glaube, dass ich es mal richtig versuchen sollte, statt nur halbherzig was zu beginnen und es kurz darauf aufzugeben. Ich muss einen Entzug machen. Mir das Zeug abgewöhnen. Und im Anschluss muss ich schauen. Für Menschen wie mich gibt es Behandlungen. Eventuell werde ich medikamentös eingestellt und nehme lieber deren Zeug, statt mich selbst mit Gras zu therapieren.« Fabio hob die Schultern. »Ich bin auch noch ganz überwältigt von meinem Entschluss. Aber ich ziehe das durch. Joris hat den ganzen Nachmittag geweint, und mir war klar, dass Hannah nicht begeistert sein wird. Aber ich muss an mich denken.«

»Ich finde es bewundernswert«, sagte Steffi. Sie klappte das Smartphone zu. »Buchen wir die Hütten erst einmal nicht. Wir bleiben hier, bis du dich verabschieden willst.«

»Doch.« Fabios Lippe zitterte. »Bucht sie, schaut euch die Nordlichter an und macht ein Foto für mich. Ich werde in Gedanken bei euch sein.« Er streichelte über Joris' Rücken.

Pete stand auf, ging zu Fabio und breitete seine Arme aus. Fabio erhob sich, und die beiden Männer nahmen sich in den Arm. »Du machst das Richtige«, sagte Pete leise.

Auch Fiefie stand auf. Er packte Fabio und küsste ihn auf die Stirn. »Ich schau mal nach Hannah. Sie wird es irgendwann verstehen. Vergiss uns nicht.«

»Mach ich nicht«, versicherte Fabio.

Fiefie schlug ihm auf die Schulter, dann entfernte er sich mit langsamen Schritten von der Gruppe.

Fabio setzte sich wieder. Kurz drauf ergriff er erneut Joris' Hand. »Tut mir leid, wenn ich euch den Abend versaut habe.«

»Ich finde es gut, wenn du an dich denkst«, versuchte Alex Fabio in seiner Entscheidung zu bestärken. Fabio lehnte sich vor und streckte die Hand aus. Alex tat es ihm nach, und für einen Moment hielten sie sich an den Händen und nickten einander zu.

*

Nach Fabios Ankündigung war die Stimmung getrübter als zuvor, was durch das Wetter noch verstärkt wurde. Ihnen war klar, sie konnten nicht mehr lange hierbleiben. Also buchte Steffi eines der Holzhäuser, und sie verabredeten, dass sie sich fürs Erste trennen würden. Während Charlie, Pete und Joris Fabio mit dem Camper nach Luleå an die Westküste Schwedens bringen wollten, von wo aus Fabio nach Deutschland fliegen konnte, sollte der Rest von ihnen schon mal nach Kiruna vorfahren und dort auf die anderen warten. Alex fühlte sich schlecht dabei, dass die Gruppe sich trennte. Er wusste, dass Fiefie sie drängte, weil er unbedingt wollte, dass Alex die Nordlichter sah, bevor es zu spät war und er die Reise erfolglos abbrach, weil es zu kalt geworden war. Alex war ihm dankbar dafür, auch wenn er sich nicht sicher war, ob die Nordlichter es überhaupt wert waren.

Hannah gefiel das alles gar nicht. Sie war durcheinander und mit der ganzen Situation überfordert. Also bot Pete an, mit ihr zu tauschen und sich Fiefies Gruppe anzuschließen. Das schien ein riesiges Thema zu sein, und Alex begann zu verstehen, dass die zwei Gruppen zwar immer gemeinsam reisten, ein Durchwechseln aber selten vorkam. Ihm fiel außerdem auf, dass Steffi erfreut aussah, als Pete Hannah den Platz anbot.

Am Tag vor der Abreise und damit der Trennung der Gruppe machte Alex seinen üblichen Spaziergang. Es schneite ein bisschen, aber es war nicht kalt genug, dass der Schnee liegen blieb. Er schob seine Hände in die Hosentaschen und lächelte, als er sah, dass Fabio auf ihn zulief. Er blieb stehen. »Was tust du hier?«

Fabio trug eine Mütze, die Hannah ihm gestrickt hatte. Sie war ihm zu groß und rutschte ihm fast in die Augen. Er schlenderte an Alex vorbei und winkte ihm lässig zu. »Das ist die Stelle, wo wir uns während des Regens getroffen haben«, sagte er.

Alex hob die Schulter. »Keine Ahnung. Ich hatte keine Orientierung.« Er folgte Fabio und passte sich seinem Schritt an. »Tut mir leid.« Fabio machte eine Handbewegung. »Für das alles. Dass ich mich so bescheuert benommen habe. Und dass ich mir die Nordlichter nicht ansehen werde.«

»Du wirst noch viele Gelegenheiten haben, sie dir anzusehen«, betonte Alex und war stolz, dass man den Neid, den er empfand, nicht aus der Stimme heraushören konnte. Fabio nickte. »Ich hätte es gerne durchgezogen. Sie mit dir anzusehen. Ich weiß, wie wichtig es dir ist.«

Alex blieb stehen und betrachtete die gepuderten Tannenbäume. Er musste sich Mühe geben, die Fassung zu wahren. Sie waren weit nördlich. Sobald sie Kiruna erreichten, war die Wahrscheinlichkeit hoch, dass er die Nordlichter bereits zu Gesicht bekam, und im Anschluss würde sich eine Weiterfahrt nicht mehr lohnen. Und zu Hause erwartete ihn nur Dunkelheit. »Hast du Angst?«, fragte er Fabio

»Sehr.« Fabio blieb ebenfalls stehen. Er kam die paar Schritte zurückgeschlendert, die er vorgelaufen war. »Mir schlottern die Knie, um ehrlich zu sein.«

Alex spürte, dass ihm eine Träne auf die Lippe tropfte. Er leckte die salzige Flüssigkeit weg. Es war das erste Mal, dass er weinte, seit er nach Skandinavien aufgebrochen war. »Mir auch«, sagte er leise.

Fabio legte ihm eine Hand auf die Schulter und beugte sich vor, so als wäre er eine weite Strecke gejoggt und müsste nun zu Atem kommen. Einen Moment später richtete er sich auf. »Uns beiden stehen große Veränderungen bevor.«

»Mit dem Unterschied, dass es bei dir aufwärtsgehen wird und bei mir abwärts«, sagte er.

Fabio schüttelte den Kopf. »Nein. Ich denke, ich werde ein Leben lang kämpfen müssen. Genau wie du. Aber ich glaube, dass du besser im Kämpfen bist als ich.«

Alex schnaubte. »Du hast ein Ziel vor Augen und gehst direkt darauf zu. Ich bin eher der Typ Hase, der überall mal hin hoppelt und schnuppert und weiterhoppelt«, betonte Fabio.

Alex musste schmunzeln. »Wie kommst du auf den Vergleich mit einem Hasen?«

Auch Fabio sah amüsiert aus. »Ich mag Hasen.«

Schweigend betrachtete Alex den Schnee, der im Sonnenlicht glitzerte. »Wie friedlich es ist«, sagte er.

»Ich werde es vermissen«, gab Fabio zu.

Sie schwiegen, und Alex verlagerte das Gewicht. Ihm wurde bewusst, dass er sich gerade von Fabio verabschiedete. Es war der erste von vielen Abschieden, die ihm bevorstanden. Es war hart und viel schmerzhafter, als er anfangs gedacht hätte.

Gut konnte er sich an den bekifften Fabio erinnern, der eine riesige Show abgezogen hatte, als sie sich kennengelernt hatten. Sie hatten nie ernsthaft miteinander gesprochen. Fabio war eher der Typ, mit dem man dummes Zeug laberte oder schweigend nebeneinander hockte. Oder dem man zuhörte, wie er Gitarre spielte. Alex würde das so vermissen. Das Knistern und die Wärme des Lagerfeuers, die Klänge von Fabios Gitarre, der Geruch nach verbranntem Holz. Fabio würde fehlen.

Anscheinend hatte Fabio den gleichen Gedanken. »Sehen wir uns wieder?«

Alex biss sich auf die Lippen. »Du mich schon – wenn du das willst.«

Erneut breitete sich Stille zwischen ihnen aus, dann berührte Fabio mit seiner Handfläche Alex' Hinterkopf. Er sah ihm in die Augen. »Willst du denn?«, fragte er.

Darüber hatte Alex nie nachgedacht. Doch er verstand die Frage. »Vielleicht nicht sofort«, antwortete er.

»Meld dich, wenn du bereit bist«, bat Fabio. Alex war dankbar für Fabios Rücksichtnahme. Das hätte er ihm nicht zugetraut. Er hätte viel früher mit Fabio sprechen sollen. »Ganz bestimmt«, versicherte er.

Er fröstelte, als er daran dachte, dass er wie ein orientierungsloser Depp vor den Menschen herumstolpern würde, die ihn von früher kannten. Doch Fabio hatte das bereits mit ihm erlebt. Die Leute, mit denen er gerade unterwegs war, kannte er nicht von früher. Sie waren in der Phase, die weder seiner blinden noch seiner sehenden Lebensweise richtig angehörte.

»Wirklich«, sagte er laut. Er hoffte, Fabio so zu signalisieren, dass er nicht warten sollte, bis Alex sich meldete. Das könnte Ewigkeiten dauern. Möglicherweise würde Alex sich niemals trauen, sich von sich aus zu melden. »Ich hoffe, wir halten Kontakt«, fügte er traurig hinzu.

Fabio klopfte ihm kumpelhaft auf die Schulter und verbeugte sich. Es war wohl eine lässige Art ihm mitzuteilen, dass er es ebenfalls hoffte. Auf einmal schlug Fabio ihm mit der flachen Hand gegen die Brust. Alex war sich gewiss, dass er noch nie jemanden kennengelernt hatte, der so etwas machte. Sich auf die Schulter zu klopfen, das kannte er. Oder den Arm zu berühren. Doch selbst sich zu umarmen war so persönlich, dass Alex sich nicht erinnerte, wann er seinen steif wirkenden Vater oder die Bekannten, mit denen Carola und er sich manchmal trafen, jemals umarmt hatte. Alarmiert sah Alex in die Richtung, in die Fabio nickte.

»Wir zwei scheinen immer das Glück zu haben, besonders passendes Wetter zu ergattern«, rief Fabio und zog ihn hinter sich her.

Als Alex ihm folgte, ließ Fabio ihn los und breitete seine Arme aus. Er hob den Kopf, öffnete seinen Mund und versuchte, die Schneeflocken zu fangen, die dicker geworden waren und wie flauschige Watte aussahen.

»Komm schon«, lachte Fabio.

Stirnrunzelnd sah Alex ihn an. »Mach!«, forderte Fabio ihn auf. Eigentlich wollte Alex ihm sagen, dass jetzt der beste Zeitpunkt war, um umzukehren. Und er wollte erwähnen, dass der Sturm vor einigen Tagen absolut nicht als passendes Wetter zu bezeichnen war, aber Fabios Lachen steckte an. Er sah zum Himmel und öffnete seinen Mund. Der Schnee war leichter, als er aussah, und kalt auf seiner Zunge. Er musste seine Augen schließen, um keine Tropfen hineinzubekommen.

Gerade als er sie öffnen wollte, spürte er Hände an seinen Armen, und Fabio breitete seine Arme wie Flügel aus. »Dreh dich.«

Alex gehorchte und drehte sich, und es fühlte sich an, als wäre er wieder ein Kind, das einfach gerne Zeit draußen verbrachte. Ihm fiel auf, dass es ihn nicht so sehr störte, die Augen geschlossen zu lassen.

Dann hörte er jubelnde Schreie und eine kühle Hand an seiner Wange, und als er seine Augen öffnete, blickte er in das kräftige Blau von Charlies Haaren, und er sah Steffi und Pete Hand in Hand über den Weg rennen und Fiefie, der

Fabio in den Schwitzkasten nahm und laut lachte und schrie, während er versuchte, auf den viel kleineren Fabio zu klettern.

Es erinnerte Alex an das gemeinsame Baden vor einigen Wochen, vor den Ereignissen im Waschsalon, und es fühlte sich gut an, als könnten sie alle die Last für einen Moment ablegen.

Nur Joris und Hannah fehlten. Es tat Alex so leid, dass sie diesen Augenblick nicht mit ihnen teilten.

Charlie strahlte übers ganze Gesicht, als sie seine Hand nahm. »Vertrau mir«, rief sie, und er schloss seine Augen und ließ sich von ihr durch den dichter werdenden Schneefall führen. Schließlich vernahm er abgesehen von dem Jubeln, das von Fabio und Fiefie kam, ein weiteres Lachen. Erstaunt öffnete er die Augen und sah, dass Pete und Steffi auf der glatten Fläche des Feldweges entlang schlitterten. Steffi lachte mit offenem Mund. Er hatte sie noch nie so fröhlich gesehen.

*

Als sie durchgeschwitzt und guter Laune zurückkamen, hatte Hannah bereits das Essen vorbereitet. Sie aßen in vollkommener Stille. Danach setzten sie sich an die Feuerstelle, und Fiefie entfachte ein Feuer. Als wenn die Wärme das Gefühl von Abschied schmelzen würde, entspannten sich alle, und selbst Hannah und Joris gesellten sich dazu und lachten mit. Fabio spielte auf seiner Gitarre, und sie hielten Stockbrot über die offene Flamme. Alex hatte noch nie etwas davon gehört. Es schmeckte nicht einmal gut. Außen war das Brot angekokelt, und innen war der Teig noch weich und feucht. Doch es machte Spaß.

Als Fabio und Joris sich schließlich zurückzogen, starrte Hannah mit leerem Blick ins Feuer. Der Abend war vorbei. Als würden sie das alle spüren, räumten sie schweigend auf und gingen in ihre Zelte.

Der Abschied von Fabio am nächsten Morgen war sehr traurig, weil sie sich gleichzeitig auch von Charlie, Hannah und Joris trennten. Die Gruppe, die in den letzten Wochen zusammengewachsen war, wurde auseinandergerissen. Alex wusste, dass alle es genauso empfanden.

Als Alex sich von Charlie, Hannah und Joris verabschiedete, verzichtete er auf direkte Worte. Immerhin hatten sie fest versprochen, so schnell wie möglich nachzukommen. Er hoffte, dass sie das ernst meinten und er dann noch da war. Also umarmte er sie und wünschte ihnen eine gute Fahrt. Anschließend umarmte er Fabio und drückte seine flache Hand gegen die Dreads, um ihn davon abzuhalten, nervös herumzuzappeln. Fabio war jemand, der Körperkontakt nicht scheute, aber zu sprunghaft war, sich richtig fest und lange umarmen zu lassen. Unter dem Druck seiner Arme spürte Alex merklich, dass Fabio ruhiger wurde. Erst als Fabio endgültig ruhig atmete, ließ Alex ihn los. Er sah ihn an. »Du tust das Richtige. Gib dich nicht auf.«

Fabio tippte mit der Faust gegen Alex' Brustkorb, so als müsste er nach der langen Umarmung zeigen, wie cool er sich sonst verabschiedete.

»Ich bin stolz auf ihn«, sagte Pete. Er hielt Steffi im Arm, während er dem Camper hinterher winkte.

Fiefie hatte Tränen in den Augen, doch als Alex ihn fragte, ob er wirklich die erste Etappe fahren wollte, nickte er und stieg ins Wohnmobil. Da Alex spürte, dass Pete und Steffi gerne auf der Rückbank sitzen wollten, stieg er auf den Beifahrersitz. »Alles klar?«, fragte er.

Fiefie demonstrierte, dass dem so war, indem er den Schlüssel zwischen den Fingern balancierte, fallen ließ und grinsend aufhob. Er startete den Wagen, und Alex sah aus dem Fenster zu dem Ort, an dem sich so viel für ihre Gruppe geändert hatte.

Als Fiefie durch das Städtchen fuhr, dachte Alex an die vielen Ausflüge, die er mit der Gruppe unternommen hatte. Er hatte gute und weniger gute Erinnerungen an diese Etappe seiner Reise. Für die nächste Etappe wünschte er sich etwas mehr Ruhe – und dass es noch keine Nordlichter zu sehen gab. Er wollte noch nicht, dass das Ende der Reise erreicht war. Alex stellte den Rückspiegel so ein, dass er die anderen zwei sehen konnte. Pete und Steffi unterhielten sich. Pete erzählte, während Steffi ihn lächelnd ansah. Man könnte sagen, sie schmachtete ihn an. Alex erinnerte sich an den Kuss, den er mit Steffi geteilt hatte. Er war dankbar, dass sie rechtzeitig innegehalten hatten und Steffi nun offen für Pete war. Was auch immer die beiden verband, sie passten sehr gut zusammen. Sie folgten der Europastraße 45. Es hatte aufgehört zu schneien, nur auf den Bäumen waren noch Reste des gestrigen Schneefalls zu sehen.

»Ich denke, wenn du wirklich ein unauffälliges Piercing haben willst, solltest du dir eines an der Augenbraue stechen«, sagte Fiefie irgendwann.

»Ich dachte, wir reden von einem Piercing, das nicht im Gesicht steckt?«, erwiderte Alex erschrocken.

»Du willst kein Piercing in der Brustwarze oder Intimbereich. Da bleibt lediglich das Gesicht.« Fiefie verlagerte das Gewicht und sah ihn nachdenklich an.

Alex verdrehte die Augen. Hätte er doch bloß nicht davon angefangen.

»Ich finde, dir würde ein Lippenpiercing stehen«, fügte Fiefie hinzu.

»Ein Lippenpiercing?«, fragte Alex entrüstet.

Fiefie nickte, als würde er es vollkommen ernst meinen. »Es würde zu dir passen.«

»Ich überleg es mir, okay?« Alex sah nach draußen, wo die Eintönigkeit der Landschaft diesen besonderen Effekt auf ihn hatte und ihn ruhiger atmen ließ.

»Du kneifst?«

Alex schnaubte, dann sah er sich um und hob die Schultern. »Wir werden sowieso nicht so schnell ein Studio finden.«

»Ich steche es dir«, verkündete Fiefie.

»Nein.« Alex schüttelte erbost den Kopf. »Nein.«

»Klar, Mann. Ich bin ein Profi. Fabios Piercings sind alle von mir.« Fiefie hob die Schultern. »War keine große Sache.«

»Nein, Fiefie. Ganz bestimmt nicht.« Alex unterstrich sein Kopfschütteln mit einer wilden Handbewegung.

Fiefie lachte, und Alex wusste, dass Fiefie sich bewusst war, dass Alex seine Meinung irgendwann ändern würde.

Nach gut einer Stunde fuhr Fiefie raus und pinkelte gegen einen Baum. Steffi zog ihre Hose runter und hockte sich an den Baum nebendran.

Alex schnappte nach Luft und drehte sich mit heißen Wangen um. Pete heiterte er damit so sehr auf, dass dieser vor Lachen die Limo ausspuckte, von der er gerade getrunken hatte.

»Alter«, murmelte Alex und setzte sich kopfschüttelnd hinters Steuer.

Die nächste Stunde fuhr er durch die sich kaum abwechselnde Landschaft. Die größte Abwechslung war ein Elch, der am Rand der Straße stand und sie anstarrte, während er genüsslich auf irgendetwas herumkaute. Steffi machte viele Fotos, während Alex langsam vorbeirollte. An einem kleinen Dorf, kurz bevor sie die Europastraße 45 verlassen mussten, hielten sie an einem kleinen Kiosk und kauften sich frischen Punsch.

Auf dem Rückweg zum Wohnmobil ließ Alex Pete und Fiefie vorlaufen und wartete auf Steffi, die ihre Haare unter die weite Strickjackenkapuze stopfte. »Habe ich eigentlich was verpasst?«, fragte Alex grinsend.

Steffi lächelte ihn an, und ihre Augen leuchteten so, wie er es bei ihr noch nie gesehen hatte. »Ich weiß es nicht.«

»Ihr seid süß zusammen«, sagte Alex.

Steffi grinste verschmitzt. »Wir wissen selbst nicht so genau, was da los ist«, flüsterte sie und legte ihm einen Finger auf die Lippen. Sie sah zu den anderen, doch Pete war damit beschäftigt, mit Fiefie zu schimpfen, weil dieser den Autoschlüssel in die Luft warf.

»Und wenn er in den Gully fällt? Was dann?«, fragte Pete aufgeregt. »Nur weil Fabio nicht mehr da ist, musst du ihn nicht doppelt so aufgedreht vertreten«, fügte er hinzu und nahm Fiefie den Autoschlüssel ab.

»Ich freue mich so für dich«, sagte Alex. Er stieß mit der Schulter gegen Steffis Körper. Wie lange war es her, dass er mit jemandem so ungezwungen über die Liebe gesprochen hatte? Mit Carola schien es Jahrzehnte her zu sein. Und er hatte nicht viele wirklich gute Freunde, deren Liebesgeschichte er kannte. Er erinnerte sich an seine Teenagerzeit, an die Zeit, bevor Carola schwanger geworden war und sie frisch verliebt gewesen waren.

»Ich weiß nicht, wohin es führt«, sagte Steffi. Sie schubste Alex spielerisch an, anschließend sah sie verträumt zu Pete.

Fasziniert beobachtete Alex sie. »Wow, ich habe gar nichts bemerkt«, sagte er erstaunt.

Steffi legte ihre Hand auf seine Schulter. »Es fühlt sich auf jeden Fall gut an«, sagte sie leise.

Am Wohnmobil angekommen, bot Pete an, das nächste Stück zu fahren, und Fiefie kletterte auf den Beifahrersitz. Steffi band ihre Haare zu einem Knoten zusammen, und Alex holte sein Smartphone heraus und zeigte ihr Bilder von seinem Sohn und Carola. Dabei überkam ihn überraschend eine Sehnsucht nach seiner Familie. Er strich mit dem Finger über das Display. Er vermisste nicht nur seinen Sohn, ihm wurde bewusst, wie sehr ihm auch seine Partnerin fehlte.

Pete fuhr das längste Stück, sodass Steffi, die die letzte Etappe übernahm, bloß noch wenige Kilometer zu bewältigen hatte. Dafür dämmerte es bereits, und Alex beneidete sie nicht darum, jetzt zu fahren. Weil Fiefie den Beifahrersitz nicht räumen wollte, blieb Alex hinten sitzen, und Pete gesellte sich zu ihm. »Ich muss die ganze Zeit an die anderen denken«, sagte Pete, zog sein Handy aus der Hosentasche und entsperrte es. Es zeigte keine neuen Nachrichten an. Die Freunde waren digital nicht so gut aufgestellt, wie Alex mittlerweile mitbekommen hatte. Die meisten von ihnen hatten alte Modelle. Pete eines, das man aufklappen und mit richtigen Tasten bedienen musste. Bei Charlie, Fabio, Hannah und Fiefie verstand er es, doch bei Pete, der den Rest des

Jahres Podcasts aufnahm und einen Blog im Internet unterhielt, wunderte es ihn hin und wieder.

»Fabio ist schon in Deutschland, oder?«, fragte Alex nachdenklich.

Pete sah auf sein Handgelenk, obwohl er dort gar keine Uhr trug. »Vielleicht. Bei Fabio habe ich ein gutes Gefühl. Er wirkte heute Morgen zwar traurig, aber auch erleichtert, als würde er einen neuen Weg gehen, vor dem er sich fürchtet, aber der irgendwann sowieso gegangen werden muss«, sagte Pete.

Alex nickte. Den Eindruck hatte er auch. Als ob Fabio zuvor mit dem Gedanken gespielt hatte, sich aber nie getraut hatte, es vor sich und den anderen zuzugeben.

»Ich mache mir echt Sorgen um Hannah. Sie interpretiert das als Angriff auf sich, als ein Scheitern ihrerseits. Sie hat immer geglaubt, das Reisen, die Natur und ihre Fürsorge würde reichen, um Fabio zu heilen. Und als er mit Joris zusammenkam, war sie noch überzeugter. Es sah eine Zeit lang sehr gut aus«, erzählte Pete und kratzte sich am Kopf. Er legte seinen Arm über sein Knie und versuchte gedankenverloren, das Smartphone hochkant aufzustellen.

Alex sah einen Moment lang zu, dann sagte er: »Die Trennung wird auch etwas bei ihr bewirken. Was Gutes, meine ich. Sie kann nicht ihr ganzes Leben um ihren Bruder herum aufbauen.«

Pete gab es auf und warf das Handy auf den Sitz zwischen sie. Alex zuckte zusammen, als er das sah, doch Petes Handy sah sowieso dermaßen ramponiert aus, dass es kaum auffallen würde, wenn noch mehr Kratzer entstehen würden. »Und Joris muss aufpassen, dass er sich nicht genauso entwickelt wie Hannah«, fügte Alex hinzu.

Pete lächelte. »Ich glaube, das war der Grund, warum er abgehauen ist. Er wollte keine zweite Hannah um sich herumhaben. Ich glaube, manchmal war er genervt davon, der Mittelpunkt im Leben seiner Schwester zu sein, und als Joris sich in die gleiche Richtung entwickelt hat, trat er die Flucht an.«

Alex sah nach draußen, doch er konnte außer vorbeiziehenden grauen Schatten in Baumform nicht viel erkennen. War das Nebel? Oder war das seine eingeschränkte Sicht, die alles so diesig erscheinen ließ?

»Letztes Jahr, nachdem Joris genauso überstürzt verschwunden ist wie Fabio nun, um heimzufahren, dachte ich, das war es. Jetzt stürzt Fabio endgültig ab. Dachte echt nicht, dass die beiden doch noch zusammenkommen. Ich habe zwar gehofft, dass Joris uns erhalten bleibt, aber so recht konnte ich nicht dran glauben. Immerhin musste er sein ganzes Leben umkrempeln und seine Grenzen sehr weit verschieben, um mit Fabio zusammen sein zu können. Aber genau das hat er gemacht, und so wurde aus Fabio und ihm ein richtig kitschiges, unerträgliches Pärchen.« Pete schmunzelte. »Du weißt ja, wie das ist, wenn im Freundeskreis zwei Leute auf einmal verknallt sind und Zweisamkeit haben wollen. Die beiden haben das alles mitgenommen, und wir haben alles sehr erstaunt beobachtet. Zumindest von Fabio hätte ich diese monogame romantische Geschichte nicht erwartet.«

Wieder dachte Alex an Carola, und wieder verspürte er das Bedürfnis, sie anzurufen. Auch sie hatten sich gefunden, und alles schien richtig, und die Zukunft hatte so strahlend vor ihnen gelegen. Silas war zwar einerseits das Beste, was ihnen hatte passieren können, aber er war viel zu früh in ihr Leben geplatzt. Carola und er hatten aus der Phase der alles überstrahlenden Verliebtheit nie den Übergang zu einer stabilen Beziehung geschafft, sondern waren sofort Eltern geworden und mussten Verantwortung übernehmen. Jetzt war es diese Basis, die ihnen fehlte. Eine Stabilität. Ihr Grund, beieinanderzubleiben hatte all die Jahre Silas geheißen, sie hatten nie herausgefunden, ob es noch weitere Gründe gab.

Fabio und Joris hatten ebenfalls schon sehr viele Störfaktoren in ihrer jungen Beziehung erlebt. Was, wenn Joris sich in die guten Seiten des alten Fabios verliebt hatte, und die Therapie Fabios wahre Persönlichkeit hinter den Drogen aufdeckte oder ihn die Medikamente, die er vielleicht nehmen musste, so sehr veränderten, dass Joris irgendwann einen fremden Mann vor sich hatte?

Joris wusste, dass Psychopharmaka sehr in die Persönlichkeit eingriffen. Er hatte nach der Diagnose eine Zeit lang Antidepressiva genommen. Die Nebenwirkungen waren enorm. Joris hatte sie abgesetzt, obwohl es sich gut angefühlt hatte, wieder besser drauf zu sein.

»Denkst du, sie schaffen es?«, fragte er.

Pete starrte mit gerunzelter Stirn auf die Tischplatte und hob die Schultern. »Ich habe keine Ahnung.«

Alex sah erneut nach draußen in die grauen, konturlosen Schatten. Er wünschte sich, Pete hätte sich nicht dieselben Gedanken gemacht wie er und stattdessen voller Inbrunst versichert, dass niemand die zwei Männer auseinanderbringen konnte.

*

Die Unterkunft, die Steffi herausgesucht hatte, gefiel Alex auf Anhieb. Die Hütte war sehr einfach eingerichtet, aber nachdem er die letzten Wochen auf Isomatten geschlafen hatte, war ein einfaches Bett purer Luxus. »Ich schlaf oben«, rief Fiefie sofort, als er die Hütte betrat, und warf seinen Rucksack auf das obere Stockbett an der Tür, um seine Besitzansprüche anzumelden.

Alex wollte zunächst sagen, ihm sei es egal und er würde die anderen zuerst entscheiden lassen, dann zögerte er. Er sah sich um. Wenn er nachts auf die Toilette wollte, ohne jemanden zu wecken, sollte er vielleicht darauf verzichten, das Licht anzumachen, und in dem Fall war es leichter, wenn er nicht klettern musste.

Also legte er seinen Rucksack auf das Bett unter Fiefies. »Ich nehme das hier«, sagte er und schob seine Hände in die Jackentaschen. »Ist das okay?«

»Klar.« Pete lief zu dem freien Stockbett auf der gegenüberliegenden Seite des Raumes und sah Steffi fragend an. Sie zeigte auf das untere, und er warf daraufhin seinen Rucksack nach oben auf die Matratze.

In der Mitte war ein Tisch mit vier Stühlen, und es gab einen kleinen Raum mit einer Toilette und einem Waschbecken. Erheblich mehr Komfort, als Alex die letzte Zeit gehabt hatte, aber doch weniger, als er geglaubt hatte zu bekommen, bevor er nach Skandinavien aufgebrochen war.

»Die anderen übernachten in Luleå und werden die Strecke vermutlich in zwei Etappen fahren«, sagte Pete, nachdem er auf sein Handy geschaut hatte.

»Haben sie was von Fabio gehört?«, fragte Fiefie. Seine Stimme hörte sich fern an.

Alex drehte sich um und musste schmunzeln, weil Fiefie bereits auf sein Bett geklettert war und seine Beine nach unten baumeln ließ. »Nein, nichts«, antwortete Pete.

»Lasst uns schauen, was die Umgebung so bietet.« Steffi klatschte in die Hände.

Alex schloss sich ihnen nicht an, weil er sowieso nichts würde erkennen können. Stattdessen schob er sich die Kopfhörer in die Ohren und legte sich auf sein Bett. Es war wohltuend, nach der langen Fahrt allein zu sein. Und es war so gemütlich, sich auf der Matratze auszustrecken und sich während der Podcasts zu räkeln und den Körper zu dehnen, ohne an die Zeltwand zu stoßen oder vom Schlafsack in der Bewegungsfreiheit eingeschränkt zu sein.

Er atmete aus und schnappte sich die Decke. Er zog sie bis zur Hüfte hoch und legte beide Hände flach unter seine Wange. Er schloss die Augen und konzentrierte sich auf die Stimme der Podcasterin.

Dass er eingeschlafen war, wurde ihm erst bewusst, als Steffi ihn an der Schulter schüttelte. Verwirrt rieb er sich über die Augen. »Willst du was essen?«, fragte Steffi und setzte sich zu ihm auf die Matratze. Alex richtete sich auf und blinzelte. In der Mitte des Raumes saßen Pete und Fiefie, der Tisch war gedeckt. Es gab nicht nur belegte Brote, sondern auch die leckere, selbst eingekochte Marmelade von Hannah, für die sie die Beeren selbst gesammelt hatte.

»Das Kabel deiner Kopfhörer hat einen Abdruck auf der Haut hinterlassen«, sagte Steffi und strich über seine Wange. »Komm. Du hast sicher Hunger.«

*

Am nächsten Morgen fühlte sich Alex wie neugeboren, obwohl die Nacht unruhig gewesen war.

Fiefie schnarchte und bewegte sich im Schlaf ständig hin und her und ließ damit das Bett wackeln und die Matratze quietschen. Und auch Pete und Steffi waren unruhig. Manchmal flüsterten sie miteinander und kicherten. Steffi musste zweimal in der Nacht auf die Toilette, und einmal warf sie den Stuhl um, als sie dagegen lief. Es war wohl nicht so, dass nur er Probleme damit hatte, nachts genug zu sehen, dachte Alex amüsiert. Trotzdem hatte er einen sehr guten und vor allem langen Schlaf hinter sich, als er seinen Kulturbeutel nahm und sich auf die Suche nach den Gemeinschaftsduschen machte.

Es war nichts im Vergleich zu seinem Zuhause, aber wenn er an die selbstgebastelte Dusche oder die öffentlichen Waschräume auf den Parkplätzen dachte, erschien ihm eine abschließbare Kabine inklusive Warmwasser wie das Badezimmer in einer Luxusvilla.

Frisch geduscht sah er sich um und entdeckte neben dem Holzhaus, in dem die Gemeinschaftsduschen waren, ein weiteres Haus, das etwas größer war und über eine Gemeinschaftsküche und einen riesigen Gemeinschaftsraum mit zwei großen Sofas und einem Fernseher verfügte. Er ging zurück und entdeckte neben den Eingängen zu den Duschen eine weitere Tür, die er neugierig öffnete. Heiße Luft kam ihm entgegen, und er wich erschrocken einen Schritt zurück. Dann wurde ihm bewusst, dass er in einer Sauna stand und vor ihm ein nackter verschwitzter Fiefie auf einer Holzbank hockte. »Es wird kalt«, sagte Fiefie und machte eine hektische Handbewegung.

»Sorry.« Alex machte die Tür rasch wieder zu.

Es gab eine nette Ecke im Garten mit Terrassenmöbeln, einem großen Grill und einer Feuerstelle und daneben eine eingezäunte Wiese, auf der einige Huskys herumtollten. Zwei der Hunde standen am Zaun und sahen ihn neugierig an.

»Und?«, fragte Pete und trat neben ihn. »Wie gefällt es dir?«

»Hier kann ich es aushalten«, sagte Alex.

Sie verbrachten einen wunderbaren Tag und probierten alle Annehmlichkeiten aus. Sie waren die einzigen Gäste und hatten den Gemeinschaftsraum für sich. Sie kochten Nudeln mit Tomatensoße und aßen sie, während sie durch die schwedischen Sender zappten. In einem Nebenraum entdeckten sie eine Tischtennisplatte und machten eine rasche Partie. Nach kurzem Zögern willigte Alex sogar ein, ebenfalls die Sauna auszuprobieren, als Pete ihn fragte. Obwohl Fiefie am Vormittag schon lange drin gewesen war, schloss auch er sich an. Er machte ein riesiges Brimborium um das Saunieren und schlug sich nach finnischer Sitte mit Zweigen auf den Rücken. Zumindest behauptete er, es sei eine finnische Sitte. Pete bezweifelte das. Doch Fiefie sah ihn ernst an, während er weiterhin damit fortfuhr, sich mit den Zweigen auszupeitschen.

»Und was bringt das?«, fragte Pete.

»Ist für die Durchblutung.«

»Aha.« Pete nickte mit einem Grinsen auf dem Gesicht. Nach dem Saunagang duschten sie. Pete sprang in Fiefies Kabine und verdrehte den Strahl, woraufhin Fiefie wie am Spieß schrie und nackt im Baderaum herumhüpfte.

»Das ist kalt«, schrie er erbost.

»Finnen duschen immer kalt nach dem Saunieren. Soll gut für die Durchblutung sein, habe ich gehört«, erwiderte Pete grinsend.

»Du Hinterteilöffnung«, brüllte Fiefie und wickelte sich fröstelnd mit einem Handtuch ein.

Pete lachte, und auch Alex musste grinsen.

Gut gelaunt marschierten sie zu ihrem Häuschen, wo Steffi auf sie wartete. »Ich wollte euch gerade holen. Fabio will uns anrufen. Mit Video. Wenn er verstanden hat, was ich ihm dazu erklärt habe«, sagte sie und stand eilig auf.

Nach einigen Anfangsschwierigkeiten schafften sie es, eine Verbindung nach Deutschland aufzubauen. Ein müde aussehender Fabio lächelte sie an und winkte in die Kamera. Hinter ihm war sein Ebenbild mit der gleichen Tätowierung am Hals zu sehen, aber ohne Dreads und Piercings, sondern mit kurzen, braunen Haaren.

»Das ist mein Bruder«, sagte Fabio und zeigte auf den Mann, den Alex als etwas älter einschätzte, als Fabio und Hannah es waren.

Steffi hielt das Smartphone so, dass alle in die Kamera schauen konnten, und sie begrüßten Fabio und seinen Bruder.

»Wie ist es bei euch so?«, fragte Fabio. »Wir vermissen dich«, sagte Pete. »Nächstes Jahr bist du wieder dabei.«

Fabio formte einen Kreis mit dem Daumen und dem Finger, um ein Okay zu formen. Er grinste, doch seine Augen verrieten Verunsicherung. Sein Bruder schien das gemerkt zu haben. Als Alex beobachtete, dass er die Hand auf Fabios Schulter legte, war er erleichtert. Jeder sollte in so einer Situation jemanden bei sich haben. Auch wenn Hannah und Joris offenbar nicht die Unterstützung sein konnten, die Fabio benötigte, sollte er nicht alleine sein. Pete erzählte Fabio von Kiruna, erwähnte aber weder die Sauna noch die Tischtennisplatte, sondern nur, wie schön die Landschaft war und dass es sehr kalt geworden war. »Ihr seid in der nördlichsten Stadt Schwedens«, sagte Fabio und kratzte sich an der Schläfe. »So weit in den Norden sind wir nie gekommen.«

»Wir holen das nach«, versprach Pete. Steffi zeigte Fabio das Zimmer, indem sie das Smartphone im Zimmer herumtrug. Fabio war begeistert von den Möglichkeiten der Technik. Alex glaubte sofort, dass Fabio noch nie von Video-Telefonie gehört hatte.

Am Schluss übernahm Pete das Telefon und deaktivierte die Bildübertragung. Er redete einige Minuten mit Fabio und fragte ihn, wann er in die Klinik gehen würde. »Manchmal vergesse ich, wie eng sie miteinander befreundet sind. Da können wir zwei und selbst Joris nicht mitreden«, sagte Steffi und deckte den Tisch.

»Ja, geht mir genauso«, sagte Alex und biss sich auf die Zunge. Er verspürte Neid. Ihm kam der Gedanke, dass Steffi und Joris weiter dazugehörten, doch er? Fabio konnte seine Therapie machen und im nächsten Jahr zurückkommen. Oder in zwei Jahren. Doch für Alex würden sich bald alle Möglichkeiten für immer auf ein Minimum zusammenschrumpfen. Und später ... Alex fröstelte ... Zu einem Nichts.

Nachdem Pete fertig war, übernahm Fiefie das Telefon, doch er redete nicht so lange mit Fabio, wie es Pete getan hatte. Er wirkte sprachlos und unfähig, die richtigen Worte zu finden. Er sah betroffen aus dem Fenster, während er seine Hand zu einer Faust ballte und sich seine Haut über die Fingerknöchel spannte.

Bevor Fiefie auflegte, aktivierte Pete die Bildübertragung wieder, und Steffi und Alex winkten Fabio nochmal zu. »Genießt diese Reise. Ich wünsche euch von Herzen die schönsten Nordlichter, die der Norden je gesehen hat«, sagte Fabio. Dieses Mal war er alleine im Bild zu sehen. »Ich wünsche dir alles Gute«, sagte Alex.

Es fühlte sich komisch an, nachdem sie aufgelegt hatten. Für einen Moment redeten sie nichts, bis Pete die Reste des Brots auf den Tisch legte. »Lasst uns essen«, sagte er.

*

Am nächsten Tag stellte sich Veeti, der Vermieter vor. Er bot ihnen an, mit ihm und zwei seiner Huskys ein Stück den höchsten Berg Schwedens in Schneeschuhen zu erklimmen. Es war ungewohnt, mit Schneeschuhen zu wandern, und sie kamen nur langsam voran, aber es war höchst interessant, durch den Schnee zu stapfen und den Hunden zuzusehen, die im Schnee herumtollten und dabei eine Wolke aus Flocken aufstoben.

Veeti erklärte ihnen, dass der Südgipfel früher der höchste Punkt Schwedens gewesen war, durch die Gletscherschmelze im Zuge der globalen Erwärmung nun aber niedriger als der Nordgipfel war. Das machte Alex traurig, weil er noch nie mit eigenen Augen gesehen hatte, wie sich die Klimaerwärmung auf die Umwelt auswirkte. Veeti zeigte ihnen Fotos von früheren Wanderungen und dem breiten, großen Eisfeld, von dem jetzt nichts mehr zu sehen war.

Bedingt durch die lange Wanderung und das erschwerte Laufen in Schneeschuhen, hatten sie am nächsten Tag Muskelkater. Sie verbrachten den Tag abwechselnd vor dem Fernseher und in der Sauna. Fiefie verzichtete darauf, sich mit Zweigen zu schlagen, und als er duschen ging, schloss er seine Kabine vorsorglich ab.

Und dann waren sie wieder komplett – oder fast komplett –, als Charlie, Joris und Hannah eintrafen.

Teils berührt, teils neidisch sah Alex zu, wie sich alle begrüßten, als hätten sie sich Monate nicht gesehen. Er fühlte sich ausgeschlossen, nicht, weil er erst seit Kurzem dabei war, sondern weil sich seine Reise dem Ende zuneigte und es für ihn die letzte Reise bleiben würde.

Schließlich stürmte Charlie auf ihn zu, umarmte ihn, und er vergaß seine trüben Gedanken. Auch Hannah drückte ihn an sich, und Joris schlug ihm auf die Schulter. Auf einmal war er Teil von ihnen, und seine Sorgen um die Zukunft verblassten für einen Augenblick.

Die drei anderen bezogen die Nachbarhütte und ließen sich von ihnen die nähere Umgebung zeigen. Hannah war begeistert von der Küche und kündigte an, dass sie für alle kochen würde. An dem Abend deckten sie den großen Tisch im Gemeinschaftsraum, und Charlie stellte sogar zwei Kerzen auf, die sie in einer Schublade gefunden hatte. »Auf Fabio!«, rief Fiefie. Sie stießen alle an, und selbst Hannah lächelte. Nur Joris konnte man das Bedauern ansehen, das er empfand. Seine Augen waren feucht, und seine Lippe zuckte. Er ging als Erster ins Bett; Charlie sah ihm nach und kaute auf ihrer Lippe herum.

Es war offensichtlich, dass Fabios Weggang die Gruppe sehr in Straucheln gebracht hatte.

*

Die nächsten Tage waren zwiespältig. Einerseits verbrachten sie eine großartige gemeinsame Zeit und hatten viel Spaß, andererseits hatte besonders Joris an der Abwesenheit von Fabio sehr zu knabbern. Ganz im Gegensatz zu Hannah, die nach einiger Zeit richtig aufblühte. Sie behauptete, dies käme daher, weil sie in der schönen Küche endlich ihrem Hobby ausgiebig nachgehen konnte. Tatsächlich verbrachte sie viele Stunden damit, für alle zu kochen. Doch Alex glaubte, dass Hannah sich nun frei fühlte, da die Verantwortung für ihren Bruder nicht mehr bei ihr lag.

Alex hatte seine eigenen Gründe, niedergeschlagen zu sein.

Immer wieder sah er nach dem Wetterbericht, doch da der Himmel bedeckt blieb, sanken die Chancen auf die Nordlichter und sie würden warten müssen. Ein Teil von ihm war froh darüber, obwohl er seinen Sohn inzwischen sehr vermisste. Ein klein wenig vermisste er sogar Carola. Er spürte, dass es Zeit wurde, heimzugehen. Doch auf einmal schien es so wichtig wie zu Beginn seiner Reise zu sein, die Nordlichter zu sehen. Es fühlte sich unvollständig an, jetzt einfach heimzugehen.

Wenn er die Reise einfach wiederholen könnte, wäre er möglicherweise gemeinsam mit Fabio ins Flugzeug gestiegen. Wenn er nächstes Jahr zurückkommen und nach Nordlichtern schauen könnte, hätte er das vermutlich getan. Doch er wusste, dass er die Zeit nicht mehr hatte.

»Wenn du schon wegen mir und deinen Eltern nicht kommen willst, solltest du es zumindest für Silas tun«, sagte Carola kühl am Telefon.

»Ich weiß.« Alex biss sich auf die Lippen. Sie verstand es nicht. Er würde seine drohende Erblindung und die Dunkelheit anerkennen müssen, sobald er sich auf dem Heimweg befand. »Ich kümmere mich drum«, versprach er. »Gib mir noch eine, maximal zwei Wochen.«

Am anderen Ende der Telefonleitung war Schweigen.

»Bitte, Carola, stell mich nicht als schlechten Vater hin, nur weil ich mir diesen einzigen Wunsch erfüllen will«, flehte Alex. »Ich habe ein verdammt schlechtes Gewissen, aber ich werde mein Leben lang von dir und anderen Menschen abhängig sein. Lass mir doch diese letzte Woche der Freiheit.«

Wieder sagte Carola nichts. Gerade als er erneut ansetzen wollte, sagte sie: »Es ist okay, Alex«, antwortete sie. »Tut mir leid. Ich weiß, dass ... du Angst hast. Aber ich dachte, du willst vielleicht lieber im Kreise deiner Familie sein.«

Dieses Mal blieb Alex stumm.

»Wir sind diejenigen, die dich unterstützen. Du solltest in der schwierigen Zeit bei uns sein«, fügte Carola hinzu.

»Ich will in diesem Zustand weder bei euch noch hier sein. Ich will einfach, dass das gar nicht passiert!«, rief er verzweifelt. Er rieb sich über die Haare. »Verstehst du das nicht?«

Als Carola schwieg, verabschiedete er sich und legte auf. Er spürte, dass seine Stimme zitterte, und er wollte nicht, dass sie das hörte.

Aufgewühlt ging er nach draußen, wo alle am Lagerfeuer saßen. Keiner sagte etwas, aber Charlie legte ihm den Arm um die Schulter, und Hannah ging an seine linke Seite und berührte mit ihrer flachen Hand seinen Oberschenkel. Wie auch immer es ihnen ständig gelang, aber die Enge in Alex' Brust löste sich auf.

*

Zwei weitere Tage folgten, in denen keine Nordlichter am Himmel zu sehen waren. Schließlich sprach er sein Problem mit der fehlenden Zeit während des gemeinsamen Abendessens an. Statt genervt zu sein, reagierten sie voller Verständnis. »Wir sind sowieso viel zu lang hier«, sagte Pete.

»Die Chancen sind in Tromsø größer«, fügte Hannah hinzu. »Das war doch von Anfang an dein Ziel gewesen, oder? Wir sollten das jetzt in Angriff nehmen.«

»Und ihr kommt mit?«, fragte Alex.

Sie sahen ihn verständnislos an. »Ich dachte, das hätten wir längst besprochen«, sagte Charlie.

»Natürlich begleiten wir dich«, betonte Fiefie.

Wenn Carola wüsste, wie gut man hier auf ihn achtete, würde sie vielleicht besser verstehen, warum es ihm weit im Norden leichter fiel, dem zu begegnen, was ihm bevorstand. Diese Leute waren einfach besonders. Irgendwie fürsorglicher, jedoch ohne daraus ein großes Ding zu machen.

Nach dem Essen breitete Hannah eine ihrer riesigen Karten aus. Sie zeigte auf den Punkt nördlich von Norwegen an der Ostküste. »Da müssen wir hin.«

Alex beugte sich vor. Wenn man bedachte, dass die anderen vor einigen Tagen noch an der Westküste von Schweden gewesen waren, war es schon eine sehr beeindruckende Reise.

»Wir können direkt nach Tromsø fahren, wenn du es eilig hast, aber wir fahren sicherlich einen ganzen Tag, weil das Wetter immer schlechter wird und wir mit Schneestürmen und glatten Straßen rechnen müssen. Das wäre eine enorme Tour. Normalerweise lassen wir uns Zeit und hetzen nicht so«, sagte Hannah und fuhr mit dem Finger die Straße entlang.

Alex lehnte sich zurück. »So eilig habe ich es nicht. Wenn ich in zwei Wochen wieder zu Hause bin, passt das für mich. Kann ich ab Tromsø zurückfliegen?«

»Ja«, sagte Pete. »Und wir hätten ungefähr vier Wochen, um gemütlich heimzufahren.«

Steffi streichelte Alex' Arm. »Dann verlässt uns noch jemand.« Sie lächelte ihn traurig an.

Pete sah sich um. »Ist das für alle in Ordnung?«

Joris' Arm zuckte, als er den Kopf schüttelte. »Ich fahr wieder mit euch runter. Er hat mich extra drum gebeten, mir Zeit zu lassen. Also bleib ich bei euch.« Jedem im Raum war klar, dass er von Fabio redete. Alex konnte sehr gut verstehen, dass es verlockend für Joris war, mit ihm zu fliegen. Doch genauso wie Carola akzeptieren musste, dass man manchmal in einer schwierigen Situation gerade die Menschen nicht um sich herumhaben wollte, die einem besonders nah war, musste auch Joris das akzeptieren.

Hannah streckte den Arm aus und streichelte mit einem Finger über Joris' Wange. »Ja, es ist besser so. Lass ihm Zeit«, sagte sie. Dafür, dass sie am Anfang ziemlich sauer wegen Fabio gewesen war, hielt sie sich erstaunlich gut. Sie schien die Entscheidung ihres Bruders akzeptieren und unterstützen zu wollen.

»Wo würde sich denn ein Stopp anbieten?«, fragte Pete und beugte sich ebenfalls über die Karte.

»Wenn wir hier lang fahren, kommen wir an Finnland vorbei«, sagte Hannah nachdenklich.

»Wir fahren nicht nur vorbei, die Straße führt durch Finnland«, sagte Pete und zeigte auf die Stelle, an der die Straße die zarte Linie der Grenze kreuzte.

Alex war sich nicht bewusst gewesen, dass er sich so weit nördlich befand. »Zeig mal«, sagte er aufgeregt. »Wäre das nicht cool, wenn wir alle skandinavischen Länder besuchen würden?« Aus irgendeinem Grund fühlte sich das richtig an, wie ein Zeichen, dass er das noch mitnehmen sollte, auf seinem Weg zu den Nordlichtern.

»Finnland gehört nicht wirklich zu Skandinavien«, klärte Fiefie ihn auf.

Alex runzelte die Stirn.

»Na ja, das ist Auslegungssache. Kulturell gehören sie schon dazu«, erwiderte Charlie.

»Aber von er Sprache her ...«

»Ist das jetzt wichtig?«, fragte Hannah laut und unterbrach damit Fiefies Einwand.

Sofort waren alle still. »Wenn Alex einen Zwischenstopp in Finnland machen will, dann sollten wir das machen«, sagte Pete schließlich.

»Danke«, sagte Alex. Hannah zog die Karte näher zu sich heran und biss sich nachdenklich auf die Lippe. Joris stand auf und sah ihr über die Schulter. Er zeigte auf eine Stelle auf der Karte.

»Wie wäre es mit Kilpisjärvi?«, fragte er.

»Warum ausgerechnet da?«, fragte Pete ihn.

Joris hob die Schultern. »Wir müssen uns ja für einen Ort entscheiden, und ich finde den Namen lustig.« Er grinste.

Alex sah ihn an und nickte. »Ich finde den Namen auch gut. Lasst uns dahinfahren. Lasst uns nach Finnland fahren!« Er klatschte begeistert in die Hände.

»Sehr gut, dort kann uns Fiefie alles über das korrekte Saunieren erzählen«, sagte Pete und lehnte sich zurück.

Fiefie zeigte ihm feixend den Mittelfinger.

*

Bereits am nächsten Tag packten sie ihr Zeug zusammen und bezahlten die offene Rechnung beim Vermieter. Es war den anderen anzumerken, dass sie es nicht gewohnt waren, so viel Geld auszugeben. Alex erzählte Carola, dass sie nach Finnland reisen würden, aber statt sich zu freuen, dass er seinem Ziel näher kam, war sie skeptisch und fragte ihn, ob er die Ankunft in Tromsø extra hinauszog.

Am Abend begann es zu schneien. Als Alex am nächsten Morgen vor die Tür trat, um seinen Rucksack ins Wohnmobil zu bringen, erkannte er den Ort nicht wieder. Der Schnee hatte die Wege zwischen Gemeinschaftsduschen und

Gästehäusern vollständig bedeckt und die Gartenmöbel und den Grill unter sich begraben.

Der Schnee löste nicht unbedingt Begeisterungstürme aus, doch sie traten die Fahrt trotzdem an. Was blieb ihnen übrig? Die Straßenverhältnisse würden nicht besser werden, und Carola würde vermutlich vor Wut durch das Handy klettern, wenn er ihr eröffnen würde, dass er im Norden überwintern musste.

Dieses Mal fuhr Hannah bei ihnen mit, und Pete, Charlie und Joris nahmen den Camper. Sie blieben dicht hinter ihnen, damit sie sich gegenseitig helfen konnten, falls unterwegs etwas sein sollte.

Während der ersten Etappe saß Alex mit Hannah hinten, wo sie an einer Mütze strickte. Alex trank Kaffee und biss an einem Stück Hefekuchen herum, den Hannah am Tag zuvor gebacken hatte. Die Landschaft sah nach dem heftigen Schneefall ganz anders aus. Außerdem war die Gegend nun deutlich weniger besiedelt. Sie kamen nur vereinzelt an Häusern vorbei, hier lebten wenige Menschen.

Es fühlte sich manchmal fast erleichternd an, wenn sie Lichter in den Häusern sahen, denn dann konnten sie sicher sein, dass die Straßen benutzt wurden. Und als die Sonne höher stieg, wurden die Verhältnisse auf den Straßen immer besser. Sie mussten sich ranhalten, damit sie rechtzeitig ankamen.

»Hast du was von Fabio gehört?«, fragte Alex.

»Vor drei Tagen hat sich Holger gemeldet.« Sie sah ihn an. »Mein anderer Bruder«, fügte sie erklärend hinzu.

Als sie die Stricknadeln wieder bewegte, erklang ein klackerndes Geräusch, das Alex entspannend fand. Er schloss die Augen und genoss für einen Moment den beruhigenden Klang. Als ihm bewusstwurde, dass ihm dabei gar keine panikartige Welle überspülte, öffnete er verdutzt die Augen.

Hannah betrachtete ihn und lächelte. Sie strickte weiter und fügte hinzu: »Fabio ist stationär aufgenommen worden und macht eine Therapie.« Sie schüttelte den Kopf.

»Du bist nicht überzeugt?«, fragte Alex.

»Ich habe nicht viel mit Therapeuten zu tun. Vielleicht hilft es ihm. Aber ich kenne ihn und kann mir vorstellen, dass es ihm sehr schwerfällt, dort zu bleiben. Bisher scheint er sich tapfer zu schlagen.«

»Und wie geht es dir?« Alex drehte sich so, dass er Hannah direkt anschauen konnte.

Hannah sah ihn nachdenklich an. »Besser«, sagte sie.

Alex lächelte. Er betrachtete die Mütze und fragte sich, ob sie diese für Fabio strickte. Er fand es sehr berührend, wenn Hannah ihrem Bruder zwar nicht unmittelbar beistehen konnte, aber dafür sorgte, dass er zumindest nicht fror.

Sie machten lediglich kleine Pausen, da sie nur langsam und vorsichtig fahren konnten, aber unbedingt vermeiden wollten, erst in der Dämmerung anzukommen.

Steffi steuerte das Wohnmobil, als sie die Grenze nach Finnland überquerten. Kurz danach hielt sie an einem Parkplatz an. Sie reichte Alex die Schlüssel. »Du bist dran.«

Das letzte Stück fuhr Alex, und auch wenn seine Schultern schmerzten und er sich müde fühlte, weil er sich so lange konzentrieren musste, hielt er durch und schaffte das letzte Drittel ohne Pausen. Die Straße führte sie an der Grenze zwischen Schweden und Finnland entlang. Der Ort, auf den sie sich geeinigt hatten, lag an einem Punkt, an dem sich drei Länder berührten.

Kilpisjärvi war ein sehr kleiner, fast verlassener Ort, in einer traumhaften Lage am Fuß eines gewaltigen, schneebedeckten Hügels, mit kleinen roten Holzhäusern, die Alex eher in Schweden als in Finnland vermutet hätte.

»Wie ein Märchenland«, sagte er erstaunt, als er ausstieg. Der Schnee unter seinen Schuhen war fest und knisterte. Er hatte noch nie in seinem Leben so viel Schnee auf einmal gesehen. Die roten Holzhäuser waren ein krasser Kontrast. Das eindrucksvolle Bild wurde vervollständigt durch den strahlend blauen Himmel.

Alex atmete ein, und kühle frische Luft strömte in seine Lunge, und mit dem Ausatmen schien es, als würde er den Staub, der sich in den letzten Jahren darin gesammelt hatte, aus sich herauspressen.

Seine Augen brannten, als er sich zu Fiefie umdrehte. »Es ist wunderschön.«

»Und kalt«, sagte Fiefie und rieb sich die Finger.

»Es ist wirklich traumhaft.« Joris trat zu ihnen. Er sah in die gleiche Richtung wie Alex. »Ich freue mich, dass wir in Finnland sind. Ich war noch nie in Finnland.«

Sie stellten die Wagen an der Straße ab. Zwar war es eine Hauptstraße, aber gleichzeitig auch die einzige richtige Straße im Ort, und keiner von ihnen glaubte, dass ein vorbeifahrendes Auto sie rammen würde. Sie hatten auf dem Weg kaum Autos gesehen.

Sie suchten ihr Gästehaus und fanden es in einem geschotterten Seitenweg. Es schien das einzige Holzhaus im Dorf zu sein, das nicht rot, sondern braun angestrichen war. Es war außerdem riesig und leider dementsprechend teuer. Alex wusste, dass die anderen bei dem Preis geschluckt hatten, allerdings war es das günstigste Haus, das es im Ort gab. Manchmal dachte Alex darüber nach, dass sie ohne ihn nie so weit in den Norden gefahren wären und weiterhin in ihren Zelten schlafen könnten. Er hatte ein schlechtes Gewissen, gleichzeitig war er dankbar, dass er diese Reise nicht alleine machen musste.

Der Vermieter führte sie überall herum. Das Haus besaß neben einem großzügigen Wohnzimmer mit einem beeindruckenden offenen Kamin, einer Küche und einem großen Bad noch zwei Schlafzimmer, eins mit Doppelbett, eins mit zwei Einzelbetten. Außerdem gab es eine Sauna, was für ein Glucksen bei Pete sorgte und einem Mittelfinger von Fiefie in seine Richtung quittiert wurde.

Vom Wohnzimmer aus gelangte man auf eine riesige Terrasse, von der aus man auf einen See sehen konnte. Der See war nicht weit entfernt, ein kleiner schmaler Pfad führte direkt ans Ufer.

Doch die Zeit fürs Baden war längst vorbei. Als Alex auf die Schneelandschaft sah, die sich ihm von der Terrasse aus präsentierte, erinnerte er sich erstaunt an den Nachmittag, als sie alle in dem See in Schweden baden und es richtig warm gewesen war. Wie lange er nun schon unterwegs war, wie viel er erlebt hatte. Und doch fühlte sich die Reise nach wie vor unvollständig an.

»Im Internet stand was von acht Betten«, sagte Steffi vorsichtig.

Das Gespräch mit dem Vermieter war schwierig. Er hatte einen merkwürdigen Dialekt, wenn er englisch sprach, und sein Finnisch war selbst für die nicht verständlich, die ein wenig Schwedisch oder Norwegisch konnten.

Der Vermieter zeigte nach oben. Sie kletterten die schmale Holztreppe nach oben, und dort präsentierte der Vermieter ihnen den Dachboden mit süßen, kleinen Fenstern und vier einzelnen Betten. Es sah sehr einfach, aber auch sehr heimelig aus. Alex wusste sofort, dass er hier schlafen wollte, obwohl er drei Bettnachbarn haben würde und der Gang auf die Toilette mit Schwierigkeiten verbunden war.

Nachdem der Vermieter gegangen war, hatten die anderen wohl ähnliche Gedanken.

»Ich will auf den Dachboden«, sagte Fiefie.

»Ich will auch«, sagte Joris.

Und Pete und Alex sagten gleichzeitig: »Ich auch.«

Hannah hob die Augenbrauen. »Echt?«, fragte sie. »Ihr überlasst uns die großen Zimmer?«

Sie sahen sich an und nickten simultan. Alex musste lachen. Joris schmunzelte. Fiefie hob verständnislos die Schultern, als könne er Hannahs Irritation gar nicht nachvollziehen.

»Warum nicht?«, fragte Pete.

»Okay«, sagte Hannah und drehte sich zu Steffi und Charlie um. »Dann müssen wir uns nur einig werden, wie wir die schönen Zimmer aufteilen.«

Sie spielten Stein-Papier-Schere, Hannah gewann und erhielt das Doppelbett in dem kleineren Zimmer. Steffi und Charlie nahmen das größere Zimmer mit den Einzelbetten. »Grad noch in einem Zelt geschlafen, und schon habe ich ein

Doppelbett für mich allein«, jubelte Hannah, nahm Anlauf und sprang auf die große Matratze.

*

Am nächsten Tag gingen Fiefie und Hannah zum Vermieter und vereinbarten eine Reduzierung der Miete, wenn sie ihm bei der Arbeit halfen. Seine Frau und er hatten gerade im Herbst viel zu tun, weil sie ihr Zuhause für den harten, dunklen Winter vorbereiten mussten, und so war er mehr als einverstanden mit dem Deal.

Weil Alex keine gute Hilfe beim Eisfischen war, da er es nicht übers Herz brachte, den Fisch zu töten, und ihn stattdessen in den See zurückwarf, teilte der Vermieter ihn zum Holzhacken ein. Auch Joris zeigte kein Talent, und so wurden sie gemeinsam hinters Haus verbannt, wo ein riesiger Berg Holz darauf wartete, gehackt zu werden.

Der Vermieter und seine Frau heizten mit Holz, und da die Sauna ebenfalls mit Holz betrieben wurde, wurde immer viel Brennmaterial gebraucht. Als Alex und Joris ihn darum baten, ihnen das Hacken zu zeigen, runzelte der alte Mann – Alex schätzte ihn auf über 70 Jahre – die Stirn und verdrehte die Augen. Es schien für ihn unvorstellbar, dass sich jemand nicht mit Holzhacken auskannte.

Doch mit der Zeit bekamen sie den Dreh raus und wechselten sich ab. Einer hackte, der andere trug das Holz weg und stapelte die Scheite an die Wand hinter dem Schuppen.

Am ersten Abend schmerzten Alex die Arme und die Schulter, und die Handinnenfläche war wund. Am nächsten Tag hatte er einen schlimmen Muskelkater. Doch nachdem er in der Sauna gewesen war, fühlten sich die Muskeln wieder geschmeidiger an, und die Schmerzen waren leichter zu ertragen.

»Vielleicht hat das Ganze ja einen Nebeneffekt, und wir werden kräftig und muskulös, und alle Frauen und Männer jagen uns hinterher und schwärmen für uns«, sagte Joris.

Alex lachte. »Träum weiter.«

Er dachte an seine Eltern und fragte sich, was sie davon halten würden, wenn sie ihn jetzt so sehen konnten. Sie würden sich arg wundern, soviel war sicher. Er hatte sich in seiner Kindheit immer geweigert, mit seinem Vater raus in den Garten zu gehen. Gartenarbeit hatte er gehasst. Und was würde Carola denken? Für sie wäre es unvorstellbar, dass er es vorzog, harte körperliche Arbeit zu verrichten, als endlich heimzukommen.

Mit der Zeit stellte sich das Ganze als eine sehr beruhigende Aufgabe heraus. Alex wusste, dass es Joris ähnlich ging. Wenn sie nach getaner Arbeit schwitzend und nach körperlicher Arbeit riechend mit einem kühlen Bier nebeneinandersaßen, redeten sie über ihre Situationen. Joris von seiner Sorge um Fabio und der Angst, sie würden nicht mehr zusammenfinden, und Alex über die Belanglosigkeit, die sich zwischen Carola und ihm ausgebreitet hatte wie ein fieses Geschwür.

Hannah durchstreifte jeden Tag mit der Frau des Vermieters das umliegende Gebiet auf der Suche nach Kräutern. Sie tauschten sich aus, auch wenn sie sich aufgrund der Sprachbarriere nicht so wirklich unterhalten konnten. Doch am Abend schwärmte Hannah ihnen vor, dass sie neue Kräuter kennengelernt hatte. Sie begann, die Sträuße ihrer gesammelten Werke im Wohnzimmer über dem Kamin aufzuhängen.

Fiefie und Charlie besorgten frischen Fisch und ruderten auf den See hinaus, um die Netze zu überprüfen, und Pete und Steffi strichen den Schuppen, an dem die Farbe nach all den Jahren schon langsam abblätterte. Sie hatten Glück, das Wetter blieb stabil und trocken. Trotzdem mussten sie sich beeilen, bevor es nasser wurde und der Sommer endgültig vor dem drohenden Winter einknickte.

Während Joris und Alex über ihre Beziehungsprobleme sprachen, näherten sich Steffi und Pete an, und vor ihren Augen entstand eine neue Liebe, während sie beide fortwährend das Gefühl hatten, kaum noch das Zerbröseln ihrer Partnerschaften verhindern zu können. Doch Alex empfand keinen Neid, sondern gönnte es Steffi von ganzem Herzen. Jedes Mal, wenn sie lachte, freute er sich für sie. »Und Fabio dachte immer, Pete wäre asexuell oder so«, sagte Joris und trank einen Schluck, als sie zum Schuppen sahen, wo Steffi und Pete einen filmreifen Kuss austauschten.

»Echt? Warum?«

»Der hatte nie eine Freundin. Nie irgendwelche Affären. Nichts. Umso toller ist es doch, oder?« Joris lächelte, während er die beiden beobachtete.

Nachdem sie ihr Bier ausgetrunken hatten, griff Alex wieder nach der Axt. Es war ein ungewöhnlich warmer Tag, und seine Klamotten hingen ihm feucht am Körper. Er wischte über seine Stirn, bevor der Schweiß ihm in die Augen laufen konnte, dann sah er hinüber zum Schuppen, wo Steffi stand und ihm zuwinkte. Alex setzte die Axt ab und winkte zurück. Steffi lächelte, und er fand, dass sie wirklich hübsch aussah, wenn sie so schön lachte. Pete tat ihr gut.

*

Sie arbeiteten in der Regel nachmittags. Morgens erholten sie sich von der harten Arbeit. Entweder saß Alex in der Sauna oder er lag auf dem weichen Schnee und starrte hinauf zum blauen Himmel.

Nachdem Pete und Steffi die Scheune fertig gestrichen hatten, sagte der Vermieter, dass sie ihm genug geholfen hatten. Er würde ihnen nur die Hälfte der Miete berechnen, egal, wie lange sie bleiben wollten. Er war ihnen wirklich dankbar für die Hilfe.

Am gleichen Abend recherchierte Alex, dass die nächsten Tage günstig für Nordlichter sein könnten. Er wusste, dass das ein Zeichen war. Kurz hielt er inne. Er könnte das Smartphone wieder in die Hosentasche zurückstecken und vorgeben, nichts gesehen zu haben. Dann zwang er sich dazu, sich zu den anderen umzudrehen. »Wir sollten weiterfahren«, sagte er. »Die nächsten Tage könnten Nordlichter sichtbar sein.«

Er sah in die Gesichter seiner Freunde und konnte in ihren Blicken die gleiche Enttäuschung erkennen, wie auch er sie empfand. »Tut mir leid. Mir gefällt es hier auch.« Er hob die Schultern.

Hannah kam zu ihm und umarmte ihn. »Ich werde dich vermissen, sobald du abgefahren bist«, sagte sie und legte ihre flache Hand gegen seinen Brustkorb. Es erinnerte ihn an den letzten Abend, als Fabio ihn angesprochen und eine ähnliche Geste gemacht hatte.

»Lasst uns morgen noch einen schönen gemeinsamen Tag verbringen«, sagte Steffi.

»Ja.« Alex wusste nicht, ob er lächeln oder weinen sollte. »Ja, lasst uns das tun.«

*

Mit den anderen Jungs im Zimmer zu schlafen war nerviger, als Alex es sich vorgestellt hatte. Vor zwei Nächten war Pete mit rotem Kopf bei ihnen ausgezogen, und er und Steffi hatten Hannah aus dem Zimmer mit dem Doppelbett geworfen. Hannah schlief nun bei Charlie im Einzelbettzimmer, und Alex blieb mit Fiefie und Joris oben auf dem Dachboden.

Sie hatten nie denselben Schlafrhythmus. Fiefie war jemand, der gerne lange aufblieb, während Joris abends regelmäßig über seinem Buch einschlief und dafür morgens früh wach war. Irgendeiner von ihnen schnarchte immer, und Fiefie hatte einen unruhigen Schlaf und wälzte sich im Bett hin und her.

Doch manchmal war es auch witzig. Alex sich wieder jung, wie ein Student, der keine feste Freundin hat und noch lange kein Vater werden würde. Es war, als würde er die Jahre nachholen, die er verpasst hatte, als Carola ungeplant und viel zu früh schwanger geworden war.

Alex wusste, dass er die Tage in Kilpisjärvi ewig als sehr schöne Zeit in Erinnerung behalten würde.

*

Als er an diesem Morgen erwachte, fühlte sich sein Herz schwer an. Der letzte Tag in Finnland. Morgen die letzte Fahrt mit der Gruppe. Ein paar Tage in Tromsø, und anschließend der Flug nach Hause. Und dann? Die verbleibende Zeit mit Silas verbringen. Danach Dunkelheit.

Er konnte es nicht fassen. Am Vormittag bat Fiefie ihn zu sich und zeigte auf einen Stuhl in der Mitte des Raumes. »Was ist?«, fragte Alex erstaunt. Er stellte fest, dass die restlichen sich im Wohnzimmer auf den Sofas niederließen. Verwirrt sah er in die grinsenden Gesichter und verstand nicht, was los ist.

»Ich habe dir doch was versprochen«, sagte Fiefie. Er hielt eine Schere in die Höhe.

Alex wurde klar, was jetzt kommen würde. »Oh, okay«, sagte er und setzte sich.

Während Fiefie ihm zunächst die Haare schnitt und fleißig die Seiten abrasierte, durfte Alex nicht in einen Spiegel sehen. Doch er vertraute Fiefie. Mit Sicherheit würde die Frisur was Besonderes sein. Nach getaner Arbeit hob Fiefie die Hände, und die anderen applaudierten.

Joris reichte ihm den kleinen Rasierspiegel, und Alex sah mit klopfendem Herzen hinein. Es sah aus wie bei Charlie, mit dem Unterschied, dass er ringsum rasiert war. Oben hatte Fiefie die Haare lang gelassen, sie nach hinten gekämmt und mit einem dünnen Gummi befestigt. Alex war sich nicht klar, ob ihm das gefiel. Er wusste aber ganz sicher, dass es Carola nicht gefallen würde.

»Du siehst aus wie ein Wikinger«, sagte Hannah begeistert.

»Das und unsere hart erarbeiteten Muskeln vom Holzhacken sehen heiß aus«, sagte Joris und hob den Daumen in die Höhe. »Die Mädels in Deutschland werden auf dich fliegen.«

»Meinst du, dass Mädels auf blinde Typen stehen?«, fragte Alex und drückte Steffi den Spiegel in die Hand. Er bereute, dass er sich nicht mehr über die neue Frisur freuen konnte und die Stimmung ruiniert hatte, obwohl alle guter Laune gewesen waren und Fiefie sich echte Mühe gegeben hatte. »Ja, ich denke schon«, sagte Joris. »Mir würde es nichts ausmachen.«

Alex hob die Schultern. »Das kannst du nicht wissen. Du kannst nicht wissen, wie es ist, mit einem blinden Typen zusammen zu sein.«

»Du doch auch nicht«, mischte sich Steffi ein. Alex sah abwechselnd Joris und Steffi an, dann nahm er Steffi den Spiegel wieder ab. Er knurrte leicht, schließlich wandte er seinen Kopf langsam. Er gewöhnte sich an den Typen, der ihn anstarrte. Er grinste testweise sein Spiegelbild an und musste zugeben, dass er wirklich cool aussah. Und gut. Wirklich gut.

Nun noch ein Piercing? Sollte er Fiefie darum bitten? Oder sollte er es sein lassen? Er könnte in Deutschland in ein Piercingstudio gehen, statt sich von einem Amateur die Haut durchstechen zu lassen.

»Und, wie gefällst du dir?«, fragte Charlie.

»Ich sehe genauso scheiße aus wie ihr«, sagte Alex grinsend. Er sammelte jeden Mut in sich zusammen, den er auftreiben konnte. Ruckartig drehte er sich zu Fiefie um. »Lass es uns tun.«

»Jetzt?«, fragte Fiefie. »Jetzt oder nie«, hauchte Alex und war erstaunt über sich selbst. Aber er wusste, dass er in Deutschland niemals in ein Piercingstudio gehen würde. »Bist du dir sicher?«, fragte Fiefie.

Alex wünschte sich, Fiefie würde nicht so ernst fragen. »Ja«, sagte er und versuchte, fest entschlossen zu klingen, doch es klang eher zögerlich.

»Es könnte wehtun«, sagte Fiefie und drückte Alex den Oberarm. Alex runzelte die Stirn. »Bitte tu es«, sagte er schnell. Er wollte es hinter sich bringen, bevor er es sich anders überlegen konnte. »Du hast mir das Lippenpiercing versprochen.«

Fiefie sah aus, als hätte er damit nicht mehr gerechnet. Das konnte Alex verstehen. Auch er hatte nicht mehr damit gerechnet. Als Alex sich mit dem Kopf auf Hannahs Schoß legte und Fiefie sich über ihn beugte, konnte er vor Aufregung kaum atmen.

*

Die Kälte kroch in seine Glieder, als ein eisiger Wind über ihn hinwegfegte. Zitternd legte Alex seine kalten Finger flach gegen die heiße Tasse, die mit frisch aufgebrühtem Tee gefüllt war. Er trank vorsichtig und versuchte, nicht versehentlich an die schmerzende Stelle an seiner Lippe zu kommen.

Sich das Lippenpiercing von Fiefie stechen zu lassen, zählte zu der blödesten Idee, die er sich während seiner Skandinavien-Rundreise geleistet hatte, aber auch wenn es schrecklich wehgetan hatte und immer noch unglaublich schmerzte, bereute er es nicht. Er war stolz auf sich.

Fest stand, dass Carola toben würde. Seine Eltern würden ihn entsetzt ansehen und anflehen, den Ring herauszunehmen. Trotzdem war Alex irgendwie erleichtert, es tatsächlich hinter sich gebracht zu haben. Nicht, weil er Carola ärgern wollte, sondern weil er jetzt etwas hatte, das ihn an diese aufregende Reise erinnerte nun immer bei ihm sein würde. Er war weiterhin traurig, aber er fühlte sich nicht mehr so verzweifelt, bei dem Gedanken heimzufliegen. Auch weil er Silas wiedersehen würde.

Das war sein letzter Nachmittag in Finnland, das letzte Mal, dass er auf der Terrasse stehen und auf den See sehen konnte. Inzwischen hatte sich eine Eisschicht gebildet, die im Schein der Sonne glitzerte. Weiter hinten erstreckten sich Wälder, darüber der blaue, grenzenlos wirkende Himmel. Fiefie trat neben ihn. »Wie geht es dir?«, frage er.

Instinktiv griff Alex an seine Lippe, doch Fiefie hielt ihn davon ab.

»Nicht die Wunde unnötig reizen und schon gar nicht mit ungewaschenen Fingern dran fassen«, warnte er.

Ja, dachte Alex, es war eine ganz dumme Idee gewesen. Das Piercing an sich war irrsinnig, und es nicht einem sterilen Studio von einem Profi oder Arzt stechen zu lassen, war riskant. Er hoffte, die Wunde würde ohne Komplikationen verheilen. Er wusste, käme Silas eines Tages mit einem selbstgestochenen Piercing nach Hause, würde er toben. Und seinen Sohn für verrückt erklären.

Doch jetzt hatte er das Piercing. Und es passte zu dieser verrückten Reise mit diesen verrückten Menschen. Endlich hatte er für sich selbst klar und deutlich gemacht, wie wichtig und einmalig diese Reise für ihn war. Es würde ihm bleiben. Selbst wenn er erblindet war, würde ihm dieses Piercing bleiben. Er konnte es spüren. Wenn er redete, wenn er aß, wenn er mit der Zunge darüberstrich. Oder wenn er jemanden küsste. Wenn er Carola küsste? Er musste sich an den Ring gewöhnen, aber er wäre da, und er müsste nur die Lippen zusammenpressen und hätte den Beweis. Das hätte eine Tätowierung niemals geschafft. Nicht, wenn sie für ihn unsichtbar geworden wäre.

»Danke«, sagte Alex, ohne Fiefie anzusehen. »Ich kann es nicht genau erklären, aber das macht es mir leichter heimzufahren. Ich nehme ein Stück mit heim.«

»Ich verstehe«, erwiderte Fiefie.

Alex schloss die Augen. Er konnte den eisigen Wind spüren, doch er hörte gar nichts. Nirgendwo war es stiller als hier. Kein Auto, nicht einmal Vögel. Es war einfach ruhig. Nur Fiefies ruhiger Atem, und als er sich konzentrierte, konnte er die zarten Schneeflocken spüren, die um sie herumtanzten.

Er machte die Augen auf und atmete tief ein. Vorsichtig trank er einen weiteren Schluck. »Fiefie, ich hoffe, du nimmst es mir nicht übel, dass ich oft nur meine eigenen Probleme gesehen habe und mich nach den Ereignissen im Waschsalon zu selten nach dir erkundigt habe. Ich meine, Fabio … Er hat diese Art an sich, dass man ihn gar nicht übersehen kann, aber du bist in den letzten

Wochen manchmal untergegangen.« Alex wandte das erste Mal, seit er draußen war, den Blick von dem nebligen See ab. »Du bist ein guter Freund«, sagte Fiefie.

»Wir werden unseren Weg gehen. Ich meinen und du deinen. Lass dich niemals unterkriegen, und hör nie auf, dich zu wehren«, sagte Alex. Er erinnerte sich an den Podcast, den er gehört hatte. »Und suche dir immer die Gesellschaft von Menschen, die dir guttun. Personen, die dich unterstützen.«

Fiefie lächelte. »Danke, mein Freund«, sagte er und schlug mit der flachen Hand auf seine Schulter. Er zog sie nicht weg, sondern ließ sie dort für einen Moment ruhen. »Ich wäre gerne eine dieser Personen«, fügte Alex hinzu. Er sah wieder zum See. Er fragte sich, ob Fiefie ihn mal besuchen würde.

»Ich glaube an dich«, sagte Fiefie. »Du wirst das dunkle Tal durchwandern. Es wird dunkel bleiben, aber du wirst nicht im Tal bleiben, sondern wieder hochklettern. Und dann wirst du die Sonne fühlen.«

Alex sah ihn an. »Du klingst wie ein Künstler.«

Fiefie war in den letzten Wochen zu so einem guten Freund geworden, wie ihn Alex nie in seinem Leben gehabt hatte. Er fragte sich, was sie unternehmen würden, hätten sie sich unter anderen Voraussetzungen und in einer besseren Phase ihres Lebens getroffen.

Fiefie erwiderte den Blick. »Ich bin ein Künstler«, sagte er vollkommen ernst und von sich überzeugt.

»Ja, das bist du«, erwiderte Alex.

»Und natürlich werde ich mich melden, denn du gehörst definitiv zu den Personen, von denen ich glaube, dass sie mich unterstützen«, versprach Fiefie. Mit diesen Worten ließ er ihn allein.

Alex versuchte, sich das Bild des Sees einzuprägen. Er war erstaunt, wie ruhig er war. Wie ausgeglichen. Als wäre es in Ordnung, dass die Reise ihrem Ende zuging.

*

Die Fahrt nach Tromsø verlief auf den schönsten Straßen, die sie bisher genommen hatten. Endlich bekam Alex die Fjorde zu sehen, von denen Joris zu Beginn geschwärmt hatte. Zunächst führte der Weg sie über eine Hochebene, mit einer dichten Schneedecke so weit das Auge reichte. Nirgendwo waren Bäume zu sehen oder irgendwas, das von der flachen, winterlichen Landschaft ablenkte. Bis sie auf einmal ein paar Rentiere am Straßenrand sahen und für Fotos stehen blieben. Alex hatte auf der ganzen Fahrt wenig Bilder gemacht, holte nun sein Smartphone heraus und schickte Silas ein Foto von den Tieren.

Dann wurde es gebirgiger, und die dichten Wälder, die sie in Schweden so lange begleitet hatten, kamen zurück. Als ob die Natur sich an Ländergrenzen hielt, wurde aus der eisigen, ruhigen Gegend, die er vermutlich ewig mit Finnland in Verbindung bringen würde, das raue, felsige Land, das ihn an Norwegen erinnerte. Die Fahrt war eine Mischung aus dem Besten, das Skandinavien zu bieten hatte. Mit dem Unterschied, dass das, was er hier sah, noch beeindruckender war als alles, was er zuvor gesehen hatte. Es ging steil bergab, und der Schnee wurde immer mehr von dem saftigen Grün der Felder und Wiesen abgelöst. Und schließlich waren sie am Meer, und die Sonne schien so wunderbar über die Berge hinab ins Tal, dass die Strahlen als Streuung auf die Erde trafen. Es war so atemberaubend, dass Alex erneut um einen Halt bat.

Er trat zusammen mit Fiefie, Hannah und Steffi aus dem Wohnmobil und staunte über die nahezu unbewohnte Natur. »Es ist einfach schön«, sagte Steffi, und ihre Stimme zitterte. Sie war ebenfalls überwältigt.

Der Camper, der ihnen mit Abstand folgte, hielt hinter ihnen. Pete ging geradewegs zu Steffi und küsste sie auf die Lippen. Dass sie ein Paar waren, war ein offenes Geheimnis. Danach sah er zu Joris, der mit in die Hosentaschen geschobenen Händen ein wenig abseits von ihnen stand, und sie blickten sich kurz in die Augen. Alex fragte sich, wie es mit Carola und ihm weitergehen würde. Würden sie zueinander finden, oder würde einer von ihnen den Absprung wagen? Er hoffte so verzweifelt, dass es Ersteres war. Und wenn man sich etwas so verzweifelt wünschte, sollte es einem doch auch gelingen. Oder?

Sie fuhren weiter durch Wälder und gelangten an einem öffentlichen Parkplatz am Wasser, und Alex überkam die Sehnsucht, trotz der Kälte noch einmal draußen in seinem Zelt zu schlafen.

Er checkte auf seinem Handy den Wetterbericht. Für die Nacht war kein Schneefall und in den nächsten drei Tagen verhältnismäßig milde Temperaturen gemeldet, knapp unterhalb des Gefrierpunkts. Es wäre möglich, und er wusste, wenn er den Vorschlag machen würde, würden ihm alle zustimmen und mitziehen.

Hannah steuerte das Wohnmobil entlang der Wasserarme, die sich innerhalb der steilen Fjordarme tief ins Land gegraben hatte, und Alex sah hinaus. Als ihm ein Straßenschild verriet, dass sie nur noch wenige Kilometer von Tromsø entfernt war, unterbreitete er Hannah den Vorschlag, hier die Nacht zu verbringen.

»Ja«, sagte sie. »Ja, ich wäre voll dafür.«

Wie sich herausstellte, hatte auch der Rest bereits mit dem Gedanken gespielt, und so wurden sie sich schnell einig und suchten sich ein schönes Plätzchen am Hang, direkt am Wasser und gegenüber der größten Stadt im Norden: Tromsø. Sie parkten Camper und Wohnmobil nebeneinander und begannen, ihr Lager aufzuschlagen. Hier war die Chance, Nordlichter zu sehen, sehr hoch, besonders wenn man den klaren, blauen Himmel über ihnen betrachtete. Vielleicht würden sie Glück haben.

Er erinnerte sich an ihren Stopp nördlich von Oslo, wo er die Gruppe kennengelernt hatte und wo er Fiefie erzählt hatte, was mit ihm los war. Damals hatte er sich gewünscht, dass sie die Natur hinter sich lassen würden, um einen Abstecher in die große Stadt zu machen. Jetzt, wo er die Chance hatte, in Tromsø zu übernachten, hatte er sich dafür entschieden, lieber in sein Zelt zu schlüpfen.

Er fragte sich, ob das bedeutete, dass er sich verändert hatte, oder ob er einfach nur zögerte und weit weg von dem Flugzeug sein wollte, das ihn nach Hause bringen würde.

*

Nachdem er sein Zelt aufgebaut hatte, ging er zum Wasser und setzte sich trotz der kalten Luft ans Ufer. Zu seiner Rechten sah er die riesige Brücke, die dieses Fjordufer mit Tromsø verband. Hinter ihm hörte er die Geräusche vieler Autos auf der Hauptstraße, die nicht weit von ihrem Camp entlangführte. Waren sie auf dem größten Teil der Strecke meist die Einzigen gewesen, die die Straße nutzten, war hier in der Nähe von Tromsø eine Geschäftigkeit und Eile zu spüren, an die Alex sich erst wieder gewöhnen musste. »Darf ich?«

Alex drehte sich um. »Klar.« Er griff nach oben und half Steffi über die flachen Steine. Sie setzte sich im Schneidersitz neben ihn auf ihre ausgebreitete Jacke und ließ die Aussicht einen Moment lang auf sich wirken.

»Ich wollte die letzten Sonnenstrahlen genießen«, sagte er.

Steffi sagte nichts und lehnte sich an ihn. »Es ist so toll, dass ihr mitkommt und diese Reise bis zum letzten Meter mitmacht.«

»Wir hatten überlegt, dich unterwegs rauszuwerfen«, sagte Steffi und lachte leise.

Alex hob die Augenbrauen. »Ich glaube, dir tut die Anwesenheit von Fiefie nicht gut, deine Sprüche werden immer flacher«, erwiderte Alex schmunzelnd.

Er lehnte sich nach hinten, schloss die Augen und konzentrierte sich auf die warmen Sonnenstrahlen, die sich gegen den kalten Wind durchsetzten und seine Haut wärmten. Dann versuchte er, den Lärm von der Straße auszublenden, und hörte Steffis ruhige, tiefe Atemzüge und die sanften Wellen im Fjord.

Zu Beginn der Reise hatte er es nicht ertragen, die Augen zu schließen, inzwischen testete er ganz bewusst aus, welche Eindrücke ihm erhalten bleiben würden. Es blieb erschreckend, wie sehr ihm der visuelle Sinn fehlte und wie beliebig sich dieser Ort anfühlte und anhörte. Aber wenigstens konnte er ruhig bleiben und verspürte keine Panik. Dafür Trauer. »Ich freue mich für Pete und dich.«

Seufzend sagte Steffi: »Wir werden sehen und sollten keine zu große Hoffnung haben. Einfach schauen, wohin es uns treibt.«

Alex öffnete die Augen und sah sie von der Seite an. »Du klingst vorsichtig, aber wenn ich euch sehe, sehe ich zwei glückliche Menschen.«

Steffi hob die Schultern. »Ich habe gelernt, dass man in solchen Dingen nie die Zukunft vorhersagen kann. Ich genieße es, solange es schön ist. Aber ich habe mir abgewöhnt, zu sehr in die Zukunft zu blicken.«

»Ich wünschte, das könnte ich von mir behaupten.« Alex verzog grimmig sein Gesicht. Steffi musterte ihn, sagte aber nichts.

»Dieses Herauszögern, nach Hause zu gehen, nur weil ich dort die Dunkelheit befürchtete, war so idiotisch. Meine Augen werden schlechter, auch wenn ich weit weg von zu Hause bin. Ich kann es nicht aufhalten.«

»Nein.« Steffi drückte ihn an sich. »Nein, du kannst es nicht aufhalten. Aber du kannst die letzten Wochen oder Monate, die dir bleiben, besser genießen, wenn du es annimmst und akzeptierst. Du kannst sowieso nicht davonlaufen.«

»Ja.« Alex atmete tief ein, um sich der drohenden Panik entgegenzustellen. »Ja«, wiederholte er. »Ich kann dem nicht entfliehen. Und deswegen ist es vielleicht wirklich an der Zeit heimzugehen. Meinem Sohn beim Spielen zusehen, mit ihm toben. Es ist mir wichtig, das zu erleben.«

»Die Dinge auf der Liste abhaken«, fügte Steffi hinzu. »Das Haus, in dem du deine Kindheit verbracht hast und den Ort sehen, an dem du deine Freundin das erste Mal geküsst hast.«

Alex schob seine Hand in die Hosentasche. Er hatte die Liste stets bei sich getragen. Wenn er geschlafen hatte, hatte er sie unter das Kopfkissen geschoben, sie war bei ihm gewesen, um ihn daran zu erinnern, was seine Aufgaben waren. Doch er hatte sie nie angesehen. Er hatte für eine lange Zeit bloß die

Nordlichter als Ziel gesehen, aber es blieb nicht mehr viel Zeit für die anderen Punkte.

Er reichte Steffi die Liste, und sie faltete sie auseinander. Sie überflog die Punkte und zeigte auf einen. »Den hast du schon erledigt. Und den hier.« Sie fand weitere, die er abhaken konnte. Es blieb dennoch mehr als die Hälfte übrig. »Und wenn alles erledigt ist, hast du nur noch diesen Punkt.« Sie tippte auf die letzte Zeile.

Silas, Silas, Silas und Carola, las er. Er konnte sich daran erinnern, wie er mit schwitzigen Fingern und heftigem Herzklopfen sein letztes To-Do auf das Papier gesetzt hatte und wie tröstlich es sich damals angefühlt hatte, dass er bei all der Scheiße zumindest nicht alleine sein würde.

»Wir helfen dir hiermit, und du machst den Rest«, sagte Steffi und zeigte auf den ersten Punkt, den Punkt, der ihm spontan eingefallen war, als der Psychologe ihn gebeten hatte, diese Liste fertigzustellen: Nordlichter.

»Ja«, sagte Alex, faltete das Papier zusammen und schob es in seine Hosentasche. Dann nahm er Steffi in den Arm, legte sein Kinn gegen ihre Haare und schloss die Augen. Was konnte er hören? Zunächst musste er grinsen. Denn ihm fiel auf, wie sehr er Steffis Bewegungen spüren konnte. Immer, wenn sie sich bewegte, kitzelten ihre bunten Strähne seine Nase. Durch den stärker werdenden Wind wurden auch die Wellen stärker und drängten sich mehr in sein Bewusstsein. Sie verdrängten das Geräusch der Hektik hinter sich auf der Straße. Er lauschte dem Wasser. Dem raschelnden Gras. Ihrem Atem.

*

Als er an dem Abend in sein Zelt krabbelte, rief er Carola an, um ihr zu sagen, dass er plante, nach Hause zu kommen. Er wollte übermorgen nach Tromsø fahren und von dort aus einen Flug nehmen.

»Hast du die Nordlichter gesehen?«, fragte Carola.

»Nein, aber die Chancen stehen sehr gut, dass sie heute oder morgen Nacht da sind«, sagte Alex und atmete tief ein. »Drück mir die Daumen. Ich wäre echt traurig, wenn es nicht klappen würde.«

»Ich drück dir die Daumen«, sagte Carola. Und nach einigem Zögern sagte sie. »Ich freue mich auf dich. Ich habe dich vermisst.«

Alex spürte, wie die Tränen in seine Augen traten. »Es tut mir leid, für alles, was ich dir zugemutet habe. Ich weiß … Ich war egoistisch.«

»Nein«, sagte Carola. »Ich verstehe es. Aber ich bin trotzdem erleichtert, wenn du zurückkommst. Ich hatte Angst, dass dir auffällt, dass du ohne uns besser klarkommst.«

Auf einmal empfand Alex etwas, das er schon sehr lange nicht mehr in dieser Intensität empfunden hatte. Er vermisste nicht nur seinen Sohn, sondern auch sie … seine Partnerin. »Ich habe Angst davor heimzukommen, aber ich bin froh, dass du an meiner Seite sein wirst«, sagte er.

Carola schwieg, aber sie atmete entspannt in den Hörer und wirkte nicht übermäßig genervt.

»Holt ihr mich am Flughafen ab?«, frage Alex.

»Machst du Witze?« Carola schluckte, und es hörte sich an, als würde sie weinen. »Natürlich holen wir dich ab. Wir sind deine Familie!«

»Danke.« Alex lächelte. Nachdem er aufgelegt hatte, biss er sich auf die Lippe. Dann zuckte er zusammen und berührte mit seinem Finger sein Lippen-piercing. Scheiße, er hatte Carola nicht erzählt, dass er sich hatte piercen lassen. Dass er eine andere Frisur hatte. Dass es hier keine Duschen gab und er stinken würde, wenn sie ihn am Flughafen abholen würde. Verdammt, ob sie ihn überhaupt wiedererkennen würde?

*

Alex wachte aus einem Traum auf, in dem Carola und Silas am Flughafen standen und nach ihm Ausschau hielten, ohne zu bemerken, dass er längst vor ihnen stand. Plötzlich spürte er ein Zerren an seinem Fuß, und ihm wurde bewusst, dass ihn jemand wecken wollte.

»Komm schon. Das kannst du jetzt nicht verpennen!«, sagte jemand.

Es war Joris, wie Alex feststellte. Verschlafen öffnete er seine Augen. Um ihn herum war alles dunkel, und das änderte sich auch nicht, als er blinzelte. Eigentlich hatte er gar nicht einschlafen wollen. Doch das Warten hatte ihn schläfrig gemacht.

»Was ist?«, fragte er und setzte sich auf. Er griff nach Joris' Hand. Und dann bemerkte er, dass die Dunkelheit verschwunden war. Ein Flackern erschien hinter Joris. »Ist er endlich wach?«, rief jemand, und Alex erkannte Charlies aufgeregte Stimme.

Vorsichtig rutschte Alex näher zu Joris und schauderte, als sein Arm aus dem Schlafsack rutschte und kalte frostige Luft seine Haut traf. »Sieh es dir an«, bat Joris, und in seiner Stimme war bebende Ehrfurcht zu erkennen. Er stand auf, und endlich konnte Alex den nächtlichen Himmel sehen und den grünen Nebel, der ihn bedeckte. Wie ein grünes Licht, das nur durch Magie entstanden sein konnte. Eilig strampelte er seine Beine aus dem Schlafsack frei und zog seine Winterjacke an. Er verzichtete auf Strümpfe und schob seine nackten Füße direkt in seine dicken Wanderschuhe, anschließend stolpert er nach draußen. Neben ihm schälte sich Fiefie ebenfalls aus dem Zelt. Hannah war da, unmittelbar neben ihm, und hielt ihm die Hand entgegen.

»Das sind die Nordlichter«, sagte sie. »Nicht so stark, wie erhofft, aber immerhin reist du nicht ab, ohne sie gesehen zu haben.«

»Sie sind wunderschön«, staunte Steffi, die weiter vorne bei Joris und Charlie stand. »Ich bin froh, sie sehen zu können«, gab Fiefie zu. »Seit du mir von deiner Liste und den Nordlichtern erzählt hast, wusste ich, dass sie auf meiner Liste auch einen Platz haben würden.« »Echt?«, fragte Alex erstaunt. »Du hast ebenfalls eine Liste?« Fiefie hob die Schultern. »Haben wir nicht alle eine?« Er zeigte auf seine Brust, um zu verdeutlichen, dass er seine Liste im Herzen trug. Kurz dachte Alex darüber nach. Es ergab Sinn. Und vielleicht würde er später auch eine innere Liste mit sich herumtragen. Vielleicht gäbe es später Pläne und Träume, an deren Erfüllung er arbeiten konnte.

»Die Wikinger dachten, die Nordlichter seien der Beweis dafür, dass es Götter gibt«, fügte Steffi hinzu.

»Und die Finnen dachten, dass es Polarfüchse sind, die so schnell über den Schnee rasen, dass ihre Schwänze Funken entstehen ließen, die sich am Himmel zeigten«, meinte Pete.

»Die Sami glaubten, es seien die Verstorbenen, deren Seelen am Himmel sichtbar sind«, erzählte Joris und sah fasziniert in den Himmel. »Ich muss gerade an meinen Vater denken. Er ist vor zwei Jahren gestorben, und in Momenten wie diesen vermisse ich ihn sehr.«

»Ich glaube, sie bedeuten für jeden etwas anderes«, sagte Alex nachdenklich. »Für mich bedeuten sie, dass ich nun mit ruhigem Gewissen heimfliegen und mich meiner nächsten Aufgabe widmen kann.«

Fiefie lehnte sich an ihn, und auf seiner rechten Seite war Joris, und sie starrten auf das Naturschauspiel. Sie standen nur da, in der Dunkelheit, ohne die Kälte und stattdessen die Faszination zu spüren. Sie tranken Tee, starrten in den Himmel, wärmten sich am Lagerfeuer und dachten gar nicht daran, wieder in ihre Zelte zurückzukehren. Es war das erste Mal, dass Alex erleichtert war, dass die Nächte hier so lang waren. Ihm wurde bewusst, dass es ohne Dunkelheit auch keine Nordlichter gäbe.

*

Mit Kopfhörern in den Ohren lief Alex den Weg am Fjord entlang. Er wollte ein letztes Mal die wilde, ungezügelte Natur sehen, bevor es dunkel werden würde. Als er eine Bank Richtung Fjord sah, beschloss er, anzuhalten. Da die Sitzfläche feucht war, stieg er darauf und setzte sich auf die Lehne. Die Weite, die er in Finnland so zu schätzen gewusst hatte, gab es hier nicht. Am Ufer gegenüber gingen die Berge steil nach oben und verwehrten ihm die Sicht ins

Landesinnere. Auf den Gipfeln lag Schnee. Die Sonne ließ ihn wie Kristalle funkeln und glitzern.

Die Musik wechselte zu einer emotionalen Ballade mit ausdrucksstarken Gitarrenklängen, es passte perfekt zu seiner Stimmung, die aus einer komplizierten Mischung aus Freude, Trauer und Angst bestand.

Freude darauf, Silas zu sehen und alles, was er an seinem Zuhause schätzte. Carola, seine Eltern und das gemütliche Bett in dem schön eingerichteten Schlafzimmer und dem Bad mit Fußbodenheizung und einem Heizelement, über das er sein Handtuch hängte, um nach dem Duschen von warmem Stoff umhüllt zu werden.

Er grinste.

Und die Trauer darüber, dass diese lange Reise so schnell vergangen war. Er würde Jahre davon zehren, das wusste er. Die vielen Eindrücke, die er gesammelt hatte, die Erlebnisse, von denen er erzählen konnte. Die letzten zwei Monate waren so intensiv gewesen, wie er noch nie zuvor eine Zeit erlebt hatte.

Verdammt, wie sehr würde er die Leute vermissen, die ihn begleitet hatten. Solch besondere, wunderbare Menschen, von denen er so viel gelernt hatte.

Und dann war da die Angst, die manchmal in blanke Panik umschlug. Die Melodie der Ballade verklang, und die kurze Stille danach wurde von einem fröhlicheren Lied mit schnellerem Rhythmus abgelöst. Mit zusammengezogenen Augenbrauen scrollte Alex durch seine Playlist und entschied sich für ein instrumentales, aber ruhiges Stück mit Akustikgitarren.

Als jemand seine Schulter berührte, zuckte er zusammen. Erleichtert nahm er zur Kenntnis, dass es Hannah war. Sie zeigte auf die Ohren, und er nickte und entfernte die Kopfhörer. »Du hast mich gar nicht gehört.« Hannah lachte und zeigte auf die Bank. Alex verstand und rutschte zur Seite. Sie setzte sich, und für einen Moment sahen sie zum gegenüberliegenden Ufer des Fjords.

Schließlich bewegte sich Hannah neben ihm, und Alex blickte zu ihr. Sie holte etwas aus der Innentasche ihrer dicken Winterjacke. Sofort erkannte er die Mütze, an der sie die letzten Tage gestrickt hatte. Sie war blau mit grünen, unregelmäßig großen Tupfern, und als er sie anfasste und das Material zwischen Zeigefinger und Daumen rieb, bemerkte er erstaunt, wie weich die Mütze war.

»Ich habe sie für dich gemacht«, sagte Hannah. »Ich hoffe, sie gefällt dir. Ich habe mich bei der Farbauswahl an deinen Augen orientiert.«

»Für mich?« Alex spürte Wärme durch seinen Körper strömen. Er lächelte.

»Ja, natürlich. Für wen denn sonst?« Hannah lachte.

»Ich dachte, du machst sie für Fabio.« Alex griff nach der Mütze und berührte erneut die angenehme Struktur. Die feinen Elemente des Garns fühlten sich wie Seide an.

»Fabio hat genug Mützen. Die ist für dich«, betonte Hannah. »Komm, setz sie auf.«

Alex zog sie über die neue Frisur und versuchte, seine längeren Haare nicht durcheinanderzubringen. An den kurz geschorenen Stellen war die Mütze sehr angenehm. »Sieht gut aus. Sie passt zu deinen Augen«, lobte Hannah.

»Sie ist außerordentlich bequem.« Erstaunt richtete er die Mütze, dann sah er Hannah an. »Dankeschön, Hannah.«

Er war gerührt von diesem Geschenk. Sie würde ihm während seiner Winterspaziergänge Wärme und Trost vermitteln und eine Erinnerung an den Urlaub sein, die er mit den Fingern ertasten konnte. Mit ausgestreckten Armen zog er Hannah zu sich heran. Sie lachte, als sie die Umarmung erwiderte. »Ich werde euch vermissen«, sagte Alex leise. »Ich werde euch so sehr vermissen.«

Hannah löste sich von ihm und legte ihm die Hände an die Wange. Ernst sagte sie: »Wir dich auch. Und du bist immer willkommen, egal, wie weit deine Erblindung fortgeschritten ist.«

Alex wollte den Mund öffnen.

»Und wenn du nächstes Jahr nicht mitkommst, werden wir dich nach der Reise besuchen«, kündigte Hannah an. Sie zog seinen Kopf zu sich heran und küsste seine Stirn direkt unterhalb der Mütze.

Das würde ihm gefallen. Es wäre eine Garantie, dass er weiterhin ein kleiner Teil der Gruppe bleiben würde. Ein minimaler Teil. Sie würden neue Menschen kennenlernen, neue Erfahrungen machen, die mit den Erfahrungen, die ihm bevorstanden, nichts zu tun hatten, aber sie würden in Kontakt bleiben. Und wenn sie sein Zuhause als Einkehr nach der nächsten langen Reise einplanten, war er ein Teil dieser Reise.

»Ist das ein Versprechen?«, fragte er leise.

Hannah lachte leise. »Wie man es nimmt. Du könntest es genauso gut als Drohung verstehen. Fang jetzt schon mal an, deiner Frau zu erklären, dass im nächsten Jahr ein paar komische Leute ihre Zelte in eurem Garten aufbauen. Und eure Dusche benutzen wollen.«

»Einverstanden. Ich werde sie darauf vorbereiten«, sagte Alex beschwingt. Das klang nach einem guten Plan und einem Versprechen, das ihm den Heimflug erleichtern würde.

*

In seiner letzten Nacht in Norwegen hatte das Schicksal eine besondere Überraschung für ihn. Die Nordlichter präsentierten sich auf noch phänomenalere Art und Weise als in der Nacht zuvor, ein Naturschauspiel mit ungeheurer Vehemenz und Stärke. Wie grüne Nebelschwärme waberten sie am nächtlichen Himmel und bildeten verschiedene Muster. Etwas Vergleichbares hatte Alex nie zuvor gesehen. Der Himmel harmonierte mit der Umgebung, spiegelte sich schwach auf der Wasseroberfläche und tauchte alles in ein leuchtend grünes Schimmern.   Die Nordlichter mit seinen eigenen Augen sehen zu dürfen, war für Alex ein beeindruckendes Erlebnis, und er wusste, dass das Schauspiel für ihn nicht nur wegen des drohenden Verlusts seines Augenlichts eine einmalige, besondere Erfahrung bleiben würde. Er bekam nicht genug von den flammenden Farberscheinungen am Himmel und dachte gar nicht daran, schlafen zu gehen. Lieber schlief er im Flugzeug.

Nein, er wollte den Tanz der bunten Nordlichter nicht verpassen, diese mächtige und faszinierende Naturerscheinung wollte er, so gut es ging, auskosten und niemals vergessen.

Die grüne Farbe dominierte, doch auch lila, violett und blau waren darunter zu erkennen. Wie seine Mütze, die er von Hannah geschenkt bekommen hatte und die sie in Anlehnung seiner Augen gestrickt hatte. Er sah zu den anderen. Zu Hannah, die ihn anlächelte, und zu Fiefie, der fasziniert und stumm nach oben starrte. Zu Steffi und Pete, die sich lächelnd im Arm hielten, einander zuwandten und küssten und ihn anlächelten, als sie bemerkten, dass er sie beobachtete. Zu Joris, der vielleicht gerade an seinen Vater dachte. Oder an Fabio. Und zu Charlie, die aufgeregt versuchte, die Eindrücke in ihrem Notizbuch festzuhalten.

Alex griff an seine Mütze, und als er die Lippen aufeinanderlegte, konnte er sein Piercing spüren. Er ging zu Hannah und Fiefie, schob sich zwischen sie und legte seine Arme auf ihre Schultern und fühlte sich vereint mit ihnen, als sie ihre Hände hinter seinem Rücken miteinander verschränkten. Sie wandten sich wieder dem Himmel zu.

In stiller Übereinkunft verbrachten sie seine letzte Nacht in vollkommener Ruhe unter dem Schein der Nordlichter.

*

Der Flug stellte sich als anstrengend heraus. Schon am Flughafen von Tromsø empfand Alex Irritation bei den vielen Menschen, die an ihm vorbeiströmten, alle in Eile und Hektik. Der Abschied von seinen neuen Freunden fiel ihm extrem schwer, und als sie in Reih und Glied dastanden und ihm zuwinkten, kamen ihm die Tränen. Zeit genug, um der gemeinsamen Zeit hinterherzutrauern, hatte er allerdings nicht. Er wurde weitergedrängt, und ein Mann schubste ihn, als er sich Zeit nahm, sein Handgepäck ordentlich auf das Band zu legen.

Er flog zwei Stunden nach Oslo und hatte dort fast vier Stunden Aufenthalt. Er war müde, da er in der Nacht kaum geschlafen hatte, und er fühlte sich verdammt einsam. Zwar hatte er während seiner Reise immer wieder Zeit alleine verbracht, vermutlich mehr, als er es sonst in seinem Alltag machte, und doch spürte er die Abwesenheit der anderen enorm. Er erinnerte sich an seinen ursprünglichen Wunsch, sich Oslo anzusehen, doch die vielen Geschäfte und die Menschen stressten ihn so sehr, dass er sich in ein kleines Café des Flughafens zurückzog und dort eine ruhige Ecke suchte, wo er sein Handgepäck abstellen konnte. Ihm wurde bewusst, dass die Leute starrten, als wäre an ihm irgendwas komisch. Er verstand es nicht. Geduscht hatte er kurz vor seinem Flug in einem Schwimmbad, während die Gruppe draußen auf ihn gewartet hatte.

Überfordert zog er seine Jacke aus und bestellte einen Früchtetee. Er versuchte, die Blicke zu ignorieren, doch er konnte sie spüren. Er fragte sich, ob er sie würde spüren können, wenn er blind war. Er hoffte es. Der Gedanke, angestarrt zu werden, ohne es zu merken, wäre ihm unangenehm. Er dachte an Fiefie, der ihm erzählt hatte, wie sehr es ihn manchmal nervte, dass die Leute ihn einfach so ohne Grund neugierig musterten. Und an Fabio und Charlie, die sich freiwillig dazu entschieden hatten, ständig aufzufallen. Fiefie konnte seine Haut nicht einfach ablegen, der Rest könnte sich anpassen. Doch ihnen war ihre eigene Entfaltung stets wichtiger als die fremden Leute gewesen. Alex würde durch seine Behinderung auffallen, und er würde damit leben müssen, daran nichts ändern zu können. Doch warum starrten sie jetzt schon? Hatte er sich in den letzten zwei Monaten so sehr verändert, dass er durch sein Aussehen den Leuten ins Auge fiel? Er verstand es nicht. Es war ihm unangenehm, aber als die Bedienung ihm den Tee brachte und ihm zuzwinkerte, als wären sie Verbündete, fühlte er sich bestärkt darin, dass mit ihm alles in Ordnung war.

Die Bedienung trug eine ähnliche Frisur wie Charlie, mit dem Unterschied, dass ihre Haare nicht blau, sondern schwarz waren, genauso wie die Klamotten, die sie trug. »Brauchst du sonst noch etwas?«, fragte sie auf Deutsch,

woher auch immer sie gewusst hatte, dass er Deutscher war. Es war ungewohnt, eine Fremde zu duzen, aber da sie damit angefangen hatte, fand Alex es
passend. »Vielleicht ein Sandwich?« Er sah in die Karte. »Mit Tomaten und
Mozzarella, bitte.«

»Gerne.« Die Bedienung lächelte, als sie ging.

Alex griff zu seinem Smartphone und schrieb Carola, dass er gut in Oslo
angekommen war, dann schrieb er Steffi und bat sie, die anderen zu grüßen. Sie
antwortete ihm, dass sie auf dem Weg zurück waren und bei dem alten Paar in
Finnland Halt machen wollten, bevor es weiter nach Süden ging.

Die Bedienung brachte ihm das Sandwich und einen Blaubeermuffin, der
aufs Haus ging, wie sie ihm verriet.

Als er aß, spürte er, dass seine Lebensgeister zurückkamen. Carola antwortete ihm. Verpass deinen Anschlussflug nicht, schrieb sie und in einer zweiten
Nachricht noch: Wir freuen uns auf dich! Kurz darauf erschien ein verschwom-
menes Bild, welches sich nur langsam aufbaute, weil er kein Datenvolumen
mehr hatte und mit reduzierter Geschwindigkeit unterwegs war. Er loggte sich
ins WLAN des Cafés ein, um dem etwas nachzuhelfen. Endlich war das Bild
zu sehen, und Carola und Silas strahlten ihn aus dem Smartphone heraus an. Im
Hintergrund war zu sehen, dass sie in einer riesigen Halle standen. Sie waren
wohl bereits am Flughafen und konnten es anscheinend kaum erwarten, ihn zu
sehen. Silas hielt ein Plakat in die Höhe, auf dem Alex die Schrift von Carola
erkennen konnte und auf dem von dutzenden Bildern umgeben stand: »Willkommen zurück!«.

Silas reckte sich begeistert und sehr bemüht in die Höhe, als ob das seine
Ankunft beschleunigen könnte. Carola trug ihre Haare kürzer, und ihre Augen
sahen genauso müde aus, wie Alex sich fühlte, aber sie strahlte in die Kamera,
als ob sie sich wirklich auf ihn freute.

Alex lächelte, und voller Dankbarkeit über seine tapfere kleine Familie, die
ihm während der letzten zwei Monate eine einmalige Erfahrung ermöglicht

hatte, indem sie ihn hatte gehen lassen, antwortete er: Ich freue mich auch auf euch!

Obwohl noch genug Zeit war, bezahlte Alex und ging durch die Gänge des großen Flughafens zurück zur Wartehalle. Für Oslo hatte er nicht genug Energie. Oslo konnte er später mal besuchen. Vielleicht sogar noch, bevor er komplett erblindet war. Oder halt danach, auch wenn er die Stadt dann anders wahrnehmen würde als jetzt. Doch mit einem war er sich sicher: Das nächste Mal würde er mit Carola und Silas in den Norden reisen.

Nachwort

Jetzt ist vielleicht der richtige Zeitpunkt, um Euch zu berichten, dass noch weitere Bände mit diesen Figuren geplant sind. Sehr bald werde ich *Umwege mit Viola* veröffentlichen. Mittelfristig ist geplant, zwei eigenständige Bücher zu veröffentlichen, in denen es vorrangig um die weitere Entwicklung von Alex geht, und darum, wie er weiterhin versucht, seiner Herausforderung zu trotzen. (Ich spoilere hier nichts, da ich weiß, dass viele Lesende das Nachwort zu erst lesen - mich eingeschlossen.)

Langfristig könnte ich mir noch ein Buch vorstellen, in dem Hannahs Werdegang weiter thematisiert wird, außerdem gibt es da noch diffuse Ideen, weitere neue Charaktere auf die Reise in den Norden (oder mal in den Süden oder Osten?) zu schicken.

Ich danke meiner Coverdesignerin Michaela, meiner Lektorin Melanie und all den anderen, die mich unterstützt haben: Markus, Tanja, Nils, Fernando, Rina, Sanne, Beara, Cully und Mari!

Und ich danke Euch: Den Lesenden, ohne die das Schreiben zwar genauso viel Spaß machen würde, aber sich sinnlos anfühlen würde. Ich hoffe, Euch hat meine Erzählung gefallen. Selbstpublizierende Autorinnen wie ich sind auf Eure Unterstützung angewiesen. Ich würde mich über Rezensionen und Weiterempfehlungen freuen.

Wenn Ihr auf Eurem Blog ein Gewinnspiel veranstalten wollt oder auf eine andere Weise mit mir zusammenarbeiten möchtet, zögert nicht, mich anzuschreiben: mail@sonja-bethke-jehle.de

Bis bald, Eure *Sonja*

Umwege mit Joris

Nach dem Tod seines Vaters bricht Joris mit dem Rucksack nach Norwegen auf. Er benötigt dringend Antworten, damit er sein altes Leben wieder aufnehmen kann. Bereits in Kiel trifft er auf Charlie, Fabio und Pete, die mit ihrem verrosteten Camper unterwegs sind. Sie wollen den Sommer in Skandinavien verbringen. Um Zeit und Geld zu sparen, willigt Joris ein, sich ihnen anzuschließen. Schon bald wird ihm klar, dass er viel mehr braucht als Antworten, und stellt sogar sein bisheriges Leben in Frage. Können ihm die anderen dabei helfen, wieder zu sich selbst zu finden?

Ein emotionaler Roadtrip zwischen Wasserfällen und Fjorden durch die raue Landschaft Norwegens.

Eine Leseprobe könnt ihr Euch hier herunterladen:
https://buchshop.bod.de/umwege-mit-joris-sonja-bethke-jehle-9783741239847

Zwei Rezensionen von Blogger*innen:
https://flashtaig.wordpress.com/2023/05/14/sonja-bethke-jehle-umwege-mit-joris/
https://nixenzauber.home.blog/2023/06/27/unterwegs-mit-joris-von-sonja-bethke-jehle/

ISBN: 978-3741239847 / ePub: 9783757836559 / mobi: B0C37L2VBS

Schrankgeflüster

Jona lebt ein unauffälliges Leben im Kreise seiner Familie, als er sich verliebt - in einen Mann. Sofort weiß er, dass er es nicht wagen kann, seinen Gefühlen für Flo freien Lauf zu lassen.

Als seine Schwester beginnt, gegen ihr Elternhaus zu rebellieren, denkt auch Jona darüber nach, sich stärker werdende Emotionen zu erlauben. Immer im Hinterkopf bleibt sein jüngerer Bruder - denn der ist seinen Eltern loyal ergeben und würde jede Gelegenheit nutzen, um Jona vor ihnen schlecht dastehen zu lassen.

Doch je mehr er sich zu Flo hingezogen fühlt, desto unvorsichtiger wird Jona.

Eine Leseprobe könnt ihr Euch hier herunterladen:
https://buchshop.bod.de/schrankgefluester-sonja-bethke-jehle-9783753408545

Die Kurzgeschichte *Streitgespräch im Schrank* ergänzt die Geschichte um Jona und Flo aus der Perspektive von Flo. Sie ist zur Zeit in der Anthologie *Verzauberte Herzen Band 2: Von Traumprinzen und Prinzenträumen* erhältlich.

ISBN: 978-3753408545 / Epub: 9783753412535 / mobi: B08XJGGHH8

Weitere Bücher der Autorin:

Träume in Rot

Im Jahr 1969 kartografiert Eva den Mars. Als ihr Mann in den Vietnamkrieg eingezogen wird, muss sie eine Entscheidung treffen, die auch ihre Arbeit beeinflusst.

Im Jahr 2011 landet der Rover Curiosity auf dem Mars. Nina hat die Mission jahrelang geplant und mit Herzblut daran gearbeitet. Nun muss sie aber feststellen, dass sie während ihrer Arbeit ihre Ehe mit ihrer Ehefrau aufs Spiel gesetzt hat.

Im Jahr 2033 befindet sich Lea auf dem Weg zum Mars. Als ihr heftige Zweifel kommen, weiß sie nicht mehr, wie sie die lange Mission überstehen soll. Erst als sie einen Bericht von Nina über Evas Arbeit liest, kann sie neuen Mut schöpfen.

Die drei Frauen sind durch die Zeit getrennt, doch verbindet sie die gemeinsame Leidenschaft für den Mars.

ISBN: 978-3744890779 / Epub: 9783756298990 / mobi: B09WBKLVDY

Tango in der Dunkelheit
Wie eine Sehende einem Blinden das Tanzen beibringt

Felix und Fiona wollen bei der Hochzeit ihrer kleinen Schwester tanzen. Es gibt nur drei Probleme: Felix ist blind und hat zwei linke Füße. Das größte Hindernis aber ist: Die beste Freundin seiner Schwester soll die Tanzlehrerin sein, allerdings hat er sich nie gut mit ihr verstanden.

ISBN: 978-3749451029 / Epub: 9783749463107 / mobi: B07X3XW73F

Kontaktaufnahme

Sechs Personen. Vier Kontinente. Eine Verbindung. Kontaktaufnahme.

Eine Astrobiologin in den USA entdeckt einen vielversprechenden Planeten, auf dem Wasser und möglicherweise auch außerirdisches Leben existieren könnten. Ein katholischer Pfarrer auf einer Nordseeinsel fühlt sich von einer Buddhistin angezogen, zögert jedoch, seine Gefühle zuzulassen. Eine Ärztin in Nigeria wird trotz Unfruchtbarkeit unverhofft schwanger. Ein schwuler Soldat beginnt während eines Auslandseinsatzes in Afghanistan eine Affäre mit einem Einheimischen, obwohl Homosexualität dort unter Strafe steht. Ein ehemaliger Maurer hadert mit seiner Berufsunfähigkeit, seit er im Rollstuhl sitzt. Ein Gefängnisinsasse hat Angst, nach der Entlassung wieder in sein Heimatdorf zurückzukehren, wo jeder ihn und seine Tat kennt.

Diese sechs Personen kommen sich immer näher, obwohl sie scheinbar nichts verbindet. Doch vielleicht können sie etwas voneinander lernen?

ISBN: 978-3744890779 / epub: 9783746054223 / mobi: B079DW3YWP

Umdrehungen: Gesamtausgabe

Ben und Zita sind frisch verliebt. Doch sie dürfen nur wenige Wochen der Unbeschwertheit erleben. Das Schicksal zwingt sie von heute auf morgen dazu, sich neu zu orientieren. Ein Unfall stellt sie auf eine harte Probe, als Ben schwer verletzt und mit einem Leben im Rollstuhl konfrontiert wird.

Bei der Aussicht darauf, sich mit einer bleibenden Behinderung arrangieren zu müssen, reagiert er überfordert. Er zweifelt, ob Zita diese Herausforderung mit ihm bestehen und die Beziehung dieser Belastung standhalten kann. Zu seiner Überraschung verspricht Zita, bei ihm zu bleiben.

Allerdings ahnen die beiden nicht, welch steiniger Weg vor ihnen liegt, und was er ihnen abverlangen wird.

ISBN: 978-3743194809 / epub: 9783744841788 / mobi: B06XYNXCH1

Wichtiger Hinweis:

Alle vorgestellten Bücher sind überall im Handel erhältlich. Als E-Book im ePub-Format in allen gängigen Online-Shops für Bücher, als mobi-Format im Amazon-Shop und als Taschenbuch überall, wo es Bücher gibt - aber vor allem auch ganz sicher in der örtlichen Buchhandlung in Deiner Stadt - frag einfach dort mal nach.

Alle Hintergrundinfos, Links zu Rezensionen, Leseproben und Shops findet ihr auf der Homepage: www.sonja-bethke-jehle.de